U0450983

唱响
新时代之歌

何建明新时代报告文学创作突破与创新

张陵 / 著

作家出版社

作者简介

张陵,文学评论家,曾担任文艺报副总编辑、作家出版社总编辑,现为中国作家协会报告文学委员会委员。

目录
contents

绪　论 / 001

第一章　代表作品 / 017

第一节　《那山，那水》：绿水青山孕育"中国时代" / 018
"两山"理论诞生的地方 / 018
"两山"理论的里程碑意义 / 019
生态文明与中国时代 / 020

第二节　《诗在远方》："脱贫攻坚"的"闽宁经验" / 022
宁夏人民摆脱贫困的史诗 / 022
福建人民与宁夏人民的情谊 / 026

第三节　《大桥》：中国造桥人为什么能？ / 027
工业题材的重要书写 / 027
着力塑造中国建桥人形象 / 029
克服创作的难度 / 031

第四节　《革命者》："牺牲"书写党史 / 033
红色题材的标志性作品 / 033
上海革命史话 / 034
背叛者太多了 / 036

第五节　《复兴宣言》《浦东史诗》：新时代大上海壮美画卷 / 037
大上海的时代风貌 / 037

民生"硬道理" / 040

心中的神圣之城 / 042

第二章 时代主题 / 047

第一节 发展的硬道理 / 048

站在历史正确一边 / 049

"苏南模式"的样板 / 051

到底哪一个模式好 / 053

第二节 中国式现代化的道路 / 055

第一只"螃蟹" / 055

新苏州，新故事 / 058

拥抱"大上海" / 060

中国"芯"路 / 062

民族第一品牌 / 066

第三节 脱贫攻坚之诗与远方 / 071

"闽宁经验"与康庄大道 / 072

山神不是神话，是一种精神 / 074

第四节 绿水青山与美丽乡村 / 076

美丽乡村的样板 / 076

山是名山，湖是美湖 / 078

双流怎样"飞"起来？ / 082

第三章 人民精神 / 087

第一节 弘扬伟大的党史精神 / 088

庄严悲壮的文学表达 / 088

红色题材的创作优势 / 091

必须提到的作品 / 094

"人性"之谜 / 096

第二节　讴歌伟大的抗战精神 / 098
　　公祭日来得有点晚 / 098
　　回到历史现场 / 100
　　持久战是胜利之路 / 102
　　安全区中的"保护神" / 103

第三节　书写伟大的抗灾精神 / 104
　　中国作家没有缺失 / 104
　　众志成城的坚强意志 / 106
　　社会构筑强大的救灾力量 / 108
　　灾难题材不得不选择的写法 / 109

第四节　感受人民的抗疫精神 / 112
　　以亲历者身份直面"新冠" / 112
　　上海题材的新视角 / 114
　　逆行向浦东 / 116

第五节　赞美伟大的人道精神 / 118
　　什么是人民的国家 / 118
　　抗击人类厄运 / 120

第四章　形象塑造 / 123

第一节　中国当代共产党人形象 / 124
　　老一辈革命家的形象 / 125
　　一代伟人形象 / 127
　　新时代领袖的形象 / 130

第二节　革命斗争时代的英雄形象 / 133
　　"非英雄化"的创作理念不可取 / 133
　　雨花台的英雄之歌 / 135

歌乐山下英雄谱 / 137

女人无叛徒 / 138

丁香之"香" / 139

第三节　农村党支书的形象 / 140

吴仁宝与伟人品格 / 141

吴栋材实干家的形象 / 143

灾难之中方显英雄本色的贾正方 / 144

"山神"黄大发 / 145

第四节　新时代建设者形象 / 148

中国"飞天"人 / 148

大国工程师 / 150

浦东建设者 / 152

茅台之"神" / 153

第五节　"反黑"英雄的形象 / 156

第五章　国家叙述 / 159

第一节　何建明"国家叙述"认知解读 / 161

几种观点 / 161

中国报告文学何以需要"国家叙述" / 164

第二节　问题报告文学 / 165

问题报告文学的问题意识 / 166

告别问题报告文学 / 170

第三节　《国家》的意义 / 173

何建明"国家叙述"的形成 / 173

反对历史虚无主义 / 175

《国家》与国家叙述 / 176

第四节　报告文学的问题导向 / 178

问题导向与国家叙述 / 178

《那山，那水》的鲜明问题导向 / 180

《大桥》潜在的问题导向 / 181

《我心飞扬——"华虹 520 精神"纪事》尖锐的问题导向 / 182

城市题材特殊的问题导向 / 183

历史题材的问题导向 / 184

第五节　讲好中国故事，写好中国英雄 / 185

"国家叙述"并非高大上 / 185

人物形象塑造中的国家叙述 / 186

第六节　何建明作品的"我" / 187

"我"与"自我" / 187

"我"与"国家叙述" / 189

第六章　大美乡愁 / 193

第一节　绿水青山之美 / 195

绿色发展激活艺术意识 / 196

风景描写中的和谐共生文化 / 198

探索践行马克思主义美学观 / 199

第二节　奋斗之美 / 200

海与山的诗情 / 200

美丽中国乡村的场景 / 202

"心机场"，新意象 / 204

第三节　故乡之美 / 206

母亲河的抒怀 / 206

父重如山的歌 / 209

第四节　城市之美 / 210

方兴未艾的"城市传" / 210

报告文学的城市意识 / 213

大上海情怀 / 214

第五节　情节之美 / 216

《生命第一》的独家情节 / 216

《爆炸现场》的叙事节奏 / 217

《国家》的神来之笔 / 218

《我心飞扬——"华虹520精神"纪事》的温情插曲 / 219

《石榴花开》的边陲风情 / 220

《行香之情》的"飘香的文字" / 223

第六节　政论之美 / 225

强调主题的政论 / 225

红色历史的政论 / 226

哲理思考的政论 / 226

第七章　理论思想 / 231

第一节　保卫报告文学 / 232

"非虚构"能否取代报告文学？/ 232

何建明所认识的"非虚构" / 236

"非虚构"对写实作品的危害 / 239

第二节　守护文学基本关系 / 241

中国将成为世界报告文学中心 / 241

何建明理论思考的底气 / 245

报告文学与时代 / 246

报告文学与生活 / 248

报告文学与人民 / 250

第三节　探索报告文学的创作规律 / 253

何建明谈自己的创作 / 253

何建明的作家论 / 255

何建明的创作论 / 256

何建明的人物论 / 257

何建明的文体论 / 258

第四节 何建明文学思考的理论创新含量 / 260

报告文学叙事理论创新 / 260

报告文学文体理论的创新 / 263

第八章 民生文学 / 266

第一节 民生文学的历史沿革 / 267

红色文学与民生文学意识 / 268

新中国文学与民生文学内涵 / 270

新时期的问题报告文学 / 272

第二节 报告文学就是民生文学 / 274

民生文学的时代内涵 / 274

何建明的民生文学观 / 276

民生文学与改革文学 / 280

民生文学与生态文学 / 283

第三节 民生文学与共同富裕的时代课题 / 285

新时代的"赶考" / 285

民生文学要具备勇于开拓探索的本领 / 287

民生文学的愿景 / 289

结 语 / 292

附件一 关于"民生文学"的对话 / 294

附件二 报告文学评论的发展特点与优势 / 307

附件三 何建明新时代报告文学创作出版年表 / 320

后 记 / 323

绪　论

一

2005年，对作家何建明来说，是一个值得骄傲的年头。这一年，党和国家授予作家何建明全国劳动模范的光荣称号，表彰他用辛勤的劳动、拼搏的精神，用优秀的作品反映现实赞美生活，讴歌时代。这是一个"时代歌者"超越任何一个文学奖项的国家最高荣誉，也是中国作家第一次获得这个称号。直到今天，这个"第一"还没有能够被任何一位作家所改写。尽管何建明后来担任了中国作家协会的副主席、党组成员、书记处书记，中国报告文学学会会长，但作为一个中国最优秀的报告文学作家，"全国劳动模范"才是他一生的殊荣。他自己也非常看重这个荣誉。何建明多年来一直在采访劳动模范和先进人物，感受他们的精神，讲述他们的故事。没有想到，有一天，他自己也会成为这个群体当中的一员，也能够和他们一样，成为中国劳动者的代表。无论他之前之后获得过多少文学奖项，都比不上"全国劳动模范"所具有的社会"含金量"。

劳动最伟大。劳动创造生活，劳动创造历史，人类历史也可以说是劳动史。中华民族五千年就是人民劳动的五千年。如果说，中华民族有什么优秀传统的话，那么，劳动就是排在第一位的伟大优秀传统。如果说人类还有什么共同价值的话，那么，劳动本身就是人类基本的共同价值。中国当代的"劳模精神",就是中华优秀传统和人类共同价值在中国改革开放时代的弘扬与光大,更是中国人民在开创自己生活的劳动中凝聚起来的社会主义核心价值观念和爱国主义思想。因此,"劳动模范"是社会的表率,是国家的基石,是民族的脊梁,"劳模精神"就是我们时代的基本精神。

何建明也许还不知道,他身上已经注入了"劳模"的基因,他的作品流淌着"劳模"的血脉,但他显然知道,是伟大的"劳模精神"激起他巨大的热情,给他无穷的能量和力量,在鼓励着他,推动着他,鞭策着他,深入现实生活第一线,感应时代精神和人民创造的精神,创作出比以往更加优秀,更有创新价值的文学作品。劳动者意识、"劳模精神"一直是何建明创作的精神动力。"劳模精神"成为作家创作思想的本色,"劳模精神"也成为作家作品的底色。当我们现在回过头来的时候,可以看到,何建明就是从这个时期开始,在"劳模精神"鼓舞下,更加勤奋地写作,他的作品开始有了"新"的能量,有了一个与正在到来的新时代思想感应的自觉意识。他本人也在不断地通过作品传递"新"信息,并于不知不觉中成长为中国报告文学创作名副其实、当之无愧的领军人物,走在中国报告文学奔向新时代的队伍前头。

实际上,从新时代十年中国报告文学作品看,每一个中国报告文学的优秀作家身上,都有劳动者拼搏的精神,都能看到闪耀着的"劳模精神"的光彩。他们自觉地集合在新时代中国特色社会主义思想伟大旗帜下,紧跟时代前进的步伐,为开创一个中国文学的"新时代",而艰苦劳动着打拼着奋斗着。正是劳动和劳动精神,使中国报告文学比其他文学文体更早地感受到新时代的气息,更敏感地接收到新时代的信息,更有历史主动性地投入充满新时代精神的经济社会发展的生活洪流中。也因此,共同创造了一个报告文学新的繁荣时期,开辟了一个由中国报告文学承担主要任务的文学"新时代"。由此，给我们一个重要的提示，那就是：新时代不是天上掉下来的，是中国人民创造出来的；而文学的"新时代"也不是现成的、等来的，而是全体作家的"劳动"得来的。可以说，较之其他文学文体，中国报告文学最自觉、最积极、最努力，也最忠厚。中国报告文学作家付出了许多。很显然，何建明付出最多。

一个不争的事实说明中国报告文学的"劳动"得到时代丰厚的回报。我们显然会注意到，在新时代精神的引领推动下，改革开放以来，一向坚守在生活第一线的中国报告文学再次挺到了时代的风口浪尖上，勇敢地真诚地承担起党和人民赋予报告文学的责任，以一大批优秀作品，组成了中国文学反映现实的最强方阵，比任何一个文学文体更快更稳更坚定地站到思想的高地上，最真实最可靠也最可信赖地守望着表现着新时代的精神。中国报告文学以还不算很强壮的身躯，承担着反映新时代最艰巨的任务，并把中国报告文学推上了一个新的发展繁荣时期。中国报告文学也由我们通常所理解的文学"轻骑兵"扩展为一支靠得住、打得赢的文学生力军，在中国文学还在不断适应新时代到来的阶段，起到文学主力军的作用。事实上，在相当长的时间段里，中国报告文学受社会读者欢迎程度接受程度以及影响社会的程度，远远超过了小说、诗歌，例如在反映中国"脱贫攻坚"现实的方向，在反映"三农"问题方向，在反映"乡村振兴"方向，我们看到的多是报告文学作家的身影，读到的优秀作品，绝大多数为报告文学作品。并且，一大批小说家走到了第一线，他们首先不是来写小说，而是来写报告文学。而在其他现实斗争的领域，情况也大致如此。我们可以说，在中国文学反映现实的方向上，形成了一个公认的独有的"报告文学时间"。这可以看作时代对中国报告文学的高度认可。

中国报告文学的理论评论家丁晓原在他的一部全景式描述中国报告文学作家创作的专著中认为，"中国报告文学潮涌奔腾，丰富饱满,是一种更具热度、高度、宽度和力度的文体,配得上'时代文体'这一光荣称号"。① 从这部理论评论著作中,我们看到了中国报告文学作家活跃在中国特色社会主义建设的各条战线上,活跃在经济社会发展的各个领域,活跃在人民生活的每一个地方。中国报告文学的发展机遇,就是这样被这些具有"劳模精神"的报告文学作家捕捉到的,而且我们还能看到,其他文学文体,则常常与机遇擦肩而过。"报告文学时间"就是这样争取到的。这个历史性的"时间"的指针,直到今天,还在行走。如果中国报告文学一直把握住自己发展的机遇,"报告文学时间"就不会停下,不会中止。

毫无疑问,何建明对中国报告文学第一个"报告文学时间"的贡献最为突出。其贡献率,是无人可比的,没有争议的。从他1978年创作第一部长篇报告文学开始到2023年的四十多年间,共创作了超过60部的报告文学作品,绝大部分都是长篇报告文学,其中新时代十多年间的创作,超过作品总数的三分之一。如此大的劳动量,在中国报告文学作家中,目前还很难找出第二人。当然,文学创作是一种艰苦的艺术劳动,并非要拼作品的数量和文字量。但如果把他十多年来创作的报告文学精品数量排列出来,他仍然当之无愧地名列前茅。如最受读者欢迎和评论家高度评价的《国家》《那山,那水》《诗在远方》《山神》《大桥》《革命者》《浦东史诗》《爆炸现场》《德清清地流》《流的金 流的情》《万鸟归巢》《复兴宣言》《茅台——光荣与梦想》《石榴花开》《我心飞扬》等。

实际上,我们内心并不希望"报告文学时间"过长持续下去。持有这个"时间",固然是中国报告文学繁荣发展的重要标志,是中国报告文学的时代荣光。但是,对中国文学整个发展格局来说,未必是一个很理想的结构布局。我们更希望看到,中国文学的每一个文体,都能够跟上时代,都能在这样一个伟大的新时代,产生无愧于时代的优秀作品,都能成为一个时代的文体,都能有自己独有的

"时间"。这才是中国文学应该有的局面。当然,文学的各种文体对时代的感应应该会有自己的规律,也会有一些差距。中国报告文学有幸成为一个最能紧跟时代,最能感应时代,最能在时代矛盾冲突的表现中,如鱼得水发展进步的文学文体。因此,这个"报告文学时间",不仅能够让我们看到中国报告文学创作发展进步的巨大空间,而且在文学理论层面上深化了我们对中国报告文学的新的认识、新的思考和新的思想探索。

二

中国报告文学是时代的文体。今天没有人能够否认报告文学是一种与时代关系非常紧密的文体,由时代产生并服务于时代的文体。不过怎样认识报告文学的时代性,还可以继续深化。从报告文学的发生史就可以看出,报告文学产生于一个19世纪到20世纪初世界大变局的年代。推动这个历史大变局的现实力量显然是国际共产主义运动的兴起以及蓬勃的发展;工人阶级作为新兴的力量,登上世界历史舞台;社会矛盾冲突不断激化,阶级斗争空前激烈。世界资本主义彻底暴露出腐朽没落的面目,世界社会主义却摧枯拉朽,蒸蒸日上。这个大变局,也催生了一种更加真实地反映这种时代社会变革的文学文体——报告文学。这个文体的诞生,虽然还很弱小,却有一种思想力量,可以撕开资产阶级文学那种虚伪、虚弱和虚构的面纱,打破资产阶级文学所构筑的人性梦幻,动摇资产阶级文学不可动摇的意识形态,还给人民一个真实的世界、一个真实的人生、一个真实的希望。我们从里德的《震撼世界的十天》、瞿秋白《赤都心史》就可以感受到这种思想的力量,也感受到一种新的文体的时代气息和时代活力。

报告文学向中国传入并让中国文学接受是一个必然性的历史过

程。在马克思主义和十月革命深刻影响下,中国一批具有先进思想的进步知识分子组建了中国共产党。从此,中国革命开始了新的历史进程,中国文化和中国文学也开始了新的历史进程。很显然,一种具有鲜明的革命精神的文学文体,也顺应时代的潮流为中国文学特别是革命和进步文学所认知。实际上,当时整个中国文化的"革命性"主要体现在全面接受西方文化以及西方文学的启蒙。因此,文学上的一个新文体的出现,开始并不引发社会的注意。直到夏衍的《包身工》写出了中国工人的悲惨生活和苦难命运,第一次展示了报告文学触目惊心地反映现实的锐意深度和表现时代思想精神的批判力量,人们才真正意识并认识到报告文学这个文体的不可小觑。

革命的时代把革命的基因也就是红色基因注入报告文学的文体之中,形成了报告文学的革命精神血脉。报告文学特有的能量与力量,来自这种基因、这股血脉。而一场艰苦卓绝的民族解放战争强有力地推动了中国报告文学的发展壮大,也强有力地把报告文学推向时代精神的高地。在和中华民族一道积极参与抗日战争的伟大斗争中,报告文学最终走出了"启蒙"文学的圈子,成为救国救亡、争取民族解放的文学。不仅真实深刻全面反映了中国人民艰苦的抗战现实和伟大的抗战精神,而且也赓续了红色的血脉,走向人民群众,以大批优秀作品,打造出一个坚实的时代文体。

报告文学思想的跨越式进步,必须归功于具有划时代意义的《在延安文艺座谈会上的讲话》(以下简称《讲话》)问世。这次座谈会问题导向是要解决当时延安的文艺工作者文学方向和思想认识上的一些问题,但《讲话》第一次明确提出文学艺术为人民服务的思想,第一次明确提出人民群众是文学艺术主角的思想,第一次深刻揭示了革命文艺与时代与生活与人民的基本关系,为中国革命文艺奠定了正确的方向,找到了一条正确的发展道路,意义则远远超过解决一些创作思想上的具体问题。

作为带着红色基因流淌着红色血脉的中国报告文学，是《讲话》精神最大的思想受益者，也是文学服务人民服务时代的最重要的践行者。《讲话》以后，中国报告文学虽然在中国文学还只占据了轻骑兵的位置，但这个文体实践所积累下来的文学思想却比任何一个文体都热情都快速地融入正在到来的新中国文学的格局中。如果说，新中国成立以来的社会主义文学主要成就仍然在小说、诗歌中得以实现的话，那么报告文学则以《谁是最可爱的人》《为了六十一个阶级弟兄》《县委书记的榜样——焦裕禄》为代表的作品，展示了这个文体在新的时代的文学格局里，所占据的重要位置。

中国报告文学的好时代，应该就是改革开放的时代。徐迟《哥德巴赫猜想》、理由《扬眉剑出鞘》等优秀报告文学和小说、诗歌等文体一起，共同发力，在思想解放的大潮中，勇敢拨乱反正，批判"文革"，反思历史，拥抱时代，欢呼改革，讴歌人民，共同冲击时代精神的高地，开创了中国文学的一个黄金时代。报告文学在这场文学革命中的突出表现，特别是在反映现实方面的优势，有效地调整了中国文学的传统格局——报告文学的作用得以大大强化，作用不可低估。

当中国改革深化，社会各种矛盾复杂以后，小说和诗歌开始出现力不从心的疲态，不得不绕着现实矛盾走，不得不机智地"内化"、"纯文学"化的时候，只有报告文学仍然诚实地迎着现实矛盾冲突而上，厚道地反映时代生活，真诚地记录着人民群众破解困局，开创自己艰难奋斗之路的方方面面。报告文学迎着时代的风雨，近乎孤军直逼生活矛盾冲突最剧烈的深处。很长一段时间里，我们看到，只有报告文学挺在现实生活的第一线，而其他文体则在圈子里头享受着"纯文学"带来的甜头。也许，这就是报告文学的宿命。作为一种时代的文体，报告文学必须面对现实才有意义，只有面对现实才有自身的价值。所以报告文学不能寻找退路，没有退路，无路可退。世界上有一种"纯文学"的小说，也有唯美的诗歌，但没有"纯文学""唯美"的报告文学。可以说，报告文学是被时代逼着，引领着，冒着磕碰受伤的风险挺在现实生活的潮头的。

时代给报告文学的真诚与厚道回报也很丰厚。进入新时代，中国报告文学积极反映中国经济社会的发展，特别是积极参与反映国家脱贫攻坚，建设小康社会、乡村振兴、走共同富裕道路等国家"民生"战略的实施，再次承担起文学反映现实的主力军艰巨任务。报告文学以大批优秀的作品，描写了中国"摆脱贫困"的伟大历史进程，表现了中国人民在啃"最后一公里"硬骨头斗争中的坚强意志和奋斗精神，反映中国全面实现和建设小康社会的时代风貌，进而反映中国"摆脱贫困"斗争为世界反贫困斗争提供了可行的中国方案，所做的重要贡献。中国"报告文学时间"就是从这个时候开始的。王宏甲的《塘约道路》与何建明的《那山，那水》可以说是这个"报告文学时间"的具有奠基意义的作品。前者表现了人民群众用"重新组织起来"的创举摆脱了贫困，也找到了一条走向共同富裕的发展道路。后者则从"两山"理论发生地入手，传递了一个绿色发展新时代正在向我们走来的信息，展现了美丽乡村、美丽中国建设的美好前景，揭示了共同富裕的必由之路。而在这个时间段里，我们看到，整个中国文学似乎只有报告文学更真实，更有能力抓住现实问题，表现时代的精神。报告文学成了文学的主角。这个"报告文学时间"确实值得我们多方面去言说。

报告文学不仅收获了反映现实的令人瞩目的实绩，也收获了自身文学思想的进步与创新。当中国报告文学经历了"民生"斗争考验以后，显然坚定了自己对时代的认识和判断，那就是"民生"正在推动中国文学的发展，也在改变中国文学格局。也就是说，一种以"民生"为精神之魂的时代文学思想正在凝聚。

报告文学是真实的文体。真实是报告文学的生命。只有真实反映生活，报告文学才有认识世界的思想，才有改变命运的力量。早在报告文学的发端时期，真实就作为一种先进的思想和进步的文化，揭示着现实的真相，让人真正认识生活，认识现实，认识时代，认识人生和人的命运。在那个阶级斗争的时代，真实引导人们更清醒地批判现实，更深入关注无产阶级和劳苦大众的生活真相，更深刻认识无产阶级和底层人民反抗压迫，争取解放的那种改变命运，创造历史的力量。尽管报告文学的兴起不是针对占文学主流的虚构文学，但人们意识到，这样一个时代，真实比虚构更重要，更有批判精神，更有先进性，更有明确的方向。

报告文学最初受到新闻"真实"的影响，也可以说从新闻嫁接过来。事实上，早期的报告文学通常很难刻意地从新闻的一些文体中剥离出来，直到现在，新闻仍然在深深地影响着报告文学，就像新闻同时影响到其他文学文体一样。不过，现在的报告文学思想家们更看重报告文学进入中国以后的中国化进程，更多地去关注这个文体在中国化进程中与中国的史传文化传统的联系，看到中国的纪实文学与报告文学在文体上的紧密关系。因为都是追求真实，报告文学与纪实文学有着天然的共识。可以说，今天的中国报告文学，就是中国纪实文学的时代版。从这个意义上说，报告文学的真实，不是新闻的"真实"，不是科学的"真实"，不是世俗意义上的"果真"，而是文学的"真实"。报告文学的文体，就是一种纪实文学的文体。理论批评界关于怎样看待报告文学的"文学性"一直争论不休。其实，很可能陷入伪命题状态。

作为"舶来品"的报告文学"中国化"的实践资源理所当然来自中国人民的现实斗争，当然要注入报告文学机体，形成一种"红色基因"。而中国先进的思想对报告文学思想的进步起了至关重要的作用。我们说，是《讲话》引导了报告文学"中国化"的正确方向。《讲话》把文学的"真实"上升到马克思主义唯物史观的高度来认识，提出了人民群众才是创造历史，推动历史前进的真正动力，人民群众必须是文学的主人公。文学应该反映人民群众创造自己生活的精神，反映代表时代前进方向的主流生活。这是文学的任务，也是文学进步的动力。只有这样的文学，才是"真实"的文学。这种理论创新的观点，从根本上有力支持了报告文学的"真实"，提升了报告文学的境界、格局和品质。如果没有《讲话》，报告文学的"中国化"进程就无法进行下去，更无法实现。

在《讲话》精神指导下，建立在反映论为思想基础上的文学思想的基本观点、基本方法和基本关系，深刻揭示了报告文学的思想规律和创作规律，完全符合报告文学的创作实际和创作精神，更是深刻揭示了报告文学"真实"的本质。如文学基本关系揭示的文学与时代、文学与生活、文学与人民的丰厚内涵，顺理成章地融进了报告文学的精神血液里，奠定着报告文学的思想基础基调，调整着报告文学的方向。这就是报告文学"中国化"的生动过程。因此，我们说，报告文学的"真实"渗透着中国人民生活、中国人民精神、中华民族传统精神，是有着鲜明问题导向的文学真实。

报告文学正是以"真实"参与了中国改革开放，拨乱反正，思想解放的新时期文学运动。小说也是以"真实"揭露和批判时代的虚假性和非人性，以"真实"直面真实的人民生活和人民斗争，并由此呼唤文学的现实主义，呼唤人性的复归，占据时代的思想高地。不过，当中国改革进入深水区，社会矛盾冲突加剧的时候，所谓的现实主义小说实际上已经在回避现实，寻找一条绕开现实矛盾的发展思路。这条路是找到了，也意味着小说守不住"真实"，退出了"真实"。只有报告文学还在努力地守望着"真实"，直面着经济社会种种尖锐的问题，并继续以"真实"推动着自己思想的进步，很快在反映现实方面,与小说拉开了距离。

应该承认,报告文学坚持基本关系最鲜明、最坚定、最忠实。在中国改革开放的历史关头,报告文学挺身而出,呐喊出人民的真实的心声,表现人民的真情实感,报告国家经济社会真实的进步与发展,反映中华民族伟大复兴不可逆转的真实历史进程。现实斗争的"真实",经济社会发展的"真实",破解困局的"真实",给人民以鼓舞,给人民以思想,给人民力量。同时,"真实"也给报告文学自身以时代的品质、时代的话语、时代的思想。在这个时候,我们可以说,报告文学基本实现了"中国化"的历史使命,报告文学的中国思想、中国精神、中国气派和中国风格正在形成,有能力承担起反映现实的文学主力军任务。特别是参与了国家脱贫攻坚战的锻炼考验,中国报告文学的这个作用和能力再次得到证明。

虽然报告文学还没有建立起自己的理论体系,但报告文学已经在创作实践中实现了对生活真实、时代真实的务实性表达,并且与虚构文学的现实主义形成了鲜明的对比。我们知道,文学反映现实是文学基本关系必然要求。虚构文学反映现实,通常是通过现实主义的方式来完成。如果我们认识到现实主义的"虚构"目的并不是让文学抵达现实而是让文学抵达人性道德、人的价值、人性批判的人的哲学"星空"的话,那么便可知道,现实主义的"真实"有相当不真实的成分,从根本上说,无法抵达"真实",也没有打算抵达"真实"。而报告文学并没有虚构的"现实主义",却能真实地反映现实,实现真正的"真实"。

中国文学正在形成这样的格局,即"真实"的文学已经有资格可以与"虚构"文学进行对话。直到今天,"虚构"文学一直是中国文学主导力量,文学"脱实向虚"的倾向也一直相当突出。事实证明,文学不仅需要脱实向虚,更需要脱虚向实。文学不仅要仰望星空,更要融入大地。报告文学作为一种脱虚向实的文学正好化解了文学过度虚化产生的时代性问题，弥补了当代文学长期务实不足的缺陷。事实上，对话并非报告文学"真实"的目的，报告文学志不在此。如果我们能敏感到，一种"以人民为中心"的"民生文学"正在主要通过报告文学的实践，影响着中国当代文学的走向的时候，我们才会更清晰更深刻地认识到报告文学之志，以及"真实"的文体的意义和价值。

报告文学是人民的文体。一般都认为报告文学是一种知识分子文体。中国文学的所有文体，都能梳理出从民间到文人的提升轨迹。一种民间的文体，经过文人的不断打造，最后成为知识分子文学的文体。例如中国的小说中国的诗歌就是这样。但是我们看不到报告文学的这个过程。报告文学传入中国就带着鲜明的知识分子的文化特征和思想特质，就是一个相对成熟的有着相当思想能力的文体。在那个年代，"真实"是一种先进的批判的革命的思想，只有知识分子能够具备这样的思想能力和表达能力。因此，报告文学文体确实更多地呈现知识分子的一面。

报告文学的"中国化"就是打造铸就反映表现中国现实"真实"的品质，必然地要把自己的立场观点向人民转移，使文体表现向人民倾斜。很显然，报告文学从《讲话》精神以及在基本关系中找到了一条入径，那就是：深入生活。今天看来，《讲话》最根本最核心的最有理论创新的思想就是：文艺为人民服务；文艺怎样为人民服务。前者解决文艺服务对象问题；后者解决服务方法的问题。这个方法并不深奥，那就是"深入生活"。这不仅揭示了文学创作的规律，也成了文学思想的规律，并由此奠定了新中国文学思想理论的关键词和文艺理论一块基石。解读"深入生活"的内涵，很容易得到这样的思考：作家必须走出个人生活的小圈子，到人民生活广阔天地当中，培养与人民的情感，站稳人民的立场，在熟悉人民生活的过程中，激发创作灵感，写出受人民群众欢迎的优秀作品。这个过程，也可以看作报告文学走向人民群众的过程。报告文学的"中国化"就是报告文学的"人民化"。

"深入生活"看似容易，其实很难。《讲话》几十年来，我们的文学思想仍然反复强调这个关键词，就说明难度很大，后退的风险也很大。也说明，我们的文学只要不坚持"深入生活"，随时都有可能偏离为人民服务的方向，随时都有可能失去人民支持的危险。特别是进入改革开放时代，各种思潮在相互激荡，这样的文学思想风险正在变成文学思想的危机。我们曾一度尝试着用"贴近"去替代"深入"，以为"贴近"比"深入"更实用，更具操作性。现在看来，这只是用理论思想的退让来迁就实用操作层面上的需要。"深入生活"不仅具有创作论层面上的指导价值，更有理论创新的意义。而"贴近生活"则一点理论价值也没有，反而无意中加大了理论上的风险。而这个风险，在报告文学的创作中，被控制在最小范围内。事实上，报告文学并不存在这样的风险。因为报告文学始终没有脱离现实生活，始终没有脱离时代和人民，始终站在人民这一边，始终与时代同呼吸，共命运。

如果认识报告文学的创作规律，就不难发现，报告文学的创作，实际从"深入生活"就已经开始。"深入生活"就是报告文学创作过程的一个组成部分，而且是最重要的组成部分。我们把文学创作过程分为几个环节，通常把"深入生活"当作创作的准备，而不是创作的过程。但研究报告文学，必须把"深入生活"当作创作的重要过程，否则，就无法真正认识报告文学的创作规律。所谓的"六分跑，三分想，一分写"的创作经验，形象地揭示了报告文学优秀作品宝贵的密码。这个创作经验越来越被文学创作论所重视，并不断提升为报告文学基本的艺术规律。报告文学创作特点之所以和其他文体不同，就在于这个"秘密"所起的作用，就在于报告文学比其他文体更依赖"深入生活"。

报告文学文体的转化就在"深入生活"的过程中实现。传统意义上的"知识分子"意识正在淡化,而"人民群众"的意识则在不断强化,不断调整改变着文体的文化内涵,或者说,文体中的传统知识分子精神与来自现实生活的人民意识不断沟通交流对话,不断朝着实现高度统一的方向演进。

进入中国特色社会主义新时代,在"以人民为中心"的思想指引下,经济社会发生巨大的变化,广大人民共享改革开放的成果,获得感、幸福感和安全感不断增强。中华民族的伟大复兴不可逆转,中国人民从站起来、富起来走向强起来,我们党进入新的"一百年",开始了全体人民"共同富裕"新的征程。报告文学快速跟进,积极讲述中国"民生"故事,写好"共同富裕"这篇大文章,也推动了中国报告文学思想再次飞跃式进步,也加速了中国报告文学文体向"人民"转换。一种报告文学发起的以"民生"为魂的文学正在生成,必然推动着报告文学由知识分子文体向人民的文体创新变革。

正如前述,所有的文学文体都得到人民生活、民族生活的滋养,才可能提升为知识分子或文人的文体。而我们这个时代的文学,需要把文学还给人民,也需要把文体还给人民。站到人民一边的中国进步知识分子有责任为人民创造一种属于人民的文学文体。我们说,这就是中国的报告文学。著名的报告文学评论家李炳银说:"报告文学是一个可以出大作家、大作品的新型文体,大山在隆起,山峰在耸立,但更多的高峰还令人期待。"②

三

我们已经站上了解读分析何建明报告文学创作和作品的思想起

点，那就是更倾向于把他的作品放到中国革命史特别是中华民族伟大复兴历史进程来考察，把他的作品放到改革开放时代特别是"以人民为中心"的新时代来考察，把他的作品放到中国报告文学的历史特别是他新时代十多年对中国报告文学重要贡献方面来考察。一句话，就是从作品之外的社会现实特别是从社会需要去认识、解读和把握他的作品。这个思想起点看起来有些不够"文学"，却符合报告文学的思想艺术规律。报告文学和其他文体还不一样，离开了社会，就没有存在的必要，也存在不下去。抓到这个规律，才算抓到作家作品之魂。有了魂，就有了思想，就有了精神，其他问题也就会迎刃而解。

这样的思想起点，也在提醒我们注意到，直到现在，中国报告文学理论评论一直处于落后滞后状态，一直没能跟上中国报告文学前进的步伐。报告文学创作已经起到主力军作用了，理论评论还是"轻骑兵"格局。这是中国报告文学理论评论的明显短板。中国报告文学理论评论队伍的弱小，与兵强马壮的诗歌、小说理论评论比起来，更像一支小小的游击队。我们无法建立起纪实文学的评价体系和理论话语，不得不借用虚构文学的体系和话语，才能维持报告文学的理论评论的基本形态。当我们试图更加深入、更加深刻地评价和研究中国报告文学作家作品，特别是评价和研究像何建明这样的报告文学领跑者的创作的时候，短板所带来的困难也就更加突出了，更加无奈了。

报告文学理论评论建设是一个长期的任务。不过，眼下如果我们希望在何建明新时代创作研究解读里，体现出一点报告文学理论评论的突破意识、创新意识的话，那么，不必过于拘泥于以虚构文学的理论思想为主流的理论评论话语，而要按照中国报告文学的思想艺术规律，在当前虚构理论无视、轻视或者根本见不到的地方，自觉地探索，努力去发现，开拓自己的思想空间。这也许还不算理论创新，却会有意想不到的解读心得。

注释：

① 丁晓原：《转型的风景：全媒体时代的中国报告文学》第160页（东方出版中心2022年版）

② 李炳银：《中国报告文学理论建构丛书·序》（花山文艺出版社2021年版）

第一章

代表作品

在苏州举办的"何建明文学作品展"提供了一个数字，40多年来，何建明创作了60多部文学作品，其中，报告文学作品超过60部。而新时代前后10多年里，何建明报告文学创作，从2011年的《忠诚与背叛——告诉你一个真实的红岩》算起，到2023年的《复兴宣言》《茅台——光荣与梦想》《我心飞扬——"华虹520精神"纪事》《石榴花开》为止，作家创作了至少33部长篇报告文学作品，还有大量没有准确统计的短篇报告文学、散文、诗歌、创作谈、谈话录。从这个简单的数字比较中，我们可以得到这样的看法，即新时代是何建明报告文学创作热情最旺、创作力度最强，创作产量最高的时期。如果我们能够细读他的作品，那么，一定能认识到，这并不是单单创作的提速，更是作品思想质量和艺术品质的提高，是他作品"提质"的重要时期。他的精品贡献率比他之前的任何时候都要高；这个贡献率，也为新时代报告文学精品创作之最。他就是以这样的创作反映现实，讴歌时代，推动引领着新时代中国报告文学创作前行。这一章里，我们选取了几部具有经典意义的"地标式"也就是代表性作品进行讨论，以便更深入地感知新时代何建明创作道路与方向。这些作品支撑着何建明新时代报告文学创作的思想框架，就像几根承重的支柱。不过，这并不意味着，其他作品的重要性可以低估。事实上，他这个时期几乎每一部作品都有特殊的思想分量，都值得我们去研读，去评说。

第一节 《那山，那水》：绿水青山孕育"中国时代"

对中国老百姓而言，要认识一个新时代的到来并不难，政治新闻、社会新闻、文化新闻都会积极传递这个信息。但要老百姓真正感受到新时代的到来，文学就应该发挥优势，就应该起到重要的作用。那些对时代跳动的脉搏特别敏感的作家，总是会通过与老百姓息息相关的生活变化，发现新时代信息，并以文学的方式传递到人们的认知和情感中。

"两山"理论诞生的地方

长篇报告文学《那山，那水》从浙江安吉一座叫余村的小山村入手，讲述了农民们建设美丽家园的生动故事。他们按照时任浙江省委书记的习近平同志的指引，坚持走绿色经济发展道路。经过十几年的奋斗，保住了"绿水青山"，也得到了"金山银山"，实现了人与自然和谐相处，创造了自己美好的新生活，也为中国改变经济发展方式，为生态文明建设提供了新鲜的经验。作品形象地展现了人民群众的伟大实践和时代精神风貌，让我们看到了党和国家的战略决策和顶层设计与人民群众的创造精神之间的深刻联系，看到了环境友好、生态文明建设的辉煌成就，看到了中国特色社会主义道路的广阔前景，看到了生态文明的时代正在向我们走来的现实。何建明的报告文学作品总是能够从国家利益的思想高度上提炼作品的主题，而《那山，那水》虽然写的是小山村、农家乐、生态人，但作家思想丰厚，眼界开阔，格局宏大，发现独到，从而使主题站到了时代思想的制高点上。

作家在采访余村时得知，十几年前，这里曾以开矿，出卖资源作为当地经济发展的主要模式。虽然老百姓手里有几个钱，看上去是发家致富了，但森林没有了，山头光秃了，河水污染了，空气也污浊了，人的身体也坏了，幸福指数大大降低了，各种大病怪病也多起来了，环境越来越不适合居住了。深受其害的农民们开始思考，这种以破坏环境为代价的致富，到底合算不合算，对路不对路。干部也在思考，这种发展模式是不是可持续的，能不能给老百姓带来永久的福祉，是不是我们社会发展的目标。然而，经过多年探索好不容易才找到的发展模式，现在不行了，走不下去了。可是新的致富模式在哪里？出路在哪里？当地干部群众都陷入困惑之中。这个时候，习近平同志来到余村，在深入调研的基础上，答疑解惑，响亮明确地回答当地干部群众的问题："绿水青山就是金山银山。"以丢失绿水青山的财富积累不能要，只有保护好发展好绿水青山才会真正有金山银山，真正有给老百姓带来幸福的金山银山。话语通俗易懂，道理却深刻到位，形象地讲清楚了发展经济与保护环境的关系，说到老百姓心里去了，得到了老百姓的强烈共鸣。从此，余村以及安吉的经济发展翻开了新的一页。随着党和国家生态文明建设战略决策的不断推进，习近平总书记在余村说的话，成了至理名言，成了全党和全国人民的共识。而小小的余村，也由此扬名。

"两山"理论的里程碑意义

报告文学《那山，那水》就是在深入学习"两山论"的基础上，深刻认识到"绿水青山"与"金山银山"的深刻关系，深刻认识到习近平总书记这句话的划时代意义。作品一开篇就把习近平总书记在余村说的这句话与毛主席在茨坪提出"农村包围城市"的思想和邓小平支持小岗村群众分田到户的壮举放到一起来表述，梳理出了一条令人深思的思想线索，加深了我们对"两山"理论里程碑意义的认识和理解,从而更深刻把握"生态文明"建设本质内涵。这是作家的独到发现。在中国革命和建设的重要关头,我们党的领袖人物总是会从人民群众改变历史创造奇迹的伟大力量中,提炼出一些精辟简洁的思想和论断,像明灯一样,照亮前进的道路。毛主席是这样,小平同志是这样,习近平总书记也是这样。习近平总书记在余村提出"两山"理论是他长期思考中国发展道路中的矛盾冲突问题的必然结果,也是他对环境友好、生态文明深思熟虑的必然结果。一经提出,就准确地抓住时代的主要矛盾,就得到人民的拥护和支持,成了时代的最强音,转化为今天我们建设"美丽乡村""美丽中国"的强大动力。

这强音和强大动力也注入报告文学《那山,那水》主题思想里,引导着作家向我们展开了安吉以及余村人民开创自己历史的生动美好场景。作品发现和挖掘了远古生态状况、生态农场、乡村旅游、农家乐、生态人、安吉白茶、安吉竹海开发等绿色经济建设生动感人的细节,组合成一个生态文明建设的典型环境,深入报告了经济发展方式转变后的农村经济健康发展绿色发展的现实,报告了农民在新的改革历史进程中的实惠所得。作品突出了安吉的绿水青山与大上海黄浦江的源流关系,一下子把一座小山村与中国深化改革的历史责任历史命运联系在一起,深化了我们对美丽乡村建设的重要性的认识理解,深化了我们对"两山"理论的认识理解。作品的思想格局由此更开阔,主题由此得到升华。

生态文明与中国时代

何建明是一个能出思想的报告文学作家。他的每一部作品,都会有作家自己的发现,都会在思考中,找到思想的闪光点。在《那山,那水》里,作家则是在描写小山村人民建设美丽乡村的历史进程中,传递出一个新时代的信息,发现一个新的时代的孕育。这个新的时代，作家把它命名为"中国时代"。

从人类文明发展史看，人类开辟了农耕时代，创造了农耕文明；开辟了工业时代，创造了工业文明。现在看来，工业文明比农耕文明进步，而人类却要付出沉重的代价。

工业社会的高速发展无序发展，造成的环境生态的严重破坏，带来了人与自然、人与社会、人与人的关系的空前失衡，越来越紧张，越来越冲突，越来越畸形，人类的前途命运正在经受严峻的考验，如果现代人类长期不觉醒，结局一定不会好。好在人类具有忧患意识，面对风险和危机，被迫去寻找新的出路，寻找人与自然，人与社会，人与人重新获得和谐共生的出路，并由此创造和建立新的文明关系。这种关系我们用"生态文明"这个概念来认定来描述。一百多年前，美国作家梭罗在他那本著名的散文集《瓦尔登湖》里就生动描写了人与自然和谐的生活状况，主张一种用今天的话说就是低碳简约的生活。而今天我们所说的生态文明，已经不仅指个人行为，而更多指人类共同命运的选择。

看上去，这个概念理论共识度很高，但实际上，一旦进入经济社会发展的层面，各国差距非常大，特别是西方发达国家与世界广大发展中国家，认识上的差距会越来越大。一些西方发达国家，它们的发展多数以破坏环境为代价；今天它们蓝天白云的生态，是把污染破坏环境危机转嫁给发展中国家的结果。一些发展中国家，为了生存，也需要追求高速发展，也走发达国家的老路，结果环境的危机不断加深，最终成了发达国家的垃圾场，经济发展受阻畸形，人民生活贫困艰难。

中国的发展不能用这样的方式。中国必须走出一条自己的生态文明建设道路。事实证明，在以习近平同志为核心的党中央的坚强领导下，中国人民探索开创了一条在世界上独一无二的正确发展道路，积累了让世界瞩目的中国经验。当前，中国正在把自己的经验与世界分享并由此对人类文明的发展做出自己的贡献，助力世界走向生态文明的时代。这样的时代，也是中国在世界上树立自己形象，发挥世界影响的时代。从这个意义上说，报告文学《那山，那水》提出的"中国时代"概念，是有充分的现实依据，是很有思想文化分量的，实际上就是我们今天所说的新时代。

作品问世后，产生了强烈的社会反响，也引发了评论家的高度评价。评论家丁晓原说："中国由站起来、富起来到进入新时代的强起来，而'美起来'正是'强起来'的题中应有之义。何建明从余村的'那山，那水'中，发现深蕴其间的建设美丽中国的样本价值，挖掘这个典型生态所具有的重大时代主题。"[1]

第二节 《诗在远方》："脱贫攻坚"的"闽宁经验"

长篇报告文学《诗在远方》自觉抓住了我们现实社会发展的重大主题，再次把创作思想和作品主题推到时代精神的高地上。《诗在远方》以饱满的政治热情和深刻的社会思考，生动展开宁夏人民脱贫攻坚的艰难壮丽的历史画卷，特别突出描写了福建人民与宁夏人民在长期的脱贫协作中共同探索创造的"闽宁经验"诞生过程，从而反映中国人民奔小康，创造自己美好生活，走共同富裕之路的伟大实践，讴歌了我们新时代的伟大精神。

宁夏人民摆脱贫困的史诗

《诗在远方》把宁夏人民脱贫斗争看作是一部时代的史诗，着力表现了这部史诗最华彩的乐章："闽宁经验"。作品一开头，就写出了宁夏西海固地区贫困的严峻状况。这个名字有"海"的地方，却因为严重缺水而成为中国最贫穷地方。在人们的印象中，它的名字就和"贫穷"连在一起，就是"贫穷"的代名词。新中国成立以后，党和政府不断加大地方建设和治水力度，改善人民生活，但直到改革开放前，当地经济仍然很落后，人民生活仍然很贫困。作品写到，中国改革开放那一年，南方人民欢呼雀跃，西海固却因严重干旱出现恐怖的粮荒，贫苦生活雪上加霜。南方成为经济发达地区，更突显出宁夏等经济欠发达地区贫困问题的严峻性，解决问题的迫切性。

1996年秋，中央在北京召开了我们党历史上规格最高的中央扶贫工作会议，部署安排了福建与宁夏对口扶贫协作，时任中共福建省委副书记的习近平总书记担任福建省对口帮扶宁夏领导小组组长，从此，宁夏脱贫工作翻开了新的一页，开创了新的局面，创造了新的历史。应该说，宁夏人民十分幸运。和其他沿海经济发达地区相比，福建省当时还不算富裕，自己扶贫工作也很艰巨，但福建人民政治觉悟高，大局意识强，无私地向宁夏困难地区人民伸出援手。更重要的是，习近平总书记曾工作在扶贫脱贫工作第一线，积累了丰富的实践经验，在长期思考人民群众如何脱贫问题的坚实基础上，形成了自己独到的"摆脱贫困"的思想，是一位成熟的政治家、思想家、实践家。有了习近平总书记的领导，福建对口扶贫协作工作坚强有力，落实到位。他一到宁夏，就深入到基层调研，一下子就能看到问题根本所在，一下子抓住问题的"牛鼻子"，在人民群众"吊庄"的探索中，提出了建设一个"闽宁村"的构想，带动宁夏扶贫脱贫工作，打开了宁夏扶贫脱贫的工作思路，也指引着宁夏扶贫脱贫工作开创了新局面，进入了一个新的时代。《诗在远方》正是重点围绕着"闽宁村"的建设，描写福建的扶贫工作者按照习近平总书记的指示，经过多年的努力，帮助协作宁夏人民用自己的劳动，在一片空白的黄河荒滩边上，建起一座经济繁荣发展，人民安居乐业的现代集镇，对宁夏的脱贫工作起了示范性作用，为宁夏脱贫攻坚作出了重要贡献。"闽宁镇"的建设模式，也因此提炼升华出宝贵的"闽宁经验"。正像习近平总书记在视察"闽宁镇"所说的那样：

"闽宁镇探索出了一条康庄大道，我们要把这个宝贵的经验向全国推广。"这是宁夏扶贫故事，也是中国人民摆脱贫困的斗争故事。这部史诗般故事的华彩乐章在中国大地上奏响，也化为作家作品深刻而深远的思想主题。

《诗在远方》深刻反映了习近平新时代中国特色社会主义思想指引宁夏脱贫攻坚的生动实践。当年习近平同志到福建贫困地区宁德担任地委书记，当地一些同志曾希望这位有"背景"的"一把手"能带来大资金，带来大项目，一下子让宁德这个贫困地区经济繁荣起来。然而，习近平同志却一头扎进农村田间，扎到农民中间，扎到最贫困的村子里，做深入细致的调查研究工作，得出了一个对日后对中国扶贫脱贫工作具有深刻指导意义的思想结论，那就是，宁德地区在经济发展中是一只弱鸟，短期内不是靠所谓的大资金、大项目就能解决根本问题的。眼下当地老百姓生活还很艰苦，应该把工作重心放在解决老百姓生活，改善民生方向上。解决贫困问题，提高群众依靠自己的力量走共同致富道路的意识和观念，滴水穿石，久久为功，助力弱鸟先飞。人民对美好生活的愿望与追求，萌发了心中装着人民利益与幸福的习近平总书记的新思想。现在的理论评论家把"弱鸟先飞"的认识与实践，看作是习近平新时代中国特色社会主义思想的最初萌发。习近平总书记在后来的工作实践中也一直坚持和探索他在宁德工作期间的积累的理论思考，形成他的"摆脱贫困"的重要思想，成为习近平新时代中国特色社会主义思想的重要组成部分。而闽宁对口帮扶协作，正是习近平总书记"摆脱贫困"思想的一次重要实践和理论提升，为日后在国家战略层面上，指导中国脱贫攻坚打下坚实的实践和思想基础。作品正是以这种历史发展和现实要求为线索展开对"闽宁镇"的描写，对红寺堡区的描写，对西海固的描写，对宁夏脱贫攻坚斗争的描写，让我们从"闽宁经验"中看到了习近平总书记"摆脱贫困"思想发展的生动历程，感受到中国共产党人"以人民为中心"为人民谋幸福的不变的"初心"，由此开阔了作品的视野，构筑了作品的立意，拓展了作品的格局，找到了主题之魂。

《诗在远方》深刻揭示了"闽宁经验"对中国脱贫攻坚的指导意义。从作品的描写中我们可以认识到，脱贫攻坚要啃下"硬骨头"，最根本就是让老少边穷地区的老百姓脱贫致富，让他们有获得感、幸福感、安全感，最根本的就是发展"民生"。而作为中国脱贫攻坚主战场之一的宁夏，在许多"一方水土养不活一方人"地方，扶贫脱贫任务十分艰巨，甚至看上去没有办法，没有出路。如西海固的许多村庄，长期干旱，生存条件恶劣，越来越不适合人居。唯一的办法就是贫困群众的"整体搬迁"，也就是所谓的"吊庄"移民，一揽子解决问题。"闽宁镇"就是从"整体搬迁"开始的。然而，搬迁难，稳住更难，让群众安居乐业则难上加难。从土地规划、基础建设、产业布局，从群众安置到打工就业，以及各种社会服务，事无巨细，都是难啃的硬骨头，都必须管起来，都必须安排好。福建对口扶贫协作就是重点要解决这些难题，啃这些硬骨头，探索走通一条共同致富的康庄大道。作品描写了福建人民勇挑重担，迎难而上，政府组织本省企业家来这里办厂创业，帮着解决就业问题，企业家们纷纷响应。他们把自己最好的产业，最有竞争优势的产业搬到"闽宁镇"。如菌草大专家林占熺，刚从非洲传授种蘑菇技术回国，就接着奔赴宁夏指导农民种蘑菇。要在西部贫困地区发展菌草种植业，谈何容易，但福建人就是硬闯了一条路子，在地理条件气候条件如此不充分的情况下，通过多次探索试验，终于种出了具有市场竞争力的蘑菇。如今，蘑菇生产已经成为"闽宁镇"一个重要的支柱产业。还有福建人帮助西海固开发当地土豆产业的故事，也非常有代表性。他们不但把土豆创出品牌，还使当地人民找到一条致富的好路子。许多人过去种土豆，越种越穷，现在靠土豆种植致富。泾源县的福建挂职干部提供了这样的情况：三分之一的家庭有小轿车。这种创业故事，还有很多。而在宁夏许多地方，如红寺堡区、西海固地区到处都有福建企业的作为。可以说，福建的企业家们托起了"闽宁镇"的经济，夯实了"闽宁镇"的经济基础。没有这种产业的支持，"整体搬迁"就无法持续下去。"闽宁镇"的成功实践，确实能够提升到"经验"的层面向全国推广，助力全国的脱贫攻坚。

福建人民与宁夏人民的情谊

《诗在远方》塑造了一大批扶贫工作者形象，感人至深。"闽宁经验"凝聚着福建和宁夏两地扶贫工作者的心血与智慧，凝聚着强大的社会力量，特别是企业界的力量。他们为宁夏贫困地区这些"弱鸟"的腾飞，起到了不可低估的重要作用。他们集合在一起，组合成中国扶贫工作者践行"不忘初心、牢记使命"的整体群像。其中，特别感人的当数时任福建省扶贫办主任的林月婵同志。如今，她已是退休多年的老人，行动很不方便，说话也困难，口齿不清，但当年，她是一个风风火火、雷厉风行的女干部。接受任务以后，不辞劳苦，来回奔波两地之间，理顺复杂关系，解决各种的难题，组织安排企业前往贫困地区投资，把当地困难群众安排到经济发达地区打工就业，做了大量的工作，特别是"闽宁镇"的建设，她的作用更加突出。她把人生最好的一段岁月，都奉献给了宁夏的扶贫脱贫事业。现在说起"闽宁镇"，老人仍然激动不已，好像又年轻了许多。这个扶贫工作者给我们留下深刻的印象。还有一大批挂职干部功不可没。如担任同心县副县长的福建挂职干部黄心源，牢记习近平同志作为闽宁对口扶贫协作领导前来调研时说的一句话：扶贫不要忘了帮扶贫困家庭孩子上学。他一个乡镇一个乡镇，一所学校一所学校地跑，调查全县的教育资源。他挂职两年，为同心县新建了石狮村、移民新村黄石村，建石狮职业中学和七所小学，改建支持多所希望小学，让上千名辍学儿童重新回到学校。"80"后的企业家，2017年响应闽宁对口扶贫协作的号召，在西海固办起了做服装的扶贫车间，产品主要销售到欧洲。他决心把扶贫车间办成和福建沿海一样的世界工厂。他们已经把宁夏当作自己的家乡来热爱，来建设，来发展。他们是"闽宁经验"的开拓者和创造者。

《诗在远方》显然要告诉我们，中国摆脱贫困的斗争，为世界减贫事业提供了积极作为的中国方案，为人类文明的进步事业做出了中国人民应有的贡献。中国虽然解决了绝对贫困问题，但中国的摆脱贫困的斗争并不会中止。与之相衔接的乡村振兴战略，正是中国反贫困斗争的继续。实际上，"闽宁镇"的今天，也正是中国西部乡村振兴的一个高光样本。"闽宁经验"还在继续推广，创造生活的史诗还在续写，美好的诗还在远方。

第三节 《大桥》：中国造桥人为什么能？

工业题材的重要书写

新时代的中国报告文学正在迎来又一个繁荣发展的好时期。长篇报告文学《大桥》更是抓住港珠澳大桥国家重大建设项目，生动地讲述了中国造桥工程师们的故事，成功地塑造一大批为民族为国家无私奉献的中国造桥人的英雄形象。以往何建明直接写国家重大工程建设的作品并不是很多，但并不意味着他没有思考。这部作品，是他创作上的一个突破。

作品的主人公林鸣是港珠澳大桥控制性工程的总指挥和总工程师。这个中国桥梁建设行业举足轻重的工程师，在港珠澳大桥建成后，终于有一点时间带着作家站在辽阔的伶仃洋中间连接着大桥的人工岛上，讲述着那过去艰苦奋斗的岁月和一个个百感交集、激动人心的日子。由此，通过作家生花之笔，我们知道了他们建造的是一座第一流的世界级大桥，在世界上，数一数二。这是一座对国家来说，具有重要战略意义的大桥，将在根本上推动港珠澳地区经济发展格局的大变化，加速这个地区不断扩大对世界经济发展的深刻影响力，同时，也是一座挑战当代世界建桥工程技术难度的大桥，特别是核心和关键工程——岛隧工程，技术难度世界绝无仅有。由此，我们知道林鸣工程师和他的团队干了一件震惊世界，载入历史，充满民族自豪感的大事。

作品用极为简洁的语言描绘了大桥与"岛隧工程"的规模与它们之间的关系："大桥长55公里，用去钢铁达42万吨，相当于60座埃菲尔铁塔的用钢量。海中主体桥梁被分成478个单元，平均每个单元重量超过2000吨，完全是工厂化制造和大型化设备海上安装。这是世界上最大规模的装配式钢构桥，而最艰巨的大桥工程部分，即林鸣负责的海底隧道——要在几十米深的海底，瞎子摸象似的进行厘米级误差的隧道沉管安装，故此也是世界级难题。33节沉管中的每一节沉管内都是复杂无比的航母级技术，再将每节重约8吨的33节沉管在海底无缝衔接起来，确保滴水不漏且保持120年寿命。"也许，这些资料，我们从一些新闻报道里，都可以零散读到。作家把这些资料集中编排在一起，一下子把工程的艰巨性和氛围的严峻性放到了读者的面前，就让人能明白把这个工程承担起来的，一定是一群非常了不起的人。

作家通过对林总和许许多多工程师的采访，获得了大量鲜为人知十分宝贵的第一手材料，更真实更生动更细腻地还原了创造奇迹的具体场景，从而让读者直观可感地认识感受到"大国重器"的分量与价值。当然，作家在这里更多的是要独家记录和展示这些建桥人的心路与精神，提炼出这座伟大桥梁生命与灵魂所在，更深刻地揭示这座世界最难建又最美丽的大桥之所以能够耸立于中国深海的秘密。写出建桥工程师们的真实风采，写出时代的精气神，写出中国人力量，是《大桥》这部报告文学力作的使命所在。

着力塑造中国建桥人形象

林鸣是《大桥》这部作品着力描写的人物，是中国建桥人群像的代表。为了这座大桥的建成，他把自己十多年最好的年华都奉献出来了。从一个风华正茂，才华横溢的中年工程师，变成了两鬓灰白，沉着稳健的重大工程的指挥者。这期间，他参加了国家好几座大桥的建设，承担繁重的领导工作，有意识地积累着实践经验，提高解决各种复杂困难的能力。然而，面对港珠澳大桥的"岛隧工程"，这些从未遇到的难题，他和他的团队还是深知，以往积累下来的经验在这项工程面前显得捉襟见肘，不够用了。向世界第一流的公司求救吧。一谈判，人家拿着先进技术，坐地起价，不出高价不给。要咨询可以，给三个亿，只能给你点一首"祈祷歌"。这种傲慢与无礼，简直让中国人忍无可忍，彻底被激怒了，同时也让林鸣的团队彻底清醒。他们终于明白，外国人看不得中国人好。中国人的事情说到底只有中国人自己来办。不是不相信中国人自己能建这样的大桥吗？那中国人就建给他们看。只有我们长志气，不低头，就能让他们最终和你合作，就能找到我们需要的合作者。林鸣带着团队，就是这样克服种种难以想象的困难，调动起各方面的力量，通力合作，开始了"岛隧工程"的上马，也开始了他们艰难的建桥历程。从这里开始，我们看到，林鸣的形象以及他的团队的群像，一点一滴清晰起来，鲜活起来，丰满起来，展现了新一代中国造桥工程师们的时代风采，也展现了中国人发愤图强的攻坚精神和不屈不挠的民族精神，由此展现出一个正在崛起的大国形象。

作品主题很鲜明，情感很饱满，理直气壮地把林鸣和他们团队当作我们时代，我们国家的英雄来描写，来表现。身上承担着国家的重托，民族的理想，攻克世界难度最大的大桥，完成了一个造桥人对国家的承诺，的确配得上"英雄"的称号。我们这个时代的传奇，就是这些具有英雄气质的人创造的；我们这个时代的精神，就是这些具有英雄气质的人撑起来的。文学必须热情真实准确及时地记录下来，传给后人。如果我们今天不记录，不书写，那么，也许有一天，人们就不知道中国大桥里面藏着这么伟大悲壮的历史，也可能忘记这些曾经艰难奋斗的人们，他们的业绩他们的精神甚至还会被抹黑被歪曲。从现在文化情况看，消解和妖魔化中国历史、中国现实的人还不少。因此，文学讴歌时代，讴歌英雄的意义非常重大。

《大桥》把这些具有英雄气质英雄品格的建桥工程师们写得很真实，写得很可爱。这些专业人士其实都是普通人，平时和我们每一个人一样，都有喜怒哀乐，都有各种各样的性格，都有世俗生活的烦恼与快乐。可是，当他们被集合在大桥的核心部位"岛隧工程"的时候，就变成了一个坚强的集体，就特别有正气，特别有力量，特别有智慧，特别能战斗，就是一个英雄的团队。当然，他们当中的代表人物，就是领头人林鸣。看得出，作家从这个看上去很平和，但工作起来完全忘记自己的总工程师、总指挥身上，看到中国工程师的科学态度和良知，看到中国先进知识分子的家国情怀和道德，感受到一个民族立于世界民族之林的坚强意志，感受到这个英雄团队的英雄本色。

值得一提的是，作品重点突出强调了这个英雄团队的"自力更生，艰苦奋斗"的传统精神，从而深化了我们对中国造桥人故事的认识与理解，也因此突显了主题的时代性。作品写林鸣团队在"岛隧工程"的各个阶段，与国外合作公司斗智斗勇，在谈判中获得主动的故事，读来十分生动感人，写一些强势的外国公司，从逼我们就范到为我们升旗的故事，升华和深刻诠释了"自力更生"的思想。

作品想通过林鸣团队的精神告诉读者,"自力更生,艰苦奋斗"的中国传统,任何时候都不能丢。革命时期是这样,和平建设时期也是这样。特别在当代,更是走向世界的中国人破解困局,争取胜利的法宝。港珠澳大桥的建设贯穿始终的一个思想灵魂,就是"自力更生,艰苦奋斗"。也许,这是中国造桥人为什么能行的关键密码。

克服创作的难度

写科学家,写国家重大的科研项目,写大工程,一直是报告文学的大难题。人物的故事和人物形象,通常都会被淹没在大量的科学数据和专业术语之中,很难凸显出来,也很难让读者接受,作品的生动性、思想性和传播性都会受到影响。所以,写这类题材,文学上失败的风险特别大。当代报告文学这类题材不少,但写得好,写得动人的则很少。何建明近年来的创作中,对这类题材的选择也持谨慎态度。《大桥》是他近年来首次选择的重大工程题材。

光看那些密集的工程数据和大量费解的专业术语,我们就知道,这部作品写作难度是相当大的,一般的作家很难写好。不过,一旦读进去,我们很快就发现,作家的表述非常流畅,并没有什么阅读障碍。尽管作品不得不面对主人公专业思维和专业话语,可读者却能够轻易越过去,读到故事情节的鲜活,感受到人物个性的血肉,顺利地和主人公思想沟通。一个大作家,就是有这个本事,把最复杂的专业过程,化为极富阅读魅力的生动故事。

在其他一些作家的作品里,最华彩的章节可能是侧面写主人公的儿女情长,侧写他的世俗生活。《大桥》最为华彩的章节则是作家正面描写工程施工的部分,是由主人公林鸣组织指挥的施工现场。当然,这部作品儿女情长的细节也是非常生动的。如写厚道的日本沉管安装专家花田,跑来向总指挥林鸣辞职。不为别的,就为受不了中国人大胆果敢的海底沉管作业。一辈子没见过这么干的,太害怕了，吃不下饭，睡不着觉。那些惊心动魄的海上作业现场描写，更显示出作家的功力。如写整整用了一百个小时的第一次沉管作业过程，让人读来会一阵阵揪心。要把180米长，8吨重的沉管运到现场，放入地势不平，满是烂泥的海中，稍有不小心，就会失败。事实上，工程师专家和工人们是经过两次失败，第三次才完成作业的。事实上，海上气候变化，海底泥沙变动，都直接影响到沉管的安装。可以想象，要把33节这样的沉管沉到海底，能让度会有多大。还有写"最终接头"。作家有一个生动的比喻："如果把连接起来的33节沉管比作我们身上的腰带的话，那么最终接头就像最后装嵌在腰带上的皮带扣。大海深处的隧道无论长度几何，由多少沉管连接而成，没有这最终接头，也就没有海底隧道一说。"很通俗就讲清楚了最终接头的重要性。接着，作家才告诉我们，这是当今世界最尖端的技术，沉管作业难，但更难的是最终接头。不掌握这项复杂尖端技术，就不会有隧道工程。一下子，让读者穿越专业技术的门槛，直接感受到现场的氛围。这样的场景描写，构成了这部作品的叙述主体，也构成了这部书写中国最伟大的工程独有的文化价值。应该说，这是报告文学写作的一次突破。

何建明这部作品显然得到评论家们的认可，也获得了很高的评价。作品出版以后，评论家们以前所未有的热情向社会读者进行推荐。评论家彭程说："整部作品，自始至终激荡着一种精神，如同伶仃洋中汹涌翻卷的波涛。它是一曲信念、意志和拼搏的颂歌，是对建设者们炽热的爱国情怀，高度的职业荣誉感的忠实记录。"② 评论家胡平说："何建明抓住了最重要的题旨，实现了这个题材最大的潜力。"③ 评论家郝振省说："一曲气壮山河的中国精神正气歌。"④

第四节 《革命者》："牺牲"书写党史

红色题材的标志性作品

2021年，是中国共产党建党100周年。中国共产党于1921年7月在上海召开第一次全国代表大会，当时，全国党员人数有50多名，经过100年的斗争，已经发展为拥有9000多万党员的全球第一大党，也是世界执政时间最长的马克思主义执政党。这样一个历史节点，也是中国文学反映中国革命历史，讲述红色故事的大好时机。中国报告文学作家创作出一大批以党史百年为题材的优秀作品。如徐剑的《天晓——1921》、徐锦庚的《望道》、丁晓平的《红船启航》等。而何建明则以《革命者》这样一部非常出色的作品唱响了时代的主旋律。事实上，红色历史题材报告文学创作一直就是何建明的强项。进入新时代以后，他显然更加主动思考和加强红色题材的创作。《革命者》可以看作是他这个题材创作的标志性的作品。

《革命者》刚出版不久，读者就注意到这部作品在"百年党史"题材创作中的与众不同的特点。如果说，多数作品视点多在"建党"，多在讲述中国先进知识分子如何把马克思主义引入灾难深重的中国，多在揭示马克思主义中国化的基本规律，多在表现一个先进的政党与中华民族伟大复兴的深刻关系的话，那么，何建明的《革命者》则把视觉焦点集中在上海这个中国共产党的诞生地，突出了上海作为后来的中共中央所在地的艰难困苦，突出了上海共产党人的"牺牲"。自建党后到1933年的大部分时间里，中共中央就一直在上海领导全国的革命斗争。也因此，上海也成了中国共产党对敌斗争的最剧烈、最残酷、最严峻的第一线。上海的共产党人任务最重、压力最大，代价最大、牺牲也最大。在这些腥风血雨的岁月里，无数上海的共产党员牺牲在敌人的屠刀下。同时，一代一代的上海革命者，站立起来，前仆后继，走上了这条用烈士鲜血染红的革命道路。上海为中国共产党的发展，为中国革命建立的不朽功勋，值得中国文学大书特书。基于这样的思考，《革命者》形成了自己的问题导向，找到了自己主题的表达方向。

上海革命史话

作品一开头的故事，就让人产生崇高的悲壮感：1949年10月1日，毛泽东主席在北京天安门城楼上庄严宣告中华人民共和国成立。在主席身边见证着这个伟大历史时刻到来的人群里，有一位叫黄炎培的先生，心情比任何人都激动，也忍着巨大的悲痛。因为，就在十天前，也可以说人民共和国诞生前夕，他的二儿子，上海地下党员黄竞武被国民党特务残忍地杀害了。

这个细节，揭开了《革命者》展开"牺牲"主题的序幕。实际上，上海的龙华和南京雨花台两座革命烈士纪念馆里，展示着5000多位先烈的名录与事迹。黄竞武同志只是其中的一个。更多烈士的名字与事迹至今还鲜为人知。光1927年这一年，牺牲的共产党员和革命者就达数万人之多。他们的故事我们永远也讲不完。中国革命的残酷与壮烈在这些革命者的献身中体现出来，中国共产党人的牺牲精神也在这些烈士身上体现出来。报告文学《革命者》重点要叙述的，就是那些鲜为人知的牺牲故事。

《革命者》用了10个章节描写历史的现场，用文学的方式记录着这些革命者的事迹。尽管作家做了相当的努力，整部作品提到的革命者的名字，也只有百人之多。多数人特别是那些更多的不知名的革命者故事，都无法在作品里展开讲述。就算这样，我们仍然清楚地看到，自中国共产党成立以来，特别是党的早期，上海地区共产党人的牺牲，以及这种牺牲对奠定党的历史的重要性。而且，作品还帮助我们梳理了这些牺牲的革命者的两个特点：一是年轻，多为热血青年；二是党内职务越高，牺牲的危险越大。

从作品讲述的上海革命史看，黄仁同志是第一个牺牲在上海街头的中共早期共产党员，牺牲时才20岁。而顾正红同志也是牺牲在上海街头的一位共产党员，时年也是20岁，入党才3个月。1925年，因棉纱厂的日本厂主经常打骂女工，开除大批男工，并指使租界巡捕房无理抓捕工人代表，引发了工人们的强烈不满。为打击资本家嚣张气焰，中共的领导决定组织和领导一次工人罢工。入党3个月的顾正红挺身在罢工工人的前列，与资本家进行面对面斗争。日本工厂主也纠集力量反扑，对工人大打出手，并开枪镇压。挺在前面的顾正红不幸中弹牺牲。他的牺牲，直接引发了上海工人运动进入一个历史性高潮。这就是历史上著名的"五卅惨案"和与之相关的"五卅运动"。革命形势向纵深发展，危及了反动军阀的统治，也会带来更加残酷的镇压。这意味着我们党要付出更大的代价，牺牲更多的优秀分子。作品列出了1925年5月31日这场大游行被捕杀的13名共产党员和革命者名单，平均年龄只有21岁。

作品用相当的篇幅回顾"老上大"的历史。这座当时濒临解体的所谓大学，经过党的力量和进步知识分子的改造，成为一座革命的大熔炉，"老上大"五年培养了一大批具有革命精神和理想的优秀人才，为上海以及全国的革命输送了一批人才。许多青年从这里走到斗争的第一线，成为坚定的革命战士，也成为党的重要领导干部。他们当中许多有为青年，为革命献出了宝贵的生命。其中有恽代英、侯绍裘、张应春。他们牺牲时分别为36岁、31岁和26岁。

1927年大革命失败后，上海笼罩在一片白色恐怖之中。而三位中共重要人物汪寿华、赵世炎、罗亦农几乎同一时间牺牲，就义年龄只有26岁。他们都是三次上海武装起义的领导人，都是忠诚坚定的革命家。前两次武装起义都是由于条件不成熟失败了，第三次武装起义，周恩来同志亲自担任总指挥，取得了胜利。尽管胜利成果很快就被蒋介石叛变革命而出卖了，但实际上是中共实施武装夺取政权的一次重要演习，有沉痛教训，也为日后我们党立足农村的武装割据战略，积累了许多丰富的可行经验。建立武装夺取政权的思想和实践，是中国共产党由进步知识分子组织，向能够领导中国人民获得翻身解放，领导中华民族伟大复兴的政党转变的一次重要飞跃。从这个意义上说，三次上海工人武装起义，意义非常重大。上海人民以巨大的牺牲和代价，推动着中国革命艰难地前行。

中共在上海高级干部的牺牲，何止汪寿华、赵世炎、罗亦农三人。作品另一个叙述重点内容就是建在上海的江苏省委的故事，从中让人看到，党的高级干部们所面临的比一般党员更危险的境遇。"从1927年6月到1935年1月上旬上海中央局命令'终止行动'的八年中，省委受的摧毁性破坏不下七八次，在这个过程中，有多位干部牺牲，他们都是我们党早期杰出的精英人物"⑤，中共江苏省委第一任书记是陈延年，上任不久后就被捕并在一个星期后遭杀害。新的省委书记赵世炎到任后就被叛徒出卖被捕，17天后牺牲。1928年6月，年仅26岁的中共中央委员、江苏省委组织部长陈乔年被捕牺牲。1933年8月29日，曾任中共江苏省委书记的工人领袖罗登贤，被押上雨花台英勇牺牲，年仅28岁。

背叛者太多了

作品没有回避一个事实，那就是党内叛徒太多，党内高级干部中出现叛徒太多。这就是为什么党内职务越高，危险也越高的根本原因。江苏省委不断被破坏，领导干部、高级干部不断被捕牺牲。1934年许包野从厦门市委书记岗位上被中央调到上海，担任江苏省委书记。他担任省委主要领导的3个月，每天都在躲避叛徒的出卖的危险中度过，就算单线联系，也防不住叛徒的无孔不入。他后来调任中共河南省委书记，也没有逃脱叛徒的魔爪，牺牲在敌人的牢房里，时年 35 岁。这些年里，中共江苏省委前后牺牲了二十多位省委负责干部，真是触目惊心。上海边上的浙江的共产党人也同时处在受叛徒告密，组织破坏的困境中。浙江的许多干部，多从上海派去，许多人都有在上海工作的经历，都是上海地下党培养出来的，可以看作是上海革命史的延伸。他们的牺牲也可看作是上海地下党的重大损失。

关于当时党内不断出现叛徒这一现象，作家何建明说："无数次听党史专家这样说：一个烈士的后面，总是'站'着一个叛徒。"⑥ 这就是革命，这就是革命的严酷。中国共产党的早期斗争，就是这样走过来的。每一个从这样的环境生态中走出来的共产党人，都是铁骨铮铮的英雄好汉。报告文学《革命者》这样告诉读者。评论家马娜说：这部作品"以革命激情讴歌革命青春"⑦。评论家沈文慧说："是对上海革命历史的深度呈现，更是对革命英烈的深情礼赞。"⑧

第五节 《复兴宣言》《浦东史诗》：新时代大上海壮美画卷

《复兴宣言》站在百年新征程起点上，以作家饱满的热情和深刻的思考，回望上海百多年历史进程，改革开放历史进程，新时代的历史进程，抒情诗般地展开上海经济社会发展的壮美画卷，表现在中华民族伟大复兴不可逆转的新时代上海人民的伟大创造精神，展现大上海作为中国一座现代化国际化城市波澜壮阔的新时代风貌，塑造了上海"人民城市"的文学形象，是一部认真学习党的二十大精神、体现大历史观、大时代观的优秀报告文学作品。

大上海的时代风貌

作品内容主体由四大部分组成：第一部"江河造梦"讲述百年

上海之梦。百多年前，上海开埠以后，饱经帝国主义、殖民主义的掠夺与霸凌，作为东方最繁华的大都市，上海人民却生活在水深火热之中。上海并不是中国人的上海。中国无数的仁人志士，为了上海成为中国自己的"大上海"艰苦奋斗。中国共产党在这里诞生，开创了上海新的历史。在中国共产党的领导下，建立了新中国，上海人民经过流血牺牲，才让上海回到人民手中，真正实现"大上海"的梦想。作品引用了百多年前的一部幻想小说里描述百年后"新中国"，证实了当年上海梦的真实性，作品更以唯物史观的态度告诉我们，只有中国共产党，只有上海人民，才能把梦想变成现实。

改革开放时代，给上海带来了难得的发展机遇，打开了广阔的发展空间。上海的决策者们以中国共产党人思想解放的勇气、创新的胆略和高瞻远瞩的历史主动精神，充分发挥上海作为中国重要工业城市的资源优势，充分发挥"长三角"地理优势以及上海特有江河的位置优势，更重要的是充分依靠发挥调动上海人民的强大力量和创造智慧，经过短短几十年的努力，把上海建设成屹立于世界东方的一座现代化国际大都市，对世界经济发展起着举足轻重的影响。其间，作品讲述了许多带有浓厚传奇色彩的真实故事，如日本华侨孙忠利以2805万美元拍到上海第一块国际招标出让的土地的故事，不仅传奇，而且打开了上海人的眼界，激活了上海人的智慧，有着深远的意义。作品还用相当的篇幅去讲述浦东开发的故事，外滩开发和新外滩开发的故事，苏州河治理和旧厂区、棚户区改造的故事，城市治理和更新的故事，全方位地展示轰轰烈烈的上海改革开放的现场和图景，为新时代上海更快更好的发展夯实了深厚的基础。

第二部"'中国化'之路"聚焦上海对中国作为世界制造业大国，向世界制造业强国迈进的重要引领作用，深入描写了上海人民在习近平新时代中国特色社会主义思想指引下，所创造的世界瞩目的经济发展奇迹，提炼出"上海制造"的上海精神、中国精神、民族精神的丰富深厚内涵，突出了中国式现代化的时代主题。作品讲述了上海汽车制造业的故事。与世界先进汽车制造业的合资尽管谈判曲折困难，尽管付出沉重的代价，但上海仍然坚定推动着积极吸引外资与外资合作制造业的决策，由此开启了上海主动学习世界先进科学技术思想，学习当代前沿进步高科技的道路，不仅争取到了上海快速发展的机会，而且打开了上海融入世界经济发展格局的巨大的空间。钢铁行业、造船业，以及港口建设都是上海制造的传统强项，作品写出了许多具有新鲜感的故事。如宝钢的故事，发现开发洋山深水港的故事。在讲述中国大飞机研制的艰难历程时，作品突出国际斗争的尖锐性、复杂性、艰巨性和深刻性，突出了高新科技竞争较量背后的意识形态斗争，以及中国成为制造业大国强国所面临的困难的国际环境和严峻局面，让人深切体会到走中国式现代化的深远意义。而芯片领域里的斗争更是风起云涌，惊心动魄。张汝京先生在上海研造中国自己的芯片的故事则带着相当浓厚的悲剧色彩。他放弃了国外优越的创业条件，回到自己的祖国，在上海成立了"中芯国际"公司，一心要为自己的国家生产出芯片，却遭受台湾民进党当局的打压，也屡屡中了同行"台积电"的冷枪，不得不做出离开芯片行业的选择。但他宁可选择个人的损失，也要把自己创下的芯片产业完整留下来，交给上海继续发展中国芯片。海外华人的赤子之心跃然纸上，感人至深。

第三部"后来者居上"则是重点讲述上海面向世界，建设第一流世界经济、金融、贸易中心的故事。在"百年未有之大变局"时代，世界经济走下坡路之时，上海起着"压舱石"的作用，参与引领着世界经济破解困局，稳步前行。上海过去是金融中心，在当代世界发展格局里，争取国际地位的，还是要靠上海。只有争取到这个金融的国际地位，中国才能成为世界经济的引擎，上海才能建成全球经济动力之都。作品提供了一个数据，陆家嘴已经建成名副其实的"金融城",吸引 291 家世界和中国最著名最有实力的金融租赁机构入驻。这个小小的地方,以上海十分之一的企业数量,贡献了上海一半的税收。其融资租赁企业的资产规模达 1.3 万亿,占全国的六分之一。而其中的环球金融中心,高 492 米,落成时为"中国第一高楼",现入驻了上百家世界级金融财团和机构。如法国巴黎银行、金融巨头摩根史丹利、安永会计师事务所等。

第四部"人民至上"读起来可能没有前三部那样气势恢宏,波澜壮阔,却更加入心感人,通过几个深入人心的"民生"工程,写出了上海城市发展的动力来自人民,为了人民,充分体现出习近平新时代中国特色社会主义"以人民为中心"的理论精髓和思想理念,在上海城市建设发展中的生动实践。作品把视角聚焦在上海破解"民生"问题,讲述了"人民城市人民建,人民城市为人民"的城市更新故事,讲述了上海普通老百姓在上海发展历史进程中的获得感、幸福感和安全感的故事。如"滴水湖"生态建设工程,如松江小镇建设工程,如"口袋公园"建设工程以及多项利民文化建设工程等。当然,最牵动上海人心、最得老百姓之心的还要数大规模的安居工程,作品对此有着特别用心,特别细致的描写。如被称之为"第二次解放"的"穿衣戴帽换内胆"居民居住改善工程,如给老旧小区加装电梯的工程,如黄浦区工人居住区的改造工程等一系列民生建设。

民生"硬道理"

作品对上海几十年来的发展和进步如数家珍,娓娓道来。四个部分大开大阖,各有侧重,环环相扣,形成互为关系的有机整体,细腻而生动地展现大上海新时代的现实,凝聚提炼突出作品宏大格局而深刻思考的时代主题。仔细读来,不难抓住作品主题之魂,那就是通过上海的实践,上海的经验,展现马克思主义中国化时代化的推进历史和创新现实，揭示从毛泽东思想、邓小平理论、"三个代表"重要思想、科学发展观、习近平新时代中国特色社会主义思想的基本规律。从经济社会发展的层面来解读《复兴宣言》对创新理论形成规律的认识和把握，可以用几个"硬道理"来加以概括。

发展是硬道理。这是中国改革开放，建设中国特色社会主义的一条基本经验，也是上海发展的基本经验，看似朴素，其实深含真理，任何时候都不会过时。在当今世界正以前所未有的方式发生深刻变化之时，中华民族伟大复兴不可逆，中国要走向世界，继续为世界经济发展产生积极作用，唯一正确的选择就是继续改革开放，加大改革开放的力度。上海几十年的探索创新，积累了相当丰富的发展经验。进入新时代，上海人民正在以更加开放的精神，意气风发，走上一条以生态文明为引领的绿色发展之路，走上一条"共同富裕"的道路。

中国式现代化是硬道理。作品描写的上海梦想，就是和全国人民一样，实现全面建设中国特色社会主义现代化国家远大目标。中国的发展，是全体人民共享改革开放成果的发展，中国的现代化不是西方的现代化，也不是模仿西方模式的现代化，而是以中国人民伟大实践经验为根基，积极吸取人类文明成果的现代化，是从中国现实土地上发展起来的现代化，是中华民族伟大复兴的现代化。这个思考，是报告文学《复兴宣言》的一个亮点，也是这部作品围绕这个时代主题展开的亮点。写到中国芯片制造坎坷之路时，作家情不自禁地发出了感慨："在科学与强国道路上，历史曾经无数次告示我们中国人，那些仇视中华民族崛起的西方帝国主义和资本主义国家，他们不仅不会在关键和核心技术上给予我们什么，而且会千方百计地阻挠我们的发展。"

民生是硬道理。《复兴宣言》显然要坚持这样的思想：中国共产党人百年奋斗，最根本的是民生；中国改革开放创造的辉煌，最根本的也是民生；中国式现代化，更是为了民生。人民群众对美好生活的追求，就是我们的奋斗目标。民生就是我们时代最大的政治。上海所创造的奇迹，创造的各种"第一"，归根到底，"民生"第一。作品特别清醒，特别敏锐，反映得非常充分，揭示得非常深刻。

心中的神圣之城

上海一直是作家何建明心中神圣之城。描写上海浦东大开发的《浦东史诗》第一次打开了报告文学反映上海经济社会发展的巨大空间。而《复兴宣言》则更为广阔，更大格局，更加全面立体地展开在上海的新时代奋进的画卷，在这片富饶而火热的土地上赞美高歌，唱出时代的强音，回响着历史之问、时代之问、中国之问。

《复兴宣言》与《浦东史诗》可以称为何建明全方位大格局反映上海经济社会在改革开放时代历史性变化作品的姐妹篇。《浦东史诗》写在前，由上海文艺出版社2018年出版，而《复兴宣言》则是写于2022年，由上海人民出版社出版。此时，中国正处于百年新征程的起点上，党的二十大胜利召开，绘制了建设社会主义现代化强国的宏伟目标。《复兴宣言》在这个时候应运而生，非常准确地深刻地学习认识理解党的二十大精神，更加明确了上海新时代发展的新方向。如此看来，《复兴宣言》比《浦东史诗》在主题上新时代的特征更为鲜明，内涵更加厚实。

《浦东史诗》作为何建明第一部写"上海题材"的作品，意义不同一般。在相当长的时间里，上海一直期待着有一部能够站到时代精神高地上，反映上海人民创造自己美好生活，反映上海在改革开放几十年来发展变化的"新上海"的报告文学作品。可是，由于种种原因，直到何建明的介入之前，这样的作品仍然没有出现，或者说，能达到"史诗"品格的纪实作品仍然没有出现。何建明《浦东史诗》这部作品在相当程度上，填补了"上海题材"的一个空白。

实际上，对何建明而言，也填补了自己创作上的"空白"。

除了主题一脉相承并共同体现出时代精神外，《浦东史诗》呈现出自己的几个特点：一是材料的独家性。可以说，浦东开发的开发最初创意是由时任上海市市长汪道涵的"向东看"思想开始的。要打开上海发展的新思路，就要"向东看"，一看，就看到了浦东那片还是荒芜的土地。要往那里发展，就得先有桥，于是，在美旧金山的世界著名桥梁专家林同炎先生进入了上海决策者们的视野。他不仅能建世界最好的大桥，而且有独特的眼光。他给上海领导写的万言书《开发浦东——建设现代化的新上海》，激活了人们对浦东开发的丰富想象。事实上，开发浦东的思路，在课题调研期间，并不是有那么高的共识，仍然存在各种意见，甚至存在不认可开发浦东的意见。作品没有回避这个问题，而是把问题呈现出来，亮了出来。如写到朱镕基同志刚刚接任上海市市长时，就专门写到他对开发浦东有些担忧，特别是开发浦东"应该放些什么东西"这个问题上，与汪道涵等课题研究的同志有一定分歧。"因为当时他最需要解决两个当务之急：一是尽快抑制上海经济下降现状，解放旧城区的工业企业，于是他主张'开发浦东'中要有工业产业安排。""二是'开发浦东'不是一句空话，是需要钱的，而且不是一般的小钱。钱从何来？他朱镕基市长当时的口袋不仅是空的，还欠了市民 1200 多万的账。"⑨ 作品还写到小平同志与浦东开发的深层次的关系。据当时的亲历者汪道涵回忆："1990 年春天，小平同志到上海，我们把这个意见反映给小平同志。小平同志说这是好事，他说这个事情早该如此了。他当时有一句话。他说：'可惜，迟了五年了。'"⑩ 这句话意思是说，如果中央能在五年前像批准建设深圳特区一样，也批准上海浦东开发，那么，上海经济社会发展的态势就会更理想，这样的上海高层乃至中央高层内部决策的历史材料，在作品里还非常多。可以说，没有掌握大量历史材料，就没法感受浦东开发这个伟大决策与上海命运的密切关系，也就没有《浦东史诗》的悲壮感和力量感。因此，这些作家通过深入采访独家掌握的材料并生动应用，并不是爆料揭秘，而是更好地突出主题，加大作品的思想分量。

二是故事的传奇性。浦东开发，就是上海改革开放的一个奇迹，一个现代"神话"。当时的中国改革开放，也在经历着国际斗争现实、国内斗争现实的严峻考验，因此，浦东开发也是中国改革开放的一个大突破。作品讲述这些故事，特别注意这个经济奇迹中的传奇色彩，突出故事的传奇性。例如"'空手道'换得'第一桶金'"一节写到当时的如何解决资金问题，作品描绘了一个"国家空手道"模式"先由财政部门向浦东开发办开出一张'空头支票'，浦东开发公司再拿着这张财政部门的支票到土地部门交上开发区划定的开发土地的评估费用，而开发公司拿到土地部门的评估做出的文件后，就立即转头到土地交易市场挂牌换取开发土地预支支票，这时的开发公司所获得的支票金额肯定远高于早上财政部门开出的支票金额。至此，当天的下班前，浦东几家开发公司必须以火箭般的速度，填上早上所获得同样金额的支票，及时送回市财政部门。如此空转一天，市财政局其实从账面上看一分未少，而浦东开发公司各家则已经在账面上有了实实在在的一笔钱了。当开发公司有了这笔钱后，就可以去征地，去动员农民拆迁，就可以搞'三通一平'，之后就可以向外招商了"。⑪ 这种不可思议，风险很大"空手道"模式在国家治理能力和水平大大提高的今天，看来不可能再重复使用，也不可能复制。作家在写这个过程时，其实也持争议的态度，但在"杀出一条血路"的那个时代，这个模式却很管用，解决了迫在眉睫的困难，突破了困局，揭开了浦东大开发的序幕。作品并不重在评价这种模式，而重在描写历史的传奇性。在"汤，不能躺下，你要站起来"这一节里，作品讲的是被称为"浦东豪宅第一楼"的"汤臣一品"的故事。四幢大楼，每幢大楼44层，高达153米，总面积为

11.5万平方米，整个小区占地2万多平方米。这在当时的浦东，能建成这样的高档小区，也是令人称奇。这是由香港汤臣集团老板汤君年开发的浦东最早的房地产产业。汤先生英年早逝，没有等到他所有的创意都实现，但在浦东，却是一个永远的传奇人物。最大的特点，就是作为一个港台地区第一个在浦东投资的商人，思考远大，目光精准，从心底深处就看好浦东，深爱浦东。在浦东还是一片荒滩烂地的时候，人们就见他到处圈地，这片我要，那片给我留着，是他的口头禅。一些人很怀疑，以为他像当年上海滩上的冒险家，可眼见着他，明明3000万美元可以拿下的地，他偏偏要多给90万，为的是保证这块地能姓"汤"。光这一点，就看出汤先生的过人之处。在"'森'的伟大，死得不朽"一节里，作品讲述的是著名的"环球金融中心"的故事。投资人是日本著名的房地产商森稔先生。他在日本的产业足够他几辈子也吃不完，可是他是一个理想主义者，就是看上了浦东，一心要盖一座浦东最高的大楼。在亚洲金融危机时期，许多外国企业家由于各种原因，离开了浦东，"环球金融中心"也停了工，有人劝森也适时离开，但森却坚定地守望在浦东，创造条件重新开工。靠着他的坚强意志，坚韧不拔，这座大楼几起几落，终于竣工。

  传奇不一定是史诗，但史诗一定要有传奇，浦东史诗就是传奇的史诗。评论家彭程说："在《浦东史诗》中，史与诗正是以这样的方式获得结合——历史的舞台是人的身影，故事的进行中有情感的流淌。一种被理性观照的情感，一种被激情关注的理性，经由美的表达而让读者感动和沉思，也赋予了这部作品宏阔激昂又凝重笃实的品质。"[12]

注释：

① 丁晓原：《新时代生态思想的诗意阐释》(《人民日报》2018年1月9日)

② 彭程：《〈大桥〉中的旷世奇迹与壮美情怀》(《文艺报》2019年5月17日)

③ 胡平：《塑造工程师丰满形象》(《中国新闻广电报》2019年5月24日)

④ 郝振省：《〈大桥〉：一曲气壮山河的中国精神正气歌》(《文艺报》2019年6月26日)

⑤ 何建明：《革命者》第142页（上海文艺出版社2020年版）

⑥ 同上，第159页

⑦ 马娜：《用文艺铸就信仰者的初心丰碑》[《中国作家》（纪实版）2020年第1期]

⑧ 沈文慧：《〈革命者〉：悲壮的英雄之歌，不朽的精神丰碑》(《文艺报》2020年8月10日)

⑨ 何建明：(《浦东史诗》第65页（上海文艺出版社2018版）

⑩ 同上，第77页

⑪ 同上，第149页

⑫ 彭程：《为梦想和奇迹立传》(《文艺报》2018年11月19日)

第二章
时代主题

党的十八大,开启了中国特色社会主义建设新时代,中华民族伟大复兴进入不可逆转的新的历史时期。在马克思主义中国化的最新实践成果基础上形成的创新理论的指引下,"以人民为中心"的新发展思想,中国改革开放进入一个高质量、高品质发展的新阶段,迈开了建设中国式现代化的伟大历史步伐。

我们应该高度评价中国报告文学作家感应把脉时代的本事,他们的作品里总是比别人更加敏感接收到时代传递出来的信息,率先意识到一个新的时代正在到来。中国经济社会进入一个新时代,有自己的规律。中国文学感应新时代,反映新时代,讴歌新时代也有自己的规律。很多时候,作家们的思想认识尽管跟上去了,但创作实践却迟迟没有跟上。我们无法要求文学与时代能够如此无缝对接,而是希望这个距离能够尽可能快地缩短,尽可能快地跟上时代前进的步伐。中国报告文学则是个特例。它一直处在现实生活中,一直挺在现实生活的风口浪尖上,与生活没有距离或者最近距离。现实的变化,生活的进步,社会矛盾的调整,都能被中国报告文学敏锐迅速地捕捉到,并快速通过作品传递出来。因此,中国报告文学能够预先感知一个新的时代正在改变着人民的生活,或者说,人民生活正在创造新的时代。

何建明新时代报告文学的优秀作品提示我们,新时代"新"在哪里,什么才是新时代之"新"。这是一个理论难题。很多时候,我们认为的"新",其实一点也不新,而很多我们不理解,难理解的问题,可能就带着时代之"新"。最难的问题,经常也会很简单。只要找到"新"的规律,那么,也没有那么难。这个规律就是到改革开放的现实中,到人民群众的生活中去,找到历史之"问",时代之"问",生活之"问",就知道什么是时代之"新"。中国经济社会发展的新时代,就是从中国改革开放的现实生活孕育出来,发展出来的。说得朴素简洁明白一点,就是"民生"。民生是新时代最大的政治。抓住"民生",就抓住了新时代。

随着新时代社会生活的不断展开,新时代的理念不断深入人心,何建明的报告文学对"民生"的认识也更加自觉深化,反映也更加主动和深刻。也就是说,他的作品"新时代"生活的内容越来越厚实,"新时代"的风貌越来越鲜明,"新时代"的信息量越来越大,"新时代"的精神越来越飞扬。

第一节　发展的硬道理

发展是我们时代的第一要务,是我们时代发展的第一大主题,也是我们时代的主旋律和最强音。中国报告文学要紧跟时代的步伐,真实准确反映新时代,讲好新时代中国故事,必须紧扣着这个时代的大主题。从何建明早期报告文学作品看,创作了不少触动社会痛点,引起社会轰动效应的优秀作品,如《落泪是金》《中国高考报告》《根本利益》等,然而在他的思想中真正深刻认识时代主题,建立起民生概念,则更多在创作《我们可以称他为伟人》《我的天堂》《江边中国》这几部报告文学作品里体现出来。从这几部作品的写作中,何建明似乎猛然感受到一种指引性的力量,获得了明确的思想,并且把自己的写作思路,很快就凝聚到一个清晰的方向,形成了自己对"民生"主题越来越深刻的认识和理解。他在后来创作出《那山,那水》《德清清地流》《山神》《诗在远方》《流的金 流的情》《浦东史诗》《大桥》《万鸟归巢》《复兴宣言》等"民生"主题的作品,正是之前那几部反映"民生"作品的主题深化和思想升华。正是他紧紧抓住民生发展这个时代第一大主题,才使自己的创作思想能够比别人更快地更顺利地跨过新时代的思想门槛,迅速融入了一个刚刚展开的新时代,经受着时代的风雨,一步一个脚印地站上了时代思想的高地,成为新时代中国报告文学创作的领头人。

站在历史正确一边

《我们可以称他伟人》讲述的是苏州江阴地区的华西村农村经济发展的故事。地处历史上的"天堂"的华西村实际上在中国农村经济最困难的时候,不能说过得比其他地方好,却可以说过得比其他地方要殷实。并不是这个华西村地理位置理想,天然条件好,也不是这个村子发了什么横财,积累了多少财富。而是这个华西村有一个与众不同的党支部书记。他叫吴仁宝。他当村党支部书记很长时间,有几年又被任命为江阴的县委书记。当了县委书记,还当村党支部书记。管着一个县,还管着一个村。这种农村干部任职奇怪现象,发生在华西村,是个好事情。倒不是华西村能够近水楼台先得月,而是他们能够走在全县"农业学大寨"的前面。作为县委书记,吴仁宝相信毛主席,深知学大寨的长远意义;作为党支部书记,又能坚决执行县里的安排,把学大寨真正落到实处。作品描写了当年华西村在吴仁宝的带领下,轰轰烈烈地开水渠修水利开展农业基础建设的情景,可以看出,华西村的农民们比其他地方的人更能吃苦,更肯干,付出的劳动也更多。他们没有近水楼台先得月,却有得风气之先的机遇。所以,在那个艰苦的年代,他们的日子过得相对还不是那么艰难。

然而，更为重要的，他们通过学大寨打下的奋斗的底子，通过学大寨积累下来的思想精神，成了华西村最重要的文化财富，为日后他们迎接以"经济建设为中心"，农村经济改革时代的到来创造了几乎无人能相比的良好条件。中国农村经济改革的第一场春雷也许不是从华西村炸响，但中国农村第一批先富起来的村庄，一定就有华西村。事实上，整个长三角地区，华西村可以说是最先富起来的，所以才会有"天下第一村"之称。作品对吴仁宝和他的华西村得时代风气之先的远见和实干精神发出了作家自己的感慨："谁敢夸口'天下第一'，他敢！因为从 20 世纪五六十年代开始，他的村子一直走在中国农村的前列。近半个世纪里，多少与他同起并齐名的'红旗'或者'典型'或倒下或消失，有的像吹气的泡泡，有的则如昙花一现，唯独他和他的村子，旗帜依旧高高飘扬，而且在市场经济的今天和全面建设小康社会的伟大征程上，他的旗帜越举越高，越来越鲜艳。"①

反映中国农村改革现实的文学作品，包括报告文学作品，多数有意把改革开放历史与新中国的历史特别是与"文革"切割开来，目的是为了更有力地批判过去的历史，以便更热情地歌颂改革开放。心情可以理解，但显然也可能进入思想误区。"文革"要坚决批判否定，历史却无法人为切割，中国农民为创造自己的新生活的奋斗史的连续性更是不可切割。"大寨"就是中国农民奋斗史的一个有血有肉的缩影和一个时代的样板。"文革"后的思想反思时期，大寨被质疑，被批判，被否定，也许是一种社会思想在一定历史时期的矫枉过正的正常合理过程，但这个思想和思维方式过程过于长，一直无法更正和终结就显得不合理不正常。在这种情况下，何建明作为一个报告文学作家，通过作品把自己所要描写的致富典型与大寨精神联系起来，勇敢地站到了肯定大寨这一边，站在历史真实和历史正确一边，不能不说具有超越一般人的思想水平，展现出一个思想家型的作家的基本品格。

关于何建明作品这种历史精神和历史观点，我们后面将专章论述。在这里，我们可以看到，作品正是以这样的立场和态度，展开了华西村在改革开放时代的生动现实，令人信服地描述了华西村从穷到富，从富到强，从强到福的发展之路，创造当代中国"天堂"之路。作品在描写"发展才是硬道理"的直观可感的典型样板时，没有忘记提升华西村的意义，那就是探索并参与创造了著名的"苏南模式"，积累了中国农村经济发展的新鲜经验。关于"苏南模式"，作品里有许多形象的描述："中国农民完成了从拿锄头到拿榔头，从与土地打交道到与机器与市场拥抱，从种田汉到厂长经理，从农业文明到工业文明的'自我革命'，是全面进入脱胎换骨的'基因革命'，更是开创符合中国国情的社会主义农业城市化的新探索。"②

"苏南模式"的样板

长篇报告文学《江边中国》所描写的张家港市的永联村一开始就没有华西村那么幸运。这片由20世纪70年代才填起来的江边土地，所有的居民，都是后来搬迁过来的。这里没有地理优势，没有经济优势，更没有深厚的历史文化，几乎一无所有。生存条件也很恶劣，发展空间很小，是长江边上一个很有名的穷地方。老百姓日子过得很苦，相当多的人最后都走出去讨饭。当地政府不断派出工作组，要解决老百姓的生活困难问题、出门要饭问题，效果都不显著。他们也学大寨，但越学越穷，越学越吃不饱饭。外人叫这个地方为"苏北西伯利亚"。直到这部作品的主人公吴栋材被派到这片滩地，担任永联村的党支部书记，这种贫穷的日子才让人看到了头。吴栋材的到来，意味着这片土地上的好日子就要开始了。从这个层面上说，永联村到底还是幸运的。

当然,吴栋材并不是一个神。作品真实地写他不过是一个很普通的人,外表并没有什么特殊之处,思想也没有多少过人之处。同为村党支部书记,他还是无法和吴仁宝这样的能人相比。吴仁宝性格中有许多超越凡人的气质,如神一样的光芒。吴栋材就是一个平常人,一个有常人智慧的实干者。然而,就是这样一个人,却在后来的历史证明,他完全有能力带着永联村的老百姓创造自己的美好生活。吴栋材是个苦出身的人,从小穷怕了,在生活中挣扎惯了,因此,特别知道怎么让日子过下去。他一上台,也没有什么好办法,只是策划大家利用长江水多的条件,挖塘养鱼。就这样一个小小的看似因地制宜的举措,竟然让这个穷得吃不上饭的村子淘到了"第一桶金":次年生产队就收入8000多元,村民每户都能分到5斤鱼。这在当时,可是一笔可称为辉煌的财富。虽然还很穷,但已足够让一向被人瞧不起的永联人突然找回了自己的尊严。从那个时候起,永联村人民一发不可收,开始了艰难而实干的创业,飞快跟上中国改革开放的时代节奏。

作品详细展开了永联村经济发展的几个重要阶段。"养鱼"只是一个权宜之策,急中生智的救急。真正属于"第一桶金"的,是在派出村民去电机厂打工,一方面给村里积累了财富,一方面学到了人家办企业经验。真正跨入致富门槛里的,是永联村办起了工厂。改革开放早期,吴栋材领导的永联村已经办起了十来个工厂,有大有小。小的每年利润几千元,大的利润可达几万元。而最大的浴缸厂,每年可达20多万元,是永联村当时的支柱产业。从这段历史可以看出,永联村人民是很有智慧的,而这个智慧,来自他们的实干。这种精神,在吴栋材身上体现出来了。他的实干精神,也带动了永联村人。他们不光有了钱,也有了自己创造的硬核文化——"实干兴村"的精神。而这种精神的解读更是特别实诚。作品转述了永联人的一段话:"农"是一碗饭,副是一碟菜,工业致富来得快。"无农不稳,无工不富,无商不活"。"农、工、商,三条致富道路,我们算是瞄准它们一直走到今天"。③

三条致富道路,三种不同的致富模式,把永联村带上了经济发展的快车道。经过几个跨越式发展的永联村已经今非昔比。永联村经济良性发展时,吴栋材看到了中国钢铁行业的发展机遇,做起了永联村的钢铁梦,办起了轧钢厂,取得了良好的经济效益。永联村的支柱产业,顺利完成了更新换代,重心转到了发展钢铁业方向。1989年中国经济发展进入一个困难时期,乡镇企业更是举步维艰,许多企业不得不收缩战线,而在这个时候,永联村人反而主动出击,大力发展自己的钢铁生产,强化钢铁作为村经济发展支柱产业。事实证明,这个逆袭是有远见的。1992年邓小平"南方讲话"以后,中国加大了改革开放力度,中国特色社会主义向着21世纪全面推进,永联村因不放弃,更快地进入新的发展时期,建起了雄伟的"十里钢城",成为远近闻名的华夏第一钢村。以自己的实业力量,不仅抵御了1997年的亚洲金融危机,而且还获得了更多的发展机遇。永联村的经验,也注入了"苏南模式"里,成为"苏南模式"的一个具有示范性的典型。

到底哪一个模式好

创作于2009年前后《我的天堂》反映了苏州以及苏州地区经济社会的发展现实。作品用相当大的篇幅从广阔的时代背景上去讲述在苏州这片"天堂"的大地上,一些具有"苏南模式"影响力的乡镇企业的发展状况,如长江村、李桥村、元和村、碧溪村等乡村的发展道路。还有如张家港的华尔润、梁丰、澳洋,常熟的"波司登"、秋艳,吴江的鹰翔、永鼎、亨通等企业,反映了苏南地区乡镇企业的活跃、市场经济的活力、百姓生活的殷实,展开了"苏南模式"的时代风貌。

作品在写"苏南模式"时,在长三角地区,还存着一个著名的"温州模式"。这两种农村经济的发展模式,实际上都是有效的经济发展模式,却引发了社会和理论界的不同评价。理论家们有的说"苏南模式"好,有的说"温州模式"好,还发生了剧烈的争论。从后来争论进展的情况看,以个体经济为主体的"温州模式"较占上风,以集体经济为主体的"苏南模式"支持率要低一些。其实,不管是"苏南模式"也好,"温州模式"也好,都是长三角地区人民群众,抓住难得历史机遇,发挥自己的创造力,八仙过海,各显神通,从现实生存斗争中创造出来的经济发展样态,都具有社会进步意义。历史条件不同,机遇不同,发展环境和生态不同,文化传统不同,带来了发展模式的不同,都是中国特色社会主义农村经济发展的重要组成部分,都在诠释着"发展是硬道理"的时代精神。

报告文学《我的天堂》承认,"苏南模式"后来的变化调整比"温州模式"要大,也真实写出在这种调整变化中"苏南模式"面临着的矛盾与冲突。例如,《江边中国》的主人公吴栋材思想就出现了波动。他对"苏南模式"中的所有制变化就想不通。"苏南模式"通常强调以"集体经济为主",而后来要转变为"集体经济、民资经济和股份制经济等多元经济并存的格局"他就很难接受。实际上,改制后吴栋材个人的利益将大大提高,或者说他有可能成为民营企业的大股东、大老板,个人财富也会大幅度增加,但他认为这会加大分配制度贫富之间的差距,对实现"共同富裕"并不利。作为一个共产党员,他对此持更为谨慎的态度。

看得出,作家何建明,一方面支持苏州决策者们对"苏南模式"的调整,理性上认为这是"不断完善社会主义市场经济体制"的改革措施,同时,情感上则对"苏南模式"抱以深深的怀念。他内心更偏爱更同情"苏南模式"。忍不住会在笔端中流露出来:20世纪最后一些年,"许多到浙江参观的人再到苏州走一走就会有明显的感触：苏州地区的公共事业比如道路、交通、城市建设，农村设施包括基层文化设施等方面，要比浙江多数地区好得多。这所谓的好，我知道是苏州在八九十年代，把乡镇企业积累的财富用在了社会事业建设上，比如修桥铺路，建馆筑街以及社会主义新农村建设，苏州一直走在全国各地的前列，这是因为他们在发展乡镇企业时落脚点非常清晰，即要'走共同富裕的道路'"。④

进入新时代，我们建立了新的发展理念，创新了新的发展模式。在中国许多经济相对滞后的扶贫重点地区，人们注意到，靠个人承包，单打独斗的方式，农民很难脱贫，脱了贫也很快会返贫。然而，在党的基层组织坚强领导下，从实际情况出发，不断探索农民脱贫致富的新模式。其中，灵活运用股份制的原理，把农民重新组织起来，不失为一个好办法。这很容易让人想到了当年的"苏南模式"，想到何建明笔下的"苏南模式"。

第二节　中国式现代化的道路

第一只"螃蟹"

《我的天堂》重点其实并不在"苏南模式"，而在描述整个苏州的经济发展，重点放在开放引资，建设与新加坡合作的"苏州工业园"方面，因而超越了一般意义上农村经济发展的模式，而放远了目光，看到了一个地区经济发展的现代化方向。颇具意味的是，这部写于2009年的作品，明确把苏州的发展与小平同志提出的"中国式现代化"概念联系起来并力图从这个思想层面展开描写。很难判断，这是不是中国报告文学首次写到中国式现代化进程，但可以肯定的是，当时何建明的报告文学能够敏感抓住这个概念，不能不说，也是一种思想的卓识。

《我的天堂》讲述的"苏州工业园",是中国改革开放以来,与经济发达国家第一次成功合作的重大项目,可以比作中国对外合作的第一只"螃蟹",带有开拓性意义。项目总投资为 200 亿美元,也是创下改革开放以来,引进外资的纪录。见多识广的苏州人,面对这样一大笔外国投资,仍然十分惊奇,显示出"乡下人"的情不自禁。事实上,苏州人并没有意识到,他们并没有完全准备好。面前的路,将会走得坎坎坷坷,困难重重。

在《我的天堂》详细的展开中,我们得知,20 世纪的 90 年代受上海浦东开发的巨大冲击力的波及,苏州也必须迎头赶上。邓小平"南方讲话"以后,神奇的历史机遇说来就来。新加坡总理李光耀等政府高官在中国考察后,选中了苏州,策划要在这片富饶的土地上进行投资,与中国合作引进当时世界上著名的国际大企业和最先进的技术,建设一个国际化的工业园区。新加坡的想法是经过深思熟虑的。面对国际格局的剧烈震动和难以预料的调整,"李光耀对自己国家的那种危机感使他在那段日子里有些坐立不安","他认为新加坡经济虽然已经发展到很高的水平,但毕竟是弹丸之地,抵御外力受到很大的限制。面对复杂的国际和周边环境,李光耀认为必须寻找新的出路,以求立于不败之地","从而使新加坡走出一条与大国建立'战略合作'和将本国事业向外扩展的全新道路"。⑤ 中国改革开放打开了国门,也为世界发达国家与中国的合作双赢创造了良好的政治条件和现实条件。因此,这种"战略合作"是中国改革开放现实的需要,也是历史进步的必然选择。

《我的天堂》没有回避苏州在这个"战略合作"过程中碰到的深刻矛盾和与投资方艰难磨合的问题。第一次冲突看似发生在"硬件"上,实际上更深层的是发生在"软件"上,也就是思想理念上。按照新加坡的"软件"模式,70 平方公里面积的工业园,在正式招商出资和开发建设前,必须将地下设施一步到位地建设好,而且是按照世界最先进的现代化工业城市的标准"一步到位"。这对习惯于"边规划，边建设"的中国，很不适应。虽然不理解，但仍然按要求做下来了。多年以后，苏州人终于明白了新加坡"软件"的高明之处和科学远见。一步到位以后避免了无数次重复建设所带来的成本的成倍增加和效益降低的恶性循环，更为重要的是苏州人学到了新加坡先进的"软件"。第二次矛盾显然是当时中国人时代思想阴影造成的。我们在相当长时期里，做什么事，都要先问个"姓资姓社"，导致了苏州人一度怀疑对方的合作诚意，一直在怀疑其间是否有意识形态图谋，一直在怀疑是否会造成颠覆社会主义制度的风险。在这种思想的影响下，"苏州工业园区"的建设特别是招商引资老是处于摇摆状态，很多关系理不顺。而苏州另一个被称为"新苏州"的开发区招商引资却风生水起，顺风顺水。同样走到世界上举办招商活动，"苏州工业园"场面冷冷清清，无人问津。"新苏州"则热热闹闹，满载而归。这种情况不但引起了国家层面的关注，也引来了新加坡的不满，李光耀还亲自过问此事。一个小小的工业园根子连着两个主权国家之间的关系。苏州充分发挥了党的领导的强大优势，解放思想，大胆探索，理顺自己思想观念问题。同时，通过努力对话沟通，消除了合作方的疑虑。第三件事，在亚洲金融危机到来的时候，新加坡审时度势，提出了"苏州工业园"由中国人来担任大股东，更多承担当前国际经济发展的风险。还处于"学生"状态的苏州人又一次经受了严峻的考验。经过多轮谈判，中国人最后勇敢地挑起了历史的重担，主导了"苏州工业园"的发展与管理，并且接受李光耀先生的建议，调有思想能创新会管理"新苏州"的主要负责人来当"第一把手"。从现在"苏州工业园"的发展和发展态势上看，这个决策是正确的。这个大国的"学生"正在超过小国的"老师"，正在积累着中国人自己创新的"苏州经验"。

何建明从这一波三折的故事里，显然想提炼出新的思想，来突出苏州发展的经验,也支撑起作品的主题:"苏州的富裕和强盛是人干出来的,是我的父老乡亲流血流汗干出来的,而且,他们常常是在忍辱负重的情况下干出来的。虽然没有天生的好条件,但只要我们凭着勤劳、智慧的双手和勇于解放思想的头脑,持续奋斗,开拓创新,就可以使荒山变成米粮仓,就可以使巴掌大的地盘叠起喜马拉雅山一样高的金银元宝来。"⑥

新苏州,新故事

多年以后,何建明再次书写"苏州工业园",创作了长篇报告文学《万鸟归巢》。此时的中国,已经成为世界第二大经济体,并作为全球第一制造大国向着制造业强国迈进。此时的"苏州工业园"作为全球最重要的现代化工业城,经过不断的升级换代,吸引着世界上许多高新科技的高端企业前来投资,吸引着全球最有创造力的第一流人才前来创业。"苏州工业园"成了他们创造科技奇迹,创造财富的"风水宝地"。这一次,何建明把创作的目光聚焦在"海归"身上,他们当中有苏州人,更多的不是苏州人;他们当中有许多在国外已是有为科技人才、优秀的创业人才,更多的则是刚刚走出校园,思考和选择着自己的方向。他们各有各自的专业,各有各自的人生经历,但他们就为了一个共同的理想,为国家的强盛贡献自己的聪明才智,为了"苏州工业园"这个美丽的地方,像飞鸟归巢一样回到祖国,集合在"苏州工业园"的金鸡湖畔,找到孵化自己人生理想的鸟巢。

作品从国家战略层面上,精心选择了几个"海归"创业故事,突显了作品的"硬核"主题。第一个就是被作家称为第一只"布谷鸟"的陈文源。他早年留学日本,学的是电子信息专业。因为是苏州人,回国就在"苏州工业园"的一家日本企业工作,用他自己的话说,学习日本人的"工匠精神"。条件成熟后,他和几个志同道合者组建了"华兴源创",瞄准了当前世界顶尖技术:液晶平板检测技术,为的是打破了世界少数电子巨头的垄断。这项创新技术的成功掌握大大提高了我们国家在电子行业的实力。陈文源他们的目标就是要打通平板、可穿戴、半导体、汽车电子检测行业,成为检测领域世界顶级的中国企业,而且牢牢地站稳在世界顶端的位置上。

王蔚和他的"晶方科技"在集成电路——背面硅穿孔的晶圆级芯片尺寸封装领域拥有"王者"地位。2005 年之前,苏州园区还没有一家由中国人主导创立的电子信息产业领域的企业,王蔚是最早一批"吃螃蟹的人"。这个过程中,他吃了很多苦,受了很多罪,总算把路子闯出来了。他的公司 2014 年在上海证券交易所上市,2019年营业额超过 5 亿元。

刘圣是如今在高科技前沿的科技专家,曾在美国硅谷工作,并取得了相当出色的业绩。当他正在考虑回国创业时,苏州向他伸出了热情欢迎之手。刘圣落户苏州园区后,马上成立了"苏州旭创科技有限公司",主攻高端光通信模块设计。经过一些年的研发攻关,他的企业已成为国内第一家具备 40G 光模块批量生产能力的公司。

张德龙就读北京大学化学系,获得博士学位,后又在美国拿到一个博士学位。之后成为世界 500 强企业的美国普莱克斯公司的高级研究员,专门研究新型气体吸附材料和气体分离与纯化技术。回到苏州创业,成立了"威格气体纯化科技公司",产品在化工、生物、核工业、锂电池等新能源领域中,都有着广泛应用。

还有纳米技术、生物制药技术、芯片制造技术等方面,都有"海归"们的身影,都有"海归"们在拼搏奋斗,他们承担着重要任务,起着重要作用。何建明这部作品,展现的是苏州现代化的景象,凝聚出一个重要的思考,那就是,中国式的现代化,必须有这些具有先进思想,掌握先进技术的一代青年的积极投身参与,才能最终实现。青年是我们国家实现现代化的希望。从《我的天堂》到《万鸟归巢》，我们看到前进中不同时代的苏州，也看到了作家何建明社会思考的进步与深化。

拥抱"大上海"

何建明终于能够与"大上海"相遇拥抱了。多年来，写好浦东，赞美浦东的念头，一直就在何建明心里激动着酝酿着撞击着。早在浦东开发的消息传来的时候，他就敏感意识到，这是中国发展的一件特别重大的事情，其重要性不亚于设计深圳特区。当时他正在全力创作长篇报告文学《我的天堂》。他一只眼看着苏州，另一只眼看着浦东，二者对照着写。直到2017年，他才真正开始进入《浦东史诗》的创作，把他的"大上海"梦想，变成了创作的现实。现在看来，《我的天堂》写作的重要性，还在于让何建明对国家经济发展战略，对国家现代化进程有了一个更深入的感受和认识，也为他在新时代反映"发展"的主题有了更丰富的生活积累和更深刻的思想积累，二者之间有着内在的联系性。写完了《我的天堂》，再写《浦东史诗》也就顺理成章了。

《浦东史诗》确实史诗般地展现了上海浦东开发波澜壮阔的历史，也展现了中国现代化建设的伟大历史进程。中国没有经济特区创新构想，就没有中国式现代化进程的快速发展。一个地区拥有自己的经济特区，也就意味着，拿到了一张现代化的入场券。从这个意义上说，经济特区以及各种如雨后春笋一样冒出来的开发区，看似让人有些眼花缭乱，却是一个时代经济社会发展最初也是最动人的风貌。当然，这并不意味着所有的开发区都能办得好，都能可持续发展。当年一些热闹的开发区，现在一片沉寂。当年一些看上去很有冲击力的开发区，也显出后劲不足、没有竞争力的疲态。但是，上海浦东却发展稳健，不断做大做强，以巨大的内生动力，形成了吸引世界的全球气场。

《浦东史诗》最有价值部分，在于回到了当时的历史现场，生动记录了那个时代的历史真实。其中，决策的过程和细节，尤其精彩和生动。作家何建明，进入新时代以后，对中国经济社会发展脉络有了更为敏感和准确的把握，更为重要的是有了一种具有世界眼光的全局认识。所以，《浦东史诗》一开始就有意把上海浦东开发与深圳特区建设做一番比较。在作品里，我们可以看出，深圳特区建设出自改革开放总设计师邓小平的伟大构想，要建设一个具有改革开放精神品质的能与世界接轨的社会主义现代化的"窗口"和样板，带动整个国家的深化改革开放。因此，我们可以看到，在建设现代化国际大都市没有什么经验的广东，要把一个伟大的战略构想"时不我待"地变成现实，会有一个复杂的过程，探索的过程，付出代价到积累经验的过程。而浦东开发用邓小平的话说是晚了五年，有些遗憾，但晚有晚的好处，可以更好接受教训，吸取经验，可以少付学费，可以用较小的成本代价，得到更多更好的发展效益，可以有自己的科学的顶层设计，来实现一座城市现代化的目标。

在作品的潜在比较中，我们看到，上海浦东开发的决策者设计者们相信群众，依靠群众的过程。在市长汪道涵心中酝酿浦东开发的思路之时，上海正在如火如荼进行着思想解放，上海人民正在思考上海向何处去。《解放日报》那篇具有划时代意义的文章醒目大标题："十个第一和倒数第一说明了什么？"引发了上海人民的思考，点燃了上海人民创造之火。今天看来，这篇文章所提供的如此准确的数据和如此严密逻辑的论述，应该代表着上海决策者解放思想的意愿，更重要的是代表着上海人民的意愿，喊出了上海人民的心声。这种思想的碰撞和氛围的营造，应该看作是浦东开发思想的前奏，也赋予了汪道涵城市设计思路的人民精神。这说明浦东开发是上海人民的现实需求，是上海人民的历史选择，代表着上海人民的长远利益。这个时候的汪道涵，内心更加坚定了开发浦东的信念，并且一步步稳扎稳打，用科学成熟的决策，调动全国乃至全世界的积极因素，实现开发浦东的顶层设计。后来几任市委书记市长如江泽民、朱镕基等人，正是沿着汪道涵的思路，不断推动完善发展创新这个顶层设计。终于有一天，由小平同志最后拍板，把顶层设计付诸实践。从中可以看出，浦东开发不仅有较长的策划过程，而且有完整科学的顶层设计，不仅让上海人民找到出路，而且为日后具有国际影响力现代化"大上海"奠定了坚实稳固的基础。作品把这个决策设计过程详细写出来，构成了整部作品的一个亮点。

这个亮点在另外一部描写新时代的上海的厚重之作《复兴宣言》变成一片光明。上海新时代的故事太多了，亮点实在是太多了。每个亮点连接起来，就在这座伟大之城汇成了一条光明之河，变成了一个光明的"大上海"。解读这光明的内涵，作品一方面突出了中华民族伟大复兴的不可逆转的主题，也同时突出了上海中国式现代化不可逆转的伟大历史的主题。在何建明充满情感的描述中，大上海的中国形象挺立了起来，大上海的世界形象也挺立了起来。她古老，有深厚悠长的传统文化；她现代，有活力四射的先进文化；她朴实，有着工人阶级的劳动文化；她高远，有着改变世界的创新文化。所有上海人民创造出来的文化汇总成中国新时代文化、中国现代化文化、中华民族的当代文化。

中国"芯"路

2023年，何建明新时代报告文学重点思考了中国式现代化的问题。这一年，他创作出版了《复兴宣言》《茅台——光荣与梦想》《石榴花开》《我心飞扬——"华虹520精神"纪事》。其中，《石榴花开》讲述的是新疆塔城的故事，其余三部突出的都是中国式现代化的主题。《我心飞扬——"华虹520精神"纪事》第一次以报告文学的形式披露中国芯片研制生产鲜为人知的内容，描述中国高端制造业发展的奋斗历程，弘扬了中国现代化的精神。这部作品的重要性和意义就在这里。

芯片在今天的重要性不言而喻。作品一开篇，就告诉我们："芯，代表着人类迄今为止最前沿的科学水平，其广度和深度非常人能想象——以往的哲学家都十分自信以为自己的思维是宇宙级的，以往的文学家同样一直骄傲地认为只有自己的灵感才能达到'日行千里'，然而我们的半导体专家如今已经把整个微观世界和宏观世界的所有可能收入微米纳米级的一块芯片上，甚至将其嵌在人的头脑内，控制和分离着人的思想与情感的走向。"⑦紧接着，作品把当代芯片研制的两个天花板式的难题摆在中国自己芯片研制面前：一是单体3万平方米的车间就是当今芯片制造车间标准样板。建这样一个车间生产12纳米的芯片，需要400亿的人民币。实际上，当工厂刚投入建造，事先设计的生产线产品可能已经落后几代，只剩下一个白菜价。芯片工艺核心部分叫光刻机。决定芯片等级与命运的是光刻机。2015年，一台世界最先进的光刻机约10亿人民币。每台单体光刻机，共有10万多个零部件，4万个螺栓、3000多条线路，软管加起来有2公里长，整个设备重达180吨。光这些数据，就足以颠覆我们对传统工厂的所有认知，而很难想象当代高新制造业的模样。对刚处于起步状态的中国芯片制造业，难度难以想象。二是制造工艺还不是最难的。最难的可能是世界半导体行业的芯片科技引入的"摩尔定律"。这个令所有人无奈的定律基本思路极为独断严酷，就是"只有我进，你别想进"。芯片行业几乎每18个月更换一代新技术。只要人家设计领先，加上利用知识产权保护能力超过所有人，你就无法超越，人家把所有的路都堵死了，连绕道通过也不可能，想都别想。越绕越绕不过去。许多人想"绕道"超越，几乎都是得到"自取灭亡"的结局。

作品描写的就是在这样的条件下，中国开始启动自己先进制造业的"芯"之路，步伐艰难，仍勇毅前行。而承担这项国家战略任务的，就是中国自己的芯片企业——华虹集团。《我心飞扬——华虹"520 精神"纪事》讲述的就是华虹集团史诗般的创业故事。早在 20 世纪的 1996 年，中央就批准启动"909 工程"，并开始在组建"华虹"公司，落在上海浦东新区。"909 工程"核心思想就是，"砸锅卖铁"，不惜一切力量，也要把我们国家的半导体和芯片产业搞上去。中国在芯片产业上实现强国梦由此拉开了序幕。

一无技术，二无设备，三无人才。当时国家经济刚刚起步，需要用钱的地方特别多，留给芯片产业的资金也不充裕。然而，形势非常紧迫，非常严峻。用专家们的话说，成，则中国半导体产业有望驶入国际主流航道，在国际半导体行业占有一席之地。败，则如堵死了华山天险一条路，在未来相当长时期内，国家不可能再向半导体产业大量投资，中国也将被抛弃在世界半导体产业的大潮之外。转折来自与日本 NEC 的成功谈判。NEC 董事长关本忠弘先生非常有战略眼光，他看好中国改革开放前景，对打开中国市场充满信心，特别愿意与中国共同合作，一起开辟世界芯片产业市场。中国正希望能够"借船出海"，碰上 NEC 这条世界级的大船，双方一拍即合。中国抓住了一个改变芯片产业命运的历史机遇。

签署合同的过程写得很有戏剧性，但在浦东建设工地上的冲突则更有戏剧性。原先中方设计规划的造芯厂面积为 5000 平方米。日方工程师一看，连连摇头说太小。一问才知，人家要建 10000 平方米，最后人家拿出的设计为 12888 平方米。在当时的中国，没有一座工厂单体车间能达到这个面积标准。中国人开始认为有"猫腻"。后来的事实证明，日本工程师是对的。如果当时不设计这么大的车间，就没有今天实现月产 4 万片的高效水平。铺设地面水泥砖，每块砖一个水平线，半毫米都不能差。一出现差错，就要求返工，直到达标为止。几条标准让中国工人一开始不习惯：不合格的就要返工，不能马虎；不合规的必须纠正，不能对付；不达标的一定重来，不能敷衍。对日本人的求全责备也有些反感。芯片"洁净车间"建成后，中国人才开了眼：这才叫现代化。中国华虹人就这样一边向人家学习，一边自己拼命追赶，终于建成了我国合资建设的第一条当时在国际上也属于先进水平的芯片生产线，比预期提前了七个月，投片生产也比一般"摩尔定律"的十八个月提前了一个月。

作品在展现国家先进高端制造业的时代风貌时，也没有忘记民营企业的重要贡献。浦东这块土地上，还活跃着一家芯片制造企业，那就是赫赫有名的"中芯国际"。创办人张汝京，更是一位了不起的人物。当年，中国电子工业代表团曾求助于世界一流水平的美国"德州仪器"，没有得到任何技术上的帮助，却把在这家企业担任高管的台湾同胞张汝京引回中国大陆创业。他了解"909工程"后，认为中国与世界的水平还落后一大截，但战略意图和顶层设计是正确的，只要努力，一定能赶上世界的步伐。当中国代表团邀请他回到祖国大陆搞芯片时，他很激动，答应认真考虑。不久，他就飞到上海浦东。本想加入华虹集团，但他还是听从了政府有关方面的建议，以他在世界芯片制造行业的巨大影响，利用海外资金和技术，组建与"909工程"并驾齐驱的新企业。于是，民营芯片制造企业"中芯国际"就诞生了。两大中国芯片"巨头"摆在一起，以不同的资金结构和管理形式，相互促进，相互影响，共同做强做大中国芯片。日后的事实证明这样的安排具有战略意义。华虹与NEC合作建设一条存储器生产线的同时，张汝京另辟战场，集资100亿美元，建10条代工生产线。这个大手笔，让中国半导体产业一下子走到国际前列的同等跑道上，也一下子使"中芯国际"成为中国大陆投资最大、技术最先进的半导体制造企业。

《我心飞扬——华虹"520精神"纪事》写中国式现代化，更写中国式现代化精神。今天，中国已经成为世界制造业大国，芯片制造也成了"国之重器",国之大者。经过四十年探索发展,中国的芯片企业群组成了直向世界制造业强国的强大阵容,成为中华民族伟大复兴的一支高新科技生要力量。而华虹流淌着的更纯粹的"国家血脉",挺在世界竞争风口浪尖。华虹集团的史诗般的创业史凝聚起企业独特的文化,形成"华虹520精神"。作品用相当的篇幅描述这种精神的本质,讲述许许多多普通华虹人的故事。我们从他们身上,看到了国家的意志、国家的精神,看到中国式现代化精神,看到中华民族的精神。

民族第一品牌

长篇报告文学新作《茅台——光荣与梦想》写的是全体中国人都熟悉而又感到非常神秘的"茅台酒",写茅台的故事,写茅台的历史,写茅台的精神,写茅台的文化,写茅台与我们心中的情感。说起茅台酒,没有人不知道。会喝酒的不会喝酒的都知道这是一个享誉世界令中国人无限骄傲的白酒品牌。尽管这个酒价格不菲,不是所有的中国人都享用得起,消费得起,但是所有的中国人都爱着这个品牌,都有一种说得出和说不出的情怀。无论"茅台"在资本市场有多高的市值,有多么贵,在中国人心中可能仍然是唯一最没有商品性的商品,是中国人的一个乡愁。中国的任何一个商品,都无法获得这样的殊荣。作家选择这个题材,必然触动社会读者共同的中国情结,产生文化上的强烈共鸣。

写茅台酒的文章浩如烟海,优秀作品层出不穷。每年无数文人骚客,慕名来到茅台镇,喝茅台酒,抒人生情,或唱大风歌,或吟婉约曲,或激扬文字,或独抒性灵,留下多少美诗美文,真是写不尽唱不完的茅台酒。那么,报告文学《茅台——光荣与梦想》还怎么写,还能不能出彩,是一个挑战,是一个考验。作家何建明一上来,先示弱,声称自己不会喝酒,很少喝酒,更少喝茅台酒。不过仔细一想，这是作家提示我们，他不是从喝酒的个人感觉层面上去写茅台酒，而是从一个报告文学作家考察一个民族传统品牌成长史、经济史、文化史的层面上去写茅台。这样一来，"不会喝酒"还可能是一个创作上的不可替代的优势，还可能突显报告文学的优势，还可能写出一个与众不同，更加厚重的"茅台"。事实证明，一个不会喝酒的作家，写"茅台"同样能让文字散发出"酱香"的芬芳，甚至还可能有更浓郁更特殊的芳香。

进入新时代，何建明至少写过四部"企业"报告文学：《江边中国》《中国珍珠王》《茅台——光荣与梦想》《我心飞扬——"华虹520精神"纪事》。每一部作品，都有自己独特的时代主题表达，而《茅台——光荣与梦想》是作家自觉地让时代主题通过散发芬芳的文字得以呈现的优秀作品。可见，作家在这部作品里下了很大的心血和功夫。我们可以说，这部作品不仅是作家的一部用心之作，更是"茅台"题材文学创作的新格局、新境界、新突破，显示出报告文学特有的思想文化的穿透力。

可以把这部作品看作是对一个伟大民族品牌的文化密码的解读。作品以报告文学独有的思想和艺术的力量，并不再度神化"茅台"，而是把它放回历史，放回时代，放回现实，正确地解读了"茅台"的文化密码。作品首先从茅台酒的"贵"入手，看似在回答一些人所关心的股份与市值，回答某些社会观念错把茅台酒当做纯粹的可占有的物质财富，其实是想引导社会读者更加关心"茅台酒"的另一种"贵"：品牌之贵、精神之贵、文化之贵。一是地理之"贵"。特殊的地理环境和特殊水资源为茅台酒创造了世界上独一无二的不可复制的天然生态条件，为这里的烧房日后能创造出世界上最神奇的白酒埋下了深刻的"伏笔"，也注入了生态的密码。二是历史之"贵"。众所周知，"茅台酒"历史上曾经注入过"红色基因"，留下了宝贵的历史密码，当年长征时，中央红军曾经路过这里，几大烧房酿出的美酒意外地给艰苦征战的红军将士们留下美好的印象，产生了永远难忘的感觉。当时人们可能并不在意，但历史就这样不经意地安排"茅台酒"一个其他酒再好也没有的机遇：新中国成立后，成为国酒，代表国家接待外来访客，服务于国家战略大局。三是创造之"贵"，留下的是传奇性的技术密码。茅台酒早期三大烧房的一代代酿酒师们创造的独特的酿造技术，由新中国成立以来的新一代酿酒师们所继承，所坚定，所光大，保证了茅台酒的质量和品质。四是劳动之"贵"，形成自己的时代密码。作品以自己创作主题的独特要求为根基，必然会更加看重"劳动"给这个民族品牌带来的文化积累，由此来抓住了"茅台"发展的本质，揭示出"茅台"发展的秘密，展现"茅台"的文化品格和时代精神。因为这种劳动的品质，使得"茅台"不管后来怎样变成和黄金一样的"硬通货"，"茅台"还是茅台，还是一瓶美酒。

作品在"序篇"里就细致地描写了茅台酒厂的劳动者们的故事——"踏曲"女工的故事。她们在高温的车间里面用脚"踏曲"，每天多达60000次，从这道茅台制酒的一百多个工序之一的"踏曲"工序，我们就得知，每生产一瓶茅台酒，工人们的汗水要超过一瓶。这种超强的劳动，不仅给了茅台酒品牌的根本的力量，也打牢了茅台精神文化的底蕴，也就是作品所说的"茅台魂"。这个章节还详细地讲述了科技工作者的故事。被称为茅台之"神"的季克良是这个故事的主角。这个新中国老一代的大学生，一毕业就和爱人来到这个酒厂，再也没有离开。他和她把所有的青春和热情，把他们的人生都奉献给了"茅台"。他们的人生，与"茅台"的命运紧紧地联系在一起，融入了"茅台"辉煌的创造历史进程中，成为真正的"茅台"人，深得"茅台魂"的"茅台人"。季克良的身上，闪耀着中国进步知识分子之光，闪耀着民族精神之光，闪耀着人民精神之光，因此闪耀着我们时代劳动精神之光。这些光芒聚焦在一起，就是

"茅台之神"。

《茅台——光荣与梦想》准确精确地梳理了茅台酒从新中国成立以来到改革开放的新时代的品牌成长的线索，用几个关键性标志性人物连接起茅台发展史，真实反映茅台酒的发展历程，公正评价了曾经为茅台发展作出重要贡献的"茅台英雄"，塑造了茅台人生动的艺术形象，揭示出打造的"茅台初心"的几个历史阶段，让读者清晰地看到一个民族白酒品牌怎样积累出浓厚的传统文化，怎样传递出现代精神。按作品的观点，"茅台"的历史，大半部就是郑义兴—李兴发—季克良的历史。这几个响当当的"茅台英雄"，把"茅台"人凝聚起来，改变了"茅台"的命运，创造了自己的历史。早在50年代，茅台酒也有走麦城的时候，茅台人也曾到处求人喝茅台，质量也一度上不去，连中央都着急。烧房学徒出身的郑义兴接任领导后，恢复传统工艺，坚持传统的酿制经验，把茅台酒厂带上了正路，这个贡献是历史性的。而李发兴的功劳则是通过大量的科研，以科学的方法定位了茅台酒的品质，为茅台制定了一整套质量标准，命名为"酱香型"白酒。这一系列的技术过程，对"茅台"来说，标志着一个传统的企业品牌的产品质量，由靠人工经验判定转向由复杂的科研数据来描述，来认证，来判定。这是一个革命性的突破。产品还是传统产品，但传统企业已经完成向现代企业的转型。与其说季克良是茅台之神，不如说他是茅台之子。他把自己的一生都奉献给了处在山沟离不开山沟的中国企业。他终于成长为当家人，有了自己的话语权，以他的智慧和聪明，打开了资本市场，敢于在资本市场竞争，使企业的市值不可思议地高于中国银行、中国石油这样的中国企业，牢牢占据中国企业第一股的位置，从"强"走向"更强"，创造了令世界瞩目的"茅台神话""茅台奇迹"，也为中国传统企业现代化打开一条创新之路。

《茅台——光荣与梦想》主题最具新意的也最具哲理的观点是：

酒不是"造"出来的，而是"酿"的；"茅台"最值钱的不是品牌，而是时间。谁家酿的酒贮存时间越长，就越好。这些思考，当然是总结陈述了茅台人的经验和共识，但作家却在茅台人的"时间"这个概念里，提炼了哲思与真理。当代企业，信奉的是"时间就是金钱"的理念，都想跨越式发展，都想弯道超车，用最少最省的时间，获得最快的发展，获得最多的效益和利益最大化，也因此，深刻影响了整个社会思想、价值取向和评价体系，形成了一种快和更快的"硬道理"。但"茅台"发展史中，"快"反而不是硬道理，而"慢"的重要性反而更加突出。快与慢这对矛盾在这里形成了一种辩证关系，"时间"在这里成了一个关键词，起了决定性作用，表明"快"可以成就一个现代品牌，而"慢"也可以成就一个现代品牌。而"茅台"这样的传统品牌，则是更适应经受"时间"打磨，是一个典型的"慢"的品牌，更是一个具有永久生命力的品牌。这种从容不迫的企业发展思想，是"茅台"的独创，与当代多数急功近利的企业发展形成了鲜明对比。这也表明，一个传统产品中的文化含量，需要一个企业用"时间"去酿造，去增值，去发扬光大。由此，概括了传统企业发展的基本规律，也概括了传统企业走向中国式现代化的基本规律。中国式现代化，不是西方的现代化，而是以中国人民创造奋斗为主导的现代化，是给中国人民带来真正幸福的现代化，而文化正是从中国人民创造奋斗中提炼出来的精髓，在中国式现代化进程中一定会发挥应有的重要作用。因此，中国式现代化，也是中国文化助力的现代化。"茅台"的发展，正是中国传统企业实现中国式现代化的一个缩影；"茅台"的精神，正是中国式现代化所必然弘扬的精神。

第三节 脱贫攻坚之诗与远方

改革开放给中国人民带来的好处，创造了中国发展的时代机遇，加速了中华民族伟大复兴的进程，但并不意味着，我们可以无视甚至可以掩盖中国经济社会仍然存在的矛盾冲突。中国经济社会发展中的许多矛盾冲突，是我们改革过程中引发的，产生的。我们克服了一个个困难，可能还要面对一个个新的困难。我们破解了一个个难题，可能更多的难题在前面埋伏。有人就说，中国改革，会越改越难。"三农"问题，就是一个典型的难题。中国改革最早的受益者是中国农民，可是我们很快发现，随着改革的深化，改革进入深水区，中国农民的受益空间却不断被挤压，不断缩小，甚至完全失去。在中国城市化进程中，中国农民不得不离开土地，改换自己的身份，成为处于城市生存低端的弱势群体——"农民工"，由此积累下所谓的"三农"问题。改革开放几十年，我们会发现，中国成了世界第二大经济体，创造了令世界瞩目的奇迹，可"三农"问题不但没有根本性解决，还显得更加突出。特别是中国还有那么多的贫困人口，他们没能公平分享中国改革创造的财富成果。因此，"三农"问题成为我们党破解改革难题的重中之重，国家层面上的扶贫脱贫工作也得以全面展开，并在新时代，在以习近平同志为核心的党中央领导下，部署了史无前例的啃下"绝对贫困"这个硬骨头的脱贫攻坚战，实现向全体人民做出的严庄的承诺。2021年，在全国脱贫攻坚总结表彰大会上，习近平总书记宣告："在迎来中国共产党成立一百周年的重要时刻，我国脱贫攻坚战取得了全面胜利，现行标准下九千八百九十九万农村贫困人口全部脱贫，八百三十二个贫困县全部摘帽，十二万八千个贫困村全部出列，区域性的整体贫困得到解决，完成了消除绝对贫困的艰巨任务，创造了又一个彪炳史册的人间奇迹！"⑧

每一个中国报告文学作家都积极自觉投入脱贫攻坚第一线，感受着记录着反映着这个火热而艰苦的现实生活，创作出属于这个时代的优秀作品。可以说，这个题材使中国报告文学创作上了一个很大的台阶，改变了中国报告文学长期处于"轻骑兵"地位和格局，成为中国文学反映现实的一支重要力量，并在反映脱贫攻坚现实中，承担起历史的重任。

"闽宁经验"与康庄大道

何建明以《诗在远方》《山神》等几部长篇报告文学向时代交出了令社会令读者满意的答卷，是报告文学作家中的优等生，起着良好的示范作用。《诗在远方》是一部值得细细阅读的作品。关于这部作品的内容与主题，笔者已在本书第一章里概述了，不再重复。不过，当我们在作品开头读到习近平总书记的一句话的时候，才知道这部报告文学可以有更深的解读。习近平总书记说"闽宁镇探索出了一条康庄大道，我们要把这个宝贵经验向全国推广"。这句话，揭示出了闽宁经验对中国人民"摆脱贫困"伟大斗争的意义，也指引着何建明寻找到作品的思想内涵之魂。

在作家描述里，"闽宁经验"最初的实践形态，更像是在探索一种创新的扶贫脱贫的模式。国家经过多年的扶贫脱贫探索，找到了"东西部结对子，进行对口支援"的好方法，展开了前所未有的国家行动，安排了位于东南沿海的福建与西部贫困问题非常突出严峻的宁夏结成帮扶对子。其实，当时福建并不富裕，本省仍然存在大片的贫困地区，扶贫任务也很重。宁夏的同志也看出这一点，他们快速脱贫心切，所以更希望和长三角、珠三角等富裕地区结对子。是时任福建省委副书记习近平同志和福建省扶贫办同志的真诚爱心、责任担当、真抓实干，感动了宁夏的同志。事实证明，这个帮扶对子结得非常好。正是他们良好的合作，探索了中国扶贫的创新模式，并且走出一条康庄大道，创造了宝贵的新鲜经验，得以推广，指导着中国脱贫攻坚战。

"闽宁经验"不断在各个思想理论层面去进行总结提炼。而我们从何建明这部作品，至少认识到了"闽宁经验"的几个特点：其一，扶贫工作必须坚持党的领导。作品中有一个细节：扶贫办主任林月婵第一次到宁夏，从出租司机那里得知，在宁夏做生意的有很多江浙人，也有很多福建人，不少人生意也做得很大。自发的商品经济尽管很活跃，却无法改变宁夏的贫困状况。只有依靠党和政府的力量，才有望真正摆脱贫困，打开新的局面。福建省帮扶工作之所以做得比别人更好，就因为有一个不仅对宁夏人民深怀感情，而且非常有思想的领导人，那就是时任福建省委副书记的习近平同志。他曾较长时间在贫困地区工作过，担任省委领导后又分管农业，对"三农"问题有着深入的认识、研究和思考。他于1992年就出版了《摆脱贫困》一书，升华了他的理论认识。在当时，几乎还没有一个改革开放一线的领导干部能够做这样的思考，并在理论上加以提炼。因为有了习近平思想的指导，宁夏才有摆脱贫困的今天，"闽宁模式"也提升为"闽宁经验"。其二，建立了一个创业平台——"闽宁村"。作品写到"吊庄"的办法，其实就是选择群众整体搬迁的形式。"闽宁村"更像创立了一个农民能人的创业平台。不仅吸引了福建企业家前来投资，也吸引了当地搬迁农民在这里创业。南北两地的创业者又可以进行资源共享，合作帮扶。作品描写了不少创业成功的宁夏农民。他们改变了自己的命运，也带动了更多人脱贫。其三，就是调动社会力量参与脱贫攻坚的积极性。作品写到，林月婵到宁夏后适时成立了福建企业家的扶贫组织，把社会分散的力量组织起来，形成合力，支持扶贫工作。福建省的企业家们纷纷响应省委省政府的号召，自觉加入了扶贫脱贫行列。他们有的直接把资金投入，有的把技术贡献出来，有的把宁夏贫困群众安排到福建的企业里打工。扶贫脱贫是党的事业，也是人民的事业。人民群众发动起来了，事业就办成了。其四，就是扶贫也扶志。这是习近平总书记《摆脱贫困》一书的一个重要思想。一些地方，由于穷的时间太长，消磨了老百姓脱贫致富的意志，有了"等靠要"的依赖思想。扶贫重要的在于激发人民群众创造生活的热情，恢复人民群众的信心，掌握发家致富的本领，提高用自己的劳动创造自己的幸福生活的内生动力。作品抓到了"闽宁经验"的核心思想，自身的思想格局大大开阔，思想品质也大大提高。

山神不是神话，是一种精神

《山神》不是大部头的作品，在何建明的长篇报告文学创作里，应该属于小块头，不过，这部作品与何建明脱贫攻坚题材的《诗在远方》同样重要。作家在深入走访贵州脱贫攻坚主战场时，意外发现了一条不起眼的水渠，认识了一个八十多岁的老人。当他把这条水渠和老人联系在一起的时候，读到了现实生活的感人故事。他把这个故事完整地记录下来，意想不到地成就了新时期脱贫攻坚主题的具有经典价值的大作品。

故事很单纯，贵州大山里的草王坝村党支部书记黄大发，带领全村，几乎赤手空拳，从1960年到1990年，经过整整30年的拼搏苦干，硬是在千米的山崖上凿出了一条几十里长的渠道，引来了甘甜的清泉水，让村里的人有了水喝，吃上了白米饭。这个故事又和我们读到的所有脱贫攻坚故事不一样。我们读到的所有故事，都是在改革开放时代"摆脱贫困"条件下发生的，都有党中央和国家的支撑。经济社会发展积累了雄厚的财富，支持着整个国家的脱贫攻坚战。而当年国家还很穷，实力还很弱，整个社会还没有多少积累，草王坝村人民要摆脱贫困，几乎无人可靠，几乎没能得到政府有关部门的支持。只能靠自己，只能靠"自救"。草王坝人民就是在这种情况下，走上了改变生活命运的道路。他们的诉求其实很简单，就是喝得上水，吃得上白米饭。就这点起码的生存诉求，消耗掉他们整整一代人的青春、汗水和生命。牺牲的代价比想象的还要大。

作品不写处于天坑里四周都是悬崖的草王坝村老百姓的穷，也不写那崎岖难走的路，只描写那里缺水无水。没有水，就是穷，生存就特别艰难。这里有一个族规：可以私藏粮食，但不能私藏水。遇上大旱年，邻居没水，你家有就得拿出来大家一起享用。违反了这一条，就得受严厉处罚。这里有一个传统：你不能嫌人家水脏。再脏也得当作蜜糖那样喝下去。就算小孩、牲畜拉了屎尿的水坑，也不能浪费。这里有一个情景：一下雨全村都得把所有的盆盆罐罐都拿来接水。没得接了，就把棉衣棉被都拿出来吸水。孩子们嘴巴咬着一块湿湿的棉被，就像城里的孩子夏天吃着冰棍一样过瘾。直到有一天，黄大发当了党支部书记，下决心开一条水渠，把山外的水引进来，让大家喝上清水，吃上白米饭。可是没有资金，没有物资，没有技术，没有知识，也没有别人能帮忙，要在这山崖上打开一条水渠，如天方夜谭，也像在说神话。30年过去了，在黄大发带领下，神话就这样创造出来了。人们赞扬黄大发，把他誉为这座高山的"山神"。

不是神话，是一种精神。中华民族传统不向命运低头的坚忍的精神，战胜一切困难的乐观精神，创造生活的劳动精神，凝聚在黄大发身上，在这个贫穷的小山村里得到传承与弘扬。这也正是改革开放时代所特别需要的时代精神。我们今天创造了巨大的财富，过上了好日子，但艰苦奋斗的精神仍然是我们道德伦理的底线，任何时候都要守望，不可以放弃。黄大发永远是我们时代的一个精神标杆。作品热情讴歌，倾心赞美，突出了"摆脱贫困"的时代主题。评论家汪守德说："将一件人间平常之事书写成为一部英雄史诗和一个伟大传奇。因此，无论是主人公黄大发本人，还是这部《山神》

作品本身，都具有直叩人心的巨大力量。"⑨

第四节 绿水青山与美丽乡村

美丽乡村的样板

何建明倾心创作了报告文学《那山，那水》，应该说是有深刻思考的。在多数报告文学作家都还更多关注国家经济建设方面的成就的时候，何建明却走进了浙江安吉一个普通的山村，读到了立于村头一块石碑上的一行字："绿水青山就是金山银山"。这句话由时任浙江省委书记的习近平同志考察余村时说出，朴实而明快，给人印象深刻，一读就能懂，就能记得住。何建明立刻想到了中国几个小山村：井冈山的茨坪，诞生了毛泽东农村包围城市，武装夺取政权的最初思想；安徽凤阳小岗村，一群不甘忍受饥饿的农民，让邓小平痛下决心：分田到户。而今天的余村，则是习近平总书记"两山理论"的发源地。当然，在中国革命史上，具有划时代意义的小山村还可能有很多。不过，这条文学化的历史认知线路深深触动了作家敏感的神经，激活了作家新的认识：一个新时代，一个绿色发展的新时代的信息，就从这个小山村发出，从一句朴实的话语中传递出来。新时代思想是由五位一体的总体布局和"四个全面"的战略布局构成的，生态文明建设是一个重要方面，其间的深刻思想，最容易最直接最生动地让整个社会全体人民接收到。许许多多的人都是通过国家环境的变化，生态的优化认识和感受新时代的到来。如果没有何建明的深入生活，精准独到的发现，如果没有何建明的《那山，那水》，中国报告文学的新时代意识的建立，可能需要更长时间。

改革开放后，余村一直很富裕，特别是改革开放早期，余村的矿产资源确实给农民带来实实在在的好处。开矿是农民的主要收入的来源，开山也是村子快速富裕的基本发展模式。然而，随着时间的推移，这里的人们渐渐发现，森林被砍伐了，青山变秃山，河水也变混浊了，变臭了，清新的空气也没有了，村里的人还得了以前从没得过的病。有了钱，日子却没有原先想的那么好。农民们认识到，用破坏环境、恶化生态的方式来获得财富积累是否合算，是不是人们想要的生活，这样的经济发展方向是否正确。经过不断反思，他们决定放弃原有的发展模式，切断原有的发财来源，关停所有的矿山，保护好自己的生存环境的同时，寻找探索调整出一条资源节约、环境友好、生态和谐的经济发展之路。正在这个关键时刻，时任省委书记的习近平同志来了，高度评价余村经济的转型，说："你们讲到下决心关掉矿山，这是高明之举！过去我们讲既要绿水青山，又要金山银山，其实绿水青山就是金山银山。"⑩余村后来的发展，就是按照习近平总书记的指点去想办法，去实践，终于使一个环境生态危机重重的山村，变为中国美丽乡村的样板。

习近平总书记说这番话时，中国的许许多多的地方，正在经受着环境污染、生态破坏之苦和思想的困扰。常常是保护了环境，就会影响经济发展；而经济要发展，就会必然性地破坏环境。二者之间的矛盾，以及这个发展的瓶颈，在那个年代，似乎无解，无力突破。习近平总书记的一句话，让整个社会，豁然开朗，找到了一把破解时代发展难题的钥匙，看到了冲出生态危机重围的希望，而成为一个时代的强音。今天看来，"两山"理念是习近平新时代中国特色社会主义思想的生态文明建设理论重要组成部分。何建明的报告文学《那山，那水》正是这一理念的最佳文学解读，是中国报告文学的"发展"主题获得生态文明时代生气灌注的第一部作品，意义也就非同一般。

山是名山，湖是美湖

新时代生态文明的思想已经在经济社会发展的各个领域，时代发展思想的各个层面上形成了强烈的共识，深入人心，整个社会完全走出了原先思想理念的误区，朝着坚持人与自然和谐共生的方向坚定地推动着经济社会的发展。我们从乡村振兴、城市更新、美丽中国等不同层面展开建设思路，就可以看出，习近平生态文明思想全面的指导意义。带着新时代的课题，何建明继续深入生活，走在生态文明建设的第一线，创作了两部重要的报告文学作品《德清清地流》《流的金 流的情》，在余村之外，又找到了新时代新发展理念两个高光样板。

《德清清地流》分析了德清的两个得天独厚的自然资源。一座莫干山，一片下渚湖。山是名山，湖是美湖。近代以来，上海滩上的外国冒险家们、买办们不仅把上海当乐园，更是把莫干山当后院，在山中林间盖了不少别墅院落，休闲度假。新中国成立后，莫干山回到了人民手中，仍然以疗养度假胜地而出名。下渚湖水每年浇灌了德清平原的大片土地，浇出了一个闻名的鱼米之乡。德清的区位优势也十分明显，夹在苏州和杭州两个"天堂"之间交通发达，资源丰富，被比作"天堂心脏"。然而改革开放的一些年里，江苏浙江许多地方都快速发展起来了，富起来了，德清却一直很落后，老百姓还一直很穷。德清的领导层通过一场"思想大解放"的头脑风暴，发动群众群策群力，凝聚共识，一起想办法，找出路。当然最后，他们还是把发展的目光聚焦在得天独厚的一座山，一片湖。做好美山美水这篇大文章，德清的"人间天堂"名副其实，跳动着的"天堂心脏"名副其实。

就在德清经济发展的关键时期，时任浙江省委书记的习近平同志来到德清调研，听取汇报，看望群众。德清的发展模式的探索与实践，引起正在思考如何化解发展中深刻矛盾和破解一些"瓶颈"问题的省委书记的关注和重视。紧接着，习近平同志前往隔壁县安吉余村调研。在那里，习近平同志在深入调研基础上，把他一路的思考与干部群众交流，提出了著名的"两山"理论，从根本上破解了当时普遍存在的经济发展中，以环境破坏为代价的发展困局，确立了"生态立省"新的发展思路，从而传递出"美丽中国"新发展理念正在孕育，新的时代正在到来的重要信息。习近平同志的讲话，也传达到了德清，这里的干部群众备受鼓舞，更加深刻认识到"两山"理论的现实意义，更加深刻认识到德清模式正是自觉践行"两山"理论的重要成果，更加坚定了守住好山好水，建设美丽德清的意志和信心。

《德清清地流》突出了美丽德清建设的令人目眩的亮点：一是对莫干山的保护性开发。德清人显然知道尊重莫干山百年来形成的休闲文化，通过支持当地老百姓发展旅游民宿，来改造传统的休闲文化，深化当代的休闲文化，发展自己的特色经济。莫干山的生态环境得到最大的保护，地方经济也得到良性发展。作品生动地讲述了南非人高天成来到莫干山，被美景所吸引，不愿离去，与当地农民邱根娣大婶合作办民宿的故事。从这个时候开始，莫干山的民宿就如雨后春笋一样，破土而出，到处可以看到"洋家乐""农家乐"，很快形成了一个独有的产业。现在到莫干山，经常听到这个故事。一个真实故事也许被渲染得像美丽传说一样，却也真实准确反映出德清人善于抓住机遇的超常本事。给他们一个支点，他们就能撬动整个地球。现在的莫干山已经成为中国民宿发展的一个成功样板，一个美丽中国的亮点。

二是水的保护性利用。德清水多，发展的顶层设计，谋篇布局都离不开水。下渚湖治理就是重点。在一些年里，德清经济没有发展起来，水却没少被污染。在新发展理念指引下，德清人醒悟得很早，深刻认识到，没有好水美水，就没有德清。有了好水美水，才会有美丽德清。所以他们下大力气把德清变成名副其实的"江南水乡"，成效非常显著。如今，下渚湖已经建成一片中国最美的湿地，进入秋天，"那湖水可以透到湖底，那芦花已经开始飘扬，那成窝的鹭鸟会一起高飞，甚至水中的鱼儿也想跃上岸头"。而周边的村镇，也一个个打造生态村镇、特色村镇。如三林村，最吸引人的是"村中有一片数百亩大的漾，那是被绿荫裹着的一颗翡翠，它清澈见底，水天同色，加之有两个漾中孤岛。那小岛上是参天树木，恰是鸟儿筑巢的绝佳之地"。[①] 每到傍晚，数万只鹭鸟归巢，难得的一大景观。

　　三是绿色产业的引进和发展。为了这片好山好水，德清人下了很大的决心，搬迁污染企业，引进绿色产业。最典型的数联合国地理信息会议在德清召开，建设全国独家的地理信息小镇。这一搞不要紧，他们发现地理信息其实是一个思想先进、潜力极大的绿色产业、数字产业。他们不懂就学，就恶补狂补，面向全国，面向世界，打开视野，用最短的时间，最快掌握当今世界先进的科技信息，及时调整产业方向。这一次，德清人又抓到了一个发展的机遇。他们以地理信息为抓手，建立产业园，创造优惠条件吸引全国和世界的地理信息企业和机构前来投资，共同发展。以地理信息产业为龙头，推动数字产业深度发展。就这样，"一座山""一个湖""一个村庄""一个小镇"构成了独特的高光的"德清样本"，并在这个厚实的基础上，积累了践行新发展理念，建设美丽德清的好经验。

　　在作家何建明看来，德清之所以能建设成为一个高光"样本"，除了新发展理念指引，以聪明智慧抓住历史机遇，敢干实干苦干精神等重要因素外，还有一个独特的"秘密"，那就是"治理"。与国家治理体系现代化战略目标同步，进行经济治理、环境治理、社会治理、文化治理，建立治理机制，形成治理体系。每一个地方的发展，都有自己的特点，都有自己的规律。德清人民找到了自己的特点，掌握了自己发展的规律。"治理"就是对这种特点规律的高度概括，体现了德清人民务实的智慧与创造。所以作家把"治理"放在德清发展最重要的位置去叙述，并多次深情地抒怀：好山好水好人。在好人好方法的"治理"下，好山好水才会变成美山美水。

  在《德清清地流》这部作品中，"德清"这两个字被赋予了新的内涵。古人说，县因溪而尚其清，溪亦因人而增其美。而作家则用"水德行香，清朗生辉"，德字当先，赞美德清山水，赞美德清人民。实际上，这种赞美更是对德清历史人文的尊重与梳理，强调了德清文化的"仁德"含量。德清人民在这片土地上，曾经创造了自己美好的生活，创造了自己的"仁德"文化，而今天，传统"仁德"文化，又融入德清人民的当代生活，在新发展理念中发扬光大，在"治理"中深入人心。

  作品描写道，德清的"治理"改革，是从政府的"换脑"开始突破的。十年前，德清行政当局就以"第一个吃螃蟹者"的勇气，把"人脑"都换成了"电脑"，设立"数字化城市管理指挥中心"。有了这个现代化的"城市大脑"，政府行政改革得以全面深化，工作质量和效率大大提高。这套系统专业而复杂，描述起来很困难，不过老百姓直观体验到的就是办事方便了，规范了，省时间了，又快又好。而县长体验则更直接："我只要看一眼'大脑'上的用电数据，就知道全县的经济运行状况。"这一"换脑"，其实就是干部们要先换思想，换观念，把为民服务的思想落在实处，把为老百姓办事的机制夯得实实的，把"民生"抓得牢牢的。

  作品重点选择了治水这个的典型事例，反映了"城市大脑"对德清河流水系的监控治理所起的重要作用，从而折射出德清民生的生动现实。德清的"智能水利"不仅能把德清境内的大小河溪水系质量完全按国家要求达标，而且还能为上下游地区提供精确的全流域水质与水文状况。实际上，从2019年，德清的"大脑"就已经全面承担起全流域水资源、江河湖泊、水灾害防御、水利工程、水行政事务等全方位的监管任务。更有意思的是，农村每一块、每一塘的水产养殖，也都"智能化"。"大脑"平台可以直接监测到养殖户名下的每一块水田的水情水质和养殖鱼虾的相关数据，只要一发现水质出现问题，警报器立刻响起，监督人员就会赶到现场，指导治理工作。实际上，整个美丽德清建设从决策论证到实施，都已实现"数字化""智能化"，"数字乡村"建设走在全国治理的前列。

《德清清地流》还发现了德清社会治理，有许多创新的做法，如"微改革"概念的提出就很有新意，也是德清"仁德"文化的体现。"微改革"说到底就把群众当"主人"，群众身边的小事，都是干部们服务的大事，都得当大事来办好，及时发现问题，立刻进行调整。作品列举一些服务改革事项，都是政务服务随心办，急救用品"救"在身边，建设网上妇女儿童中心，制定莫干山游玩攻略，小区物业精细化，实施农村环境卫生线上管控，建立工伤事故联合处置机制等，数起来有18条之多。这些"微改革"看上去还没那么"智能化""数字化"，却让群众十分暖心。

双流怎样"飞"起来？

《流的金 流的情》描写了四川成都双流地区人民在改革开放和中国特色社会主义新时代，自觉践行"以人民为中心"的新时代发展思想，融入国家新发展格局，积极发展"民生"，建设"中国航空经济之都"的历史进程，深刻反映了双流人民艰苦奋斗建设美丽家园，创造自己美好新生活的精神，讲述了一个美丽中国建设新发展格局中创造经济发展奇迹的"双流故事"，总结了推动区域经济社会发展经验的"双流模式"，提炼了具有乡村振兴美丽中国建设示范意义的"双流样板"，突出了作品深刻的思想主题。

在讲述"双流故事"时，作家有意要突出"飞"的意象，不仅真实地反映"双流故事"与众不同的特色,而且也精准抓住了"双流故事"的独有思想内涵,更是深刻挖掘了"双流故事"的时代价值。双流地处成都平原,历史上就是一个富裕的"天府之国"的重要组成部分。在中国走向现代的进程中,双流有了一个机场。虽然,当时建机场是为了战争的需要,但对后来一个地区的经济繁荣发展起着至关重要的作用。从作品对双流机场历史的简约描述里,我们能够看到,今天的双流机场,不仅是中国西南最大的航空港,也是中国重要的航空港,不仅深刻影响中国经济的发展,也把这种影响辐射到整个"一带一路"和世界。可以说,当今的双流机场,是一个名副其实举足轻重的国际航空港。借助国家经济发展的独特优势,双流地区的经济也跟着发展起来了,腾飞起来。"双流故事"在这样的历史和现实背景下产生,用一个"飞"字自然特别形象,特别有概括力。改革开放以来,双流由于地理位势和现实条件的区位优势,抓住发展的机遇比一些贫困地区及时有利,所以经济社会发展比较顺利。但是,双流经济社会要真正腾飞,却必须与航空经济的发展联系在一起。作品讲述了双流两个与"飞"相关的可以写入双流改革开放史的故事,生动反映双流人民聪明才智和把握历史机遇特殊能力。一个是恩威公司老板薛永新坐飞机的故事;一个是县上租了"专机",载着全县乡镇主要负责人70多人到苏州、福州、深圳和广州等地参观学习。这两件事,今天看来平淡无奇,但在当时,却是双流人视野大开阔、思想大解放的重要事件。双流人由此看到了中国,看到了世界,也看到了自己的未来,看到了自己"飞"起来的美好生活。有了这两个故事,才会有后来的"中国航空经济之都"的故事。从这个关系看,"双流故事"虽然不算传奇,却是实实在在的创业史、奋斗史。

"双流故事"是围绕"中国航空经济之都"展开的。国家航空港建设为双流发展提供了丰富的资源,创造了双流"飞"起来的优厚条件。如几十万与空港有关的人口的迁入，如大量与航空有关的产业的落地，以及航空港巨大的经济能量孵化出来的现代实体产业和高科技产业，都在支持着双流经济的腾飞。从作品中，我们可以看出，双流人民思想先进，头脑清醒，目光远大，他们以自己的聪明才智，以全球战略的眼光，站到了时代发展的思想前头，提出建设"中国航空经济之都"的新思路新理念新实践。一方面积极服务于国家航空发展事业，一方面带动航空港经济为区域经济发展服务，形成一种相互促进，共同发展，可持续发展的发展态势。大飞机产业园的建设就是一个很好的例子。双流土地价格不断上涨也是一个好例子。《流的金 流的情——双流纪实》这部作品，正是把叙述的重点放在双流区域经济社会发展上，放在乡村振兴的方向上。"中国航空经济之都"除了指航空港经济以外，更多的指一个区域的经济发展特色，是一个区域经济的品牌。通过作品的叙述，我们看到，双流在这个历史进程中，走在乡村振兴的前列，积累了自己发展的经验，创造了自己经济社会发展的"双流模式"。或者可以说，在乡村振兴时代精神推动下，双流已经完成了从富足的乡村向现代化城市转型的过程。进入新时代的双流今非昔比，已经不再是我们传统意义上的乡村城镇，而是一座与国际航空港相媲美相映生辉的现代城市，一座具有浓郁航空文化特色的现代都市。可以说，"中国航空经济之都"是智慧的双流人民探索可持续发展的产物，是"双流模式"的奇迹。

中国有许多航空港，世界也有许多航空港。也许，很多地区利用航空港经济发展起来了。但是，能像双流那样，主动自觉融入现代经济发展格局，开创自己经济社会可持续发展模式的并不多。这个模式可能很难被复制，但作为中国乡村振兴，美丽中国建设的一个"双流样板"，却具有相当可行的示范作用、启示意义。《流的金 流的情》由此从内容到主题都在揭示了"双流样板"的价值意义。

作品写双流的物质财富积累，更是写双流精神文化财富的积累。"中国航空经济之都"更深层的含意应该也是"中国航空文化之都"。作品的题目寓意深刻。"流的金"指的就是社会财富的积累、人民生活的富足、国家实力的增强，而"流的情"则是指一种新的生活情感、新的生活方式、新的社会道德、新的时代文化。正是这种物质文明与精神文明，构成了"双流样板"深刻丰富的内涵。

"以人民为中心"的新时代发展思想指引着我们充分认识发展的意义是发展"民生"，走全体人民共同富裕之路。双流经济发展的决策者们正是从这样的时代要求的高度，去把握发展的方向，去坚持人民至上的理念。例如在城市建设中坚持"人民城市为人民"的基本思路，努力打造一座最舒适最适合人居住的城市；如把千年古镇黄龙溪打造成国际化的旅游名胜，推动区位文旅事业；如坚持习近平生态文明思想，保持环境，治理好双流母亲河白河等等，都是经济之都文化内涵的充实，都在不断擦亮"中国航空经济之都"这个品牌，让美丽中国在双流成为看得见能共享的现实。

注释：

① 何建明：《我们可以称他为伟人》第 4 页（《何建明文集》新世界出版社 2018 年版）

② 同上，第 31 页

③ 何建明：《江边中国》第 172 页（《何建明文集》新世界出版社 2018 年版）

④ 何建明：《我的天堂》第 83 页（《何建明文集》新世界出版社 2008 年版）

⑤ 同上，第 133 页

⑥ 同上，第 203 页

⑦ 何建明：《我心飞扬——"华虹 520 精神"纪事》第 3 页（上海文艺出版社 2023 年版）

⑧ 习近平:《论三农工作》第 307 页(中央文献出版社 2022 年版)
⑨ 汪守德:《〈山神〉:崇山峻岭上的英雄史诗》(《文艺报》2018 年 3 月 30 日)
⑩ 何建明:《那山,那水》前言(红旗出版社 2017 年版)
⑪ 何建明:《德清清地流》第 114 页(浙江摄影出版社 2020 年版)

第三章

人民精神

"以人民为中心"的新时代精神,就是新时代的人民精神。中国共产党百年奋斗,都是为中华民族伟大复兴,都是为改变中国人民苦难命运,为人民谋生存,谋幸福。无论前进路上有多少艰难困苦,历经多少曲折坎坷,需要付出多大的流血牺牲,这个初心永远不会变。人民群众对美好生活的向往,就是我们的奋斗目标。进入新时代,我们党的"人民观"认识更加深化,内涵更加丰厚,思想更加务实。不仅强调人民至上,强调一切发展为了人民,属于人民,发展的成果人民共享思想,而且,强调人民就是江山,江山就是人民的思想。

时代思想的进展,具有鲜明的现实的针对性,深刻揭示出我们这个时代社会思想存在的矛盾和观念的碰撞,挑战着考验着执政党的"人民观"。改革开放的不断深化,社会主义市场经济体制的探索建立,商品经济的日益发达,社会财富的快速积累,必然性地反映在意识形态领域,带来社会价值观、道德观、财富观、发展观、人生观、世界观等方面的波动,冲击着我们的思想观念,形成意识形态领域的冲突撞击态势。这种态势在一个时期里还显得很猛烈,很有冲击力。特别是在什么是社会主义、怎样建设社会主义、我们的发展依靠谁、发展为了谁等重大原则问题上,思想碰撞力度特别大,挑战也特别严峻。在时代思想考验面前，当代中国共产党人清醒地认识到，必须坚持马克思主义的立场观点方法，坚持马克思主义中国化的最新理论成果，坚持"以人民为中心"的发展思想。"我们的目标很宏伟，但也很朴素，归根结底就是让全体中国人都过上更好的日子"。①

时代漫卷的风云，也在挑战着一个报告文学作家的思想，考验着一个报告文学作家的立场。坦率地说，那些带着西方流行的时尚光环的思想理念，对我们的报告文学特别有诱惑力，特别能让人不经意就跟上这种思想理念的节奏，而不知不觉偏离了文学的人民方向。例如报告文学创作曾一度出现崇拜金钱，追捧财富精英的倾向，都在表明报告文学人民精神出现弱化。

何建明一向保持政治的清醒，情感的充沛，思想的先进，始终坚持为人民创作的思想。作为一个时代的歌唱者，他的任何一部作品，特别是新时代的作品，无不体现着炽热的人民情感，鲜明的人民立场，强烈的人民精神。他的作品不仅在经济发展、脱贫攻坚、乡村振兴、生态文明的时代主题表现中，体现人民精神，而且在更多题材创作里，也把人民精神作为一面时代的旗帜，插在时代思想高地上，迎风飘扬。

第一节　弘扬伟大的党史精神

庄严悲壮的文学表达

中国共产党成立100周年前后，中国报告文学红色题材创作出现一个高潮，出现了一批优秀作品，如何建明《革命者》、徐剑的《天晓——1921》、徐锦庚《望道》、丁晓平《红船启航》等。这些作品围绕着我们党建党前后的历史，展开描写，表现了一代受到马克思主义影响，受十月革命影响，一心救国于积贫积弱之中，救民于水深火热之中的中国先进分子时代风貌，写出了中国历史中华民族选择了中国共产党激动人心的必然性，讴歌了伟大的建党精神、党史精神，并由此从我们时代思想的高度提炼出报告文学红色题材创作的新主题、新格局、新境界。其中，何建明的《革命者》最能打动读者，社会反响也最为强烈，评价最高。这部作品很快被翻译成他国语言，受到域外读者的关注，引发了阅读接受的兴趣。《革命者》2022 年获俄罗斯国家图书奖。这是中国当代作家的作品第一次得到这个奖项。

本书第一章里，我们已经较为详细阐述《革命者》的主题。如果继续挖掘开去的话，那么，我们至少增加如下四点来发现何建明如何更深地确认作品的主题内涵。其一，历史选择了中国共产党，但并不意味着中国共产党一诞生就已铸就了初心。从《革命者》以及其他同题材报告文学优秀作品提供的材料和思想，我们可以读出，这是中国历史上第一个先进知识分子的政党。然而，这个先进知识分子政党要成长为一个能够领导中华民族实现伟大复兴，能够领导中国人民翻身解放的革命政党，必须经过现实斗争的各种严峻考验。这个过程，是马克思主义与中国实践相结合的过程，也是中国共产党人初心铸就的过程。因此，初心的形成离不开实践的力量。没有这种力量，也就没有初心；有了初心也走不远，守望不住。世界上有许多革命政党，最终都没有守住初心，就是没有持续获得"自我革命"实践的力量。中国共产党正是在艰难而伟大的历史实践中，不断打造自己的初心，不断检验自己的初心，不断强化自己的初心，不断创新自己的初心，才使初心走过了整整一个世纪。这也许就是中国报告文学所表达的党史精神。

其二，流血牺牲是必须付出的代价。历史选择了中国共产党，意味着历史选择了这个勇敢而自觉做出牺牲的群体。每一个共产人,都要认清这个必然性,都做好牺牲的准备。没有捷径可走,只有勇敢面对。这就是每一个革命者对党对革命对人民的忠心。没有忠心,也就没有初心。中国共产党早期,有太多的人虽然思想先进,但没有做好牺牲准备,没有认识到未来道路的艰巨性残酷性悲壮性,无法经受斗争的考验,只能选择叛党脱党,失去了忠心,违背了自己的初心。今天和平生活的一代人,也有太多人很难理解这个党用无数共产党人的生命和牺牲换来的初心,很难理解初心、忠心与信念之间的关系,也就很难理解革命的意义,甚至还有人因此否定中国革命和革命的意义。从这个层面上说,《革命者》的牺牲主题,有着鲜明的现实问题导向,是党史精神的最华彩最悲壮的表达。

其三,《革命者》这样的优秀作品,是对历史虚无主义的最好的回击。一个时期以来,社会上有一股思潮,不承认中国共产党带领人民开创的革命历史,以此来否定中国共产党的合法性、中国共产党执政的合法性,达到改变中国政治现状的目的。这股政治思潮也常常以西方的所谓新历史主义等的文化面目,对中国文学产生影响,引诱文学创作对偶然的、碎片化的、孤立的、神秘的历史事件发生更多兴趣,以个人认知的方式,来描写历史,反映历史。这些作品看似很新颖,实际上也是否认革命历史的必然性,歪曲人民群众的创造历史决定作用。这就是文学创作的历史虚无主义。好在历史虚无主义在中国报告文学,特别是新时期的中国报告文学并没有大影响,就因为中国报告文学作家高度共识,死守阵地,自觉抵制创作思想的历史虚无主义;就因为有像何建明等这样的作家群体,忠诚地捍卫红色的历史;就因为有像《革命者》这样的作品,唱响历史精神之歌、时代精神之歌。

其四,红色文学要有文化自觉和文化自信,坚信一定能战胜历史虚无主义。每一个民族,每一个国家都会有自己文化的资源。历史不同,制度不同,发展道路不同,都会使这种文化资源的积累呈现各自的特点和品质。中国革命百年奋斗，也为中国文化进步发展积累了雄厚的精神财富和文化资源，发展为文学创作的独特优势。以电视剧创作为例：中国台湾地区，有产生言情剧的优势；中国的香港，曾经的优势在武侠剧；中国大陆，则在红色题材的电视剧创作独树一帜，不可替代，和现实题材一起引领着决定着中国电视剧创作方向。然而，红色题材的电视剧的提升取决于红色文学的品质。只有红色文学繁荣发展，守正创新，打下坚实的基础，中国红色文艺其他艺术样式才能不断突破不断进步。可以预计，和新中国时期的革命历史题材创作成就一样，新时代文学的大作品，也一定能在方兴未艾的红色文学创作中产生。

红色题材的创作优势

红色题材创作是何建明报告文学创作的一个相当重要的方面，也是他的一个创作优势。进入新时代，何建明除了创作《革命者》之外，还倾力创作两部红色题材的报告文学作品：《雨花台》和《忠诚与背叛——告诉你一个真实的红岩》。这两部作品的重要性除了题材重大以外，也与《革命者》的主题思想一脉相承，编成了何建明红色题材创作的系列。据我们所知，这个系列还将继续延伸，不断会有优秀作品问世，以探索红色题材报告文学创作规律，对中国报告文学红色题材创作起到积极推动作用。

《革命者》描写的一个重要内容是讲述当时设在上海的中共江苏省委多次被反动派破坏的情况。特别是 1927 年，国民党蒋介石叛变革命，疯狂捕杀中国共产党人，上海大批共产党员和革命者遭逮捕，牺牲在国民党的刑场、监狱和上海其他地方。其中，中共江苏省委损失最大，最惨烈。事实上，江苏省委领导下的基层党组织，更是遭受严重破坏，更多的普通共产党员和革命者牺牲在南京雨花台。创作完《革命者》以后，何建明深感"雨花台的烈士们一直在等待着历史的一声特别的呼唤",自己讴歌先烈的责任更重了。于是,开始着手创作酝酿十年的《雨花台》。

雨花台的每一位烈士,都有着可歌可泣的事迹,都是英雄。中国共产党早期领袖人物邓中夏烈士,就牺牲在雨花台。邓中夏虽然最后没有参加党的"一大",却是"一大"重要的筹备人之一,为中国共产党的诞生,做出了重要特殊的贡献。他和毛泽东同一个老师,并且因老师的推荐,先后到了北京大学,认识了李大钊等人,接受马克思主义和社会主义思想。后来积极投入工人运动,成为中国工人运动的创始人和领袖,"是一个为理想而将生死置之度外的本色共产党人"。② 1933年,担任中共中央委员的邓中夏在上海被捕,先是关押在龙华看守所,后押送到南京。在狱中,他受尽敌人的严刑拷打,始终坚守党的秘密,不向敌人屈服。敌人用尽了各种残忍的手段,也无法摧毁一个共产党人的坚强意志。1933年9月21日,邓中夏在南京雨花台遭国民党枪杀,牺牲时39岁。作家何建明在写邓中夏短暂的革命生涯时,用了"本色"这个关键词,是有特别用意的。邓中夏在上海工作时,中国革命处于低谷,他本人也受到党内的误解,得不到公正的待遇,心里难免有委屈。这种情况下,一般人完全可能革命意志衰退,甚至可能暂时离开革命队伍。但邓中夏革命热情不减,仍然挺在斗争第一线,被捕后受百般摧残,革命信仰绝不动摇。这种忠诚与纯粹,就是一个革命者的"本色"。

《雨花台》讲述的"一号烈士"金佛庄的故事,特别感人。金佛庄早年考入厦门大学,后考入保定陆军军官学校,毕业后到浙江军队中担任排长。在旧军队里,他追求进步,向往革命,具有共产主义信仰,成了我们党组织注意发展的对象。加入中国共产党时候,他已经是一位带兵的营长。当时,在军队里服役的共产党员很少。金佛庄能带兵,又写过管理军队的专著,是个难得的军事人才。因此,在中国共产党第三次全国代表大会上,毛泽东代表中共中央亲自向他传达了"保存实力"的重要指令。从那以后,金佛庄就作为中共秘密党员潜伏在敌人阵营里。参加黄埔军校工作,深得蒋介石的赏识和信任。北伐战争期间,他作战英勇,指挥有方,被任命为总司令部警卫团少将团长。1926年,北伐军总司令部召开首脑会议,部署发动消灭江浙军阀孙传芳的战役。金佛庄主动献计,由他先潜入浙江自己老部队中,组织策反,发动兵变,配合北伐军打入浙江。本来是一次安排周密的行动,不料他所乘的英商"太古"号轮船有外国间谍报告了南京孙传芳的情报部门。金佛庄在南京下关码头上岸后就被逮捕,第二天就被秘密杀害。作为秘密身份的中共党员,金佛庄也是第一位牺牲在南京的我们党的革命烈士,同时他也是最早牺牲的拥有中共党员身份的黄埔军校将官,身份长期没有暴露。直到新中国成立后的1963年,国家民政部门追认他为革命烈士。

在1927年,"四一二"腥风血雨中的南京,除了中共江苏省委损失特别大以外,中共南京市委也有三任市委书记牺牲。前两任都在几个月时间里,因叛徒出卖牺牲在雨花台。在这个血雨腥风的日子里,孙津川出任新的市委书记。他早年参加工人运动,是一个很有领导才能的工人领袖。1925年"五卅惨案"后,上海工人运动一浪高过一浪。这一年,孙津川加入中国共产党,担任了中共领导的全国铁路总工会沪宁铁路特派员,秘密领导华东地区的工人运动,参加了上海三次工人武装起义,成长为很有对敌斗争经验的领导干部。1928年,他被任命为中共南京市委书记,重组连遭敌人毁灭性打击破坏的南京党组织和青年团组织。用很短的时间,他就基本恢复了如一盘散沙的南京党组织,发展党员240人,建立了10个党支部,41个党小组。还是因叛徒出卖,孙津川被捕入狱。敌人用了各种手段,都无法"软化"他。1928年10月,他被押到雨花台"处决"。第一次枪响后,同伴们倒下了。但他却没有中弹。行刑官给他最后一次机会,只要交代,就放他一条生路。孙津川视死如归,用高呼

"中国共产党万岁"口号，放弃了这个机会，牺牲时33岁。

据《雨花台》提供的数字，在雨花台留下姓名的烈士就有1519名，实际上，到新中国成立，牺牲在南京的革命者超过20万。也就是说，更多的人没有留下他们的名字。他们的故事也许我们永远无法知道，但他们的牺牲却永远无法让人忘怀。作品的这种情感，在结尾化为一首美丽隽永的诗章："那飘扬的丁香和斑斓的雨花石"。烈士丁香的故事，升华了作家的情感，也升华了作品的主题。

必须提到的作品

研究何建明新时代的红色题材创作，必须提到《忠诚与背叛——告诉你一个真实的红岩》这部重要作品。新中国时期，长篇小说《红岩》以重庆歌乐山、白公馆、渣滓洞监狱被国民党关押的革命者为原型，讲述了重庆地下党在新中国成立前夕，被国民党特务机关严重破坏，大批共产党员遭集体屠杀的历史，塑造了江姐、许云峰、成岗等不畏强暴，不怕牺牲，迎接新中国诞生的重庆共产党人的形象。这部作品不仅反映了新中国时期，革命历史题材创作的最高成就，而且成为中国当代文学史上一部经典作品。

小说在真实基础上虚构。而真实的历史又是怎样？能不能更加全方位地更真实展开历史鲜为人知的细节，解开一些历史之谜，更深刻地表现伟大党史的精神？何建明用报告文学的方式，还原了历史现场，还原了许多历史细节，自然也就解开了许多历史之谜。何建明《革命者》《雨花台》所写的烈士故事，多数发生在建党早期，或中国革命的低潮时期，这些烈士牺牲在革命史上最黑暗的时刻。《忠诚与背叛——告诉你一个真实的红岩》中的烈士们则牺牲在新中国黎明前的至暗时刻。新中国已经庄严宣告成立，解放大军已经逼近重庆城，狱中的难友们都已在欢呼人民共和国的诞生，偷偷绣出一面红旗，准备迎接解放时刻。而蒋家王朝仍然不甘心自己的失败，更加丧心病狂地指使特务机关策划了这场最后的大屠杀。"11·27"大屠杀之夜，有案可查的死难者总数为321人。国民党当局这种失败者的恶劣心态，使这场大屠杀变得更加疯狂，更加残忍，更加恐怖，烈士们的献身在这个特定的时刻，就更加无私，更加壮烈，更加崇高。作品选择这一题材，写出历史真实，看出作家思考的深刻用心。

小说《红岩》写重庆地下党遭破坏，机关报《挺进报》是第一块多米诺骨牌。由于叛徒甫志高的出卖，《挺进报》负责人成岗被特务抓捕。何建明报告文学《忠诚与背叛——告诉你一个真实的红岩》里，成岗还原了他真实的名字。他的原名叫陈然，确实在主持《挺进报》的编辑工作。实际上，《挺进报》还有另一个负责人，叫陈善谋，负责给《挺进报》抄录新华社电讯稿。陈然只知道他是开商铺的"老板"，并不知道他是自己的"上家"。他们两人同时被捕，受到重刑，坚决不出卖同志，绝不出卖党的秘密，都是忠诚的共产党员。他们是在押向刑场时，在人生的最后时刻，才知道对方的真实身份。没有话语，只有对视一笑。

这样的故事，在作品里写得很多，写得很动情感人。我们读到小说人物原型江竹筠（小说江姐原型）烈士的故事，许建业（小说许云峰原型）烈士的故事，刘国鋕（小说刘思扬原型），小萝卜头的故事，也读到更多小说没有写到的烈士们的故事，如另一个可称之为"江姐"的李青林烈士的故事。

李青林出生在四个泸州的一个耕读家庭，自幼性格开朗大方，刚毅倔强，嫉恶如仇。学生期间追求进步思想，积极参加革命活动。1939年入党，1947年担任万县县委副书记。由于上级领导涂孝文的叛变，她和江竹筠等20多名地下党员被特务抓捕入狱。她屡受重刑拷问，腿骨被打断，皮肉溃烂，得不到治疗，痛苦不堪。然而，特务们仍然无法在这个意志特别坚强的共产党干部身上找到突破口。连前来对质的叛徒涂孝文面对李青林的大义凛然，也羞愧得无地自容,不敢站出来指认。她在狱中,更是起到党内"大姐"的模范作用,以她身上特有的凝聚力,继续带着同志们与敌人斗智斗勇。1949年11月14日,36岁的她在江竹筠等人的搀扶下,一起走向刑场,被特务们枪杀在歌乐山脚下的长满野草的荒地里。

"人性"之谜

《忠诚与背叛——告诉你一个真实的红岩》讴歌了忠诚,鞭挞了背叛。作品敢于直面党史严酷的真实,写了一群可耻的叛徒。这些叛徒常常因在党内地位较高,掌握的秘密较多,所以造成党的损失也就更大。党史里没有回避这种现象,但在红色题材的纪实文学里,这方面的内容展示得并不充分,文学性的描写就更少。何建明在重庆采访的档案中,独具慧眼地发现了一份宝贵的材料:《关于重庆组织破坏经过和狱中情形的报告》。这是狱中"江姐"们及一些党员们集体向党的汇报,是狱中共产党人对自己组织出现问题的思考与反省。其中,最能引发我们深思的就是:为什么叛徒那么多?这份"带血"的报告由《红岩》作者之一的罗广斌同志从狱中带出,交给了党组织。正是这份堪称独家的材料,打开了作家何建明的眼界,引导着他思考中国革命历史更为深层次的问题,也就是"忠诚"与"背叛"的关系问题,引导着他用细腻的笔触,去触动中国革命历史的隐秘之痛,解开隐藏在历史深处的"人性"之谜。

作品较集中写了四个曾是重庆地下党高级干部的叛徒。第一个是中共重庆市委工委副书记冉益智;第二个是市委书记刘国定;第三个是中共川东特委副书记涂孝文;第四个则是小说《红岩》里甫志高的原型川康特委书记蒲华辅。被他们出卖的下级们,在敌人的拷打威逼下,仍然坚守着党的秘密,仍然忠心耿耿。而这四个高级干部一点也没有受皮肉之苦,却早早举起双手,出卖同志,出卖机密,叛党求荣。有意思的是,蒲华辅后来良心发现,不再向特务提供秘密,并且也和其他革命者一样,走向刑场,倒在敌人枪口下。但是,这仍然不足以洗清自己对党和人民犯下的罪行。作为一个变节者,他永远被钉在历史的耻辱柱上。

从狱中同志写的报告"狱中八条"分析看,当时地下党工作那么艰险,党内生活仍旧有一些不正常之处,那个时候,就存在着腐败问题。生活上出现腐化,"经济、恋爱和生活作风问题",政治上也出现了偏差,如党的一些领导干部缺乏"党内教育和实际斗争锻炼"等。特别是腐败问题,直接导致了领导干部丧失革命理想,软化革命意志,涣散革命精神等严重的后果。敌人的力量固然可怕,但更可怕的敌人却是自己。因此,腐败并不是和平年代党内的专属现象,革命战争时期就存在着。重庆地下党如此严重的损失,追究其原因,和党内腐败有相当大的关系。何建明《忠诚与背叛——告诉你一个真实的红岩》就是从这个思想层面上解开"为什么叛徒那么多"之谜。后来,他创作《革命者》,也涉及叛徒问题,甚至有"一个牺牲者,背后都有一个叛徒"之说。不过,我们党早期的叛徒问题,与后来如重庆地下党出现的叛徒问题,显然不一样。都造成党的严重损失,前者信仰问题、意志问题更为突出,后者除了这些问题,还加上了腐败的问题。因此,这份珍贵的文献,不仅具有历史价值,而且还有现实意义。

《忠诚与背叛——告诉你一个真实的红岩》还有一个惊人的发现,那就是那些大大小小的变节分子中,没有一个女性。作家通过对女性先烈的描写,响亮呐喊出:"女人无叛徒。"[③] 作品用相当长的篇幅去讨论这个现象。作家何建明认为,首先是女人的忠诚度要比男人高;其次是女人对建立什么样的人生价值观比较严肃认真,一旦建立将牢不可破;再次,女人比男人重感情,讲面子,所以不容易当叛徒;最后,女人和女人在一起更能形成坚不可摧的力量。这个表述思路已经超越了具体的女性问题,有了形而上的理论概括性。

作为一种理论概括，逻辑性可能还不是那么严密，还不那么有说服力，可能一时很难获得共识。这不重要。重要的在于，这是一个作家式的感情倾向，这是一个作家对女性革命者的敬意和赞美。她们是作家心中的女神。想到那些为了新中国献身的伟大女性英雄们，我们完全可以理解甚至赞同作家心中神圣的情感，以及作家较为个人化的认知引发的"人性"思考。

第二节 讴歌伟大的抗战精神

公祭日来得有点晚

为迎接第一个国家公祭日，何建明倾心创作了长篇报告文学《南京大屠杀全纪实》。2014年2月全国人民代表大会常务委员会宣布将每年12月13日定为南京大屠杀死难者国家公祭日。而在当年11月，何建明就创作出版了这部超过40万字的情感激昂、思考沉重的作品。尽管写作时间并不长，但这个题材在作家思考中酝酿多时，情感在作家心中涌动多年。创作时机一旦成熟，便能够像火山一样，高能量大冲击力地迸发出来。"南京大屠杀"题材不是何建明第一个创作，之前有许多作家就写过，如中国作家徐志耕，海外作家张纯如，都写出过有分量的作品。尽管如此，在这个时候仍然需要一部力作，来表明中国作家的历史态度，来表明在如此重大国家行动之时，中国报告文学并没有缺席。这个责任落在了作家何建明肩上。

所谓"时机"，其实就是这部作品写作的时代背景。我们一定会注意到，何建明的报告文学创作的革命历史题材，通常与我们党的历史有关，而抗日战争题材，他较少涉及。显然是因为，写这个题材的纪实作品，作家群体人数较多，实力较强，而他作为报告文学的领军人物，为更好发挥文体的优势，必然把目光更多地放在现实民生斗争的题材上，所以他一直没有在这个方向展开创作。然而，这一次，他"愤怒"了，激昂了，深思了，拿起他的笔，强烈控诉残暴的日本侵略者。

　　至少有几个方面的原因激发起他的创作冲动。一是直到现在，日本都没有深刻反省自己的罪恶的侵略历史，没有深刻反省当年对亚洲人民犯下的种种罪行。不仅不断篡改历史教科书，而且日本的政客们每年都在祭拜供奉日本战犯的靖国神社，全然无视整个亚洲人民的坚决反对。近年来，日本政府在右翼执政者安倍的策划下，以各种借口，不断扩张强化日本的军事力量，试图突破"和平宪法"，把日本带入"军国主义"的老路，给地区安全带来新的安全风险，引起亚洲各国和国际社会的警惕。二是直到现在，日本右翼势力仍在一次次睁眼说瞎话，否认当年日军屠杀30万南京军民的罪恶事实，试图抹杀这段由日本侵略者制造出来的残暴恐怖的历史，以呼应日本现行的国家图谋。更为令人担忧的是，这种论调在安倍这样的执政者和这样的政府负面影响下，日本社会相当一部分人群特别是一部分青年，宁可相信政客和右翼名人的谎言，也不愿意正视自己国家自己民族曾经犯罪的历史真相。三是改革开放时代的中国人民，走向中华民族伟大复兴的中国人民，面对当今世界不断演进的大变局，更加珍惜世界和平发展的大好环境，更加深刻认识中华民族复兴的艰难历史，更加痛感日本侵略者当年犯下的罪行给中国人民带来的深重灾难。因此，也更加清醒地看到了日本否定南京大屠杀的本质，决不允许历史的悲剧重演。为不忘这段耻辱的历史，不忘南京30万死难同胞，为保卫人类的和平事业，为弘扬伟大的抗战精神和伟大的世界反法西斯精神，为制止日本右翼复活军国主义的图谋，国家正式确立了"南京大屠杀"国家公祭日。何建明感慨道，"这个'国家公祭日'来得好晚呵！但它毕竟来了"。④

　　应该感谢中国南京的"侵华日军南京大屠杀遇难同胞纪念馆"

馆长朱成山先生。他不仅是多年呼吁设"国家公祭日"的有识之士，而且作为著名的日本"二战"侵华史的研究专家，为报告文学创作提供了多年收集的大量第一手资料和研究成果，使何建明这部作品比其他同一题材的作品拥有更丰富的材料，打开更为开阔的历史视野，占据更有思想穿透力的位势，使这部作品能够带着我们走进中华民族抗日战争的一段最黑暗最悲惨的日子里。

回到历史现场

作品以作家强烈的悲愤心情展开了从1937年12月13日开始一个星期里，南京30万军民惨遭日本侵略军士兵屠杀的历史场面和细节，有力地揭露控诉了侵略者在南京短短几天里所犯下的战争罪行。许多历史场景恢复后真是惨不忍睹，令人发指。大屠杀的第一天，也就是13日这一天，"对中国守军来说，是个绝命之日，也是日军残暴实施南京大屠杀过程中杀戮人数最多和最集中的一天，主要针对逃出城却没能渡江而不得不滞留在下关江边的那些放下枪的中国军人"。⑤作品通过当年幸存者言心易留下的口述资料，讲述了那一天的惨状。言心易就是这批人数超过10万名的失去战斗力的中国军人中的一个。他刚跑到江边，就看到中国军人成了日军枪炮的活靶子，弹雨之中，士兵们一排排倒下去，而更多的人仍然在四处奔跑和绝望地哀号。日本军人包围了他们，把中国军人往江里赶，然后轻重武器一起开火。水里的中国军人乱作一团，有的往前游，有的往后游。不管往前往后，都在日军扫射之中。整个江面浮满了中国军人的尸体，江水染成了红色。作品还援引当年参加大屠杀的日本军人的记述文字："在25米宽的城墙上，俘虏们排成一排，被刺刀一个接一个地刺倒在城墙外侧。""二三十人一组，反绑着手的俘虏有好几组。到处可听见轰响声，还烧起火来，想必是用手榴弹处置俘虏吧。""道路上、广场上、河堤上，都是一堆堆的尸体。有军人、有商人、有农民，不分男女老少，全都死了。因天冷的原因，干涸的血液呈黑色，而尸体下方还有血。"⑥

日军暴行一直持续了一周，残暴屠城。日军高层以及各个参战部队长官放纵下属任意杀戮，没来得及逃离的几十万平民包括男人、女人、老人和儿童成了日军屠杀的目标。其中大批军官参加了对中国平民的屠杀行动。南京这座国民政府的首都，现在变为刽子手们杀人的竞技场。有两个军官比赛杀中国人，一天就用军刀砍杀中国人超过一百人。尽管侵略者百般掩盖真相，但这些罪责难逃的暴行材料还是大量留了下来，作为日本犯下反人类罪、战争罪的证据。

何建明的《南京大屠杀全纪实》一边揭露侵略者的暴行，一边进行深刻的历史反思，特别是把笔触伸向更为广阔的抗战全景，使得作品的反思精神深刻中带着沉痛。作品从上海抗战写起，描述了整个战争态势发展，理出了一条线索，让我们看明白了，从淞沪保卫战到南京保卫战，蒋介石政府抗战的意志的薄弱和决策的不断失误，怎样使国民党军队一步步走向失败，怎样一步步导致了南京大屠杀惨剧的发生。

参加淞沪保卫战的中国前线部队同仇敌忾，不怕牺牲，作战英勇，拼死抵抗，取得了不少的可圈可点的战果，给日军以沉重打击。但是，这次战役还是以日军胜利，中国军队被迫撤退而告终。这个结局，一方面让日军不可小视中国军队的作战意志，另一方面让他们看到中国政府以及中国军队高层指挥的混乱与无力，特别是日军"华中方面军总司令"是松井石根。此人是中国通，又曾是蒋介石的"恩师"。对中国政府特别是蒋介石非常了解，态势上就压了蒋一头。就是这样的人，指挥了南京的决战。本来，日本军方高层还没有制订进攻中国首都南京的计划，但在上海方向取得的胜利，煽起了日军前线部队指挥官的野心。他们开始不听上级的命令，擅自向南京方向展开军事行动，从杭州湾登陆的柳川部队打头，其他在上海的日军紧跟其后，从各个方向向南京推进，战争的主动权落在日军手中。

持久战是胜利之路

作品援引了毛泽东对蒋介石的评价，就认为蒋在上海失守前后，"比较努力"。这个评价更多的是说蒋还是下决心要努力抗战的，这只是一个国家元首必须要有的基本态度，并不意味着，他有能力打好南京保卫战。事实上，蒋在撤离前任命病将唐生智担任守城司令，本身就已经预示着中国军队的败局。唐生智尽管发誓要与南京共存亡，实际上作为曾经是蒋介石的死敌，后赋闲多时的他并没有组织起有效的防御，也没有真正掌握部队。面对来势凶猛装备精良的日军的正面进攻，中国军队根本无法抵抗。最后，唐生智只好放弃指挥，连部队撤退路线都没安排好，就率先过江，把大批部队留在江对岸，长江天险本来是阻挡敌军的，现在却阻挡了自己。唐生智只能眼睁睁地看着放下武器的中国军人在江边惨遭大屠杀，南京城里的平民血流成河。

日本侵略者企图用"南京大屠杀"来吓倒中国人民，摧毁中国人民的抗战意志，反而坚定中国人民的抗日信念，一定要打败侵略者。不过，中日两国经济实力军事实力对比悬殊，也使中国人思考一个问题：弱国怎样战胜强大的敌国。在延安领导中国人民抗战的中国共产党领袖毛泽东冷静思考国民党抗战的失败，吸取教训，提出了"持久战"的思想，指出在现有条件下，不能指望通过正面战场的几个大决战就打败日本侵略者，光靠国家军队打不赢战争。必须充分发动群众，建立敌后根据地，坚持游击战争，用人民的力量，最终打败日本侵略者。抗日战争是人民的战争，是民族解放的战争，人民，才是打败日本的根本力量。中国共产党正是按照毛泽东的"持久战"的战略方针，不断实践，总结经验，构建了一整套完整的人民战争思想，领导着中国人民坚持艰苦的十四年抗战，最终将日本侵略者赶出中国，迎来了世界反法西斯战争胜利的那一天。中国的抗战为世界反法西斯战争提供的最重要最宝贵的经验，就是人民战争的思想。今天不少抗战题材的作品，常常忘记了这一点，忍不住会过度渲染所谓正面战场的作用，过度赞美国民党抗战，造成历史观走偏。何建明的《南京大屠杀全纪实》恰恰避免了这样的写作倾向。作品表现正面战场，赞颂抗日前线将士，同时也深刻揭露出国民党集团里相互倾轧，消解抗战意志的复杂矛盾状态。我们看到，将士们浴血奋战，决策高层却没有正确的战略思想，无力掌控局面，造成正面战场的一片混乱，战争失败有其必然性。由此，作品体现了作家关于战争的思考：必须得到人民的坚定支持，弱国才能打败强国。持久战争是胜利之路，人民战争是胜利之本。

安全区中的"保护神"

作品的一个非常有分量的部分，就是讲述了拉贝先生的故事。这个部分后来单独分出来，创作为另一部报告文学作品《拉贝先生》。作品从另一角度写出了"南京大屠杀"的残酷性，揭露日本军人的暴行，同时，也写出国际良知人士对中国无辜百姓的人道主义救助，展开了世界反法西斯战争形势的描写。

拉贝在政治上是一个纳粹党人，但并没有影响他成为一个人道主义者，在中国人民危难时刻，他挺身而出，伸出了人道主义的援手。之前，拉贝先生长期在中国北京经商，对中国生活很熟悉，对中国老百姓很熟悉，交了许多中国朋友。代表德国西门子公司在南京工作期间，正赶上南京战事紧张。日本人的飞机天天狂轰滥炸，中国军民死伤不断增加。拉贝先生从日本军队的动向中判断出，南京早晚要沦陷，老百姓一定会遭殃。所以他向有关部门建议并自己着手建起一个国际的安全区，自己担任"安全区"主席，准备收容战争难民。那段时间里，南京市政府早已瘫痪，群龙无首，官员们只顾自己逃命，哪里管得了什么安全区。老百姓看拉贝先生到处奔波张罗，都以为他才是南京市市长。

南京沦陷后，"安全区"真正起到救助难民的作用。许许多多难民逃入"发全区"，避免了被野蛮的日军的屠杀，保住了生命。拉贝先生以自己独特的身份和占领军当局谈判，要求日军承认国际"安全区"的存在。考虑到日本与德国纳粹的关系，日军承认了国际"安全区"的存在，并给"安全区"做了严格的规定。事实上，日军士兵常常以抓捕中国军人为借口，闯入"安全区"，抓捕男人，强奸妇女。拉贝先生为了保护难民生命，不得不和他们进行周旋。然而，最困难的工作是组织"安全区"的物资供应。那么多人每天需要消耗的食品，还有大批过冬的衣服和棉被，还有药品和医疗器械，这些都需要拉贝事无巨细地操心，耗费了他大量的精力。战争年代，物资十分匮乏，组织起来万分困难，但他都想尽办法解决。"安全区"就这样在日军的屠刀下生存下来。直到他调离，至少超过万名中国的难民包括妇女老人小孩的生命得以拯救。

拉贝先生拯救了中国人，也拯救了他自己。战后，德国纳粹遭到清算，拉贝先生则因在中国的义举得到原谅。世界反法西斯机构不仅没有惩罚他，还对他高度评价，派他参加战后德国的重建工作。虽然，他没过几年就去世了，但中国人民永远不会忘记这位"保护神"。

第三节　书写伟大的抗灾精神

中国作家没有缺失

2008年5月12日，对中国人民来说，是一个很悲惨黑色的日子。这一天，中国四川省汶川县发生里氏震级8.0级大地震。瞬间地动山摇，天昏地暗。一个个乡镇随之毁灭，倾覆在山崩地裂里，男人、女人、老人和孩子被埋在层层废墟里。由此，周边更多的城镇乡村也被严重破坏，更多的老百姓被埋在倒塌的楼房里、瓦砾中。据后来统计，这次强地震，夺去了 8 万多人的生命，超过 40 万人受伤。

震后第 7 天，何建明就进入灾区采访。当时的条件没能允许他到达受灾最严重的地方。不过，他还是在离成都不远的都江堰目睹了强震后留下的惨状。"一具遇难者的尸体被四个战士抬出来。""那是个男性遇难者，他的脸部是灰黑的，沾满了尘土和血水，腹部印着血痕，显然是被重物压死的。"⑦ 震后的第 49 天，何建明再次进到灾区，在德阳什邡一个村子，看到一个现场。有 12 个民工被埋在崩塌的山体里。由于时间过长已无法施救，只能用大型机械作业，把他们挖出来。"只有防化兵勇敢地走上前去对遇难者遗体喷洒药水。随后他们借助挖掘机的翻斗，轻轻将遗骸装进尸袋。因为断头缺臂，装的过程很费劲。"⑧

第 100 天时候，何建明第三次进入灾区。这一次，他前往受灾最严重的北川参加当地群众的百天忌日。"有一对老人告诉我，他们的儿子一家都遇难了，地震后连影子都没有见过，一直埋在十几米深的泥石流下面，而且据说要成为地震博物馆的一部分永远地'保留原状'。"⑨ 他在这片悲伤的土地上，感受到大自然神力的可怕和恐怖，感受着普通的人们与自然这种力量抗争所呈现的更加伟大的牺牲和力量。长篇报告文学《生命第一》写作冲动，就这样带着作家的心恸，带着作家的悲悯，带着作家的敬畏，带着作家的祈祷冲出作家的胸腔，涌出心头，变成了一行行报告文学文字。

在国家的大灾大难面前，中国作家决不能退缩。抗灾救灾，中国作家不能缺席。必须用自己的笔，参与到这场现实斗争中去。这场灾难，突如其来地活生生地摆在中国作家面前，也激发起中国作家的社会责任。"5·12"大地震以后，许许多多诗人、小说家、散文家、报告文学作家都走到了抗灾第一线，当起抗震救灾的志愿者，又当起这场灾难的现场记录者，创作出一大批感人至深的作品，尽了一个中国作家应尽的社会责任。

何建明不是第一个走进灾区的作家，也不是第一个写出作品的作家。但他是为数不多的三次进入灾区采访的作家，也是用最快的创作速度，向社会读者全方位报告和深度呈现抗灾现场的报告文学作家。没有哪一个作家，能像何建明那样，如此快速，如此高效地创作出这样一部全面记录"5·12"大地震的报告文学作品。仅这一点，我们就得敬佩他的那种劳动模范的拼搏精神。

众志成城的坚强意志

作为一个为数不多能深入灾区采访的报告文学作家，何建明知道自己责任重大，任务艰巨。报告文学《生命第一》理所当然地要记录真实的现场，报告受灾真实的状况，用文字记录保留历史的真实。因此，何建明用大量的文字描述他所走过的灾区每一个地方，特别是几个重灾区，这些悲惨现场的翔实描述，以及所有的细节，都是一个个悲惨的生命故事，都让人体悟到生命的脆弱，生命的可贵。每一个细节，都寄托着我们这些活着的人对死者的哀思。然而，这部作品还有重要的内容表达，那就是生命至上，记录无数活着的人与死神赛跑，与死神抢时间，拼速度，拯救那些还在一片漆黑的地震废墟中痛苦挣扎，等待"上帝"之光的人们。生命在这样的拯救中迸发出光彩，迸发出力量。这两部分的内容构成了生者与死者的关系，也提炼出"生命第一"的主题。

作品翔实地讲述了人民解放军先头部队冲向汶川，打通奔向震中映秀镇的拼搏过程。在第一时间里，也就是5月12日15点，人民解放军和武警部队已经吹响了向汶川进军的冲锋号。奔在队伍前面的是四川省军区副司令员李亚洲少将，他接到命令，不惜一切代价，直奔汶川。另一支队伍，由师参谋长王毅带领670名官兵，也向汶川快速开进。作品描写道:"汶川地震以犹如 400 颗广岛原子弹同时在 10 公里深处的地壳中爆炸的能量,排山倒海而出。"⑩ 因此,这不仅是一条艰辛之路,而且是一条死亡之路。处于震中地区,一片死寂,没有任何信息传出。冲向灾区的军人们也许不知道,他们可能冲向死亡,就算知道了,也会不顾一切,勇往直前,那里一定还有更多的生命等待着军人去拯救。道路完全被阻断,余震不断,山体不断滚下巨石,天下起了大雨,到处都有泥石流。这种情况下,军车无法开进,所有的官兵都得下车,一面清理道路,为后援物资的运送打开通道,一面步行前进。完全可以想见,这段艰难征程远远超出了作家的想象和文字所能表达的程度。当然,这样的困难没有挡住军人们前进的脚步。正是因为他们的拼死前行,抢回了最为宝贵的有效救助时间,救灾工作才得以用最快的速度实施,一些受难者的生命才得以生还。在这些英勇人民子弟兵身上,我们看到国家的伟大力量。

抢时间是所有救助的基本共识,也是基本的常识。多抢到一分钟,就意味着有多少生命得救。作品通过大量的采访,描写出一个个抢时间的场景,描写了快速自觉凝聚起灾区干部群众从死神那里夺回生命的坚强意志。红白镇司法所所长方国华,刚从地上站起来,第一个想到的就是学校。这个时间,孩子们正在上课。于是,他第一个冲进去,对操场上还没回过神的老师们喊,快救孩子。在他的呼喊声中,第一时间里,一支救援力量边救人边组织起来了。方国华本人,独自救出了 13 名学生。在北川,冲出大楼的县长经大忠面对正在发生的强悍地动,面对正在倒塌的房屋,面对正在变形的道路,面对无数人的慌乱哭号,失去理智,他则非常清醒地知道,自己现在应该做什么。他知道,在这个时刻,只有自救才能稳定人心,才能让人看到希望,才是唯一的出路。于是,他马上动员起眼前的干部们,组织起有效的自救机构,抢在第一时间,救出更多的生命。从大震那个时候起,北川其实就是一座孤城,而经大忠组织起来的弱小力量，就是这座孤城唯一的救星。此时，北川中学近两千名师生，有一千多名被埋在塌毁的楼下。经大忠在外面救援力量还无法到达的时候，用最短的时间，组织了施救，救出了大批师生，把生命损失缩到最小。北川靠自己的力量挺了过来。派出所副所长李国林已经从他工作的地方救出了四个人。这时，他得知儿子上的北川中学有一千多孩子埋在下面，他赶回去救儿子，可一路看到他是人民警察，都向他求救，等他赶到北川中学，看到了学生们的惨状，又投入了战斗。一天两夜，经他之手，救出了30多名孩子。而他自己的孩子，从废墟里抬出来，已经没有生命迹象。这样的故事，作品里还有许多。虽然无法一一转述，但通过何建明讲述的这些故事，我们完全能感受到当地人民众志成城的坚强意志。

社会构筑强大的救灾力量

社会力量的支持也是何建明这部作品要叙述的一个重要内容，也是作品最具时代特质之处。从一些描写当年唐山大地震的文学作品，我们可以看出，救灾的力量，主要来自党中央，来自人民解放军，社会力量的介入看起来并不突出，贡献率看起来也不大，至少作家创作时没有意识到可以更加突出地表现。而汶川大地震主要力量还是党中央、人民政府、人民解放军和武警部队，不过，社会力量的突出表现也应该得到高度评价，同样值得赞扬。一方有难，八方支援。今天的中国，改革开放，经济发展，社会财富丰足，生活幸福美满。更为重要的是，社会的爱心良知、社会的道德品质、社会的价值、社会的思想精神，尽管正在经历着市场经济体制的考验，但正能量到底还是社会的主流，社会主义核心价值体系还是我们时代精神的支柱。这种意识，平时流淌在世俗生活里，并不容易辨识，可一旦国家有难，就能凝聚起来，表现出来。作品写道，社会的关爱，从四面八方赶来，向灾区人民伸出援助之手。大地震消息传开，大批的社会救灾物资快速运向灾区,送到受灾群众手里。大批的志愿者,参加到政府的救灾工作中,配合着专业人士,展开对灾区人民的救助。灾区每一个需要的地方,都能看到志愿者的身影。他们当中有工人、农民、学生、医生、护士、企业家、慈善家、社会工作者、自由职业者,有普通人,也有成功人士、社会精英,不管他们原来属于什么社会阶层,有什么地位,也不管他们内心有什么动机,有什么想法,有什么理念,这个时候,他们只有一个共同的称号:志愿者。据作品提供的不完全数字,有20011名志愿者先后参加汶川地震救灾行动,形成了中国救灾的一道美丽的景观,表现改革开放时代特有的道德风尚,反映了一代中国人的精神风貌。

《生命第一》的主题思考显然在提醒我们,大灾大难面前,对一个国家社会的爱国主义、民族主义精神是一个重大检验,对一个社会核心价值体系也是重大检验,同时,对执政党治理能力和水平也是一个重大检验。当我们从何建明作品里读到无数的基层领导干部、无数的共产党员、无数的军人挺在最艰苦的第一线,就知道,中国人民不会被任何灾难击垮压垮。每一个救灾者用自己弱小的力量,组成强大力量,能够战胜任何灾难,能够产生一种无比高尚的精神,我们称之为伟大的抗灾精神。

灾难题材不得不选择的写法

《爆炸现场》则是何建明进入新时代之后写作的灾难题材的报告文学作品。2015年8月12日,天津港发生了大爆炸。这次爆炸的巨大威力,何建明在公安部有关部门采访得知,相当于53枚"战斧"式导弹一起爆炸,或者说,相当于超过17万枚手榴弹一起爆炸。我们国家在经济建设过程中,总会发生一些事故。一些行业,如煤矿、运输等,防范任务一向很重。但是,像港口这样的地方,发生事故,而且发生如此剧烈的爆炸,几千辆汽车被炸毁烧毁,100多名消防战士牺牲，实属罕见。整个社会都会特别关注，人们心里有太多忧虑，有太多的为什么。由于这次创作的特殊性，何建明不再像以往创作那样讲究时代的政治经济文化背景，也不把笔触伸向社会生活的更多方向，而集中笔力，直接选择了从在这场大爆炸中，损失最大的天津消防部队入手进行采访，收集资料，写出年轻的消防队员们的牺牲，写出他们的英雄主义精神。这样一场罕见的恶性事故，可以从许多角度介入写作，作家采访了很多方面，最后选择了表现一个最悲壮的群体。

开始情况并没有想象的那样严重。有市民报警，说滨海新区的"油罐"发生爆炸。其实是滨海新区瑞海公司的化学危险品集装箱发生了小爆炸，引发了火情。小爆炸威力看上去不大，但火势并不小。天津消防总队向位于滨海新区的四个消防中队下达了出警的命令。先后到达现场的几个中队正在作业，突然发生了第一次大爆炸，时隔30秒，再次发生了更大的爆炸，产生了巨大的冲击波，方圆几公里内的建筑物被严重破坏，货场里所有的物资包括几千辆汽车爆炸并烧毁。在爆炸现场的所有消防队员，不是牺牲，就是严重烧伤。其中，八大街消防中队损失惨重。战士杨钢牺牲的消息快速通过网络传遍了全国，引发了全国人民的关注。实际上，和他一起成为烈士的还有7名消防部队的军官和战士。天津消防支队特勤队，在指挥官江泽国少校的带领下，到达现场，突如其来的二次大爆炸，夺去了他和其他7名官兵的生命。他的遗体第四天才找到。作品通过亲历者之口，还原了爆炸现场，还原了战士们最后的英勇场面，让我们看到了战士们牺牲的真实情景。

《爆炸现场》唱响了一曲英雄主义的颂歌。不过，读完以后，却令人产生一种莫名的惆怅之感。我们发现，作品还原的真的只是一个爆炸的现场，而这个现场留在这里，并不是光让我们凭吊生命，而是要让我们寻找到证据，找到爆炸的原因。如果说，大地震的损失是大自然造成的，无法避免的话，那么天津大爆炸，就是人为造成的，并非不可避免。我们需要找到的，正是这种"人为"的证据。排除了恐怖袭击的可能，那造成如此大爆炸，如此重大经济损失、生命损失的原因是什么，是生产安全问题，还是港口管理问题？是偶然事件，还是必然会发生的事件？有没有渎职，有没有腐败，有没有更深层的原因？读者应该特别想知道，令人不可思议的是，作品并没有揭开这些问题的盖子。作品精心选择的叙事角度，显然放弃了现场所提供的问题"证据"。

是作家忘记了报告文学基本的写作原则，还是作家当时的难言之隐？答案应该在后者。其一，如此严重恶性事件，调查起来是一件极为艰巨极为困难的事情。其难度可能超过我们的想象，需要有足够长的时间，方可揭开真正的"爆炸"之谜。这样的调查，已经超出报告文学的职能。首先需要由有关部门来展开并做出专业和权威的结论。报告文学作家能做到的，只是采访。显然，作家写作之时，这个调查并没有结束，或者没有给出结论。其二，从作品的叙述可以看出，作家在采访中也一定掌握了许多"证据"，但这些"证据"是否足以揭开问题的实质，是需要作家独特的辨识力、分析力和综合思考的能力。特别是要防止把如此严肃的问题，变为一种网络追逐的社会猎奇，甚至出现不良导向。其三，作家这种采访，实际上在一定程度上，承担了媒体调查记者的角色，一定会受到出自各种原因的限制。事实上，报告文学作家并不是媒体调查记者。前者是在进行文学创作，思考的是从文学层面上反映现实；后者是新闻写作，是对真实事件的深度报道，直击真相。二者功能完全不同，但角色有时却难以分辨。其四，好在何建明是一个报告文学作家，他可以选择新的角度介入事件，把巨大的冰山留在海平面下，看不见却能感觉到。《爆炸现场》就是有意采用这样的写法，使作品的内容悲壮惨烈，思考意味深长。

若干年后，何建明才表达出当时写作的痛苦心情："天津大爆炸造成了巨大的损失和近千条生命伤亡，这样人为因素所造成的灾难不反思，不刻骨铭心，还有什么事值得我们牢记呢？也因为几十年来见得、看得太多了，所以有时常常激愤着说些社会铭记我们日常生活中那些不该犯的错误和教训时，感觉很难很难。"[①] 读这样的句式，就能感到作家面对复杂的情况的复杂心情，要表达的东西太多了，也就使表达复杂而且困难起来了，似乎有许多难言之隐。何建明的句式一向明快明确明白，他的风格也一向直抒胸臆，清晰理性。而这次写作，与他过去以往的思维方式、语言风格不太相同。但不管怎样，《爆炸现场》赞美了一线消防战士们的牺牲精神，让读者记住了这些和平时期牺牲的英雄们，还是尽最大努力体现了一个报告文学作家的人民立场和责任担当。

第四节　感受人民的抗疫精神

以亲历者身份直面"新冠"

人类生存斗争，抵御瘟疫的斗争是一个非常重要的方面。任何一个国家任何民族的生存，都会伴随着瘟疫的袭击，这个风险随时随地都存在，无法逃避，只有应对。风险一旦转为现实，瘟疫肆虐流行，社会人口锐减，后果常常直接危及人类的生存，危及经济社会正常发展，常常会改变人类的命运走向。人类世界目前面对的新冠病毒流行，显然加速了全球经济的衰退，也加速了世界格局朝着无序的意想不到的方向变化，加速了人类将会面临的种种无法估计的危机的到来。世界又到了一个紧急的关头。世界各国都想尽一切办法，团结起来，与新冠病毒以及各种变异病毒做殊死斗争，化解世界危机，寻找生存发展的出路。

中国也是遭受新冠病毒严重侵害的国家，经济社会发展的损失非常巨大，付出的代价非常高昂。任何困难都没有难倒中国人民，挡不住中华民族伟大复兴的前进步伐。我们的民族经过五千年漫长的生存斗争，已经积累了丰富的抗御瘟疫病魔的经验，大大助力我们现实的抗疫斗争。经过改革开放四十多年的中国人民，经历了无数的困难，破解了无数的困局，化解了无数的危机，当然不会屈服于新冠病毒。我们有社会制度的优势，国家发展的优势，民族精神的优势，有现代医疗和传统医疗的优势，完全有能力顶在世界抗疫斗争的前沿，与病魔作坚决的斗争，为人类抗疫提供中国方案，同时，中国经济发展仍能够继续为世界经济走出困局，起着重要的引擎作用。这也许可以看作是中国人民抗击新冠疫情斗争伟大的思想精神内涵。

　　从这个思想层面上来读何建明的抗疫题材的报告文学作品，可能会接收到更多更丰富的信息。由于新冠病毒来势凶猛，传染力比我们想象的要快要强，毒性比我们想象的要大要狠，使得中国的抗疫工作带着艰巨性复杂性特殊性，也产生防控的特殊要求。因此，中国作家虽然积极参与，却不能像以往那样，第一时间里就能赴第一线采访。由于抗疫斗争是全国每一个人都必须以个人负责的方式参与的最广泛的人民战争，每一个作家是冷静观察者，更是实际的参与者。他们一边参与全民防控，一边组织素材，提炼主题，在抗疫斗争进展过程的某些阶段，还能进行实地采访，写出了不少好作品，为中国的抗疫斗争保存了生动的文学记录。

　　有意思的是，文学的"上帝"再次垂青了何建明，把他困在上海的宾馆里，让他吃了许多作家所无法吃到的苦头，也让他得到了与上海抗疫斗争几乎无缝对接的机会。他为了写一部当代上海题材的报告文学，正在长三角地区紧张采访，深入生活。不料，新冠病毒把他困在了上海，工作无法正常推进，不得不调整原有的采访计划。同时，他又敏感意识到，自己一个捕捉现实生活的新机会到来了。于是，他以宾馆为基地，展开了他一生中从来没有过的随机应变的艰难曲折的采访，以"现场者"的身份，去观察和体验疫情中的上海，抢下了两部抗疫题材的报告文学《第一时间》和《上海表情》。作品出版后，社会反响特别强烈。可见，时代给敏感勤劳的作家的回报也非常及时丰厚。

上海题材的新视角

何建明可能比许多作家都具有瘟疫题材的写作经验。早在2003年，北京抗击"非典"期间，他就作为几乎是唯一获得全程全面跟踪采访权的报告文学作家，花费了大量体力精力，走遍了北京相关医院、单位、街道、乡村，创作了报告文学《北京保卫战》，在《文汇报》上刊发。直到现在，这部作品仍然是唯一一部关于"北京非典"的现场记录。今天读这部作品，再比较我们深陷其中的"新冠病毒"泥坑，恍如隔世。也许，与今天的"新冠"相比，"非典"只是一个小儿科，不值一提。也许，读"非典"题材的作品，已经觉得很不够劲。但何建明十年以后，出版了这部作品，特地加上一篇文章《"非典"十年祭》，一下子点亮了作品的主题，拓展了作品原有的格局。

何建明《"非典"十年祭》的一个基本思想是："人类所经历的任何苦难都是宝贵的，把它记住，本身就是财富，而忘却了它才是真正的悲剧。"[12] 当时他就预言："中国人似乎一直在为了自己的强盛而发奋，在这条发奋向前的道路上我们甚至连停顿都顾不上。""一个不能将苦难和灾难作为教训的民族是非常危险的，它是很容易被另一场苦难和灾难摧毁的"。[13] 由此呼吁我们社会管理体系提高灾难的预警能力，呼吁公民提高自己的防护意识。何建明当然不是预言家，也不掌握任何占星术，但是，作为一个作家天生的忧患意识，不幸言中了人类一场更大的瘟疫灾难的到来。读懂了这篇祭文，也就读懂了《北京保卫战》的良苦用心，也就能抓住《第一时间》《上海表情》主题的思想基调。

何建明的《第一时间》写得很明白。当时上海的抗疫斗争并没有武汉那样紧急惨烈，那样牵动人心。全国人民所有的目光都集中到武汉，聚焦武汉。防控流调部门的重心都在那些从武汉、湖北走向全国各地的人们。作为中南地区的特大城市，每天有几百万人的流动进出，如果他们有人把病毒带出来，后果真的不堪设想。事实上，后果已经产生，上海也有了"零号病人"，抗疫形势也骤然严峻了起来。而《第一时间》却从这个情况中判断将出来上海的抗疫斗争会更严峻，也会成为中国抗疫斗争的最前线。因为上海是一座国际化的大城市，也是中国国际化程度最高的城市之一，与世界各地的交往的程度远远超过武汉，所以随着世界疫情的快速发展，也随着武汉抗疫斗争取得阶段性胜利，上海的风险将大大增加而成为中国"外防输入"的最重要的防御要塞。情况正如何建明所判断的一样，不久以后，武汉消停了，而上海却告急了，全市动员起来了，"一级响应"了。

在这样的抗疫态势中，何建明的《第一时间》写出了上海"城市猎毒者"流调队员们的忘我工作，写出了救治"一号病人"的同仁医院的医生们的努力，写出了小区群众积极自觉的防护意识，写出了上海党组织坚强领导和共产党员们的抗疫意志。作品第六节"'地球村'阻击战"写的是上海航空港的抗疫故事。这是上海的国际抗疫真正第一道防线，绝不能被病毒突破。作品写道，"'机舱战''航站战''转运战'——每一位入境者必须经的数十道'关口'，关关都是防止境外疫情'倒灌'的'闭环'阻击战。上海人民用自己的精气神，垒筑出一道严丝合缝的钢铁长城"。[14]

作品更有深度的是写出了大上海抗疫斗争的从容有序，胸有成竹，科学精准，到位有效。上海近代历史上，多次发生过流行公共卫生事件，也有被瘟疫侵犯的经历。这一切，都是上海人民深刻的记忆，也是上海城市管理者时常反思的教训。因此，作为现代化城市管理的重要组成部分，上海对公共卫生事件的防范能力，不断加强，不断提高，已经形成了一整套现代化国际大都市的行之有效的理念和机制，也培育了广大市民的现代公共卫生意识和防疫文化。在何建明看来，这套机制，这种文化在抗击新冠病毒的斗争中发挥了很有效的作用。因此，上海这个时期的防控，可圈可点。

《上海表情》的主题与《第一时间》一脉相承，加强了上海经验的内容，从现代化国际城市管理的思想层面，从世界防控的层面上，讲述上海处理公共卫生事件的能力和水平，突出了中国抗疫人民至上，生命至上的新时代思想，诠释了"从来就没有什么救世主，一切靠我们自己"的真理，突出了人民的力量，人民的精神，背景更宏大，眼界更开阔，叙述更思辨，哲理更突出。

逆行向浦东

作家何建明在疫情到来前，正在上海采访几个题材。在疫情期间仍然想了各种办法继续采访，坚持创作。我们知道，这几部作品就是2023年发表或出版的《世纪宣言》《我心飞扬——"华虹520精神"纪事》。前者描绘了大上海中国现代化的伟大历史进程，后者也是上海题材，但目光焦点定位在国家高端制造业的芯片工厂——华虹集团，是上海题材的新拓展。

后者在进入华虹集团历史叙述之前，先揭开了2022年3月27日悲壮感人的一幕：这一天，正是3000万人口的特大城市"封城"的前夜，离黄浦江上所有大桥封闭只剩下几个小时了。在浦东工作的上海浦西人，都紧急往家赶，要在大桥关闭前回到家。像猛烈的洪水，向浦西冲去。当然，没有人注意到，有一股人车流，却偏偏逆行向浦东赶去。他们就是家住浦西的华虹职工。这个车队里，有企业高管，有工程师，有研发人员，更多的是生产线上的工人。他们都知道，芯片车间建成开始运转，就得三十年不停运行。一旦停下，就等于全线停工，损失不可估量，最为重要的是芯片供不上，市场没有芯片，后果不堪设想。这个基本常识，已经完全融入了华虹人思维里。一接到大桥封闭的消息，想到的不是自己的安危，而是想到工厂不能停。还没有得到通知，一大批家在浦西的华虹人都自觉冲出家门，有车开车，没车坐班车，或打出租车，直接奔向浦东芯片工厂。

接下来的故事发生在芯片工厂里。一万多员工的华虹集团，一夜之间，集合起6000人。整整75天，把6000名员工封闭在一座现代化工厂里，完成了全厂万人的工作。战胜了疫情，保住了工厂，完成了任务。他们共同书写了华虹故事新篇章，创造了一个华虹奇迹。作品写到一个女工程师，终于赶上了回浦东的最后一辆出租车，按时回到华虹车间。她以为这是三五天的事，没想到封在工厂75天，她女儿一个人在浦西家，吃了75天的方便面。后来很长时间里每当说起这件事，她都会失声大哭。二厂厂长姚亮，被封堵在小区里出不去，管控人员死活不放行。一千人的工厂的分厂长，不到位，工作还怎么干。他只好跟管控人员从头到尾普及了一遍芯片生产的知识，讲明了不能停机的道理，把人说感动了，主动请示了上级，作为特例放行。有个海归工程师，车冲到工厂大门前，才想起自己做了核酸结果还没有上传到手机，只好把车停在路边，在车里睡了好几个小时，做了好几个梦，直到结果出来，才进了工厂。

这个时间段的故事都多少有些奇葩，但真实地发生了。《我心飞扬——"华虹520精神"纪事》抓住了许许多多普通人的故事，表现了华虹人的一种被称之为"520"的企业精神，表现了华虹人的意志品质，表现了中国工人阶级的思想境界。说明瘟疫让许许多多行业停摆了，但无法让华虹停摆。华虹不会停止前进的脚步，中国的制造业一定要走向世界最强。作家何建明抓到这个题材，创作了这部作品，把中国的抗疫斗争与中国制造业的破解困局联系起来表现，突破了抗疫题材自身存在的局限性，打开了广阔的表现空间。可以说抓到了中国抗疫文学作品之魂，突显了鲜明的创新意识，比许多同类题材的作品格局更大，境界更高，思想更深，目光更远。

第五节　赞美伟大的人道精神

何建明新时代创作的两部报告文学题材很特别。一部是《国家》，另一部是《死亡征战》。前者讲述了 2011 年，中国一次史无前例的撤侨国家行动的故事；后者则讲述了 2014 年中国援助非洲抗击埃博拉病毒的故事。这两个题材都属于可遇不可求的题材。何建明的创作，打开中国报告文学题材国际视野的一片新天地，承担起中国报告文学与国家同步走向世界的使命，探索了中国报告文学塑造一个负责任大国的文学形象规律。因此，完全可以加入何建明新时代具有代表性报告文学作品的序列。

什么是人民的国家

《国家》还原的是利比亚内战的真实场景。利比亚国家陷入严重危机，卡扎菲政权完全失控，社会一片混乱，各种政治势力支持的地方武装打成一锅粥，战火燃遍全国各地，战事不断升级，到处出现烧杀抢夺，暴徒横行。分散在利比亚多地的几万名中国公司工人以及生活在利比亚的中国侨民危在旦夕，如不采取措施，将会造成生命财产的重大损失和严重的人道主义灾难。党中央、国务院紧急部署，用最短时间最快速度实施撤侨。

全国多个部委和人民解放军空军海军紧急动员起来，中国外交部勇于担当，紧急响应。中国驻利比亚及周边国家使馆的外交官们承担了最为繁重和艰巨的对接任务，以最快的速度进行外交安排，得到支持。对外交官们来说，新中国成立以来，撤侨工作并不鲜见，但要在一周内安排几万名中国人安全撤出战区，则是从来没有遇见过的，难度空前，难以想象。中国外交官们国家利益当先，什么困难都必须克服。他们很快制订出方案，根据中国公司在利比亚工程的分布情况，决定从利比亚与埃及、利比亚与突尼斯的陆路方向撤离，另一路则从班加西方向，通过海路向马耳他、希腊克里克岛撤离。然后，中国的飞机分别前往相关国家机场，把工人们和侨民接回。方案思路清晰，但执行起来却十分麻烦复杂。首先怎样从被各派武装切断的公路把那么多人撤往利埃、利突边界海关。其二，如何能调度那么多船只，从班加西送上万名人员登船。那里是内战的焦点，随时随地都在发生战斗，那么多中方人员如何通过战区，向班加西港口集中。那么多中国飞机越过那么多国家的领空，外交程序如此复杂，工作难度如此大，能不能按方案要求完成等。后来的情况表明，这还不是最难的。当时的边境挤满了各个国家想逃离的难民，有许多人在冲突中被打死，随便扔在垃圾场里，伤者病者一片哀号，无人看管，公共卫生风险随时都会爆发。一旦出现这种状况，整个边境地区，就像一座"人间地狱"。中国人群体在那里，只是算"一小分支"，会被淹没在危机的汪洋大海之中，如何实施救援等。混乱场面已经完全失控，当局已无法行使行政责任，只能任其继续失控。更为让人意想不到的是，多数人或被抢劫，或太仓促逃亡，竟然没有带护照，无法出关。但不管有多么大的困难，中国外交官们还是解决了。几万中国人在一周内安全撤出了利比亚，创造了中国也是世界撤侨史上的一个奇迹。

中国外交官们是创造这个奇迹的主体。《国家》第一次把笔触深入这个看上去还有些神秘的职业群体。由于工作的性质，当代中国外交官生活鲜为世人所知，中国外交的许多细节也没有公开透露。

因此，中国外交官们的业绩特别是中国走向世界时代中国外交官们的贡献，多数人并不很了解。报告文学《国家》通过这次重大撤侨行动，反映了中国外交官们的真实生活，展示了中国外交官的时代风采，树立起中国外交官的形象。作品描写了许多细节，可以看出中国外交官忠于国家、忠于人民的精神风貌和思想品质。例如在突尼斯边界，中国外交官以超常的智慧和应变能力，创造性地解决了中国人的出境问题；如沟通包括军机在内中国飞机飞越多国领空，中国海军通过相关国家领海的交涉，都体现出中国外交官的专业能力和办事效率；中国外交官巧妙利用长期积累起来的政治社会关系，顺利租用希腊豪华游轮的细节过程，越过地中海，停靠战区码头，让中国撤离人员上船等细节描写，都展现中国外交官的国家精神和外交智慧。

作品通过塑造中国外交官形象，成功塑造中国的形象。一个负责任大国，对自己国民的爱护和保护，是最基本的责任担当。中国经过多年改革开放，许多国际化的中国公司和机构，对外开展业务，大批人员派往海外世界各地工作。利比亚是个重要石油输出国，动乱之前，吸收了大批各国劳务。中国在利比亚中标许多工程，也派出了大批中国工程人员。危难时候，国家伸出了救助之手，保护之手，体现了一个强大国家的实力和世界地位，也体现了一个国家"以人为本"的人道主义精神。这样的国家，是有凝聚力的国家，是人民的国家，是能立于世界民族之林的国家，是能为人类文明和进步事业做出应有贡献的国家。至此，《国家》的主题思想提炼呈现得鲜明而深刻。

抗击人类厄运

报告文学《征战死亡》则从另外一个方面体现了中国人民伟大的人道主义情怀。这部作品讲述了 2014 年到 2015 年间中国援助非洲抗击埃博拉的故事，真实还原当时埃博拉病魔肆虐非洲大陆，特别是最贫困的几内亚、塞拉利昂的悲惨状况，写出了死神埃博拉突如其来时的那种残酷恐怖场面，同时写出了人类战胜埃博拉的艰难与无奈。当然，最重要的是真实写出中国人在这场死亡征战中的大无畏英雄气概，写出了当代中国在全球治理中承担着越来越重的任务，展现了中国人的奉献精神，进而展现了一个对人类社会负责任国家的作为。

《死亡征战》思想重心不是死亡，而是征战。面对埃博拉病魔大规模袭击的严峻挑战，经济社会相对滞后的非洲根本无力应对，一些病魔蔓延的国家人民生命受到严重威胁。普通人大量死亡，连医务人员也不断受感染死去，国家也正在失控。更为严重的是，一旦埃博拉在非洲控制不住，传染到其他大陆，世界性的灾难发生，后果非常严重。因此，抗击埃博拉，实际上就是在阻击人类的厄运，保卫人类的安全。在这样的紧急头，中国挺身而出，承担起一个大国的责任，紧急动员和组织一批最优秀的医务人员和专家，奔赴非洲疫情最严重的国家和地区，参与抗击埃博拉并成为一支主要力量。中国的医生、护士和专家在远离祖国的非洲经历了严峻的生死考验，表现出令世界瞩目的专业能力和水平，表现出中国人的牺牲精神，表现出人类战胜埃博拉坚强决心和意志，完成了国家的任务，由此挺立起中国在世界的形象。他们的名字排列在一起，就是一个国家一个民族的形象。中国人为什么能战胜埃博拉，因为有一个日益强大的国家，因为中国人心中有自己的民族和自己的国家。在这里，爱国主义精神和英雄主义精神得到了充分体现。

《死亡征战》还是一部非常可读的报告文学作品。可以说，较之何建明以往的创作，这部作品特别注重可读性、抒情性。这部作品和另一部作品《国家》一样，都是国际重大题材，在写作上都碰到同样的问题，都是作家无法到现场采访，只能听当事人事后的陈述、记叙、追忆，因此特别需要作家动用自己丰富的生活积累，发挥自己的文学想象力,捕捉当事人当时的感觉,把一些事件的碎片组合成一个完整的故事呈现给读者。这样,可读性和文学性的表现就是细节的准确复原和生动感人。《死亡征战》以大量的细节构成了作品情节氛围,提升人物精神,实现作品主题,做得非常成功。如写几内亚中国医生不幸感染埃博拉的细节,在塞拉利昂,中国院士出事,中国专家晕倒的细节,读来都让人极为紧张揪心。在"死亡就在眼前"一节里,写非洲男孩的死亡和他母亲的死亡的细节,还有腐烂尸体如何处理的细节;"穿越死亡线"中中国医务人员来回穿越死亡禁区的细节,都让人惊心动魄。

注释:

① 习近平:《习近平谈治国理政(第三卷)》第 134 页(外文出版社 2020 年版)

② 何建明:《雨花台》第 4 页(南京出版社 2021 年版)

③ 何建明:《忠诚与背叛——告诉你一个真实的红岩》第 217 页(新世界出版社 2012 年版)

④ 何建明:《南京大屠杀全纪实》第 2 页(江苏凤凰教育出版社 2014 年版)

⑤ 同上,第 91 页

⑥ 同上,第 96、98 页

⑦ 同上,第 198 页

⑧ 何建明:《生命第一》第 4 页(新世界出版社 2018 年版)

⑨ 同上,第 7 页

⑩ 同上,第 13 页

⑪ 何建明:《上海表情》第 142 页(作家出版社 2020 年版)

⑫ 何建明:《北京保卫战》第 3 页(新世界出版社 2018 年版)

⑬ 同上,第 5 页

⑭ 何建明:《第一时间》第 136 页(上海文艺出版社 2020 年版)

第四章
形象塑造

人物永远是文学的中心。何建明的报告文学创作正是紧紧围绕着这个中心，努力塑造报告文学的人物形象。他的每一部作品，都会在人物形象打造方面下大功夫。特别是在新时代的作品，他更是紧紧抓住"人物形象"这个牛鼻子不放松，牵引着作品的故事向前推进，也牵引着作品思想向纵深发展。他创作的作品数量超过大多数报告文学作家，因此，他写的报告文学人物数量也比别人多，逐渐组合建构了自己的人物长廊，形成自己的人物谱系，其中不少人物堪称"典型"，具有经典的品格，总结出中国报告文学人物形象塑造的基本规律和基本经验。

一部作品的时代风云，现实矛盾，生活碰撞，思想内涵，文化精神都集中在人物身上，作家通过形象塑造，通过人物的精气神把这些信息折射出来，表现出来，以推动反映现实的主题。没有人物，没有形象塑造，作品就没有神，就失掉魂。没有人物，就没有文学。这应该是基本的文学常识。

然而，分析当代中国文学的发展走向，能够让人注意到虚构文学（主要指小说）人物形象塑造总体呈弱化贫化态势。改革开放早期，批判现实主义的强力回归，小说人物形象塑造出现了一个高峰期，小说家们写出了许许多多的有血有肉，个性突出，性格丰满的人物，塑造了一大批具有批判反思意义的典型形象。当代小说人物画廊，个性各异，多彩多姿，构筑了"文革"后新时期文学的一个繁荣发展时期。不过，这个优势在后来的文学创作里并没有持续下去。中国改革向深水区推进，发展问题叠加，社会矛盾冲突加剧。本来，这是当代中国文学繁荣发展塑造新人形象的好时机，但是，我们发现虚构文学的作品数量大大增多了，文学人物的数量却大大减少了，具有时代现实概括力有人物形象不是多了，反而少了。作品数量一年比一年多，人物形象一年比一年少。有许多年头，小说人物画廊几乎一片空白，我们甚至无法列举出像样的小说人物形象，更无法让小说人物画廊增添一个新人。这个状况直到现在也不算有改观。没有新的小说人物出现，我们评估虚构文学的成就，总感觉缺点什么。

文学人物形象的空白，正在由报告文学创作方面得以填补；小说写不出人物，就给了报告文学一个好机会。多年来，中国报告文学一直在致力于怎样写好人物，塑造时代形象的探索。中国国家发展，民族振兴，社会安全，人民幸福的大好局面，是中国人民干出来的，打拼出来。中国报告文学要真实深刻反映这样一个时代，就必须深入到生活中，去发现生活的创造者，去发现具有先进思想、具有创造力的新人，从人物的身上找到创造生活的力量。中国报告文学新时代实践表明，现实生活中能够成为文学表现对象，期待进入文学人物画廊的人物，不是少了，而是多了，而且将越来越多。生活向前延伸，报告文学可塑造的人物将取之不尽。在人物塑造方面，我们可以看到中国报告文学越来越显示出独特的优势与潜力。

第一节　中国当代共产党人形象

塑造当代中国共产党人的形象，首先指如何写好当代的中国政治家、国家领导人，领袖人物，怎样把中国政治家们的现实人物，转化为作家笔下生动可感的报告文学形象。这是中国报告文学创作的难点，也是中国报告文学无法回避，绕不过去的难点。可以说，是报告文学人物形象塑造的一块"硬骨头"。改革开放以来，中国报告文学写了许许多多的时代人物，但塑造当代政治家人物形象的作品还是不算多。就算写到了，也多为点到为止。政治人物是写出来了，但文学形象却通常理念为先，血肉不足。或者说，作家还没有也无法真正把他们当作报告文学人物形象来体验，来解读，来创作。因此，文学形象塑造的成功率并不高。我们不得不承认，中国报告文学人物长廊中缺少中国政治家的形象是短识的，人物谱系也是不完整的。相较于中国的传记文学人物塑造，报告文学创作还存在着较明显的差距。

与此同时，我们仍然高兴地看到，中国报告文学作家多年来的创作，为啃下这块"硬骨头"所作出的努力，所取得的成绩。何建明在这方面的创作，显然思考得很多，探索得很多，积累了丰富的创作经验。进入新时代之前，他的长篇报告文学《部长与国家》就是一部塑造中国当代政治家人物形象的优秀作品。后来的《江边中国》《我的天堂》对中国伟人有着精彩的描写。新时代创作的《那山，那水》《德清清地流》《诗在远方》《浦东史诗》《复兴宣言》等作品，则更为成功地塑造了当代中国政治家的形象。

老一辈革命家的形象

《部长与国家》讲述的是余秋里将军在担任石油部部长时的故事，塑造的是一个将军部长的报告文学形象。余将军担任石油部部长那阵，正是我们国家最需要石油，又最缺石油的时期，自己产的石油远远无法满足国家工业发展的需要。国家不得不动用宝贵的黄金储备，从国外进口石油。因此，毛泽东主席焦急万分，下决心一定在中国土地上找到石油,把中国贫油国的帽子彻底脱掉。就因为余将军会打仗,还会算账,是一个可以打开局面的人,毛主席就把他从总后勤部部长调去当石油部长。一个完全不懂石油科技的军人,就这样接过了国家的重任,开始领导中国石油工业最艰难的创业。

作品写历史,也在写人。余秋里将军内心的压力非常大。石油是改变世界格局的战略物资,也是新中国工业之血。现在,国家工业严重缺血,石油部长比谁都难受。他时时感受到毛主席的心情。毛主席说话常常举重若轻,可他知道,领袖每时每刻都在等他报告好消息。也许是过于心急,他第一次组织的四川石油大会战,把全国力量都调上去,费了大劲,打了20口井。结果事与愿违,不仅没打出多少油,还让将军部长在中央丢了脸,一时无法向毛主席交代。作品写余秋里,没有回避他的这个事业的"滑铁卢",真实地写出这段历史。这个败仗责任还不能全让余部长一人担着,但他是部长,承担了全部责任,承认自己没有按科学规律办事,没有听取一线专家的正确意见,才导致了决策的失误。这个教训,在后来开发松辽油田也就是大庆油田时转化为积极的动力。在将军部长的领导下,在科技工作者们的努力下,几个部门通力合作,中国终于发现了一个"巴库"一样的大油田。1959年的9月26日,中国松辽大平原的松基三井打出了国家最需要的石油。

作品写道"所有1959年9月26日之前中国出油的地方,都无法与松辽出油这个日子相比"。"大庆油田的诞生,改变了世界的石油经济格局"。"延伸下去就是世界政治和军事格局的全面改变"。[①] 中国有了自己的石油,新中国工业就有了自己造出来的"血",真可谓改写历史。中国日后能够成为世界制造业大国,与新中国时期打下的厚实的工业基础相关。因此,可以说,这一仗,将军部长余秋里带着他的石油部队打赢了,为新中国工业发展立下了不朽的功勋。将军不愧是我们民族的大英雄。

作家围绕作品主人公的人生命运，收集了大量资料，做了深入的采访，用心感受和展示主人公的内心思想和精神世界。那个时代，将军不仅担当着寻找能源的压力，也担当着政治上的压力。此时正赶上"大跃进"，全国都忙着大炼钢铁。石油部一些人不去找油，也跟着大炼所谓的钢铁。将军从外地调研回到北京，看到这种情况，马上严厉批评，立刻制止，要求石油人一心一意找油，做好本职工作。他还是一个实事求是的人。有一次中央开会，毛主席问与会者，有没有读到一篇文章。被问的同志都说读过了。那个时候，正值著名庐山会议开完不久，党内政治生活出了一些不正常的状况，大家心里还有不小的压力，不明白主席的用意，不敢贸然应答。问到余秋里，他老实回答，没有读过。作品用许多细节写出了一个共产党人的勇于担当敢于负责的高尚政治品格，塑造了一个当代政治家的国家意识、民族意识、人民意识，塑造了一个个性突出，能打硬仗，忠诚厚道的当代英雄形象。栩栩如生，令人难以忘怀。这个人物形象塑造的成功，表明何建明报告文学塑造人物形象方面良好的潜质，也使他的作品质量上了一个大台阶，积累了不少写好当代政治家的经验，打下坚实基础。

一代伟人形象

伟人邓小平的描写和形象塑造，散见在《江边中国》《我的天堂》《浦东史诗》等作品之中。《江边中国》一开头就生动描述了中国改革开放总设计师邓小平心中的一个梦想："在中国建立一个小康社会，这个小康社会叫作中国式的现代化。"党的十一届三中全会以后，伟人的梦想提升为当代中国共产党人的宣言，成为邓小平理论的一个核心内容。今天，中国经济社会发展按照邓小平的总体设计，已经实现了全面建成小康社会，中国式现代化建设还在路上，正在向前推进，不断取得好成绩。

以邓小平为主人公的文艺作品，现在已经不少。塑造好一代伟人文学形象，思想难度越来越大，艺术要求越来越高。《江边中国》没有简单重复以往作品表现过的内容，也没有全方位地讲述伟人改革开放时代的故事，而是抓住小平同志 1983 年春天来苏州考察那段历史，抓住真实动人的细节，展现了小平同志的大政治家的独特的风采。这段故事别人讲得较少，细节就更少。多数作品讲邓小平改革开放的功绩，较集中在深圳"画了一个圈"。在何建明的解读里，苏州则是最初为小平同志释梦的地方，是把小平同志的"小康梦"变为"中国梦"的地方，是邓小平理论"中国式"现代化思想的重要策源地。这个判断也许更多带有作家的苏州情感，却成全了作家的独特发现，写出了一个独家的伟人故事。像抓独家新闻一样，写出独家的故事。

作品写小平同志在苏州考察，最关心的就是"翻两番"的问题。所以当他听到当地领导同志讲苏州已经翻一番了，按要求翻两番完全有保证的时候，就特别仔细听汇报，不断地问为什么，靠什么去实现。当地同志说，靠小企业。小平同志又来兴趣，不断问小企业现在有多大规模，怎样发展，还一直问到"800 美元是不是小康"。从作家这些描写里，我们可以看到小平同志的苏州之行，心里装满了现实之问、小康之问，而他的这些思考，充实了邓小平理论，为日后苏南经济发展模式的探索发展壮大，指引了明确的方向。作品由此梳理了一条思想的线索：小平同志苏州之行与苏南地区乡镇集体企业发展的深刻关系，与苏州发展的深刻关系，说到底，与苏南模式的形成有着深刻关系。

何建明稍早一些时候创作的《我的天堂》，已把这条线索梳理出来了，做了相当深入的思考。这部作品重点描写小平同志南方讲话以后，苏州经济的跨越式腾飞。小平同志的南方谈话，再次给苦苦求索什么是社会主义，怎样建设社会主义的苏州人民注入改革开放新的动力。

　　实际上,对小平同志的谈话,思想上最先触动的还不全是当地领导同志,一个外国政治家同样最先触动,这个人就是新加坡总理李光耀。正在苦于小国怎样与大国合作,求生存、求发展的具有世界眼光的政治家李光耀从小平同志的谈话中,接收到一个历史性的重要信息,认识到中国改革开放决心不动摇,改革开放的意志更坚定。由此,强化了他选择与中国合作的战略决策。经过深入调研,反复比较,最后选中了长三角地区,中国经济实力最强环境条件最好的地区之一的苏州,要在这里策划一个中新合作大项目。这个选择与苏州一拍即合,这就是"苏州工业园"项目。在当时,属于中国规格最高力度最大的对外合作的项目,今天仍然是中国改革开放的地标式的成果,是现代中国城市发展一道最亮丽的风景。可见小平同志当年的苏州之行的长远意义。《我的天堂》抓住了这个重点,展开描写,并把这种描写延续到《江边中国》,更大格局更高眼界地塑造小平同志的中国政治家形象。

　　《浦东史诗》中对小平同志的描写虽然不多,却也给人印象深刻。1990年春节,小平同志在上海,住在新锦江饭店,听取了上海的领导关于浦东开发方案的汇报。此时,正值"北京风波"平息不久,中国向何处去,中国社会主义向何处去?中国还要不要改革开放?是每一个共产党人心中最大的问题,也是时不我待,必须回答不可回避的问题。小平同志旗帜鲜明地说,"'开发浦东',还要加上'开放'两字",而且,还对汪道涵说,"可惜,迟了五年了"。还说,"抓紧浦东开发,不要动摇"。这些带有鲜明个性特征的话语,意志坚定,斩钉截铁,铿锵有力,一下子突显了小平同志改革开放的坚定决心,体现了一个伟大政治家历史责任担当和意志品格。作品通过许多当事人的回忆,还原了那个年代的情景,也还原了小平同志的心态神情,还原了小平同志的语言风格,成功塑造了一个勇立时代潮头，迎着现实风浪的中国政治家的形象，中国改革开放总设计师的形象。

《浦东史诗》还讲述了江泽民、朱镕基、汪道涵等时任上海领导同志的故事。其中，1985年到上海担任市长的江泽民同志的描写最详细，刻画最用心。那年，上海水患特别多，江泽民一来就抓主要矛盾，从处理上海的水问题入手，治理成效很突出，被群众亲切地叫着"水市长"。实际上，他不光事无巨细地管上海人的吃喝拉撒的事，还更多地想着上海向东发展的大问题。向东，就是浦东。当时上海发生了一件令他很生气的一件事。澳大利亚政府代表团来访，中方接待部门却安排两人住一个房间，引发了客人的强烈不满。尽管第二天与上海方面开会，仍然按原有的方案援助中国，但市长江泽民心里则是特别难受。他从这件小事上看到了当时的上海与世界国际城市太远的差距，小事不小，连着上海的命运。这件事更加坚定了他改革开放，支持浦东开发的决心。他沿着老市长汪道涵的顶层设计思路，继续请海外华人林同炎先生设计跨江大桥，打通向东发展的道路。作品写了江泽民同志对浦东发展的独特贡献，塑造出一个新一代中国大政治家的报告文学形象。

新时代领袖的形象

最值得高度评价的是，在《那山，那水》《诗在远方》《德清清地流》等作品里，何建明以饱满的政治热情，以先进文化的思想，以深厚的文学功力，描写了习近平总书记当年在基层工作的情形，努力塑造了当代政治家形象。

《诗在远方》特别写了一个情节：习近平同志当年初到福建宁德担任第一把手，当地不少同志指望着这个有中央背景的领导，能带下一大批资金，引入几个大项目，也和福建沿海其他富裕地区一样，把经济建设搞得轰轰烈烈，老百姓日子过得红红火火。习近平同志头脑十分清醒,先下基层做了大量细致的调查研究,走了九个县,下到乡镇,走进村庄,走进农民家里,回来后进行深入思考,得出了一个重要结论,像宁德这样一个全国连片的贫困地区,经济发展严重滞后,就像是一只经济上的"弱鸟"。目前主要矛盾,也是当务之急是解决人民群众生存吃饭生活困难问题,是摆脱贫困问题,不是引进大资金,大项目能解决的问题。在这样现实条件下,引进大资金,引进大项目还不是时候,群众吃饭问题才是眼下最大的事情。他以摆脱贫困的"弱鸟先飞""滴水穿石""久久为功"思想为基调,制定了工作思路,安排了工作任务。在当时,一个地委书记,想的做的和多数领导不一样,是一件非常不容易的事情。只有实事求是,关心群众疾苦,思想有穿透力,能看清国家发展长远方向的习近平同志才做得到。习近平总书记后来出版了《摆脱贫困》一书,专门谈"弱鸟如何先飞",阐述了"摆脱贫困"的思想:"我们的党员、我们的干部、我们的群众都要来一个思想解放,观念更新,四面八方去讲一讲'弱鸟可望先飞,至贫可能先富'的辩证法。"② 《摆脱贫困》一书的语言很质朴,道理也很通俗,却蕴含着一个"摆脱贫困"的时代大主题,是习近平新时代中国特色社会主义思想的最初萌发。

1996 年,国家安排福建对口帮扶宁夏。时任福建省委副书记的习近平同志担任了福建方面对宁帮扶领导小组组长。他到宁夏,第一件事还是调查研究,把当地人民群众的情况了解得一清二楚,做到心里有数。他在调研中,发现江苏华西村在这里的"吊庄"扶贫是个好办法,有实效,很有启发性。于是,对"吊庄"扶贫进行了深入调研,认为把群众从已经不适合人居住的地方搬迁出来,建新的定居点,不光方便困难群众的生活和就业,而且也为以后的扶贫产业投资建立一个好平台。这就是后来具体实施的"闽宁镇"模式。这种多赢的模式,后来在"脱贫攻坚"中得到很好的推广,成为可复制"闽宁模式",并在实践中提升为"闽宁经验"。习近平同志在领导帮扶工作时创造的"闽宁经验",造福了宁夏人民,更重要的是在实践中进一步检验夯实了"摆脱贫困"的思想,使这一思想更深地化为习近平新时代中国特色社会主义思想的重要组成部分。作家何建明在这里突出了习近平总书记心系人民群众的实干精神,写出了一个站在坚实的中国大地上,为中国人民谋幸福的当代中国政治家思想家、人民领袖的时代风范。

《那山,那水》《德清清地流》中的习近平同志,实实在在而又高瞻远瞩,是一个当代中国化的马克思主义者形象。时任中共浙江省委书记的习近平同志不论碰到什么问题,首先想到的还是下基层调查研究,掌握第一手材料。问题越大越难,越要到基层调研。这是他的工作作风,更是他的政治品格。这一次,他走过德清,走过安吉,看到一片绿水青山,了解到当地群众,特别是安吉余村的群众深刻认识到过去的发展的教训,用自己的力量走出发展的误区,痛下决心,关掉污染矿山,关掉污染企业,走一条保护环境,优化生态的发展道路,得到了绿水青山,又创造了金山银山。习近平同志高兴地鼓励人民群众坚定地走下去,建设美丽乡村,说:"绿水青山就是金山银山。"这句话,也很朴实,却触动了一个我们时代之痛,也道出了我们时代之幸。那就是,我们的城市、我们的乡村在享受经济高速发展之福的同时,也在忍受着过度过快发展所造成的环境破坏,空气污染之苦。天下苦污染久矣。可是当时社会普遍的认识则是,要发展就得容忍污染;要保护环境,就会提高发展成本,就会限制发展。二者的矛盾,无法调和。然而,习近平同志在人民群众当中,找到了一条出路。依靠人民群众生活的创造力,就能找到出路;尊重自然,按自然规律就有改变现状,还人民绿水青山的好办法。这就是习近平生态文明建设思想最早的思想形态,也是最具创新意识的理论探索。

作品有一点把握得很准确到位。习近平新时代中国特色社会主义思想，是马克思主义中国化的创新理论，丰富深厚长远。普通老百姓认识这个理论体系，通常从自己生活的实惠开始，非常质朴实际，而"摆脱贫困"和"生态文明"正是首先直接让老百姓看得见摸得着的好思想，特别能够率先深入人心。作品正是在人民群众最直接能体验到的地方，下大力气，展开详细描写，把新时代思想理念说到人民群众心里，也把新时代领袖形象立到了人民群众心里。

第二节 革命斗争时代的英雄形象

"非英雄化"的创作理念不可取

英雄是民族的前进灯塔，是国家的精神支柱。任何一个伟大的民族，都会有自己的民族英雄，都会产生自己的英雄史诗；任何一个国家，都会把自己的国家英雄当作国家的楷模，国家的骄傲。任何一个国家的人民，心中都必须有对英雄的敬畏，对英雄的崇拜。这是一个正常社会的基本的道德取向，也是一个正常社会的凝聚力量。如果一个社会不认可英雄，不崇敬英雄，没有了英雄，那么这个社会的核心价值体系就偏离了，就倾斜了，就有被颠覆的危险。

不得不承认，改革开放后，由于各种思潮的相互激荡，我们的社会思想观念也出现一些波动。出现了文化思想西化，社会道德失范，价值取向偏差，人生观迷惘等现象，产生了一些负面影响，造成了一些社会文化和精神的混乱。反映在文艺"英雄观"方面，就是无视或漠视自己民族、自己国家和自己人民的英雄，而更多地崇拜商业精英、财富英雄、成功人士。这种"英雄观"的偏离，表明我们的文艺存在着文化的短见，也可以说存在着文化的风险。

当代中国文学创作也出现了"非英雄化"的倾向。这种倾向有可能受到社会思潮的影响,更有可能带着一些文学创作上的自身特点。虚构文学特别是批判现实主义小说,在漫长写作历史过程中,确实有一个"从英雄到普通人"的发展思路。这种观点倾向认为,古典主义那种"英雄"书写手法把人物形象引向神化,把人变成了神,把人变成了无所不能的超然"上帝",而批判现实主义则要把神还原为人,把传统的英雄变成在现实生活中无能为力的"小人物",要写普通人(小人物)的命运,更加具有文学的真实,以使人物形象更符合人性和人道的本质,更体现批判现实主义的精神。这种虚构文学创作上的选择,从现实主义流派的文学观点看,创作上的"非英雄化"有一定的进步意义。

虚构文学观自身的变动,在复杂的社会文化思潮的冲击撞击下,发生了偏离,开始倾斜,开始与社会文化的"非英雄化"思潮产生共鸣,混合在一起,同流合污,直接影响着消解着当代文学创作思想和人物形象塑造的理念,把文学创作引向远离理想,逃避崇高,贬低英雄、无视英雄、消解英雄、否认英雄的误区,正在失去原有的进步性而出现创作理念偏差的风险。虚构文学怎样摆脱社会"非英雄化"影响,调整自己文学思想的走向,复归传统英雄主义,塑造时代的英雄,是走出人物形象塑造误区的一个当务之急。小说家们正在通过自己的努力改变写作上的困难。不过,成效并不明显,至少我们还没有看到,当代小说人物形象画廊里增加具有英雄气概的新人。

中国报告文学反映的是真实社会的思想与文化,所以必须坚持正确"英雄观",必须自觉把描写英雄、讴歌英雄当作创作的主要任务,抵制社会否认英雄、歪曲英雄、消解英雄的不正之风,以自己的文化自信,唱响中国报告文学的英雄乐章。何建明作为一个政治清醒、立场坚定的作家,更自觉地维护着我们时代的"英雄观",更积极地承担起写英雄写楷模写先进人物的任务,首先是党史英雄的任务。他的《忠诚与背叛——告诉你一个真实的红岩》《革命者》《雨花台》《不能忘却的少年》正是从"不忘初心、牢记使命"的党史精神的思想层面上，表现革命者的精神，塑造人民英雄的形象。

雨花台的英雄之歌

《雨花台》中"政治局委员是硬汉"一节，讲述的是我们党早期烈士罗登贤的故事。他的硬汉性格，令人肃然起敬，也成为何建明描写的英雄人物中，"个性"表现最鲜明突出的一个。他在党内的职位很高，曾任中共中央政治局委员，担任过一段时间的留守中央政治局常委。大革命时期，他在香港、广州等地领导工人运动，在工人阶级当中有很高威望，是公认的工人领袖。作品引用了当时省港大罢工领导人邓中夏的话，说他"没有一点物质嗜好，随身只带一张草席和破帐子，又在每一次罢工和游行队伍中走在最前头的人"。这个党内出了名的革命"硬汉"，在党最紧要的关头，总是挺在前面，坚决听从党的安排，坚决执行党的决议。陈延年、赵世炎、罗亦农等江苏省委书记接连牺牲后，他临危受命，担任江苏省委书记，领导江苏地区的对敌斗争。在广东省委不断"出问题"后，他又担任广东省委书记，虽然犯了"立三路线"的错误，但在周恩来领导下，和中央特科一起建立了一条经上海、香港、汕头、青溪、永定，最后到达江西苏区的长达数千公里的秘密交通线。这条交通线始终保持完好，从来没有被破坏。1939年12月，中共中央正式任命罗登贤为满洲省委书记兼组织部长，重建中共满洲省委。他这个人性格硬，就硬在对党的无比忠诚，把个人的一切都交给党。他每每在革命最需要的时候，被派往最危险最艰难的工作岗位，承担着重大责任，其中也包括承担执行党内"左倾"路线的责任。他曾两次被捕，都化险为夷。1933年8月，他第三次被捕，遭受严刑拷打，始终坚强不屈，不吐个"痛"字。他还暴打前来劝降的叛徒，"硬汉"名声大振，四处传扬。不久，他牺牲在雨花台，年仅28岁。每一个牺牲的共产党人都是忠诚的"硬汉"，罗登贤"硬"出了自己的性格，硬出了自己的境界。

中共早期牺牲的革命者，多数非常年轻。他们用自己的生命谱写了壮美的青春之歌。作家何建明笔下，还有年纪更小的英雄，曹顺标就是其中的一位。通过《革命者》的叙述，我们得知，他是"上海共舞台"事件中牺牲的13位烈士中最小的一位，年仅17岁。1932年7月，中共中央做出决定，成立全国反帝大联盟，定于沪西共舞台举行大会。中学学生联合会的负责人曹顺标参加了筹备工作。大会刚开，就被军警包围。不少党员和进步人士来不及撤离，不幸被捕。曹顺标也没有逃脱。由于叛徒出卖，他的筹备者身份被确认。他为了掩护其他同志，就把责任全揽在自己身上，被列入要犯。"共党"要犯判决很快下达，判曹顺标"死刑"。临刑前的晚上，他向难友表露，自己并不怕死，只是有两个遗憾，一是以后就无法革命了；二是自己从来没有谈过恋爱。他说自己曾爱过一个女工作人员，但还没来得及说出口。

还有一位"小烈士"牺牲时真正的年龄其实只有16岁，判决书改为18岁。他叫袁咨桐，贵州人，出生在一个富豪之家，牺牲前接受党的派送，在南京晓庄学校边读书，边革命。南京晓庄学校是由著名的教育家陶行知在南京郊区开办的一所师范学校，也是我们领导下的一个"青年红色革命摇篮"。袁咨桐13岁就到上海发展，认识了共产党人王若飞，走上了革命道路，进入晓庄学校后，担任团支部书记。学校的"红色"引起了国民党当局的注意，开始逮捕大批进步学生，关闭学校。袁咨桐第一次被捕，在国民党军队当官的哥哥出面保释，要他脱离共产党。袁咨桐没有听哥哥的劝阻，继续接受党组织的任务，再次被捕。敌人劝他年纪小，不要太任性。他回答，年纪小但懂做人道理。他是著名的"晓庄十烈士"之一。与他同样被改年龄的还有一位小烈士——沈去楼，牺牲时实际年龄只有17岁。

何建明《不能忘却的少年》是一部为青少年写的读物，写的是上海一位少年牺牲者欧阳立安的故事。他是和一群坚强的共产党员一起被敌人杀害的。他们是何孟雄、林育南、李求实、胡也频、柔石、殷夫、冯铿等。从作品整理出来的烈士的小传里，我们得知1930年，在何孟雄的介绍下，16岁的交通员欧阳立安加入中国共产党，是最年轻的共产党员。同年6月，他随刘少奇同志赴莫斯科参加赤色职工国际第五次代表大会和少共国际执委会扩大会议。回国后，他担任了共青团江苏省委员会委员兼上海总工会青工部部长。可见，他年纪不大，革命经历并不少，也深得党的信任，担任着党的重要工作。作家柔石则称他为"小老师"，说自己参加革命，认识共产党，就是从这位少年身上获得信仰和力量。"他的两眼的锐利如火箭，射中革命的敌人的要塞似的"，"而让我这柔弱的身躯变得强大而坚定了一个信仰：共产主义的信仰"。[③] 1931年1月因叛徒出卖，欧阳立安被捕，2月牺牲。

歌乐山下英雄谱

《忠诚与背叛——告诉你一个真实的红岩》写出了革命者的大无畏的乐观主义精神，显现出超凡的革命意志和斗争智慧。人称"老大哥"的唐虚谷是个读书多、学问深的革命者，曾先后进过三所大学读书，能把辩证唯物主义和社会主义基础理论深入浅出讲给群众听。他举办过"爱知读书会"，听众很多。被捕入狱，关在渣滓洞，坐过特务们的老虎凳，喝过特务们的辣椒水，还被用竹筷子夹过手指，可他却想着在狱中组织读书会，不断学习，等待时机，迎接解放。狱中无书，他就背给大家听，一边背，一边讲解。大家的情绪被他调动起来，学习热情高涨，戏称是"背书会"。有这么一个大学问家讲课,大伙听得如痴如醉,学到了很多知识,更懂革命道理,更坚定革命意志。不仅有读书会,还有一个"铁窗诗社"。我们当今读到的许多革命诗抄,很多是这个"铁窗诗社"的诗人们留下的作品。那首著名的《把这牢底坐穿》的诗,就是"铁窗诗人"何敬平创作的,深深鼓舞着难友,也深深鼓舞了后来者。他们把生死置之度外,以苦作乐,展现了革命者超凡的思想品格和精神境界。他们很多人死在黎明前,但他们带着笑容的形象却永远留在历史长河当中,也留在何建明的报告文学作品当中。

女人无叛徒

何建明一个非常有个性的理念就是"女人无叛徒"。他满怀深情地描写女共产党员,塑造她们的革命者形象。《忠诚与背叛——告诉你一个真实的红岩》除了写我们比较熟悉的小说《红岩》的原型江竹筠、李青林等人外,还写了一大批革命者。据作家提供的资料,渣滓洞前后共关押过女革命者 30 多人,无一叛变。其中杨汉秀、胡南的事迹特别鲜明感人。

1946 年,杨汉秀跟随周恩来从延安到重庆工作。后因国民党破坏停战,发动内战,杨汉秀转到家乡从事地下活动,培训地下武装。1947 年到 1948 年,她两次被捕,其伯父,重庆市市长杨森把她"保释"出来,叫她不要再参与共产党的活动。她坚决拒绝,所以第三次被捕,受尽特务折磨,从不屈服。伯父杨森下令把她秘密处死,年仅 37 岁。由于秘密杀害,烈士死后 20 多年,才由有关部门确定为共产党员身份,才找到她的遗骨。

胡南,又名胡启芬,上过大学,早年在南京加入共产党,后到重庆从事地下活动,又被组织送到延安,在中央研究院担任秘书。她生性活泼,会打扮,有情调。她的"小资情调"太扎眼,还有人揭发她当年参与的"南京学联"是"红色特务"组织。经过长达一年的组织严格审查，她的革命意志更坚强，政治素质更提高，坚持到组织做出结论的那一天。1945年，她随周恩来的中共代表团再次回到重庆，从事妇女工作。后来，在重庆坚持地下工作，担任重庆市委妇委书记，因叛徒出卖被捕，开始了一年零七个月的狱中斗争生涯。虽然受尽敌人的残酷折磨，但她心中有理想，精神仍然十分乐观。难友们经常听她唱歌，也让她教唱歌，她还经常向那些没有斗争经验的女同志传授经验，与特务周旋，鼓励大家坚持信念，等待明天。同时，她还向重庆市委写信，要求想办法把狱中同志救出去。这封信通过很机密的渠道送到了重庆市委，但由于特务们提前大屠杀，营救没有成功。而胡启芬就是大屠杀的第一批牺牲者。

丁香之"香"

何建明写了许多感人的女英雄，形象塑造最成功的英雄形象还有《雨花台》中的烈士丁香。作家借助散文的笔法，讲述了丁香22年的人生。描写诗意，故事隽永，似乎飘着丁香一样的芬芳。丁香是苏州人，原来是个乡下人家的弃婴，被一位好心的女传教士带到了苏州城里，在教堂里长大。她读过《圣经》却没有成为一个宗教人士。善良的传教士把丁香送进了大学。在那里，她加入共青团，次年转为中共党员，后到上海从事地下工作。1932年组织上派她到平、津一带秘密工作，不幸被捕，牺牲在雨花台。

打动作家的还有丁香的爱情。大学里，她和苏州老乡阿乐相恋。阿乐是一个阳光青年，也是进步学生，长得帅气，还能拉一手二胡。1932年，上海党组织批准了她和阿乐结婚。他们住的阁楼，成了党的秘密据点。阿乐的二胡声，成了报告安全的信号。有一天，丁香走了，去很远的地方，从此再没有回来。阿乐等到的，是她牺牲在雨花台的消息。阿乐后来成为人民解放军的一名指挥员，参加了渡江战役，占领了南京。1949年，《新华日报》第4版一篇题为《我们只有前进》的报道中,提到了阿乐(全名乐于泓)。文中写道:阿乐同志说,我的老婆,也是死在此地。阿乐后来跟着部队进藏,认识了一位长得很像丁香的女兵,在军长张国华的支持下,他们结婚了。女儿出生时,女兵问起什么名字。阿乐说,就叫丁香吧。

第三节 农村党支书的形象

小说人物与报告文学人物并不一样。小说是写社会众生相,从社会生活的方方面面入手,编织出各种复杂人际的关系,虚构出小说的故事,达到艺术的真实。写小说,就是写关系,小说人物就是关系中的人物。或者说,小说人物就是社会关系的总和。有了这样的关系,小说人物就具备一种形而上的概括性,具备一种更接近哲理的可能性。报告文学写的是带有时代发展方向的社会现实,有自己明确的思想主题走向,并没有承担描写社会众生相的任务。因此,不需要像小说那样编织设置如此复杂立体的人物关系。很显然,报告文学的人物不是虚构的,而是从真实生活中去发现的;报告文学的人物同样有现实生活的概括力,但并不主要追求形而上的哲理,而更看重如何接现实生活的地气,更愿意提炼那些改变生活创造生活的创造力量、思想力量、精神力量;报告文学人物与社会生活的关系是单纯的、明确的和有选择性的;报告文学的人物形象塑造有自己的规律。

从报告文学创作规律上看,我们会认识到何建明在反映中国农村改革变化复杂的现实矛盾中,更多关注农村党支部书记,努力塑造好这些带头人形象的深刻用意了。在他看来,写农村改革,写新时代乡村振兴,一定要写活写好这些带头人。纵观何建明的报告文学创作走向,可以看出,农村改革发展题材比重越来越大,分量越来越重,特别是进入新时代,他的视野更加开阔,格局更加宏大,他的思想注意力常常聚焦在乡村经济社会的发展，他笔下的农村党支部书记的形象也在不断深化。这些人物形象不仅具有现实生活的概括性，而且在何建明报告文学人物画廊里，占有重要的位置。这些农村党支部书记的形象也为中国报告文学人物形象塑造，提供了相当宝贵的经验。

吴仁宝与伟人品格

早在 2005 年，何建明就创作了报告文学《我们可以称他为伟人》，主人公就是华西村的党支部书记吴仁宝。这是一个历经政治风浪的农民，也是一个能参透人生的乡村智者，更是一个有本事带着农民们发家致富，过上好日子的领路人。"文革"时期，政治生态无序，华西村党支部书记吴仁宝居然能当上县委书记。他很聪明，人在官位，根在乡下。他当县委书记，还必须兼着村支书。经历了政界的历练，积累了治理本领，看清发展方向，就在华西村落实践行。很显然，并没有多少得天独厚优势的华西村在改革开放早期，就能得风气之先，抓发展机遇，率先致富，走上农村工业化道路，与吴仁宝的政治智慧、发展眼光和设计思路有着直接的关系。

作品用相当多的篇幅写他的政治智慧。首先是拿他与天津大邱庄的禹作敏作比较。同样是富裕的典型，华西村其实超过大邱庄。吴仁宝还是自动上门学习请教，两人见面一交谈，吴仁宝心里就有数了。回到南方以后，吴仁宝做了三件事。第一是带着华西的干部不是去大邱庄，而是去山西的大寨，向陈永贵墓献花，给郭凤莲带去十几个合作项目。在当时，这样做会有一些政治风险，然而，更看出吴仁宝的政治判断力和思想倾向性。他心里有一杆政治道德之秤，必然选择了大寨。第二是他按照"解放区的天是明朗的天"的歌词句式，编写了华西村的村歌，唱出了"华西村的天，是社会主义的天"这样的话语。歌曲很朴实，艺术创新能力并不强，但一个农民的政治智慧却远远超出一般人。在当时，虽然理论上不再过多地纠结于"姓资姓社"，但不等于发展实践可以偏离或背离社会主义方向。他看出大邱庄的问题，看出禹作敏这个"土皇帝"的严重失误。所以他要向整个社会表明华西村发展的社会主义方向。这不光是一种政治策略，更是华西村人民的共同生活理想。第三是"最漂亮的一件事"，就是邓小平南方讲话以后，他以敏锐的政治目光和丰富的实践经验，迅速作出一个令后来的华西村突飞猛进，走在全国农村经济发展前列的决策，那就是倾华西村这些年积累的所有财富血本，快速奋力抢占未来的市场。他显然深得当代经济发展之术，明明自己资本很雄厚，还是要以华西村的信誉做抵押，向银行贷款，借鸡下蛋。他向市长开口，一下子就要 2000 万。在当时的集体经济发展格局中，这是一个很大的数字。他心里很清楚，政治上说到天说到地，最大的政治就是民生，就是发展。他的政治智慧的"硬道理"，就是发展，他政治智慧的"真道理"就是让老百姓幸福。何建明写透了这三点，立起了一个农村实干家政治家的人物形象。

《我们可以称他为伟人》这部作品还有一个下篇《天堂制造者》，写的是另一个农村的支部书记。他就是苏州市常熟蒋巷村的党支书常德盛。这个从 1966 年就当上村支书的中国农村称得上在位时间最长的村支书常说的一句话就是："天不能改，地一定要改。"不一定每一个支书都是农村基层政治家，但每个能把群众带上致富路的村支书都是实干家。或者说，绝大多数有成就的村支书都是实干家。常德盛把一个集体账面只有 3 元 6 角的蒋巷村建成一个全国出名的富裕村。到 2009 年，人均收入达到 21600 元，比全国好多地方都率先达到小康水平。说起来简单，一句话把穷地变为富地。可真干起来，却要实实在在干几十年。

吴栋材实干家的形象

《江边中国》塑造的是一位可以和吴仁宝相媲美的农村基层的实干家政治家,长江边上的永联村村支书吴栋材。何建明把两个人做了比较:"吴仁宝是个激情多于理性的农村政治实干家。而吴栋材则是个理性多于激情的农村实干政治家。几个关键词位置不同,反映了他们不同的人生轨迹。他们都是成功人士,都是中国农民中的豪杰和领袖式人物;他们以各不相同的风格,并且领导和创立了不同的发展模式。"④

吴栋材当然没有吴仁宝如此丰富的政治经验,他所领导的永联村也没有华西村长期积累下来的经济底子。他1978年才接手永联村的村支书职务。这个村子从沙洲上垒起来,是个典型的穷村子,每年都有好多老百姓因生活困难吃不上饭被迫外出讨饭,被人贬称为"苏南西伯利亚"。吴栋材也是一个很有想法想干一番事业的能人,可眼下还不是图发展,而是先让大家吃上饭。他做了一些调研,认为还是要因地制宜找活路,于是就想了一个养鱼的点子,果然非常对路,当年集体就收入8000元,每户村民还能分到5斤鱼。永联村村民尝到了生活的一点甜头,吴栋材也建立起信心。

读《江边中国》当然可以看到中国农村小康社会建设的一个典型的独特发展历程。这个历程,也让人看到吴栋材性格形成过程。作品写道,吴栋材在永联村的声望是一点一滴积累起来,建立起来的。虽然开始给村里挣到钱,但仍然有许多人并不服气。永联村历史很短,宗族势力并不强,不过四面八方组合起来的人们各有各的利益,各有各的诉求,要把他们捏到一起,化为发展的正能量,也不是一件容易的事。要得人心,也没有其他办法,只能实干。在相当长时间里,永联村看到什么赚钱,就干什么,什么有利,就经营什么。以多种经营理念为指导,永联村也办起了大大小小几十家工厂,创造了"小鸡吃米"的经验。吴栋材经商做生意的本事,也就是像鱼一样"左右逢源"的本事体现出来了。他不仅给村里积累了财富,也得到了大家的认可。他不仅在经商上体现本事,也积累了基层政治经验,建立起自己作为领头人的威望。

经过不断寻找,不断探索,永联村总算抓到了一个机遇。中国城市化进程,经济快速发展,大批基础设施兴建,需要大量的建材。吴栋材看准了这个时机,果断决策,办起轧钢厂,转换了"小鸡吃米"的发展模式,以钢铁为主,重新建立自己的"支柱产业"。这一转型,使永联村走上了经济发展的快车道,参与创造了著名的"苏南模式",在苏南这块土地上,树起了新农村建设的一个"小康"样板。

他是个实干家,也是文化建设的有心人。虽然文化上的思考,还没有经济思考那样成体系,却很实惠。吴栋材让永联老百姓过上好日子,不忘社会道德建设,特别是文化建设下了大功夫。他一边发展经济,一边发展文化。《江边中国》突出描写了永联村的"戏楼子"特色文化工程。每年,他们都会邀请全国著名的剧团,什么剧种都请,只要好的剧目,都可以到永联来演出,让永联人看到最好的戏剧,听到最好的戏曲。这已成为一道独特的文化风景。

吴栋材的政治家才能,是在实干中炼出来的,干出来的,有一条清晰的思想发展轨迹,也就是理性的逻辑。其实,多数农村基层的政治家,像吴仁宝那样的天生具有威望素质的人并不多,不可多得,多数人用业绩实干支撑起来,打拼出来,探索出来,成长起来。所以吴栋材的人生,更有普遍性。这个实干家形象,更可复制,在苏南这片土地上,到处可以看到吴栋材式的乡村领路人。

灾难之中方显英雄本色的贾正方

何建明《生命第一》中有一个村支书,写得非常出色。作家没有写他在经济发展中见本事,而是写他面对特大灾难的沉着表现。专家认为,汶川大地震,如果让地质学来解释,其实震起龙门山。本来这里,森林茂密,河水清澈,山高石奇,风景秀丽,是旅游休闲的好去处。这里的老百姓,光靠旅游收入,日子过得很舒服。这场强地震,改变了这一切。作家何建明在灾后第一时间进入震中地区采访,就先到达龙门山的龙门镇,看到的是一片惨状,到处是恐惧慌乱无望的人们。然而,他采访的宝山村的村支书贾正方,却从容不迫,沉着笃定。一了解,才知道73岁的贾正方老人也是全国劳动模范,是当地新农村建设的带头人。早年,他就是一个国家地质队员,后来眼睛受伤,才回乡务农,当上了村支书,带着大伙摆脱了贫困,发家致富。他的视力只有0.03,可是对龙门山的地质状况看得明明白白,称得上心明眼亮。这次地震,整个镇的房屋都倒了,只有他的宝山村新建的办公大楼和给村民建的几十幢别墅没有倒,就因为他选择建筑用地时,动用自己地质队员的科学知识,做了一些专业上的防范。地震造成很大损失,但宝山村由于村支书的科学决策,避免了好多损失。因此,有老支书,村里2000多人口,就有了主心骨。他号召所有的人都不要往外跑,不要给国家造成负担,留守在村子里,一方面参加抢救这一带国家项目的受灾者和邻村的受灾群众,一方面开始灾后重建。在他的感召下,村里2000多人都没有离村,许多人积极参加了抗灾。现在他每天都指挥着宝山村的抗灾,心里谋划着灾后经济更好发展。何建明深受感动,写下了这个老人的故事,写出了一个老党员老支书的政治品格和精神境界,也写出一个临危不惧,从容应对的性格人格。虽然,作家只写他的一个片段,却让人铭记于心。

"山神"黄大发

应该说,何建明新时代报告文学人物形象塑造得最成功的要数

《山神》的主人公黄大发。这个人口才并不好,性格还有些闷,思想也不活跃,点子不多,反应也不敏捷,创新能力用现在标准看也不强。肯定不是政治家,也谈不上是现代意义上的实干家。好像我们改革开放时代新人物身上的时代光彩,他似乎都没有。他在贵州深山老林里的一个穷山村草坝王乡,当了几十年的村支书,只干成了一件事,开山劈岭,修出一条几十里长的水渠,把山外的清水引到村里。他的想法也很简单,就是让老百姓能喝上干净的水,让老百姓用干净的水煮出白米饭。就为了这个外面人看起来如此简单的理想,山里人却干了几十年,付出人生最美好的时光。

作家何建明在贵州采访"脱贫攻坚"事迹,听到了黄大发的故事,马上敏锐地感觉到,这才是他要的题材,这才是他要的人物。这里是中国最贫困的地区,和苏南富裕地区的不一样。苏南需要吴仁宝这样的人,而贵州,更需要像黄大发这样的人。他第一次来到草坝王乡,80多岁的黄大发并不多说话,而是带着他去看水渠,老人在险峻的山路上,健步如飞,年轻人还老是跟不上。作家从老人这种充满精气神的状态中,强烈感受到一种久违了的力量,体味到一种常人所没有的性格。他看着老人融入大山的背影,心中不由得呼唤出两个字:"山神"。于是,一个像贵州沉默的大山一样的丰满刚硬的人物形象就这样酝酿成熟,呼之欲出。

作家采访的时候,黄大发已经被评为我们时代的楷模,是一个时代的英雄。然而作为一个报告文学的人物形象,怎样揭示出时代的丰富深刻的内涵,才是作家要去探索开掘的。《山神》讲述黄大发的建渠造福的艰难故事,突出了人物形象几个特殊的品质。一是"硬汉"品质。表面上看,黄大发与普通山里农民无异。个子偏矮,不善言辞,可骨子里却透着一股农民的坚忍,农民特有的能扛事的精气神。他认定的目标,就会一门心思走下去,谁也拉不动他,再难的事他都能扛。正是他身上这种超常"硬汉"的个性品质,才能不怕多次失败，闯过所有的难关，把一件在外人看来无法完成的事情做完。草坝王乡出了这么一个硬汉，才会从根本上改变命运。有评论家说黄大发身上，有海明威小说《老人与海》的"硬汉"性格。⑤要知道，海明威笔下的渔夫是虚构的人物，而黄大发则是现实中活生生的人。二是"忠诚"品格。作为一个共产党员，他知道自己身上的责任，知道得给群众办事，办好事，把事办好。他也知道，自己没有什么文化，也没有科学知识，讲不出什么大道理，深道理，就知道要给老百姓喝得上水，吃上米饭。这是草坝王乡当时最低生存要求，其实也是最高的生活目标。不管最低最高，都承接着共产党人从建党以来的坚定的"初心"，都是一颗对党对人民的忠诚的心。三是"劳动"品格。劳动者的本分，就是不辞辛苦，不知疲倦地劳作。千百年来，中国农民就是这样过来的，铸就了中华民族的文化传统，汇成国家创造精神长河的源泉。从黄大发身上，我们再次感受到劳动伟大，劳动者伟大，劳动传统的伟大。作为曾经是全国劳动模范的作家何建明，在这里和黄大发的品格产生了强烈共振，撞出了一个时代的强音。四是"道德"品格。在当今条件下，要修成这样一条水渠并不是一件难事。然而，艰苦奋斗价值取向、道德精神，却是我们时代社会最可宝贵最可珍惜的。改革开放创造了丰富的物质财富，人们过起了好日子，也多多少少弱化了艰苦奋斗的精神，有很多时候，社会上享乐主义、消费主义过盛，人们贪图安逸，不愿吃苦，以为这样的好日子会一直持续下去。对未来可能出现的风险缺少预警，没有思想准备。黄大发这个形象立在那里，本身就是一个道德高度，就是一个时代的警示，引导着我们去思考任何情况下，都应使社会价值道德注入"艰苦奋斗"的基因。

何建明不以流行的成败论英雄，不以流行的功利模式写英雄，所以站得高，看得远，把得准，才使得黄大发这个反贫困斗争的老英雄形象与众不同，充满思想内涵，充满性格魅力。这个人物形象的问世,不光是何建明新时代报告文学创作的一个新高度,也是新时代中国报告文学创作的新高度。黄大发形象挺立在何建明报告文学人物画廊里,也挺立在中国报告文学人物画廊里。

第四节　新时代建设者形象

中国"飞天"人

何建明新时代报告文学创作,用心书写了一大批改革开放各条战线的建设者们,塑造他们的时代形象。这些建设者是我们时代的先进思想的承载者,激扬着我们时代的主旋律,代表着先进文化的前进方向。

报告文学《天歌》以"中国火箭的摇篮",中国运载火箭技术研究院为切入口,讲述了中国航天人的故事,赞美广大航天科技工作者,讴歌中华民族的飞天梦。我们民族几千年遥望着太空,梦想有一天能够在那里自由翱翔。这个梦想终于实现。当然,今天"中国梦"的内涵与意义远远超过古人,是国家日益强大,占领世界高新科技领域的新成就,是中华民族走向伟大复兴的一个里程碑。

何建明对工业题材非常熟悉,对高科技题材也是驾轻就熟。常常用写人带动叙事,用叙事托出人物。在《天歌》里,何建明写了几十位航天人,组成了一个中国当代"飞天"的英雄群体,真实地反映了中国航天事业的历史与真实。作品中的好多人物在一些同类题材的作品里都曾写到,读者比较熟悉的,如钱学森、任新民等科学家。还有一些航天英雄如杨利伟、费俊龙、聂海胜等,读者也非常熟悉。而何建明则用更多的笔触去表现那些站在伟大科学家、航天英雄背后的读者还比较陌生的科学家和科技工作者,写出他们的贡献,写出他们的品格,写出他们的精神。其中院长王永志的形象写得最有时代感，塑造得相当成功。

1961年，王永志以优异的成绩毕业于莫斯科航空学院，回国后进入国防部第五研究院从事导弹研究开发工作，从此，一生都和导弹、火箭在一起。他担任过战略、战术导弹的总设计师，火箭总设计师，系列总设计师，载人航天工程总设计师，是中国的军事科技航天科技的领军人物。

1986年，他担任中国运载火箭技术研究院院长。此时，正是中国火箭事业发展又一个艰难时期。中国正在由计划经济向市场经济探索转型，火箭研究院这种几十年"吃皇粮"的部门也被要求逐渐摆脱计划经济而向市场转型。社会上也有一股思潮，说搞原子弹、导弹、火箭把国家搞穷了，应该把投入这方面的钱投到国民经济的急需项目上，这样也许会让我国经济发展得更快。这种思想不光来自社会，也来自国家高层。要不要发展国防尖端武器，要不要保护国家安全成了当时一个大问题。张爱萍将军特别愤慨地说，在我国数以千计的工业领域，我们只有一个半领域达到世界先进水平，航天就是唯一的一个。连这样的领域都发展困难，国家安全怎么保证？没有国家安全，哪有经济安全、人民安全？王永志心里非常清楚，可作为院长，同时又面临着转型的压力。他就是在这样的情况下，自筹资金，启动了"长二捆"火箭的研制工作。"长二捆"的研制成功，标志着我国首次突破助推火箭的捆绑技术难题，首次研制成功的推进剂系统和大型发射台等36项关键技术，为我国运载火箭进入国际市场起到了重要推进作用。

想当初，中国的大飞机就这样下马了，三十年后，我们才认识到这个历史性的失误。那个时候的王永志困难更大，但他在中国许许多多高瞻远瞩的领导人的支持下，想尽办法，坚持火箭研制开发，没有停下前进的脚步。这需要"两弹一星"精神的支撑，需要一个科学家的远见卓识，更需要共产党人的胆识。历史站在了王永志这一边。没有王永志等一大批科学家的中流砥柱的作用，中国很可能把当时世界领先的领域也弄丢了。今天中国航天事业的辉煌，应该特别感谢王永志关键时刻作出的正确决策。王永志的作用特别突出，形象也特别鲜明。作品在时代冲突，在现实风浪中去写人物，去塑造形象，人物性格内涵格外充足。

大国工程师

何建明的另一部报告文学《大桥》塑造的是桥梁工程师林鸣的形象。进入新时代以来，何建明的写作精力相对集中在一些更鲜明的时代主题方向，很少选择具体的工程建设题材。不过，当他接触到港珠澳大桥的素材以后，马上敏感意识到，这座大桥不一般。特别是接触到林鸣工程师以后，就对上了眼，一门心思认定：这是我要写的人物。于是林鸣与这座大桥就在作家心中连接起来，塑造出作家笔下的报告文学形象。

在建设这座大桥控制性工程的总指挥和总工程师林鸣看来，这座大桥是当今世界第一长的跨海大桥，也是当今世界上最难建的最具挑战性的大桥。尤其控制性工程的海底隧道技术太复杂。沉管安装，世界上最权威的技术，只有荷兰人掌握，他们完全垄断了这方面的核心技术。林鸣带着团队向荷兰公司寻找合作，谈了几次都因对方价格太高而无法达成共识。荷兰人不仅把价格抬得很高，而且把这项技术的方方面面都围上知识产权，压缩谈判空间，逼中国人就范。还讽刺中国人这点钱只够点一支祈祷歌。面对这样的恶意挑衅，林鸣被迫选择了依靠中国人的力量，解决技术难题和工程难题。

写工程的报告文学之所以难写，就是工程技术专业术语太多，很多时候用通俗化生活化的语言还讲不清楚。光靠科技语言和专业术语，写不好文学作品，人物形象也出不来，出不了光彩。这个问题，在许多作家那里是个难题。在何建明的创作中，并不是问题。他就有这个本事，能跳开这些术语，直接用明了易懂的语言呈现人物的个性魅力。作品抓住几个关键写透：一是大胆采用创新的"圆筒筑岛"技术，建起人工岛。这项技术高精尖，在何建明描写中就是"要在大海深处竖起一排18层楼高的大圆筒，将它们按设计要求，排成两个珍珠项链式的大圈子"。⑥ 二是写"沉管"。这是大桥控制工程最核心的部分。何建明写道"一节沉管，就如一艘航空母舰，33节沉管，就是33艘航空母舰"。⑦ 三是写接缝技术。在海底实现每根沉管的接缝，不能让一滴海水渗入，这是一项极为复杂的技术。围绕这三个核心技术展开描写，就托出了主持这些工程的林鸣应该是一个什么样的人。

  由此，我们可以看出，林鸣性格有许多可圈可点之处，然而，其中几个特点颇具魅力：一是压力越大，斗志越高。作品写他虽然参与和主持了几座国家大桥的建造，但接受港珠澳大桥的任务，心里还是有压力的，因为他曾经在离这里不远的伶仃洋上失败过，心理上难免有些阴影。而且，技术上的挑战也是前所未有的。可是他看到外国人技术封锁那个得意样儿，一下子激怒了，也激活了他身上不怕鬼不信邪大无畏的气概，产生了不服气的创新冲动。二是勇于担当，敢于决策。圆筒筑岛、沉管以及接缝，都是极为复杂的技术，都是在港珠澳大桥建设中第一次使用，只能成功，不许失败。这对一个决策者来说，每一个决定，都是重大考验。林鸣都是在关键时刻，负起责任，拍板决定，没有含糊。三是意志坚定，沉着从容。从日本请来的"沉管"安装专家花田先生，看到中国人在没有先例和经验的情况下，把一个个像"航空母舰"一样的沉管沉入海底，他看中国人的做法心里没底，如果安装出问题，后果不堪设想，自己也负不起责任。林鸣当然也有巨大的心理压力，不过，他还是冷静安慰花田先生，打消花田先生打退堂鼓的心态，让花田先生建立起信心，与中国的技术人员一起合作，突破难关，顺利完成安装任务。

作家还注意到林鸣的一些细节。他在工地、在谈判桌上斗志昂扬，意气风发，可一回到家，倒头就睡，睡不醒。外人看他生龙活虎，家人说他永远缺觉的样子。两个细节对比，生动点出了一个时代建设者的精神状态，托出他大国工程师的动人形象。

浦东建设者

《浦东史诗》也托出了一个时代建设者的群体。赵启正同志多数人知道他曾是国新办主任，是中国的"名嘴"，用嘴讲述中国故事，特别精彩，特别给力。殊不知，他曾是浦东开发区管委会的第一任主任，被人称为"浦东赵"。人们常常看到，他每天都在接待代表团、来访者，曾经有过一天要接待十八个团的经历。开发区刚建，希望都来多多拿地。可"浦东赵"偏偏请书法家写了四个字："惜土如金"，表明浦东土地的宝贵。国内一个著名企业，要投十几亿，在浦东建厂。他一看是个污染产品，二话没说，把人请走。在当时，有环保理念的"第一把手"并不多。而对一些有良好前景的企业，他倒劝他们多拿地。有企业没有听他的，结果不到三年，想拓展业务，才发现当初没有多拿地。"浦东赵"说，我们对土地使用十分"抠门"，但对发展又快又好的企业，我们十分大方地"甩地"。

首任浦东新区区长胡炜则是一个很有创新意识的决策者，被称为丰碑式的实干家。为了吸引国际最有实力的集团参与浦东开发，他曾巧妙地把楼宇的天际线做了合理提高，结果成功地引入花旗银行来这里，设立"亚洲总部"，前来投资的其他国际大企业也得到了合理提高。这一合理提高，给整个浦东新区的格局也带来有利的变化。他还是个谈判方面的专家，许多艰难的谈判，都是由他完成的。还有许多眼看进行不下去的项目，他出面，就谈出了好结果。如与

"国际影城"的合作。对方也是谈判高手，一上来就指责中方不讲信誉，违反保密协定。最后通过胡炜的解释，消除了误解，扭转了局面，谈判对手成了合作的好朋友。

"由由集团"的董事长、严桥镇党委书记山佳明也是一个人物。他面对的不是商家、投资者，而是浦东的农民。本来，农民们还是很欢迎开发浦东的。但由于浦东开发早期，被征用土地的农民得不到实惠，看不到未来，纷纷上访，带来开发区的一些被动。严桥群众的支持与否，关系到浦东开发的成功与否，关系到上海能否抓住发展的历史机遇。群众的工作由山佳明承担起来。这个深得百姓信任的浦东汉子探索出一条顾大局稳人心保民生的办法。他盖了浦东第一个农民新村让农民有地方住。他整合了集体的资源，成立了公司，利用浦东开发的优势，打开了经济发展好局面，他按股份制的方式，让农民成为股份制企业的股东，保证了农民稳定的收入，人民群众的利益得以保证和持续。山佳明成了浦东开发的不可或缺的人物，形象闪闪发光。

茅台之"神"

《茅台——光荣与梦想》中的主人公季克良可以说是能够与《山神》主人公黄大发比肩的报告文学人物形象。都是同代人，都从共和国最艰苦的岁月中走过来，一个是硬汉，一个是智者；一个是"山神"，一个是"酒神"。何建明写过许许多多的有血有肉的人物，用"神"来概括的人物，唯有黄大发和季克良。

季克良算是茅台酒厂第一个大学生，早在20世纪60年代，他就和爱人服从国家分配，从遥远的江南来到当时还很贫穷的赤水河畔，当了茅台酒厂的技术员。从此，季克良的命运就和这座酒厂的兴衰沉浮紧紧地联系在一起。他到酒厂工作之前，一点也不懂酿酒技术，甚至还不怎么会喝酒。几十年之后，他不仅成为茅台酒最权威的酿造专家，而且成了茅台酒厂众望所归的领导人，带着全体茅台人以辛勤的劳动和不懈的探索，创造了改革开放时代的经济奇迹，把一个山沟里的白酒品牌提升到民族产业"第一品牌"的高度，资本市场的市值甚至超过许多现代大企业，如中国银行、中石油等，为社会创造了巨额的财富。作品认为，讲茅台酒，季克良是怎么也绕不开的人物；离开了季克良，茅台酒的历史就会很不完整，或者说，就失去了最传奇最有价值的部分。某种意义上说，他一个人就代表当代茅台酒的历史。也许，他因此被称作茅台之"神"。而《茅台——光荣与梦想》就是想破解他身上"神"的密码。

随着作品对人物描写的展开，我们不难发现，作家对主人公充满敬意和尊重，但终究没有把季克良当"神"来写，而是把他当作普通人来表现，写一个人的奋斗，写一个人的精神，从而揭示出中国一代知识分子的家国情怀和人生命运。在作品看来，季克良刚到酒厂时，也没有显示出多么引人注目的才华，反而是一直默默无闻。其实这个书生通过自己努力学习和钻研，已经掌握了茅台酒的全部酿制技术，并对产品的开拓创新有了自己长远的构想。他写的《我们是如何勾酒的》这篇论文，第一次用科学的理论和方法，论证了茅台酒生产的技术原理，揭示了茅台酒的生产秘密，让中国白酒的评判走上了"正道"，为茅台酒生产工艺进步和创新，提供了可能，打下坚实的科学基础，也为民族传统企业走向现代企业做了重要的探索。他靠着自己的努力，积累着业务的实力、思想的实力、开拓的实力。作品描写一个知识分子的成长，是想说明，一个人的才华与智慧，一个人成大器，干大事，不是天生的，也不是天上掉下来的，而是全身心地投入事业，在奋斗当中获得的。季克良是"神"，但并没有神助，说到底，他就是一个比别人流汗更多，操心更多，付出更多，奉献更多的劳动者。

作品描写中国茅台的"季克良时代"，这是他一生为茅台贡献最突出的时期，也是他奏出了人生最为华彩的乐章的时期。1983年，中国改革开放最初年头，季克良担任茅台酒厂厂长。从那个时候起，茅台跟着时代，进入了发展的快车道，开启了一个属于季克良荣光的茅台时代。标志性的事件一是茅台产量从当初的年产120吨发展到突破万吨。二是茅台几经波折，终于打入中国的资本市场，股票大受追捧，一路上扬，牢牢占据民族品牌的第一位置。也正是在这个时期，季克良被称为茅台之神。作品从季克良的故事得到深刻启示，把思想延伸开去，"季克良时代"除了茅台财富贡献外，更为重要的是提炼出"茅台精神"，并使之融入中国传统文化传承、中国先进文化开创，积极探索了民族传统品牌走上中国式现代化道路的规律，积累了宝贵经验。

作品显然明白，季克良形象最感人之处，在"神"，也在"人"。作为一个企业领导人，他创造了财富，守护这么多财富，也一定经受着财富诱惑的考验。经受不住财富诱惑，价值观道德观严重偏离，贪污腐败大有人在。而季克良却一直不贪不腐，做实实在在清清白白之人。网上一些人因他这几十年里喝了太多的茅台酒，不断质疑他的廉洁。这种质疑站不住脚。一个酿酒专家，喝酒是他的职业，与道德无关。他那颗保持了几十年，与茅台同呼吸共命运的初心支撑着他的人生和传奇。把"人"做好了，才能得到"神"性，才能成为"神"。这是一种人生的大智慧。由此，季克良的形象更为充实，更为丰满，有人性的意义，也有很强的概括力。这个形象身上有智者的品格，更有道德的力量。

第五节 "反黑"英雄的形象

何建明新时代之前创作的《落泪是金》《中国高考报告》《共和国告急》《根本利益》《为了弱者的尊严》等作品,都是冲着当时比较严峻的社会问题而去,引起了强烈的社会反响,产生了社会轰动效应。今天看来,这些作品受当时流行的问题报告文学影响较深,但仍不失为反映现实的优秀作品。其中,《根本利益》直面现实剧烈的矛盾冲突,表现了重大社会主题,塑造了一个纪委书记梁雨露的形象。这样的人物在何建明的创作中,还不多见,虽不属于他新时代的创作范围,却值得特别一说。

首先《根本利益》的内容触及当时社会一个敏感的问题:基层社会黑恶势力太猖獗,勾结政府机构中的一些腐败分子,欺压老百姓,把老百姓逼得走投无路。其中涉及警察队伍中的害群之马。其次是老百姓反抗的方式触目惊心。他们的家人被逼死,居然申诉无门告官无门,只能采取极端手段。如十几年不出殡,把棺材放在家里,任其臭气冲天,弥漫全村,老百姓不掩鼻不敢进村。

这种看起来极为恐怖的真实事情就发生在1998年的夏县。这是一个令人不可思议的案件。如此严峻时期,梁雨露出任了夏县纪委书记,负责处理这样的事情。由于问题积累太长时间,牵扯到的部门和人事太多,上上下下关系错综复杂,连带出的许多问题常常超越了一个县纪委书记的权限。但是,梁雨露以对人民群众深厚的情感,以执法干部的责任担当,凭着一种共产党人大无畏,不怕鬼,不信邪的精神,执法如山,把黑恶势力绳之以法,维护了公平正义,解决了人民群众长期得不到解决的严重问题,得到人民群众的拥护,梁雨露也成了当地群众心目中的"梁青天"。作为《根本利益》的姐妹篇,《为了弱者的尊严》仍然以梁雨露为主人公,突出的还是执政之基、执政为民的主题,揭示的还是社会腐败的问题。

相信何建明是带着极为悲愤的心情去描写社会的腐败，去揭露黑恶势力令人发指的罪行，也带着极为敬佩的心情表现梁雨露的责任担当、斗争精神和反腐勇气。人物形象真实结实，立得很稳，塑造得非常成功。应该说，直到现在，梁雨露这个人物形象仍然立于中国报告文学人物画廊，占有一席之地。这个故事、这个形象带给人的思考远远超过具体内容本身。在那个时候，梁雨露们解决了一些腐败问题，但并没有在根本上阻止住社会黑恶势力的发展，也没有能力阻止社会腐败的势头。在一段相当长时间里，党内腐败呈现塌方式现象，严重破坏了一个地方的政治生态，也严重削弱了党的干部在人民群众当中的威信，加大了社会安全、国家安全的风险。面对这样的局面，梁雨露们到底还是无能为力，但他们以自己的担当，尽自己最大的努力，为我们社会伸张着正义和公平，让人肃然起敬。

何建明后来没有再创作类似这样的题材，中国报告文学创作这个题材虽然没有中止，却也没有更深入进行开掘。党的十八大以来，我们党以前所未有的决心，以前所未有的力度，与腐败现象进行殊死斗争，也沉重打击了社会黑恶势力，维护了社会稳定安全，不断实现了党内清除腐败，自我革命。但处理反腐题材毕竟是一个极其复杂的社会现实问题，报告文学还有许多困难需要克服，还有许多条件需要创造，需要用时间。总之，只能说，中国报告文学还没有能力更好地更自如地驾驭这个题材，或者说，中国反腐斗争的现实进展，还没有足够的时间积淀转化为报告文学的写作资源。这个题材的难度和弱势，表明报告文学存在着创作上的一个情有可原的"短板"。

注释：

① 何建明：《部长与国家》第 131 页（新世界出版社 2018 年版）

② 习近平：《摆脱贫困》第 2 页（福建人民出版社 2019 年版）

③ 何建明：《不能忘却的少年》第 5 页（河北少儿出版社 2021 年版）

④ 何建明：《江边中国》第 156 页（新世界出版社 2018 年版）

⑤ 马娜：《中国版的〈老人与海〉》(《中国作家》2018 年第 1 期）

⑥ 何建明：《大桥》第 55 页（漓江出版社 2017 年版）

⑦ 同上，第 157 页

第五章
国家叙述

任何一个国家，都有一个怎样表述国家历史、国家现实的问题；任何一个民族，也都有怎样表述民族历史、民族现实的问题。把国家故事讲出来了，把民族故事讲出来了，大概就是国家叙事和民族叙事。如国家的"正史"，民族的"史诗"，都可称为国家叙事、民族叙事。不同的历史时期，不同的时代，国家叙事和民族叙事也呈现不同的样态、不同的特质、不同的侧重。有时候，国家的叙事显得更突出；有时候，民族的叙事更加需要。新中国成立以来特别是改革开放以来，国家叙事和民族叙事，同等重要。一个描述国家发展进步的历程，一个描述民族伟大复兴的历程。二者融为一体，打开了一个民族国家建设自己的现代化，融入世界文明进程的不可估量的巨大空间，创造了中华民族为人类文明进步作出自己贡献的历史和现实条件。把这些关系，理顺了，讲清楚了，就是文学的"国之大者"，就是国家叙事。

"国家叙事"这个概念变为文学思想表述中，多为"国家叙述"。一个落点在"事"，一个落点在"述"，本质上却是一样的，也经常混在一起用。近年来，文艺思想越来越重视"国家叙述"，越来越重视站在中国叙事和中华民族叙事的思想层面上去评估文艺态势，评论文艺作品，逐渐建立起文艺国家叙述的思想意识。不过，在文学理论尤其占有理论主流位置的小说理论的描述上,还是鲜用"国家叙事""国家叙述"这样的概念。小说评论家们看起来更愿意,也更普遍沿用"启蒙"的思路和相关概念。这可能是小说理论更重视的普遍的人性价值,更注重"人"与"国家""民族"之间的矛盾冲突鸿沟。直到中国社会发生深刻变化的今天,我们的文学理论似乎仍然没有找到接受"国家叙事""国家叙述"这种在小说思想看来很大很难掌控的概念的入径。

好在报告文学对"国家叙事""国家叙述"抱以欢迎接受的态度,虽然还是有评论家嫌这些词有点"大"。中国报告文学理论还没有小说理论那样形成严密的概念体系,还没有像小说理论那样建立了自己的"叙事学",所以接受新的思想新的概念也就少了许多心理负担,少了许多门槛,多了一些空间,多了一些机会,也多了一些积极主动性。

即便这样,我们仍然注意到,报告文学的评论家在评论何建明作品以外的其他优秀作家的作品,很少使用"国家叙事""国家叙述"这些概念。而几乎所有的评论家在讨论何建明作品时,都曾使用,甚至不断使用这个概念,都非常赞同用"国家叙述"这个说法,能够正确准确表述何建明作品思想艺术的特征,仿佛这个概念是专为何建明作品评论设立的,仿佛这是何建明作品评论的专利。这样的概念表述倾向更像是让何建明获得一个"独家"的理论优势,更突出何建明报告文学作品的成就。虽然符合何建明报告文学创作的实际,却也拉大了何建明报告文学作品与其他报告文学作家作品的思想距离。尽管我们不认为这种距离有评论家们想象的那么大,却也倾向认为这样的距离突出和夯实了他作为中国报告文学一个先锋者、领军者的地位。

第一节 何建明"国家叙述"认知解读

几种观点

据评论家马娜描述,"在 2008 年 11 月 13 日的《文艺报》上刊登一篇题为《30 年:一个作家的成就和一个文体的成熟》的文章中,何建明在接受记者采访时,第一次在总结自己创作经验时,提出了'国家叙述'这一概念"。① 在这篇采访录里,何建明补充道,"这个时期作品多数是如评论家所说的具有'国家叙述'的特点,它们题材大,结构恢弘,叙议兼长"。2009 年,何建明在接受《文学报》记者的采访中,更加明确了一个创作者心中的"国家叙述"的内容:"评论家们把我的写作形态总结为'国家叙述',意思是我的多数作品通常是写大事件、大背景,都是在国家利益的高度叙述,其影响和意义也是在国家与时代层面上的。"② 而创作了报告文学《国家》后,在出版后记中,何建明说:"'国家叙述'是我的报告文学创作的主要风格。这部以《国家》为题的'国家叙述',可以说是我一向秉承的创作风格的一次具有新的标志性意义和堪称'非常痛快'的叙事过程。"③ 近年来,何建明又进一步说明:"中国'摆脱贫困的斗争',看似是中国人自己的事情,实际上是中国为世界减贫事业贡献的一个中国方案、中国经验。这是我心中的'国家叙事'。"④

何建明的看法显然影响了评论家。评论家丁晓原先生有力地支持了何建明的思路:"所谓国家叙事,就是站在时代全局的高度,从现实社会和过往历史的存在中,选取有关国是大端,具有重大社会影响和价值的题材进行叙事。国家叙事是对大题材所作的具有大气象、大主题的一种宏大叙事。报告文学文体与国家叙事之间具有某种关联。这是一种拒绝私人化、具有鲜明的社会特质的写作方式。"⑤ 我们从这段话里可以捕捉到理论家传递出来的信息:一、"国家叙事"写的是"国是大端";二、"国家叙事"是一种宏大叙事;三、"国家叙事"拒绝私人化写作;四、"国家叙事"与中国报告文学的联系。这些信息虽然是评论家个人的看法,却也真实反映了当时报告文学评论家们对"国家叙述"这个概念定义内涵外延以及范畴的基本把握。除了内涵的揭示外,丁晓原先生还特别注意到当代文化的变化对"国家叙述"的影响:"'国家叙事'并不是一种严格意义上的科学定义。它只是对创作题材选择、主题表达等现象特征的一种可以意会的描述。国家叙事关联着文学主题的写作,而主题写作则源于主题出版。"⑥ 这看似指"国家叙事"的泛化,其实是讲"国家叙事"与国家意识形态的深刻关系,让"国家叙事"回到原义。也就是说,这是一种国家的文学表述。

评论家余三定先生更倾向把何建明所有的创作都看作是"国家叙述"。作为第一部研究何建明专著的撰写者,他的《何建明评传》开了何建明学术研究的先河,具有开拓性意义。这部研究专著于2014年出版,系统研究了之前何建明的报告文学创作。虽然,何建明的新时代报告文学创作更为重要,更值得研究,但我们注意到,直到今天,还没有出现另一部研究何建明的专著,把何建明系统学术研究持续下去。仅这一点,我们就应该对余三定先生的工作给予高度评价。这部专著用相当篇幅讨论了何建明作品的"国家叙述",第一次较全面把"国家叙述"的内涵详细展开,应用在何建明报告文学研究上。他认为,"何建明'国家叙述',大都紧扣时代热点取材,涉及国家的经济问题、教育问题、'三农问题'、'城市发展'、国家大事、国家天灾、政治意识形态等宏大题材。这些题材内容如果串联起来,可以构成我们最近30年来国家社会发展变迁的一部生动的历史变化史诗"。⑦ 在余先生看来,何建明所有的报告文学创作,都应该属于"国家叙述",都带有"史诗"的品格,我们更可以注意到,余先生观点与我们普遍认识到的"国家叙述"有所不同,或者说有所深化，那就是鲜明的问题意识。他认为何建明的"国家叙述"除了宏大题材外，其实要面对的是尖锐复杂的现实矛盾所表现出来的社会问题。看来可以这样解读，从"国是大端"入手，看的是社会问题。从余先生对何建明作品主题的研究看，他对何建明作品的问题意识研究更为偏重，更有心得。他对何建明作品揭示社会问题的能力评价更高一些，也就把何建明"国家叙述"的重心向这个方向倾斜。

具有新锐意识的评论家马娜在评论何建明的《国家》时，率先注意到了"国家叙述"正在通过何建明的书写，注入了新的思想。她一开篇就写道："'国家叙述'对今天的中国文学艺术创作者而言，是日益强大的大国崛起过程中带给我们的一条必经之路，也是必由之路。"⑧ 这篇评论一直在提醒我们注意从"大国崛起"的现实中去看待何建明的创作，来更动态地认识"国家叙述"。如果我们把"国家叙述"看作一个历史的过程，那么，我们一定会注意到，这个概念必须经过报告文学的思想和实践的介入才能产生文学思想上的意义，才有文学上的意义。没有一个天然的"国家叙述"让报告文学信手拈来，而是报告文学创作过程中的思想选择，或者说，是中国报告文学新时代实践的思想进步。评论家马娜进而认为："树立'国家叙述'的创作意识，建立'国家叙述'的艺术追求，就当成为中国文学艺术创作者的一种使命和责任，因为中华民族复兴的时代已经到来，我们的文学艺术怎能一直怀负弱国、穷国心态呢？"⑨

几个关键词放在一起，如"大国崛起""弱国、穷国心态""必经之路""必由之路"等，我们马上可以连起一个基本思路，一百年前，也就是中国现代文学的启蒙时代，中国报告文学的发端时代，国家仍然是一个积贫积弱的国家，经过这一百年的人民奋斗，进入改革开放时代，国家总算抓住了发展的机遇、崛起的机遇，中国在世界的地位正在提高，大国自信正在强化，大国责任正在承担，大国话语正在形成。也就是说，国家叙事、民族叙事已经发生了根本性的变化。这样一个时代，我们作家的站位，我们作家的心态也要和国家发展同步，进行更新。评论家在提醒我们，崛起的"国家叙述"与穷弱的"国家叙述"完全不同，我们需要的是什么样的"国家叙述"？从动态变化的角度看何建明"国家叙述"，会不会更有新意？

中国报告文学何以需要"国家叙述"

中国文学何以需要"国家叙述"？中国报告文学何以需要"国家叙述"？这是一个问题。积贫积弱的时代，"国家叙述"确实无从谈起。反倒是"民间叙述""知识分子叙述"更为活跃，反"国家叙述"更具革命意义。百年前，一批中国先进的知识分子为国家强盛、人民解放组建了先进政党——中国共产党，经过浴血奋战，党领导人民建立了新中国，改变了国家积贫积弱的命运，开始建构自己新国家的话语，有了自己的人民的"国家叙述"。"国家叙述"也赋予中国文学新的气象，产生了一大批带有新中国"国家叙述"特质的优秀作品，如《创业史》《暴风骤雨》《青春之歌》《林海雪原》《红日》《红旗谱》《红岩》《艳阳天》。

可惜的是，文学"国家叙述"刚刚展开，刚刚取得成果，就因"文革"的到来而中止了。"文革"后的中国文学可以从任何方面确认成果，但从"国家叙述"的层面看，中国文学倒是在一定程度上复归了批判现实主义，并且继续在复归，而这种复归实际上远离"国家叙述"，或者说与"国家叙述"不同轨道。批判现实主义，看上去很有道德力量、人性力量、批判力量，却很难抹掉"启蒙主义"长长的历史阴影。需要"启蒙"就是知道自己的虚弱，需要向强国学习。如果持续需要"启蒙"，说明思想文化的"虚弱"在持续，思维方式还没打破。所以，当国家和人民走强态势正在到来的时候，中国当代文学显然迟迟没有接受时代的信息，还沉浸在通过"启蒙"

复归来提振自己的思想和精神。这种心态，作为真实的存在有一定的合理性，但却很难接受"国家叙述"，也阻碍了文学思想的思维向"国家叙述"的有效转化。

进入新时代，当代中国文学的"国家叙述"的转化越来越显示其紧迫感。一个正在崛起的大国，一个正向现代化强国迈进的大国，一个要建立人类命运共同体的大国，的确需要文化的自信、文化的自觉，的确需要新的"国家叙述"。这是时代交代给中国文学的理论课题，现实的任务，思维的变革，艺术的创新。

中国报告文学因更具紧跟时代脚步的品质，所以更早地意识到"国家叙述"时代的到来，也更快地通过自己的创作和优秀作家作品，实现向"国家叙述"的转化。这期间，何建明的报告文学显然更为突出，更为典型，才会让评论家们把注意力集中在这个方向。抓住了"国家叙述"，就抓住了何建明报告文学的叙事特质，也能梳理出何建明报告文学创作对"国家叙述"的探索发展过程的线索。

第二节　问题报告文学

何建明早先的报告文学，社会影响力最大的应该是《落泪是金》《中国高考报告》《共和国告急》《根本利益》等作品。这些作品以鲜明的强烈的问题意识介入现实介入社会，表现出一个报告文学作家对社会现实所持的批判立场和态度，主动参加到当时涌动着的问题报告文学潮流之中。改革开放以来的一个时期，政治上的拨乱反正，思想上的探索解放，发展上的市场经济，是中国社会一场深刻的前所未有的变革。变革基本规律通常是，成果还没更令人振奋地显现，矛盾则令人担忧地先到来。特别在社会思想观念、价值取向、道德信誉、人性良知以及意识形态等方面，都会相继出现矛盾和问题。有些问题还很严重，有些矛盾还很突出，呈现出激化冲突的态势。

这个时期的报告文学创作，作家的问题意识更鲜明，更集中，更主动，也更有锐意，形成了问题报告文学的思想走向。

从社会问题广度性看，《落泪是金》《中国高考报告》涉及整个社会人人关心中国教育问题，引发社会读者的强烈共鸣是必然的。从社会问题的尖锐性看，《根本利益》直指我们党的执政理念和国家治理能力的问题，表现出作家敢于思考敢于思想的勇气和忧患意识。从社会问题的深刻性看，《共和国告急》则直逼国家经济发展进程中出现的前所未有的乱象，以及这种乱象给整个社会所造成道德危机、人性危机、精神危机，甚至国家危机。这部作品更会典型地反映出何建明早期问题报告文学的特点。

问题报告文学的问题意识

《共和国告急》题目看起来有些大，也有冲击力，内容则是围绕改革开放以后国家地矿资源出现的被侵占被掠夺被破坏等严重问题展开叙述，真实地揭示出当时社会尖锐复杂的矛盾冲突。作家曾较长时间在国家地矿部门工作，承担过相关的调研巡视任务，十分熟悉地矿基层生活，掌握大量独家准确资料，有着切身的感受，比别的作家更具生活的厚度，更占有写作的优势，也比别的作家认识更加到位。因此，写起来得心应手，收放自如。

《共和国告急》的序言部分，以《走过血腥的数字之路》为题，列举了进入 2000 年几个触目惊心的大矿难。如贵州六盘水要冲沟煤矿"9.27"矿难，一次死亡人数 162 人。还有这一年，全国多次特大矿难。光煤矿死亡人数就高达 5798 人，另加 4000 多人为其他矿山事故的死亡者。紧接着的 2001 年，情况更让人揪心无奈。这一年，中国工矿企业共发生伤亡事故 11402 起，死亡人数总计 12554 人。作品从不同角度提供了相当完整的数据，表明接下去的几年情况仍在进一步恶化，不容乐观。真所谓矿难猛于虎。这就是一个制造业大国的艰难起步。能源的超常规需求，要求产能的快速提高，大大出乎我们的预料；而老旧设备的更新配套速度，又远远落后于现实的需要。没有先进的装备，还要发动经济发展的高速度，中国工人付出了沉重的代价。这个矛盾冲突到了新的世纪，以矿难和工人的生命为代价的发展向国家亮起了红灯。

实际上，作品写矿难只是一个引子，重心是写中国矿山资源，中国矿产资源所面临的困局，写出其间种种近似疯狂无序而又令人百思不解的乱象。在湖南香花岭的锡矿，储藏富，产量高，品质好，世称"东方绝宝"。国家一直牢牢控制着采矿权。有一天，当地农民发现偷矿石能卖出好价钱，是发家致富的一条捷径，于是成群结队都上山找矿石偷矿石。很快，有些乡镇领导认识到，我们哪能守着一座金山受穷。眼前摆着一条发财路，为什么不走？于是一夜之间就成立了十个采矿队，第二天就上山打巷道。凿出打出的每条巷道都直逼国有矿山，目的是和国有矿山抢资源。因野蛮无序混乱开采，严重破坏国家矿产资源。当地有关部门多次协调，毫无结果，根本阻挡不了这失去理性的采矿大军。采民越来越多，越演越烈。作品很专业地写道："香花岭矿山之一的香花岭矿区，已有采矿人员3000余人，在矿山标高480米以上的部位，有30多个坑道是村、乡、县办矿占领着，在矿山标高385米处，也被乡镇小矿拦腰截断，国有大矿被限制在385—480米标高，形成一个上有小矿盖顶，中有大矿采矿，下又有小矿掏底的立体采矿局面。"⑩

面对漫山遍野的农民矿井和疯狂的"致富大军"，国有企业难以招架，不得不退缩让步，不然后果则越发严重。为了维护社会稳定，一向号称"固若金汤"的国有香花岭矿不得不全面解体，停产关闭，神圣不可侵犯的国有矿山开始出现危机了，开始告急了。在钨族三角洲，国家宝贵的钨矿资源正在遭受灭顶之灾。这里离广州非常近，交通非常方便，挖出矿石运到走私分子手里很便捷，变现很容易，致富更快速。乡长带着人与国家矿谈判，到底让不让一块给乡里农民。国有矿考虑到与地方的关系，让出了一个"耳朵"。

这一让不要紧，乡里吃到甜头，又把另一只"耳朵"啃下来。乡里找到了发财路，干脆一不做二不休，自己组织采矿队，直接和国有矿抢资源。乡里一带头，农民们也跟着干个体，炸抢夺多管齐下。他们开始把国有矿的大型机械设备偷到自己的矿区，提高产量，后来发展到直接占领国有矿区，明火执仗干。为了抢夺富矿，他们对国有矿实施爆破。国有矿花几百万几千万资金建设起来的坑道，就被农民几包炸药轰塌，全面瘫痪，损失巨大。周边国有重点矿区也同样遭到大规模的洗劫和破坏。据统计，光1987年，非法收购流失的钨砂达12000多吨，占这个地区总产量的三分之一。农民非法收入5400万元人民币，而国家出口创汇减少了3000万美元。第二年，国际钨价大涨，国家损失近一亿美元。加上国家矿产资源的破坏，农民的非法采矿者每产生1元的实际收入，就让国家付出12元的损失。在国家孔雀石生产基地的绿铜山，个体采矿者们为了防范执法人员，不仅凑钱买通执法人员，还建立了严密的情报网。情报人员每人配对讲机和一辆崭新的摩托车。警车还没进山，情报人员就一站一站传递信息。在国家重要的煤矿生产基地的七台河市，也变得乌烟瘴气，人们冲进国有矿区，手持铁铲、铁镐，肩背藤筐、木筐，棉衣往地下一扔，脚下就算是自己的领地。900多个小煤矿，不用多少时间，也没花什么费用，就安营扎寨。后来当地总算管起来了，可很快形成了党政机关、工商、银行、税务、公安等单位出面或不出面的全社会"联合办煤矿热"，使得这块长久处于无政府状态的优质煤田，一下子变成各路诸侯非法割据抢钱的领地，局面不仅没得到控制，反而更加混乱。七台河市里的乱象还不算典型，在国家产煤大省山西，这种乱象更是发展到无理性的疯狂地步。大批小煤矿如雨后春笋，严重挤压着国有大矿。小煤窑越界打通国有矿巷道，引发了大火灾，烧毁国家的煤井，也烧毁了大量地下的宝贵的煤炭资源。作者有机会走遍全国许许多多的矿山，描绘了一幅那个年代所谓的"国退民进"惨状和可怕的后果。

作品写那么多乱象，显然要突出两个方面的内容：一是人性在金钱面前的贪婪与变态。只要一个地方发现金矿，就会引来成千上万的淘金者，他们不顾一切地冲进深山老林，拼命寻找金子。很多人因此发财了，更多的人没有发财，还是那么穷。有的人连生命都丢在疯狂发财的路上。作品写道，1994年7月一场罕见特大洪水，卷走了小秦岭金矿西峪河两岸的大批采金人，人数根本无法统计。这场大灾难丝毫没有动摇采金人的意志，人们还是从四面八方拥来，作家看到，"浩浩荡荡走向金山的一批又一批的采金人的脚步依然迈得那样从容，那样执着，那样坚定不移，脸上无半点恐惧之感"。⑪作品有一个统计数据：1982年，昆仑、祁连、天山、阿尔泰、博格达、阿尔金六大金山采金人为43500人。而从1990年到1994年间，每年采金人数都在25万到30万之间。这些数字还是趋于保守，真实的人数远远要超过统计的数字。所有的乱象背后都是财富和金钱的欲望在作祟，在驱动。

二是国家法制的失效与无力。如此宝贵的国家资源被掠夺，背后可以看出基层的利益之争，都有地方黑社会势力和各类犯罪分子的参与。很多地方，政府公务员与黑恶势力的勾结，组成了利益链，用各种软的硬的、合法的非法的、巧妙的愚蠢的方式把国家的资源占为己有，到了丧心病狂的程度。然而，国家的法律却如此不健全，执法力量却如此软弱，突现了深刻的矛盾和问题。作品很详细地写了当时社会影响非常大的"王科娃事件"，典型地反映了当时的法制生态。王科娃是小秦岭金矿区名声显赫的金把头，黑白两道都吃得开，势力大得很。有关部门审核，他每年非法的采金收入，能达千万元。然而，真正显示他不可一世的并不是他的金钱，而是他敢于同县政府、人大、政法委、公安局、检察院、矿管局打五年官司，而且越打越胜诉，越打越是赢家。非法采矿的恶民告官，一告就是五年，而且胜诉。执法部门还奈何不了，一些敢于在法庭上和他做斗争的官员，最后没有什么好下场。这个事件，实在太匪夷所思了，是非不分，黑白颠倒，很难让人相信这是真实发生的真实事情。读到这个事件的人都不禁会问，这还是社会主义法制吗？这还是一个社会主义国家吗？这还是人民的共和国吗？

读到《共和国告急》的报告文学，真的让人完全相信：共和国真的非常告急，真的比任何时候都危险。这不仅写出了真实，也强化了作品的问题意识，体现了作家强烈的人性批判和理性社会批判的精神，是一部典型的问题报告文学作品。由此，我们通过何建明这部作品的解读，也可以看到当时问题报告文学的鲜明态度和思想方式。

告别问题报告文学

多数评论家对问题报告文学都持褒扬的态度。他们显然非常看重中国报告文学作家们的思想解放精神和思考问题的勇气。中国改革开放早期以及进入深水区以后，社会乱象多头，社会矛盾叠加，社会问题尖锐。在这个时候，报告文学作家没有缺席，敢于直面现实矛盾冲突，关心国家，关心社会，关心人民，以作家应有的社会责任心，把社会真相讲述出来，把社会矛盾揭示开来。评论家们显然非常赞赏报告文学家们的知识分子批判精神。当社会思想文化出现困惑和危机的时候，作为社会良知的中国报告文学作家，必须站出来，用自己的作品体现出理性思考的能力、道德批判的态度和人生价值的追求。评论家们显然对问题报告文学做了相当充分的评估，更多地认为，这是改革开放时代以来，中国报告文学的一个繁荣发展时期。问题报告文学支撑和推动着中国报告文学有能力和中国的当代小说并肩，创造了一个时期中国文学的辉煌，报告文学自身也获得了可以和当代小说媲美的思想艺术成就。

报告文学的评论家们在充分肯定问题报告文学成就的时候，多数人并没有意识到，报告文学创作上一对很实际的关系反而变得失衡，变得尖锐起来了。那就是，报告文学的歌颂与揭露的关系。歌颂我们时代，却不能无视那么多的社会问题；揭露批判现实问题，又不能否定否认改革开放成果。对这个关系的认识与把握，不仅是文学理论问题，更是一个很实际的创作问题。

这个问题其实一直困扰着中国当代文学的创作，而到了改革的深水区，这种困扰不仅没有减轻，反而是更让人纠结了。怎样评估中国改革开放的成果，怎样面对一个个严峻的社会现象，如何拿捏，如何把握，如何平衡，确实让人很困惑，也很棘手。问题报告文学的兴起和繁荣，实际上是把这组关系挤进报告文学创作发展的瓶颈，让问题呈现得格外尖锐，变得似乎无解。

殊不知，评论家们在赞扬问题报告文学的同时，也等于是在揭开问题报告文学的局限。许多问题报告文学的优点，很可能同时是问题报告文学的缺点；很多问题报告文学展现光彩之处，恰恰可能发现是问题报告文学的局限所在。中国"文革"后的文学是从复归批判现实主义开始的。这主要体现在小说创作的文学思想，深刻影响了诗歌、散文，更是深刻影响了中国报告文学。可以说，中国报告文学进入新中国成立以来的第一个创作黄金时期，很大程度是跟上了小说的批判现实，追求人性的文学思想节奏所获得的。这个影响包括作品批判现实的立场，作品问题意识的确立，作品理性主题的确立，甚至包括人物思想内涵的选择。这种影响看上去顺理成章，实际上同时已经存在着潜在的冲撞。最明显的冲撞就在于小说是虚构的，报告文学是写实的。小说创造的是一个虚构的世界，报告文学描写的是真实的现实。二者之间的差别是根本性的。小说通过虚构正常展开的艺术表现，在纪实的报告文学的创作里将会越来越行不通。如果报告文学过于依赖小说思想理念的话，那么这种创作上的不适感就会不断加大，就会发生困难，甚至表现的空间越来越少，路子越来越窄，不小心就会走进一条创作的死胡同。

问题报告文学虽然坚守了纪实的原则，但从问题的意识、批判的立场、人文的情怀、文学意识形态、文学价值取向看，都显然过于依赖小说的思想、小说的思维、小说的方式。所以，问题报告文学越是追求真实，越强调批判，越张扬人文精神，可能就越出现困难。这种困难从根本上说并不是报告文学与小说之间的困难，而是报告文学与社会与现实与生活甚至与时代之间的困难。问题报告文学最辉煌的时候，可能这种困难已经悄悄地不知不觉地出现了。当代文学的历史进程证实了这个判断。当小说思想理念无法直面现实的时候，虚构艺术可以帮助绕开生活的矛盾冲突，向内转，向圈子转，向自我封闭的生活转，尽管我们不认为小说的这种转向是正确的文学选择。而思想理念上还过于依赖小说的报告文学却无法回避现实矛盾冲突，这个时候，就可以发现，中国报告文学只能独自迎着时代风浪，挺在风口浪尖上。深受小说批判社会方式影响的问题报告文学要走下去，将面临意想不到的社会压力。我们必须承认，很多时候，社会压力大过了报告文学所能承受的程度。应该说，中国报告文学到了告别"问题报告文学"的时候了。

正因此，当我们评价何建明创作的问题报告文学的时候，会很自然地把他这类作品与当时流行的问题报告文学放在一起考察。《共和国告急》所体现出来的问题意识、批判意识、人文意识、知识分子意识都显然得益于小说的思想，也失误于小说的思想。不过，这并不重要，重要的是，何建明以比任何一个问题报告文学作家更早觉醒，更快地摆脱问题报告文学的困扰，与问题报告文学分道扬镳，走上属于自己的具有创新意识的创作之路。毫无疑问，在他需要思想之光的时候,他找到了"国家叙述"。是"国家叙述"拯救了他的创作,改变了他的文学思想,并把他的文学思想和创作,带进了报告文学的新时代,赋予他从容应对新时代中国报告文学写作问题的本领。

第三节 《国家》的意义

我们没有把何建明报告文学《国家》列入何建明新时代的代表性作品,并非我们不清楚这部作品的重要性,而是因为,在这个时期,何建明创作的重要的报告文学作品实在是太多了,我们只能从他的创作与时代重大主题关系上进行选择和评价。实际上,《国家》对何建明报告文学创作的进步而言,也是标志性的作品,标志着何建明的创作思想以及思维方式形态向"国家叙述"的成功转变,表明何建明最终走出问题报告文学的阴影,真正获得了新时代精神的生气灌注。

何建明"国家叙述"的形成

我们显然会注意到,同样是国家地矿题材,《部长与国家》首先已经换了一个视角,不再停留在一般的"告急"思想层面上,而更多看到国家的发展和进步,形成了自己的问题意识,也就是国家的意识。其实,《部长与国家》反映的问题比《共和国告急》还着急,还重大,事关国家的生死存亡。其次,作品也不光停留在一般的"人性"思考、"人性"批判的思想层面上,而是更深层次地写出了一个国家一个民族在自己前进道路上的困难。这种困难并不是"人性"问题,而是国家民族人民的生存发展问题。再次,与《共和国告急》相比,这部作品人物的焦点不再是那些要钱不要命的人们,也不是那些与商家勾结,出卖国家利益的坏官贪官,而是一个共和国的真实的英雄。他的性格没有小说人物那种多重性、复杂性、多义性，却写得顶天立地，性格刚硬，有血有肉。最后，可以看出，此时的作家，虽为知识分子，却少了许多"愤青"的意气和火气，更无"公知"那种自我与傲慢，而多了对国家、对民族的敬畏，对英雄的仰慕。虽还不能说这部作品完成了"国家叙述"，却能看到作家创作的"叙事"方向。也许，这部作品的创作，预示着何建明突破"问题报告文学"的格局和思想局限，向"国家叙述"的成功转型。

创作《我们可以称他为伟人》《江边中国》《我的天堂》等"三农"题材作品，何建明使自己的"国家叙述"的理念得到进一步夯实和拓展。在他的笔下，农民不再是成群结队打劫国家矿山的暴民，也不是不顾生死、一心发财的淘金者，而是通过诚实劳动致富发家的劳动者。在他笔下，乡镇村的干部也不再是欺上瞒下，满脑子歪点子，不走正路的，想着成立"采金队"，把国家财富变为己有的"金把头"，而是有能力带着广大农民走共同富裕道路的领路人。作家不再一味从批判的层面揭示"三农"问题，也不一味谴责农民群众，而是从他们的问题里，更多看到农民致富发财的正当性，更多看到他们为创造自己美好生活的正当性，看到他们思想发展的正当性。他的作品，不光带着知识分子的情怀，更多带着对农民的浓厚感情。这种转变并不意味着，作家问题意识的弱化，而是表明作家思想的深化，表明作家更正确，更准确思考"三农"问题。"三农"问题说到底就是农民的问题，根本的也是发展问题、民生问题。破解发展问题，还是要从发展和民生去入手，用发展推动发展自身的问题的解决。只有发展，"三农"问题才能理想解决。所以，何建明这几部作品的"发展"主题特别鲜明，也特别突出，表明他的创作思想接收到新时代的信息，正在发生重大变化。

反对历史虚无主义

《忠诚与背叛——告诉你一个真实的红岩》则把"国家叙述"由现实"叙述"转向历史"叙述",在对革命历史的表现中,展现"国家叙述"。这部作品与其说是想告诉读者一个真实的《红岩》,不如说是及时回应了文化思想界呈泛滥趋势的"历史虚无主义"思潮,坚持了一个作家的唯物史观的创作实践。

文艺理论评论家刘润为在分析文艺思想、文艺创作中的"历史虚无主义"时,不无忧虑地说:"历史虚无主义思潮的泛滥,已经对我国的经济安全、政治安全和文化安全构成了严重的现实威胁。保卫中国历史,保卫中国近代史。尤其是保卫中国革命建设改革的历史,已经成为坚持民族独立,维护国家主权,实现民族复兴的迫切要求。"[12] 把"历史虚无主义"放在这样的思想高度来认识,让人看到"历史虚无主义"对我们意识形态领域覆盖的程度,说明了问题的严重性、严峻性。文艺思想其实就是社会思想的反映;社会盛行的"历史虚无主义"也必然会影响着我们的文学思想,进而影响到我们的文艺创作。中国报告文学一直坚持正确的创作思想,一直坚持以优秀的作品鼓舞社会和读者,抵制"历史虚无主义",但在问题报告文学较集中的时期,多少也渗透了一些"西化"的如"蓝色海洋"文化之类的思想理念,渗透了怀疑否定革命历史红色文化,要"重写历史"的思想理念,渗透了把历史偶然当必然,把历史碎片当历史细节的"新历史主义"的思想理念。这些所谓的"公知"倾向,使问题报告文学的问题意识也渗透进了许多复杂的思想成分,加大了问题报告文学的思想风险和意识形态的挑战性,对中国报告文学创作产生了不良的影响。

在现实情况下,何建明的《忠诚与背叛——告诉你一个真实的红岩》的创作,回到了历史真实的现场,用"国家叙述"讲述了革命先烈的故事,注重展开历史的细节,进行深刻的历史反思,在相当程度上起到了驱散"历史虚无主义"迷雾的积极作用。何建明这部作品向我们表明,坚持马克思主义的唯物史观,才能实现历史的"国家叙述",而坚持"国家叙述"才能真实叙述红色历史,揭示历史精神。

《国家》与国家叙述

《国家》的创作使何建明获得了一个历史性的机会,能够在新时代正在走来的时候,更加充分认识感知和体悟到一种国家的力量、国家的意志、国家的精神,也使何建明的"国家叙述"得到了一次特别的检验。面对突如其来的国际危机事件,国家的应急能力经受了考验,如此之快就作出了决策,动员了国家相关部门,组成强大的营救力量,从海陆空全方位立体地接应回国侨民。作品生动地描写了党中央、国务院领导外交部从容应对,有序安排,为前方工作提供强有力支持的过程,第一次用报告文学的方式展现了新中国历史上最大的撤侨行动的复杂过程,第一次生动展现国家最高决策机构的决策细节。要在一周内从几千公里外的利比亚战区,把几万名中国工程人员和侨民撤出来,其复杂性艰巨性不可想象,许多国家也根本做不到,但中国的外交官们却奇迹般地做到了。其间与处于混乱的利比亚国家机构以及周边国家的协调工作反反复复,细如牛毛,一不小心,就会触碰国家利益国家关系的底线,可能就会导致外交应急公关失败。中国外交官们是怎么做到的,令人不可思议。可见,他们不仅和当地国家建立了良好信任的外交关系,也对当地社会的政治、经济、文化和人民的风土习俗有深入了解,与当地社会建立了良好的信任关系,才能在这么短时间里,顺利实现外交公关。充分体现出中国外交官们特有的执行力,圆满地完成了艰巨的国家行动。弱国无外交。国家行动成功背后,一定是要有一个强大的国家。每一个外交官身上,都涌动着这股国家的力量,都是大国的符号；每个人都代表着国家的形象。

这部作品至少让读者得到如下启示：首先是今天的中国，已经是具有世界影响力的大国，经济实力、政治实力、文化实力与百年前的积贫积弱的中国完全不一样，也与中国改革开放之前完全不一样，已经融入或正在融入世界大家庭，有了自己国家的话语权，成为一支全球化的和平发展的重要的不可或缺的力量。其次是在国家力量的强有力支持下，大国外交正在全面展开，我们的战略伙伴不断增加，朋友遍天下，特别是在发展中国家，中国以实实在在的支持和帮助，建立了真诚的友好关系，建立了自己的信誉。在我们有困难的时候，他们也会热情伸出手来，鼎力相助。这种友好关系，除了国家关系之外，更重要的是人民之间的情谊。再次是中国在全世界树立起自己的国家民族形象，也使中国居住在海外或在海外工作的中华儿女扬眉吐气，时时刻刻感觉到背后站着一个可以让他们依靠的强大祖国。在他们处于危难的时刻，国家无论付出多大的代价，都会及时伸出"国家之手"，救助自己的国民于水深火热之中，体现了一个负责任的大国对人民的基本责任。这样爱护自己人民的国家，也会得到人民的热爱和支持。人民的支持，人民的力量，是一个国家由世界大国走向世界强国的坚实基础。

深刻的启示直接作用到何建明一直探索实践的"国家叙述"，建立起一个评论家们高度评价的思想支撑，那就是：国家的意识。作家因此打开了自己的视野，也打开了自己的思想格局，能够从国家"走向世界"的思想高度来审视自己国家现代化发展的现实，审视中华民族伟大复兴进程，审视改革开放不同阶段的人民生活和社会变化。这个思想支点的稳固建立，推动了何建明的"国家叙述"登上一个思想艺术的更高台阶。从报告文学《国家》之后的何建明新时代所有的报告文学以及其他作品的创作，都与"国家叙述"气血融通，一脉相承。

第四节　报告文学的问题导向

问题导向与国家叙述

要实现报告文学创作的"国家叙述",必须调整和改变问题报告文学的"问题意识"的思想、思想格局和思维方式,促使其向"以问题为导向"的方向转化。这个进程,由何建明的创作开始发动。问题报告文学的"问题意识"到转向中国报告文学创作思想的"问题导向",确实经过相当漫长的反思和实践过程。直到现在,仍然有不少作家的作品还更愿意固定在问题报告文学的"问题意识"里,完全屏蔽了对新时代信息的接收,而更多的作家仍然在艰苦探索之中。只有少数作家如何建明、徐剑、王宏甲、陈启文等人意识到"问题导向"比"问题意识"更接近新时代对报告文学创作的要求,也更加符合中国报告文学跟着时代进步的实际,所以他们的创作正在明确地转向"以问题为导向"。何建明的创作因为有着较长时间的"国家叙述"的实践,"问题导向"转化也就更自觉,更坚决,更顺畅。

现在看来,问题报告文学的"问题意识"更倾向从知识分子的"自我"的立场出发,从社会精英的观点出发,去面对改革时代的社会新现象、新问题、新矛盾。其间不乏见识,不乏良知,不乏尖锐,也不乏深刻,但个人化的立场,看问题的思想仍然有局限,格局仍然不大,境界也仍然不高。因此,问题报告文学的"问题意识"也带着这样的局限,或者可以说,问题报告文学的"问题意识"只停留在"问题"上,停留在光报告社会问题层面上。

而"问题导向"更加支持和鼓励报告文学作家去从现实生活中发现"问题",揭示问题,更加支持鼓励去在人民实践斗争中发现破解决困局,寻找解决"问题"的方法与途径。没有秘诀,没有一劳永逸的解决方案,只有不断探索,不断发展,不断创新的办法。也许，这就是社会发展进步的基本规律。因此，报告文学发现"问题"并不难，难的是看到问题的本质，找到破解矛盾，解决问题的历史力量、时代力量、社会力量、进步力量。以问题为导向的文学思想，就是要让作品看到发展的现实，反映这样的力量，导向更真实，更实在的现实。如同样对待"三农"问题，问题报告文学"问题意识"就会像小说那样，只看到农村空心化，看到土地的荒芜，看到人性的沦丧、道德的崩塌、人道的危机。而"问题导向"则导向积极的一面，导向中国农民"摆脱贫困"的伟大实践，让我们接收到乡村传递出来的振兴信息，看到美丽中国时代正在向我们走来的现实。

向"问题导向"转变，也将使困扰问题报告文学的许多问题迎刃而解，不成为问题。例如歌颂与暴露的问题。是歌颂，还是暴露；是以歌颂为主，还是以暴露为主。这对创作论上的矛盾不好把握拿捏，处理不好会使创作进入误区，导致作品的失败。建立"国家叙述"的"问题导向"后，作家实际上不用纠结于其间的矛盾和冲突，可以解放思想，大胆探索，完全可以超越二者之间矛盾所产生的困惑与写作上的困难。在"国家叙述"的层面上，直面问题，深挖问题，破解问题，自然也就知道怎样进行表达和描写了。

还有报告文学为弱者为百姓"代言"的问题，也是问题报告文学经常要碰到的。报告文学触及"公平与正义"问题，经常要表现出同情百姓同情弱者的人文良知，经常表现出为百姓为弱者"代言"的姿态。这种人道主义立场当然应该得到高度评价，但随着社会的发展、法制的健全，以及国家治理能力水平的提高，也会给我们带来新的思考，认识到一般性的人道主义本身的局限，尤其转化为文学思想的时候。报告文学反映人民的心声，表达人民的意愿，坚持公平正义，是否就只能选择"代言"，是否只能采用"人道主义"的方式，"代言"是否最佳方式，有没有更正确的方法，有没有更符合报告文学思想规律的方式。或者说，是不是可以从更广阔的思路上，从发展的眼光认识和理解报告文学的"代言"。站到"国家叙述"的层面上,以"问题导向"的思维看问题,肯定就不会那么令人纠结。事实上,社会的进步、法律的健全、国家治理能力和水平的提高,也意味着"公平正义"的思想理念更加深入人心,更具普遍性,留给报告文学去"代言"的空间也会大大缩小。

《那山,那水》的鲜明问题导向

何建明以问题为导向的思维方式给报告文学创作提供了经验。他的《那山,那水》,看上去只是写余村的经济发展与生态环境的关系,实际上这只是露出问题冰山的一角。作家肯定掌握了大量材料,反映着这对关系之间尖锐的矛盾冲突。在中国许许多多地方,这对矛盾通常无法协调,也协调不好。发展经济,就会带来环境恶化;治理环境,经济发展成本加大,就业也跟着出现压力,经济就立刻出现滑坡。到底是就业吃饭重要,还是生态环境重要。这个矛盾,看上去根本无解。但是,我们的新时代,就是要在这种看上去无解的"死胡同"里,找出破解的方法,找到出路,创新出一条经济发展与环境保护共赢的路子来。作品从"绿水青山就是金山银山"这句通俗易懂的话语中,明白了一个道理,吃饭和环境同样重要,一个也不能少。由此,看到了希望,看到从根本上改变过去经济发展的方式,调整原有的经济模式,就能重新理顺经济发展与生态保护的关系,破解时代的难题。于是,作品从那山那水看到了新的发展方式,看到新时代到来的曙光。中国的实践也为世界破解人类发展的难题提供了可行的中国方案,也是世界走出生态困境的希望。这样的认识,一般作品很难达到。这就是《那山,那水》的"问题意识",更是作品的"问题导向"。这部作品唱出新时代的主旋律,唱响时代的强音,意义就在这里。

其实何建明在他的《共和国告急》里,已经专章谈到环境破坏问题，如长江因经济快速发展被严重污染等。由于沿用问题报告文学的思路，作品只停留在"问题"层面上，并没有也无法往深里思考，没有看到找到改变现实的进步力量。而在《那山，那水》里，就完全不同了。同样的问题，认识的水平和层次完全不同，写出来的格局和境界完全不同。比较两部作品，就可以看出"问题意识"与"问题导向"的区别，也能看出不同的思维给作品带来不同的思想，呈现出不同倾向的思想主题。

《大桥》潜在的问题导向

何建明在创作《大桥》时的"问题导向"也非常鲜明。一座宏伟的建设工程，反映着我们时代经济发展的奇迹，一般作品能把这个主题表达清楚，就是一部好作品。但何建明显然不满足于此。对于一个完全掌握"国家叙述"思维规律和表达方式的作家来说，他看到港珠澳大桥建设得更加深远的国家战略意图。香港回归祖国以后，实行"一国两制""港人治港"的方针，并不意味着所有问题都解决了。我们与西方敌对势力在香港问题上的斗争和较量一直就没有停止过。世界政治经济格局的风吹草动，都会在香港问题上反映出来。"港独"意识的蔓延，后来发展到可以"乱港"，可以公开与国家叫板，公开叫嚣分裂国家，就是国际敌对势力的图谋，必须有忧患意识，必须有所防范，必须有所准备。早在回归前后，有识之士就提出修建大桥的设想，主要还是从三地经济发展来考虑，在内地经济发展如珠海发展的重要时期，城市的决策者们有效地推动了这个项目的进程。随着国家大湾区经济发展构想的不断成熟，以及世界大变局的深化，出现了无法预料的惊涛骇浪，这座世界最长的跨海大桥建设的国家战略意义越来越突出，越来越明显。后来的事实证明，这座大桥对国家在香港地区行使国家主权，更有力支持"一国两制"方式，更好实行"爱国者治港"，对彻底打击"港独"

分裂势力，对大湾区经济格局的创新发展，起到的作用不可估量。可以看出，一座大桥建设背后国家长远的顶层设计和战略格局。《大桥》就是在这样的现实变化中，寻找到作品的"问题导向"，建立起自己的"国家叙述"。因此，我们读这部作品时，时时都能从作家讲述工程故事，塑造工程师形象的过程中，感受到国家的意图，感受到国家的力量，使主题更具时代的内涵和现实针对性。这部作品读来与其他写工程的作品不一样，就来源于"问题导向""国家叙述"所释放出来的思想张力。

《我心飞扬——"华虹520精神"纪事》尖锐的问题导向

这部报告文学写的是流淌着"国家血脉"的我国芯片制造龙头企业华虹集团的创业发展故事，典型的"国家叙述"的作品。中国的崛起，成为世界第二大经济体，令世界瞩目，也令西方一些敌对势力恐惧。它们纠集在一起，千方百计，企图围堵遏制中国的发展，反映在高新科技领域里，斗争尤为复杂剧烈。特别是高端芯片制造方面，美国更是利用手中掌握的规则制定的话语权，下狠手阻挡中国发展芯片科技的道路，摆出了一种"大决战"的态势。可以说，把"芯片战争"推向"白热化"。

然而，中国人民从来不会惧怕西方的这种威胁，坚决走自己发展的道路，一定要冲破围堵，跟上世界现代化的步伐，实现中华民族的现代化，实现中华民族伟大复兴的中国梦。中国的芯片制造，就是在这样的国际背景下起步的，中国领导人提出"砸锅卖铁"也要把中国的芯片搞上去。中国的华虹集团，勇敢承担起国家民族的重任。作品正是从国际风云的变幻中，提炼出报告文学的问题导向，看到国际斗争的尖锐剧烈，看到中国芯片科技发展在夹缝中求生的困难现实，看到华虹集团的意志信念，看到了中国科学家和科技工作者们的智慧与精神，夯实了作品的主题方向。这部作品问题导向的提炼为处理国际较量题材的创作提供了重要的示范。当代国际风云的变幻，以及地缘政治结构的不断调整，国际较量的题材会越来越多，为报告文学开辟了新的写作领域。因此，把握好问题导向，实现"国家叙述"，将成为这类作品创作成功的基本保证。

城市题材特殊的问题导向

到了《复兴宣言》与《浦东史诗》，何建明"国家叙述"已经全面展现，达到炉火纯青的地步。这两部作品的"问题导向"，更多地放在一座中国国际化现代化特大城市的发展战略的思考上。这个具有时代思想深度和时代宏大格局的课题，对一般的报告文学作品来说，是无从下手，更无从思考。只有像何建明这样建立起"国家叙述"思维的作家，才有能力掌控这个题材，形成自己的"问题导向"，提炼出作品的深刻主题。《浦东史诗》描写着浦东的开放，实际上，作品潜在着一个"导向"即对岸的上海外滩。一百年前，帝国主义时代的殖民主义者和冒险家们，曾经在这里开辟了一座当时能够雄踞世界东方的大都市，外滩就是那个时代的象征上。而今天的中国人民，在改革开放时代，能否也建一座现代化、国际化的人民城市，考验着我们党，考验着上海建设的几代决策者们，形成了所谓的时代之问、中国之问。上海浦东的成功开发，作出响亮的回答。

何建明《浦东史诗》"问题导向"正是直指这些历史的时代的中国人民的"问"，是对上海的响亮回答的正确的准确的文学表达。在和"外滩"潜在比较中写浦东开发，自然是技高一筹，主题格局也比一般作品更开阔宏大。《复兴宣言》则是在波澜壮阔的新时代背景下，描写上海的经济社会发展，提炼出指向"以人民为中心"的发展思想和新发展格局的"问题导向"，更是需要作家这种"国家叙述"的大手笔才能完成的大作品。这两部作品代表着何建明新时代报告文学创作思想艺术的一个新高度，立下了一个新标杆。

历史题材的问题导向

《南京大屠杀全纪实》这个历史题材，不少作家都写过。何建明则从报告文学的立场重新加以表现，超越了以往战争索赔的民间角度，从更加广阔的时代背景去设置作品的"问题导向"：一是世界正处于百年未有之大变局，有些变化会以前所未有的方式发生。我们必须有所警惕，有所准备，有所对策。二是这种变局也会影响到中日关系。长期以来，日本右翼领导人一直在扩张再度称霸亚洲的野心。他们不承认当年侵略战争给亚洲人民带来的沉重灾难，千方百计篡改侵略历史，更不承认南京大屠杀和对中国人民犯下的战争罪行。日本政客的种种行为，都在破坏中日两国的正常关系，也在破坏中日两国人民的和平关系。这是非常危险的势头。三是中国的经济发展，曾较多地引进日本的投资和技术，不断扩大两国经济科技文化的往来，但这并不意味着可以忘记日本曾经的侵略历史和侵略罪行。国内确有一部分人的思想意识里，"亲日""精日"倾向越来越明显，忘记了当年日本侵略者的"南京大屠杀"，更看不到当今日本乘世界政治格局调整之乱，不断把野心变为现实的严重后果。这种"爱国观"的偏差，以及"历史虚无"，非常危险。四是为凝聚民族精神，坚决反对日本右翼复活军国主义的图谋，中国政府设立国家公祭日，纪念南京大屠杀的死难者，纪念在整个抗日战争中的牺牲者，警示人们，不要忘记历史，珍惜和平，保卫和平。这个公祭日来得正是时候。作品的"问题导向"的鲜明，展开的就是"国家叙述"，带来的效果是使这部作品站得高，看得远。

第五节　讲好中国故事，写好中国英雄

"国家叙述"并非高大上

与其说何建明找到了自己新时代的写作风格，不如说他找到了一个实现"国家叙述"的方法。何建明在《国家》的创作中，认为"国家叙述"是他的新时代报告文学写作的风格。这句话解读起来，更像是说，他握有一把打开"国家叙述"的钥匙，可打开"国家叙述"写作的秘密。对一般的报告文学作家来说，"国家叙述"确实很高大上，可望不可即。何建明的新时代创作，"国家叙述"并不是什么高大上的写作方法，而是如报告文学评论家马娜所说，是新时代中国报告文学创作的必由之路。何建明并没有握有一把什么金钥匙，也没有掌握任何写作的秘诀，事实上，"国家叙述"并没有什么秘诀，全靠作家探索实践。如果有什么秘诀的话，那么秘诀就在于实践。何建明新时代，以多部重要作品的创作实践，告诉我们这一点。

梳理了何建明新时代创作的题材，就顺理成章地得到一个观点，"国家叙述"并非完全是题材上的"国是大端"，并非都是大题材。《忠诚与背叛——告诉你一个真实的红岩》《革命者》《雨花台》《南京大屠杀全纪实》也许算个大题材，《那山，那水》《大桥》《诗在远方》《浦东史诗》《复兴宣言》《石榴花开》也可以算是大题材，可是，像《德清清地流》《流的金　流的情》《万鸟归巢》《我心飞扬——"华虹520精神"纪事》这样的作品，算不上什么大题材，而《山神》这样的优秀之作，完全可以称为小题材，并不起眼的小题材。如果不是作家深入采访，根本不会被挖掘出来的小题材。而所有题材，无论大小，都能很好地表现出"国家叙述"，都很好地突出重大的社会主题。大题材有大题材的作用，小题材有小题材的价值，只要能站在"国家叙述"层面上来表达，都有自己独特的意义，都有创

新的价值。可见，题材并不完全决定何建明的"国家叙述"。题材固然很重要，但仍然不是一部报告文学登上"国家叙述"高地的秘密。

人物形象塑造中的国家叙述

一定要从报告文学人物塑造入手，方可找到"国家叙述"的"秘密"，发现"国家叙述"的艺术规律。以问题为导向，为报告文学揭示出时代打开讲好中国故事之门的同时，也为报告文学打开了写好中国人物之门。随着慢慢走出问题报告文学的一些误区，中国报告文学越来越明确自己与时代关系的定位，越来越明确自己承担的时代写作任务，其中最重要的任务就是向社会传递我们时代的正能量。或者说，在社会文化如此复杂的今天，自觉突出我们时代的主旋律，反映我们时代正确的道德观、价值观、人生观。当然，一部交响乐，除了主旋律以外，非主旋律仍然是一部乐曲不可或缺的组成部分。因此，"主旋律"这个词在这里只是借用，只是比喻。社会矛盾冲突远比交响乐复杂得多，交响乐是个人创作的，社会则是由整个社会的人组成的。一部交响乐总会有结局，而一个社会我们常常看不到结局，也不知道什么是结局。因此，那些被我们称之为主旋律的先进思想、进步理念以及优秀传统文化，就起着积极的引导作用，让社会有了方向。而社会英模人物，正是一个社会进步方向的代表。他们身上凝聚着时代的创造精神，现实的道德力量和传统文化的传承基因，是我们当代社会最需要的正能量，写好时代的英模人物，是中国报告文学新时代最重要的任务，或者可以说，写好了时代英模人物，中国报告文学才有资格迈进新时代。

过去一个时期，报告文学因反映社会的正能量，写积极的社会生活，被小说评论家称之为"报告文学腔"，认为这样写将导致报告文学"死亡"。幸运的是，中国报告文学终于没有按小说评论家那样改掉所谓的"报告文学腔"，充当"现实批判"的角色，否则，真的就会"死亡"了。离开了时代要求，离开了社会的需要，离开了英模人物的描写，就等于割断了报告文学的时代生活，与社会现实的联系，小说也许还能存在，还能找到存活的机会，报告文学则一天也存在不下去了，就找不到存在的理由了，一点机会也没有。这不光是说，报告文学生存空间的大小取决于自己与时代、与生活的关系，也在一定程度上说明，报告文学的表达比小说的表达还要有难度，特别是在写人物方面，自由度更受限制，难度更加明显。何建明近期至少有两部作品被改编成电视剧：一部是《诗在远方》改编为电视剧《山海情》；一部是《山神》改编为电视剧《高山清渠》。稍加比较，就可以看出报告文学塑造人物的难度，也可以从中看到报告文学塑造人物的规律。

讲好中国故事，一定要塑造好新时代的英模人物，一定要赞美现实的英雄和礼赞时代英雄精神，这也是报告文学"国家叙述"的出发点，更是"国家叙述"要达到的反映生活的艺术目标。写好新时代的人物，塑造新时代形象，中国报告文学就能走出困境，找到思想艺术创新的突破口。何建明新时代报告文学创作起到了实实在在的示范作用。他探索实践的"国家叙述"，不仅成就了自己，也成就了中国报告文学。从某种意义上说，他打开了中国报告文学迈向新时代的一扇门。

第六节 何建明作品的"我"

"我"与"自我"

所有的报告文学都采取"第一人称"进行叙述。多数作品看上去把"我"隐去，实际上只是把"我"放在读者看不到的位置，让读者误以为是第三人称叙述。其实，仍然有一个隐蔽的"我"在起作用。报告文学属于非虚构性文学,不需要对人称过于讲究。而为数不多的作品则把"我"摆在读者看得见的位置,甚至把作家的创作思考过程也清晰地表达出来,以便于读者阅读时增加亲历感、介入感、参与感。一般来说,成名的报告文学作家更乐于使"我"出现在作品叙述较为显著的地方,更愿意通过"我"使作品标上作家鲜明的个人印记。而对于正在学习和适应报告文学写作的成长型作家来说,把"我"隐蔽起来,使叙述看上去更加客观,可能是更为明智的选择。

是隐蔽的"我",还是彰显的"我",取决于作家的写作个性和叙述风格。不过,就现实情况看,只有积累丰富的报告文学写作经验,具有相当高超的文体控制能力,建立起自己的思想格局、艺术个性,有资格追求美学风格的作家,才可以自由地彰显"我",否则过度的"我"就是一种写作的风险。

何建明的作品恰恰有意识地张扬"我",主动强化"我"的作用。他新时代的每一部作品中的"我"的分量都给得很足,位置都很重要。"我"的张扬,在何建明的作品里,扮演了不可或缺的重要角色。没有"我"的深度介入和张扬,作品的思想主题就得不到深刻体现。有评论家认为报告文学必须要有"我","我"不能缺席,实际上并不完全指人称叙述,而更多地指报告文学的"自我"意识、"自我价值",并通过"我"的介入来实现具有形而上意义的"自我"。由此,"我"与"自我"之间的通道得以打开。

其实,从文学理论发展史看,这个"自我"与其说是一种文学精神,不如说更接近小说的精神。在现实主义的小说理论里,"自我"可以看作是一种思想的觉醒、人道的精神,是现实主义文学的"宗教"。而在中国报告文学思想里,"自我"意识则表现为"自我"的转化、"自我"的超越,由此赋予了报告文学的"我"特殊意义。

读何建明新时代作品,不难读出,作为叙述者的"我",虽为个人，其实已经在产生一种自觉，正在主动意识到超越"自我"。其他文体中的"我"很讲究其间"自我"的含量，强调"自我"的价值。而报告文学这个文体的"我"则更重视"自我"的转化，由个人的生活、思想、立场向社会历史，向大众思想共识转化，具体地说，也就是向"人民"的思想、情感、立场的转化，强调时代现实生活解构"自我"的价值，而不是以"自我"来解构时代现实生活。经历这个过程，才算超越"自我"。何建明经过多年深入人民生活，不断改造和调整作家个人的"自我"，从情感、思想到立场、观点方法，都已逐步实现转化，因此，他作品的"我"，有资格有能力从时代思想高度、社会现实需要和人民精神表达等方面去带动作品的叙述。这样一个"我"是全新的叙述人。

典型的例子数《茅台——光荣与梦想》这部报告文学作品。无数的当代作家都写过茅台，但何建明这部作品问世以后，所有读过这部作品的人都承认，不会喝酒的何建明可能最懂得茅台，比那些爱喝茅台的作家还知道茅台。所有的作家都站在酒与喝酒人的立场角度赞美欣赏茅台，而何建明除了个人立场外，更多地动用了作为报告文学作家的"我"去认识把握评价茅台。他并不从酒写酒，也不写喝酒人如何爱酒，而选择了冷静地揭示中国第一民族品牌的历史与成功的密码，展现了报告文学特有的理性穿透力和思想力量。这部作品出自一个不会喝酒的报告文学作家之手，传奇般地轻而易举地从根本上改变了以往茅台文学的格局与境界。

"我"与"国家叙述"

何建明作品中的"我"是报告文学"国家叙述"的具体执行人。再先进的思想，再进步的理念，都是由"叙述者"去完成和实现的。小说家可以虚构出叙述者，而报告文学无法找到其他叙述者，只有作家自己来承担。作家本人决定叙述的选择。何建明选择了"国家叙述"。"国家叙述"是报告文学的一个具有创新价值的思想艺术表达,也是报告文学新时代的新思维方式,对"叙述者"的要求非常高。作者无论选择什么题材,是大题材,还是小题材,是经济题材,还是社会题材,是主题题材,还是非主题题材,都必须真正学习认识党和国家的大政方针,必须真正能认识国家发展、民族振兴、社会进步、人民幸福的时代要求,以及历史进程的中国现实,必须真正能够认识到当今世界大变局的深刻内涵,以及国家在这个大变局的战略方位。总之,作家必须心怀"国之大者",读懂国家、民族、人民,读懂时代和世界。读懂了,读透了,目光远大了,思想深邃了,就自然掌握"国家叙述","我"与"国家叙述"之间的矛盾与障碍自然得以消除,就能互为关系,互为支撑。

由此,我们会注意到,"国家叙述"的实践,大大夯实了"我"的几个基本品质:一是"劳动"的品质。作家何建明是文学界迄今为止唯一的全国劳动模范,深知劳动的伟大、劳动精神的宝贵,劳动对我们国家民族的实力和竞争力的重要性。进入新时代,他以别人无法企及的劳动强度,完成了30多部作品的写作,其数量接近他创作生涯前三十年的作品,其思想质量则远远超过他以往三十年的作品。可以看出,他的每一部作品,都是辛勤劳动、艰苦耕耘的结果,都是作家劳动精神的体现。劳动出作品,劳动精神出成就。作家的劳动更多体现在我们很难看到的地方,那就是"深入生活"。报告文学创作的基本规律就是"六分跑,三分想,一分写"。因此,深入生活最重要,比别的文体更重要。报告文学作家的本事常常不在写作上,而在"深入生活"上。有了这个本事,就不愁写不好报告文学。何建明是创作大家,更是"深入生活"的大家。他"深入生活"的本事来源于他的"劳动"和"劳动精神"——正是这种作家个人品质打造了作品里的"我"。

二是"忠诚"的品质。何建明作品中的"我"是一个有信仰有道德有担当的"我"。作为一个共产党员，何建明深知新时代报告文学所担当的政治责任，那就是忠诚于党和党的事业，忠诚于社会主义事业，忠诚于民族和人民。这是一个报告文学作家的基本信仰，更是中国报告文学的基本"党性"。某种意义上说，报告文学是新时代的"党的文学"，是新时代的社会主义文学、人民的文学。因此，中国报告文学应该把"忠诚"二字鲜明地写到新时代的自己的旗帜上。而"我"就是这样一个旗手。前进的道路上永远会充满荆棘，永远会有问题，会有矛盾冲突。也许，新时代就是新问题时代，但有"忠诚"的"我"，问题再复杂、再尖锐、再剧烈都不会迷失"导向"。

三是"厚道"的品质。这可以看作与"忠诚"有着血肉联系的重要品质。这不光说报告文学诚恳地忠实于真实的表达，更是指报告文学所承受的现实的种种误解与委屈。在改革开放进入深水区的相当长时期里，"三农"问题更加突出，城市化进程加剧了社会矛盾，社会财富分配的严重落差所带来的价值观、道德观、人生观等意识形态乱象似乎愈演愈烈。这些矛盾与突冲完全超出了"理性批判"的文学所能把握和承受的范围。虚构文学一度很机智地找到了退路：回避现实问题，绕开现实矛盾，回到"自我"小圈子和避风港里，静观等候。报告文学没有自己的避风港，只能挺在社会矛盾冲突的风口浪尖，继续履行报告文学的社会职责。或者说，中国报告文学并没有意识到需要退缩，需要回避，需要绕着时代走。这可以说就是一种很厚道的品质。我们通常所说的问题报告文学，就是应对风高浪急的现实的产物。虽然我们会反思问题报告文学的思想艺术局限，实际上同样应该高度评价的是，问题报告文学可能是当时唯一没有离开也没有想离开现实矛盾冲突的中国文学，必然承受着现实的风险，也必然不断提高抵抗被误解、受委屈等打击的能力。仅这一点，就可以看出，中国报告文学的"厚道"。何建明作品里的

"我",超越了问题报告文学的局限,却一直保持了报告文学"厚道"的品格。

注释:

① 马娜:《从〈国家〉看"国家叙述"的意义》(《中国艺术报》2012年11月5日)

② 何建明:《国家叙述和批判精神》(《文学报》2009年11月5日)

③ 何建明:《国家》第283页(新世界出版社2018年版)

④ 何建明:《以"国家叙事"书写百年辉煌》(《中国纪检监察》2021年12期)

⑤ 丁晓原:《泛政治化的非虚构叙事》(《当代作家评论》2011年第5期)

⑥ 丁晓原:《新时代非虚构国家叙事的审美之维》(《当代文坛》2022年第6期)

⑦ 余三定:《何建明评传》第181页(重庆出版社2014年版)

⑧ 马娜:《从〈国家〉看"国家叙述"的意义》(《中国艺术报》2012年11月5日)

⑨ 同上

⑩ 何建明:《共和国告急》第86页(新世界出版社2018年版)

⑪ 同上,第128页

⑫ 刘润为:《文艺上的历史虚无主义思潮》(周兵主编《历史虚无主义批判文选》第353页,红旗出版社2018年版)

# 第六章

大美乡愁

每一个作家都有自己的故乡；每一个作家都会热爱着故乡，都魂系故乡。无论故乡给作家的童年带来什么样的记忆，是欢乐，还是痛苦；是温暖，还是寒冷；是贫穷，还是富足；是蓝天白云，还是漫长黑夜；是美好，还是不幸，这一切，对一个作家来说，最后都积淀为宝贵的精神财富。没有一个作家，会计较自己的故乡。越是成熟的作家，越知道故乡的意义，越知道自己内心对故乡的依恋，越知道，他所有精神力量，都来源于他那遥远的故乡；他所有放飞的情感，都永远被故乡那根看不见的线牵引着。

何建明也是被故乡那根线牵引着。不过，他并没有远离故乡。故乡对他来说并不遥远，也可以说，他越来越有意识地靠近自己的故乡。进入新时代，何建明的报告文学有意识地把目光更多地停留在自己的故乡上。他心中的故乡，不光是童年生活的南方苏州，还扩大到整个长江三角洲地区。这是中国的鱼米之乡，是中国的一块风水宝地，中国的"天堂"，是中国最美的地方，更是作家心中的"精神故乡"。用作家的话说，故乡是"涂金的中国"。[①] 他这个时期的许多重要作品，都在描述着长江三角洲历史与现实的画卷，都在讲述着这片土地上发生的中国故事。如《那山，那水》《德清清地流》《万鸟归巢》《浦东史诗》《复兴宣言》《上海表情》《第一时间》

《我心飞扬——"华虹520精神"纪事》《南京大屠杀全纪实》《革命者》《雨花台》《我们可以称他为伟人》《江边中国》《我的天堂》《中国珍珠王》《行香之情》等。这个数量，在他的新时代报告文学创作中，占有相当高的比例。甚至可以说，他的新时代创作，就是在写故乡，写他的"精神故乡"长江三角洲。迄今为止，还没有哪一个报告文学作家，能为自己的故乡写出那么多的作品。

关于为故乡写作，何建明在《我的天堂》的序言里，讲述了自己与父亲的情感，也讲述了自己与故乡的情感："这三年里，受苏州市委的委托，我在对改革开放发生了巨大变化的苏州进行采访。而这期间，我越来越意识到这件说来奇怪却又是真实的奇妙现象——好像我对故乡的巨变与情感，完全在受另一个世界的父亲的诱导，一直到我无悔无怨地接受和重新做出选择——这选择，便是我最后决定将自己生命的后一半回归给生我养我的故乡苏州。"②

所有的作家，都会把对故乡的真实情感，化为一种永远挥之不去的乡愁。哪怕是一个以虚构见长的作家，乡愁都是真实的，无法虚构的。他可以虚构故事，虚构情景，虚构人物，但他无法虚构对故乡的情感，也就无法虚构"乡愁"。不过，从一般的创作规律看，报告文学作家更关注现实的各种具体的实在的问题，表达方式也有自己的规律要求，不大会去有意识升华如此诗意如此散文化的"乡愁"。而且多数报告文学作家并没有把重心放在写故乡上面，所以，他们的"乡愁"深藏在自己的心里，并不明显流露在报告文学作品里。

何建明可能是个例外。他创作的许多题材，都是自己家乡经济社会的发展变化，与他内心的情感，有着强烈的共振共鸣。他写的是故乡，情感自然而然流露在字里行间，随着作品数量增加，"乡愁"则越来越浓。如果说，他新时代报告文学有什么艺术特色的话，那么，乡愁应该算是最鲜明的特色，也算是最鲜明的艺术风格。他的"乡愁"不光是一种乡村情感，也同样是一种城市情感。不光写农村带着"乡愁",写城市也带着这种"乡愁"。也许可以说,这是中国报告文学特有的"乡愁"。

第一节 绿水青山之美

一种否认中国报告文学的观点,认为报告文学应该归入新闻,不应该归入文学。在他们看来,报告文学不是文学。这已经被证明为对中国报告文学的无知和偏见。由于历史发展的原因与时代现实关系的需要,报告文学通常以社会历史现实内容见长,直接就会呈现思想和主题,直接就干预生活,揭示现实问题,所有的艺术手段都围绕着内容需要展开,文体本身的许多功能反而被一定程度压抑了,没有得到展开。例如作为一种文学文体的美学欣赏功能,就一直被冷藏着。实际上,具有划时代意义的《哥德巴赫猜想》就是一篇非常可欣赏的优美的报告文学。可是,在后来的报告文学发展中,美学的意蕴,反而不很突出,更多的时候,报告文学创作者们并不重视展现。我们常常欣赏一首诗、一篇散文、一部小说,很少说欣赏一部报告文学。可见,报告文学在可欣赏方面下的功夫远远不够。也可以说,在艺术表达方面,留出了很大的空间。也许,这些客观存在的写作短板,报告文学才总是被试图排除在"文学"之外。

在小说特别是长篇小说里,风景的描写是虚构艺术的重要组成部分。小说家们常常以高度写实的态度,逼真准确地写景状物,使文字能够抵达真实的情景,写出了主人公生活行动的环境,营造了人物情感的氛围。这一点,与19世纪以来的西方风景画特别相似,或者说得益于19世纪以来的西方风景画。这些画家相信通过模拟大自然,能够抵达和抓住自然之神,也就是造物主的伟大力量和伟大精神。实际上,是通过模拟自然,把自己心中的神表达出来。越伟大的风景画家,情感越庄严,越肃穆,越有造物主之光,作品越伟大。这种艺术精神,以"现实主义"名义被小说所接受,成为现实主义小说景物描写的基本技巧,服务于小说通过写实所要达到的形而上地、理性地批判人性的目的。小说的景物描写,也具有写出"神性"的意义,写不出这种"神性",作品只能流于世俗,无法达到经典的美学的高度。因此,风景描写不光是小说家在炫技,也不光是小说的闲笔,而是具备了小说美学的品质。

景物描写看上去是报告文学直观的短板。报告文学不是一种追求形而上的文体,没有小说深层结构里所一直坚守着的"神性"。现实生活矛盾冲突最集中、最突出、最剧烈的地方,通常是报告文学目光最为聚焦所在,思考最集中所在,用笔最着力所在。报告文学始终围绕着时代的问题,展开叙述与描写。改革开放时代,以经济建设为中心,因此,报告文学所关注的都是发展问题、民生问题、社会问题以及相关的问题,所有的功能都在为这个方向的有效性展开服务。那些与这个时代任务、现实目的无关或关系不大的功能只能被关闭,被束之高阁,例如景物描写问题等。时间长了,就成了短板。

绿色发展激活艺术意识

何建明最早意识到报告文学的这个短板,并努力使自己的创作,也能起到补短板的积极作用。很长时间以来,他就在不断努力提高报告文学的艺术性。他的《部长与国家》《我们可以称他为伟人》《根本利益》等主要想通过人物形象的塑造,提高报告文学的艺术含量。进入新时代,他的报告文学艺术意识更为清醒,更为自觉,开始思考报告文学艺术表达与自然景物的关系。这种艺术上的思考与艺术上的自觉,由《那山,那水》《德清清地流》《流的金 流的情》等反映乡村振兴、绿色发展、高质量发展的作品体现得更为完整和透彻。

《那山,那水》里,作品写道:"去余村那一天,正巧是清明节,江南何时最美？那肯定是清明前后，一句'清明时节雨纷纷'的描写，将整个江南春天的美尽收笔端。烟蒙蒙雨霏霏，清甜湿润，沁人肺腑的气息拂面而来，带着桃花的味，挟着油菜花的蜂蜜甜，当然，还有时不时透过雨滴当头洒过来的暖春阳光。"③ 在描述一处名叫"老树林"的"农家乐"时，作品写道："在山深处有这一坊'老树林'，真是令人既意外又好奇。当我在此落停住下，再细观这家悬在山崖之上的农家乐的全景时，不由心潮起伏：连绵的大山，满目皆是翠竹绿林，山谷吹来阵阵清风，爽透心腑。"④ 作品描述余村的清晨："晨风轻轻吹拂下的小山村宁静而幽雅，耳边除了清凌凌的溪水流淌声和小鸟的'叽叽喳喳'声外，只有你自己的呼吸声和鞋与地面摩擦的'沙沙'声。柔和的风从脸上滑过，那感觉实在太美，太醉人了。"⑤ 这样接近散文笔法的景物描写，在这部作品里比比皆是，仿佛作家突然有了以往不常有的闲情，能够腾出手来展开个人的情怀的抒发。由此，也可以读出，这部作品虽然主题厚重，却也出现了与以往作品不同的叙述速度和语言节奏。

　　何建明新时代创作的艺术追求，与其说是个人的艺术觉醒，不如说这觉醒由时代精神所激活。中国经济发展进入了一个高质量发展、绿色发展、和谐发展的新阶段。以往更注重人与社会的关系重心转向人与自然，与环境，与生态的关系。我们向自然无节制地索取和深度地透支导致了环境生态的严重破坏，也导致了人与自然出现了紧张失衡的关系。长期下去，破坏的不仅仅是人类赖以生存的家园，最后失败和毁坏的恰恰就是人类自己。这种情况再也不能任其下去了。因此，保护绿水青山，保护人与自然的正常关系，成了社会发展的当务之急，也成了国家发展战略的当务之急。新时代的一个重要任务，就是处理好经济发展与生态环境的这对关系，还蓝天白云，还绿水青山，建立人与自然和谐共生的命运共同体。而新时代思想，正是以生态保护修复为突破口，开启了"以人民为中心"

的新时代发展思想的道路。这样的时代主题思想，在何建明的报告文学创作思想中建立起来了，也同时唤醒了他艺术追求的自觉和美学意识。

风景描写中的和谐共生文化

"绿水青山就是金山银山"这句通俗易懂的话语，揭示了时代矛盾冲突的深刻性，道出了破解时代难题，闯出一条绿色发展之路的新时代新发展的思想。一方面，是要保护环境，保护生态；另一方面经济要发展，老百姓生活水平要提高。这是一对尖锐的矛盾，长期无法解决。在我们的习惯思维里，要发展经济，就一定会付出破坏环境生态的代价；要保护环境生态，就一定会抑制经济的发展，甚至经济就得不到发展。二者之间不可调和。然而，"绿水青山就是金山银山"的思想告诉我们，既要绿水青山，又要金山银山。二者是可以和谐共生的。经济要发展，人民生活要提高，环境生态同时也要得到保护。环境生态保护是发展经济的重要一环，失去了这一环，经济发展就失去意义。没有经济健康发展，也就无法真正保护环境生态。掌握了二者的辩证法，难题是可以破解的，矛盾是可以很好解决的。"绿水青山就是金山银山"告诉我们，这不是理论问题，而在根本上，是实践问题。坐而论道只能使问题永远是问题，只有进行现实斗争，动员人民群众积极实践，难题才能破解，问题才能解决，理想才能变为现实。

《那山，那水》描写的浙江余村人民，就是痛定思痛，下决心改变原有的发展模式，探索出一条保护绿水青山，创造金山银山的新经济发展道路。这条路走通了。"余村从山到水，从空气到百姓生活，再到每一颗人心，都发生了翻天覆地的变化：每一寸土地更加金贵，每一滴水更加清纯，每一个人更加快乐幸福，村庄美若仙境，人心向善向美，到处生机勃勃，融洽美满，真正成为人和自然和谐并存的美丽村庄。"⑥ 他们创造的经验预示着新时代的方向，融入了习近平新时代中国特色社会主义思想。对报告文学来说，余村人民创造了新时代生活之美。把这种"美"捕捉到，表现出来，就能有思想创新、艺术创新之功效，何建明用《那山，那水》，把新的发展模式写出来，自然也捕捉到生活之"美"，捕捉到"绿水青山"之美。由此，我们可以看出，何建明美的追求，并非简单的文体进步，更不是简单地补报告文学写作短板，其深层内涵是"绿水青山"的内生动力起着决定性的作用。人民生活之美，带动了中国报告文学"美"的意识和"美"的品质。

探索践行马克思主义美学观

《那山，那水》的美感意识，启发了我们进一步思考马克思主义美学观。与马克思主义"反映论"的基本原理相衔接的美学观倾向认为，美是客观存在的。我国著名的马克思主义美学家，也是主张"客观美"的代表性人物蔡仪先生认为："一切事物的美都在于该事物本身。"⑦ 在他看来，美存在于自然事物，也存在于社会事物。美是客观现实在人的头脑中的反映，人的美感来自现实美的事物的触动。自古以来，哲学美学观点因哲学观点的复杂性而错综复杂，无法统一，反映了唯物论哲学与唯心论哲学在"美"的问题上的不同认识。一般来说，唯物主义哲学，都强调美的客观性，而唯心主义哲学，则强调美的主观性。

当今世界，随着现代美学的兴起，美学观点更是众说纷纭，互不相让，各行其道。在相当一个时期以来，"客观美"的美学观式微，取而代之的是"主观美"以及相关流行的美学观点。在我们这个"个人化"的年代，"客观美"的理念已经越来越陌生，似乎严重边缘化。实际上，在文学创作中，如果坚持马克思主义的思想观点方法，坚持文学反映生活的话，那么"客观美"的理念还是深深地扎根于作家创作思想之中，贯穿于文学思想和文学创作之中。特别是中国报告文学创作，一旦上升到文学美学的高度来认识，一定与"客观美"的思想理念有着更深的一脉相承的关系。

现实生活的发展变化证明了坚持马克思主义美学观，才能对现实生活的变化进行真实正确的美学表达。特别是在马克思主义不断中国化的新时代，马克思主义的美学观也将与时俱进，指导新时代文学的"美"的追求和创造。中国报告文学的美学探索与艺术思想格局的建构，最需要中国化的马克思主义的指导，最需要马克思主义美学思想的生气灌注。《那山，那水》对绿水青山之"美"的发现，对绿水青山之"美"的展示，让我们看到，中国化的马克思主义美学观正在转化为中国报告文学作家们的创作实践。

第二节　奋斗之美

脱贫攻坚是新时代最壮美的事业。为实现向全中国人民的庄严承诺，为实现全面建成小康社会，进入新时代以来，党和国家集中力量，发起脱贫攻坚战役，打通"最后一公里"，完成消除绝对贫困的历史任务。这是中国"摆脱贫困"斗争的奇迹，向世界减贫事业传递了中国方案和中国经验，值得大书特书。所有的优秀中国报告文学作家都积极奔赴脱贫攻坚第一线，用自己的作品，热情讴歌，积极反映，唱响着新时代的主旋律，写出创造新生活的奋斗美。

海与山的诗情

何建明的《诗在远方》则精心构思，用心打造，一方面记录历史现实，表现重大主题，一方面突出现实创造生活的诗情诗意。作品写宁夏扶贫办主任郭占元第一次在福建看到大海："因为他看到的大海，大得无边无际，与远方的天连在一起，那种宽阔，是壮丽，是能够让你的心胸跟着一起扩张、扩张、再扩张的，能够让你感觉自己的胸腔瞬间变大了，大到可以装下整个世界，装下人间所有的一切。"⑧ 因为宁夏西海固虽然名字也有个"海"字，却是中国最缺水的地方，也是中国最贫穷的地方。现在看到真的大海，看到了一望无际的水，扶贫办主任郭占元怎能不激动万分。因为他知道，这里的水是财富之水，是新生活之水，引到贫穷的宁夏，就能改变贫穷的命运，就能让一方富起来。他看到了希望，看到了远方的"诗"。而另一个从来没有去过宁夏的福建省扶贫办主任林月婵则看到这样的情景："我走进百姓住的那种又黑又掉土的窑洞后，揭开了他们的锅想看看他们吃什么，有没有存粮。可大多数的锅是空的，偶尔有几块已经凉了的土豆。再看看窑洞里还有没有其他存粮，但基本看不见。"⑨ 一路走过去，宁夏人民生活的贫困令这位来自相对富裕地区的扶贫干部非常震惊，也感到了福建帮扶宁夏的责任重大，意义重大。两个扶贫工作者的心情在这里形成了对比，也碰撞出思想的火花。

作品在细腻地描写闽宁镇的风土和当地群众新生活之后，发出了感慨："在一片荒凉的戈壁滩上，从习近平当年在这里划了一个'圈'之后所出现的闽宁村再到闽宁镇的过程，就是一部中国扶贫、脱贫的伟大史诗，这一史诗是中国共产党在和平时期为全世界走向人类命运共同体所创造的迄今为止尚无第二部的杰作。"⑩ 作品生动地描写闽宁协作过程中许多由福建人帮着建起来的扶贫项目。如有"世界菌草技术之父"之称的福建农林大学的专家林占熺，本来一直在非洲为当地老百姓传授种蘑菇技术。时任福建省委副书记的习近平希望他也能为宁夏人民脱贫出点力，他二话不说，马上亲自直奔闽宁村，开辟起建村以来的第一个扶贫项目。他手把手地在蘑菇棚里教农民们种蘑菇，还开发出适合宁夏生长的双孢菇。如今，菌草产业已经是当地群众发家致富的支柱产业。作品写道，闽宁镇园艺村的蘑菇种植最出名，后来全镇都推广了蘑菇种植产业。2007 年，全镇的蘑菇棚多达 1000 栋 5000 间，棚均收入 4500 元。当地人民感谢林占熺教授，亲切地称他是宁夏的"大菇爷"。闽宁协作还有一个亮点，就是福建人在红寺堡的中圈塘村开辟出大片大片葡萄园，酿制葡萄酒。经过多年的努力，中圈塘村已经种植了 10 万亩葡萄，成为宁夏非常重要的葡萄酒生产基地。作品写了一个叫常亮的酒庄老板，他是宁夏人，来红寺堡投资种葡萄，建酒庄，致了富，是闽宁协作的受惠者。作品描写道："常亮的酒庄完全是法式水平，高端又高雅，想象不出在中国几乎最贫困的'不毛之地'上，竟然有如此漂亮的现代化酒庄，站在他的酒庄凉廊上，举目一片不见边际的飘香葡萄园，身后是一个集酿酒、贮酒于一体、兼以红酒为主题的旅游博物馆、餐饮和住宿配套的城堡，让人除了感慨就是感叹。"⑪作品写出脱贫攻坚与当地人民群众摆脱贫困的关系，写出了相对富裕地区人民与贫困地区人民的共同奋斗，写出了脱贫攻坚之美。

美丽中国乡村的场景

《德清清地流》则有意挖掘"乡村振兴"之美。乡村振兴是走向"共同富裕"的乡村振兴，也是中国式现代化的乡村振兴。只有实现农村现代化，中国式现代化才能真正实现；只有坚持"共同富裕"，中国式现代化才是老百姓的现代化、中国的现代化。"共同富裕"的发展思想与"农村现代化"建设理念，互为关系，构成"乡村振兴"坚实丰厚的思想内涵。中国报告文学正是抓住二者的关系，写出了"乡村振兴"的时代风貌，也写出了"乡村振兴"的美。

浙江德清有著名的莫干山，又有著名的下渚湖，真正的鱼米之乡，被作家何建明称为，夹在苏州和杭州中间的"天堂心脏"。在这片土地上，发展经济并不难，但要发展绿色经济，实现美丽乡村的振兴，就不那么容易了，需要有新思想、新观念、新理念。作品动情地描写了德清的山之美:"德清这个地方,似乎什么都好!当然,真正让我们这些走马观花的人能够迷上德清的,恐怕还是名声在外的那些诗一样味道,风一样飘逸,又能叫你发发呆的'洋家乐'和'农家乐'。德清的每一个乡村,每一处山川,又几乎都是这样的'乐'园。"⑫德清民宿建设从规模到品质都走在全国的前列,是乡村振兴的一个样板,带动着全国的民宿发展。而德清的水,在作家笔下,更是有另一番的美:"机动船所过之处,总将一群群或在芦苇枝头嬉戏,或在草丛中觅食的鹭鸟惊扰。那一刻,湖中波浪翻卷,船头船尾鸟儿飞翔掠影,船两侧的水中是鱼儿追逐,其景其境,着实美得让人不思他事,只沉浸于世外桃源的美妙之中。湿地下渚湖有着宽阔而酥软的胸怀,绿色的水草特别茂盛,水质超好,所以大面积的湖中央,其实是天色两重:映在水中的与悬挂在苍穹上的一模一样,身临其境的游人不言自醉。"⑬在何建明散文集《行香之情》里,有一篇《万鸟归巢》,诗情画意地描写了下渚湖一带乡村特有的傍晚风光:"最先行的几小队的鸟儿在落停漾中央的那片樟林小岛后,便叽叽喳喳叫个不停,仿佛它们在为后续伙伴的到来做晚餐的准备。接着是几大队的鸟儿,在漾面上盘旋舞动几圈之后,滑行般地散落在丛林之端的一片树梢上,与先前栖停的鸟儿一起欢呼雀跃地交流着如何迎候下一波正在飞途中更大伙伴的队伍,而此时,暮色已渐浓,绿林深处像挂了一盏盏白炽灯,那是鸟儿们在为即将夜归的鸟群标识归巢的方向"。⑭作家用拟人化的手法,写出那万鸟归巢的情景,写出美丽自然界生命的声音和律动。

  德清的乡村振兴之美不光保持自然美,而且创造了自己独有的"德清样板"之美。德清建了一个地理信息小镇,开了一个"联合国世界地理信息大会",端上了"地理信息"这个好饭碗。其实,真正让德清人受益的是,打开了德清人的乡村振兴的好思路,改变了以往靠"好山好水"致富的中国乡村传统的发展模式,开始了数字经济智慧乡村的探索发展的道路。作品写道:"因为进入了'智能'和'数据'时代,德清的水也变成了一团'云'——'云'(智能)的水具有超凡的魅力和吸引力,因为原来属于地面上流动的水,现在妙手空空通过数据和视频成了管理和治理者手掌上的'云',脑海中的'云'。"⑮德清人用"云"管理着这里每一座山,每一条河,每一片湖,农民们也用这片"云",管理着自己的养殖生产。"禹越镇是德清全县水产养殖的主要基地,全镇共有 19300 亩黑鱼、青虾、甲鱼养殖水田"。"如何保护这一养殖重镇的水环境,智慧城市的'大脑'起了至关重要的决定性作用,因为他们靠它将所有养殖农户的水田全部纳入了网络化管理之中,也就是说,每一个治理点都采用了物联网技术,安装了电子探头,包括了水温、水质、气象等多种信息的采集。"⑯智能云不仅管水面,而且管到水下。作品描写了下渚湖深处的一座由"云"管理的"水下森林":"那种水下的美景,你首先感觉到是惊奇"。"你看到的'森林'——其实是沉水植物,它们仿佛见了远道而来的亲人般在欢乐舞动着,欢呼着,跳跃着,是那般摇头扭腰的兴奋与欢快;此时最让你兴奋不已的是在舞动着的'森林'中,有无数大大小小的鱼儿在穿梭、嬉闹;宛若科幻电影的画面。"⑰这座"森林"可能是全中国第一座数字化的"水下森林",自然美加上智能美,给人的感受一定不同凡响。中国乡村振兴需要高科技,中国农村现代化需要高科技,"智慧乡村"助力德清样板,"智慧乡村"也把"绿水青山"变成了"金山银山"。何建明写景不是光写个人化的感受,而是要写出"美"的灵魂。

"心机场",新意象

《流的金　流的情》着力描绘的是新经济之美。作品讲述的是四川双流利用新的航空港经济,带动新经济格局、新经济模式的区域经济发展,打造"中国航空经济之都"的故事,是中国报告文学最早感受到新时代高质量发展魅力的优秀作品。关于"航空经济"这个概念，作品有着很专业的认知："它是人类文明进入新阶段的一种经济。它是在经济全球化背景下，以航空枢纽为依托，以航空运输为纽带，以综合交通体系为支撑，以高时效、高技术、高附加值的产品和参与国际市场分工为标志，从而吸引了航空运输业、高端制造业和现代服务业在一定空间内集聚发展而形成的一种新经济形态。"[18]

简单一句话就是全球化时代的世界经济，是高质量高品质的世界经济。一座古老的带着传统农业经济风貌的小城镇双流，与这样的经济格局联系在一起，怎能放弃这个"飞起来"的历史机遇？怎能不使自己的面貌焕然一新，怎能不弯道超车，跨越式发展，赶上当代经济前进的步伐？何愁建不成"中国航空经济之都"？作品形象地描写道："智慧的双流人，其实一直在借机场'生'机场——将一个物理意义上的机场变成另一个甚至更多层面的新'机场'。这新'机场'就是生意上的机会之场。这个新'机场'，其实是双流人用心血垒筑的'机场'，简称'心机场'。""这就是双流人所创造的比人们看到的成都双流国际机场更大的机场——心机场。"[19] 现代机场与双流人创造的"心机场"在作家笔下形成了巧妙的关系，"中国航空之都"的美，就在这样的关系之中。

作品用一个"飞"字，就很巧妙地把"新机场"与"心机场"连在一起，构成一种很有意思的诗一样的象征关系，也有如神来之笔，一下子就升华了"中国航空经济之都"的丰富而华彩的意义。"新机场"描写区域经济社会发展的特点，实实在在，而"心机场"则描写双流人抓住这个历史发展机遇，让自己的心"飞"起来，向着更广阔更无限的未来，想象和设计自己创新时空，创造自己美好生活，带有非常浪漫的品质。二者之间，互为关系，能碰撞出开创历史的力量。应该说，作品意象抓得准，有特色，呈现美。

第三节　故乡之美

何建明总是会把自己内心的故乡之情故乡之爱化为优美的文字，如散文一般带着浓浓的乡情乡愁。他新时代的报告文学作品有相当数量是写故乡，写同样有着江南文化特色魅力的"长三角"地区乡镇和城市。何建明故乡的概念涵盖了整个"长三角"地区。有时候，他把自己当作报告文学作家，理性地讲述着故乡经济社会发展的故事。有时候，他把自己当作诗人、散文家，当作一个抒情的主人公，情不自禁跳出来，尽情个人抒怀。当然，他完全清楚，自己的作品，是报告文学，不是诗歌，不是散文。理性的思维与判断必须高于个人情感的表达，理性必须有序控制情感的表达。他笔下的故乡之美，始终有作家理性力量做支撑，是一种理性之美。由此，使得何建明笔下的故乡与一般诗人散文家笔下的故乡有所不同，带着报告文学写故乡的鲜明特色。

母亲河的抒怀

情到浓处，是何建明笔下的母亲河。在《那山，那水》里，作品描写了安吉的母亲河西苕溪，"没有了机器声，小舟随意地漂在河面上。四周的水波渐渐平缓，西苕溪变得像玻璃一样平，只有一抹鲜艳的晚霞涂在上面，十分美艳。然而，让我特别意识到的是：漂在此刻的西苕溪上，有一种特别的静谧感，静谧得仿佛我们长期在混浊世界里沾土披尘的世俗身子也变得轻飘起来，双耳的内膜在发生某些质变，脑神经仿佛跟着从高空下落。""而就在这光景里，我听到了鸟的叫声，仿佛在跟我对话；我看到了飘的云，仿佛是跟我赛跑；我看见了流动的水，仿佛在跟我嬉闹。我变成了大自然中的一分子，与其他动物无异——脑内原来留存的所有烦恼与疲倦，完全被屏蔽和覆盖，只有空旷的舒坦与谧怡的轻松。就在这一刻，我体会到了为什么自古人们一直都在追求'宁静致远''心如止水'的意境","自然之美,需要静"。[20]

《德清清地流》写的是浙江的德清,少不了写莫干山的生态,更少不了要写养育着一代代德清人的下渚湖。实际上,在德清,水比山更重要。"初秋才是下渚湖真正美丽的时刻,那湖水可以透到湖底,那芦花已经开始飘扬,那成窝的鹭鸟会一起高飞,甚至水中的鱼儿也想跃上岸头。这绝不是虚幻的描绘,而是我在乘船飞渡之中看到的景象。尤其是上了湖心中的鸟岛,进入鸟岛的中央,然后步入鸟林之下,抬头看'鸟世界'——那一刻,你的心才可以称得上'荡漾'和'摇曳',因为一只鸟在你头顶,有一万只鸟在你头顶,是完全不一样的感觉"。[21]

《流的金　流的情》里也写了一条母亲河:"白河是如今双流境内最被关注的一条美河——她的'身'上有太多的美,从上到下的美,从里到外的美。尤其当你走近她时,就宛若走近了梦中情人一般:她的气息,她的容貌,她的婀娜多姿,甚至透着她的甘香肌肤,令人着迷。"[22] 这段描写还显得过于诗意,接下来的描写就很具体可感了。"亚洲最大的城市湿地公园——白河两岸有平均宽度在 300 米以上、总面积达 5.64 平方千米的绿化带,还有大型的公园群。白河之水,潺潺流动,鹭鸟飞翔南北近 10 千米的河滨湿地,让你有种陶醉感、获得感和幸福感。这里似乎胜过于欧洲腹地的那种景致和情趣。最令人意想不到的是,双流人还别出心裁地以白河三支渠为主轴线,规划与建设了 9 个号称'五湖四海'的人工湖及公园湿地,总面积近万亩"。[23] 我们可以感觉到,这条母亲河,不仅有古老的自然美,而且更多体现出当代人创造出来的生态美。

何建明作品描写最多的还是我们民族的母亲河——长江。作为一个长江下游冲积平原这片富庶土地上养育出来的中国报告文学作家,对这条中华民族的母亲河与也是自己家乡的母亲河有着最深厚的情感，有一颗顶礼膜拜的敬畏之心。这是作家心中的"神灵"。所以他在新时代前后的作品里，伴随着讲述这片土地上的经济奇迹的是，不断深情赞美着自己的母亲河。

在《江边中国》里，作品写到了主人公吴栋材站在长江边上的心情："呵，这就是长江！再熟悉不过的长江了：它是吴栋材心目中的母亲河，因为这条江连着他的两个家——大江北岸的海门之家和他脚下的江南沙洲新家。长江在吴栋材的两个家之间横亘几十里之遥，中间甚至还有江心小岛。那江面波涛汹涌，一望无际，偶见巨轮在江心里也像小树叶漂荡，近处的鸥鸟飞翔在芦苇荡上，发出'吱呀呀'的叫声，伴着拍岸的浪涛声，似乎全是低婉之音。"㉔古今文学描写长江的伟大优秀作品太多了，何建明这样的描写也许还不算最出色，但想到此时有些孤单的主人公日后将在江边建起一座中国小康生活的乡村，就会读出描写内在的时代之义，很有报告文学的表现魅力。

在《我的天堂》一书里，作家的描述就精彩多了："我故乡的长江段是万里长江入海之前最为宽阔的江段，那大江之水一望无岸，奔腾不息，惊天动地，它的力量可使万吨巨轮不力自行，轻舟一日百里；我故乡的太湖、阳澄湖，平和时碧波荡漾，温情脉脉，然稍许风云，顿时千层叠浪，卷帆覆船，拍岸毁堤；我故乡的小河弯曲缓流，动情轻歌，然潮起潮落时，同样它快如鞭抽，行速如飞，令你心惊肉跳；塘水可能是温存的、静寂的，但你千万不可开堤决堤，倘若有所行动，那塘水必如脱绳烈马，呼啸长鸣。这就是我故乡之水，它充满着个性，充满着蕴力。我故乡的父老乡亲们在建设自己的家乡时，根据实际需要，将其江、湖、河、塘之水四种力量合为一力。"㉕如此描写故乡的江河湖塘，写出一种独特的力量，在何建明文学作品中并不多见。这可是作家深刻解读故乡内生动力，深刻认识故乡创造力以后，从内心迸发出来的一种壮阔之美，烘托着作品强大的主题强大的气势。

《浦东史诗》和《复兴宣言》写的都是新时代的上海，写的就是上海的母亲河黄浦江两岸的故事。而黄浦江是长江入海之前最后一条支流，是中国长江的一部分，是大上海生命和力量的源泉。因此，作品写的是上海的故事，抒的是伟大长江的情怀。《浦东史诗》描述道："千年的'浦东'与'浦西'，一个如沙，一个似水，沙水不分，形影不离。浪来，沙沉水涌；潮退，沙凸水隐，卿卿我我，亲密无间，尽情享受着自然界的欢愉与豪放。大东海的广阔海滩，是它们的伊甸园；满天鸥鸟飞鸣，是它们畅快戏耍的乐符，云霞翻转如彼此传递的情书，可谓海阔天空，情投意合。"[26]《复兴宣言》则有一段文字写到今天的外滩："新的滨水区环岸，其设计一改以往的'围栏'式屏障，而是采用向江面伸延平台装饰，既宽敞，又与黄浦江水贴近，拉近了观者与水面及来往的轮船之间的距离，浪漫而惬意，尤其是江面上飞翔的白鹭鸟从游客头顶掠过那一瞬间，总会引来一片惊喜和欢笑，给外滩带来真正意义上的'江岸风情'。"[27]《上海表情》里，作家写道："近两年来，我比任何一个上海人都专注着紧贴黄浦江，每天想深情地拥抱它，因为它已经如同我身体中流淌的血液一般，如果它流动，我的血也流动；如果它激情澎湃，我也激情澎湃。"[28]

父重如山的歌

与母亲河相对应的，何建明故乡情怀的另一个关键词就是父亲。父亲这个形象作为故乡的象征，与母亲同样重要，也赋予了乡愁的意义。何建明在他的作品中多次写到自己的父亲。在《江边中国》里，何建明写到了自己的父亲是常熟乡村的一名大队支书，改革开放初期就在村子里红红火火地办了两个集体企业，一个是绣花厂，一个是眼镜厂。虽然不算是像吴仁宝、吴栋材那样的乡村政治家，但也是苏州农村致富的一个领头人,是最早的中国农村改革的见证者和参与者,对中国改革开放也有着深刻的认识,尽管他平时关于这个话题,说得并不多。在《我的天堂》里,作家再次写到了他的父亲。而这个时候,作家写的是临终的父亲。和所有的人一样,父亲与儿子之间似乎跑不出关系紧张的怪圈。然而,在这个时候,所有的过往,都成了人生最美好的记忆。作家写终于与父亲同睡在一张床上。父亲靠在他的背上睡着了:"与父亲背贴背的感觉真好!它使我真切地感到什么叫儿子,感到父母为什么都希望有个儿子,同样也感到了父子之间的血肉之情。"㉙作品把父子之间动人的情感升华到对故乡的情感:"每次深入采访,每次重新踏上这片充满活力、生机的土地时,我感到生活在这里,做她的儿子,为她服务,为她添彩,是一件多么幸运而幸福的事。"㉚何建明的散文集《行香之情》中《父亲的体温》一文,写父亲离世多年,他还能感觉老人家身上的体温:"那是热血在从一个人的身上传流到另一个人身上,从上一代人传承到下一代人血脉里。那是一种精气的传承,一种性格的传承,一种文化的传承,一种魂魄的传承,一种世界上无法比拟和割舍的父子之情的传承。"㉛此时的情感,超越了父子之情;此时父亲的形象,有了象征的意义,化为故乡朴实无华的,高山一样的美。父亲形象存在于何建明创作之中,虽然笔墨并不多,情感分量并不轻,大大增加了作品的情感分量,也大大厚实了何建明的故乡书写。

第四节 城市之美

方兴未艾的"城市传"

每一座城市,都有自己的美。现代建筑,使每一座城市看上去都变成千篇一律的水泥森林,所有的独特之美似乎都藏在这巨大的

"森林"里。好在还有文学，能写出不同城市不同的美，让我们感觉到美的存在。文学必须恢复每一座城市里的特色，表达不同特色的乡愁。这说明，每一座重要的城市，都是一个巨大的宝库，为中国当代文学提供丰厚的创作资源，都有自己的城市文学。一段时期以来，这种城市文学意识，提醒作家们回望城市的历史，书写城市的过往，于是所谓的"城市传"写作开始流行起来。的确，"城市传"的写作，更多得到改革开放时代的城镇化进程的启示和推动。每一座城市都在发现自己的发展规律，寻找自己的发展特点，形成自己的发展优势，创造自己的城市文化。城市发展变得丰富多彩，千姿百态，城市有了自己独特的整体形象。时代信息被敏感的作家们捕捉到了，感觉到必得用庄严"传记"形式，才能写出一座城市的分量。于是，出现了"城市传"的创作现象。目前我们读到的较有影响的如《广州传》《北京传》《南京传》《深圳传》《成都传》等，而且，这个题材的创作还将会流行起来。

简单梳理这些城市传的写作，可以得到几个明显的认知。其一，总体上是历史文化散文的延伸。现代化进程帮助我们更加深刻认识和重视自己民族国家的历史和文化，也就出现了散文创作向历史文化纵深挖掘，突破了以往散文小情小调的格局，给中国散文发展带来了创新。这样的散文创作思想，也在"城市传"的创作里得到实践。因此，"城市传"也可以当作城市大散文来读。其二，作家的创作首先需要依赖大量的历史材料。因此，案头的积累与案头的功夫特别重要。作家必须对一座城市的历史了如指掌，如数家珍，心中有数，必须有历史学家的历史见识，哲学家的理性思辨，文学家的情感想象。从目前创作现状看，只有为数不多的作家能够达到如此思想高度。其三，当前流行的城市传更看重的是一座城市的历史文化，风土人情，更看重从历史文化中感受历史的力量和乡愁。事实上，一座城市的文化，是由城市自身的生存斗争积累起来，创造出来的，离开了生产力与生产关系，经济基础与上层建筑的矛盾冲突关系，就不可能有自己的文化。其四，虽然有大量历史资料支撑，但作家通常仍然以个人的眼光来观察城市生活，描写城市的人生，感受城市的魅力，是一种很有作家个性色彩很浓的关于一座城市的文学表达。因此，可以看到"城市传"的长处，也可以看"城市传"的短板。本来很庄严的"传记"形式，在这时常常失去了"庄严"性、肃穆感。

报告文学当然也要写城市，不过，报告文学的城市有自己的方式，有自己的特点。从何建明的创作看，报告文学至少有几点与"城市传"拉开了距离。一是"城市传"重"旧"，向后看，写出历史文化的魅力和文化之美。而报告文学重"新"，要看到城市的变化与发展，看到城市更新的现代化进程和人民生活的进步，写出更新之美。二是"城市传"写作靠历史资料，越齐全越丰富，可能就越厚实。直到目前为止的"城市传"，都是资料大于现实的写作，缺的就是活生生的生活。而报告文学靠资料，更需要有血有肉有筋骨的现实生活。这方面，作家不可能重点依靠历史资料，必须深入生活，走到城市发展更新的第一线去，拿到真正的第一手资料。越是深入生活，才越能抓住一座城市发展的灵魂，才越能写好城市。三是"城市传"的写作更尊重作家的表达个性，更尊重作家对一座城市的个人想象。"城市传"看上去更像个人化的产品。而报告文学作家除了有自己的独特感受外，还必须使自己的叙述具有"国家叙述"的内涵和意味，要有自己明确的问题导向和思想主题。报告文学作家不必过度想象一座城市，而要更多看到城市经济社会的实际变化与发展。因此，"城市传"向后看，报告文学向前看。"城市传"重想象，报告文学重真实。成熟的报告文学作家通常都是写"传记"的高手，却很少选择用传记的形式为一座城市立传，但并不意味着报告文学没有自己的"城市"意识。

报告文学的城市意识

何建明的"城市意识"是到了新时代才更加明确,并且更多地把目光对准长三角的城市,写出城市的美。《德清清地流》虽然描写的是一座小城市,却表现出大气象,特别是看到了城市管理和治理的网络化、数字化,用"云"管山管水,管河管湖,管农业生产,管经济发展,完全是一座"云"的城市。抓住了这一点,就抓住了一座城市向现代化转型的特色和方向。这种"云"端上的美就是德清这座绿色发展的小城特有的魅力,是中国式现代化的美丽呈现。

苏州这个作家魂牵梦绕的故乡,作家为此倾注了浓厚的情感。他写出了这座古城的传统文化乡愁,更是要写出这座城市改革开放的历史,写现代化生活之美。《我的天堂》就是一部全方位描写苏州30年来经济社会发展的优秀作品,完全可以当作走向现代化的"苏州传"来读。在后记里,作家说:"苏州真的是中国改革开放30多年最具地区特色的发展模式和中国特色社会主义现代化的伟大典范。她今天的全面建成小康社会的形态正是我们中国人未来十年二十年之后所要实现的目标!苏州是人间天堂,改革开放30年后的苏州,更是人间美丽的天堂。她是我的天堂,也是你的天堂,是我们所有中国人的天堂。"② 而他新近创作完成的报告文学《万鸟归巢》则是写一群有理想有抱负的"海归"们在苏州工业园落户创业,创造了一个新苏州的故事,较之古老的苏州,完全是另一种气象。也许,历史之美和现实之美才构成这座现代化都市的无可替代的乡愁之美。"如今的苏州工业园,与其说它像个大工厂,不如说它像个大公园——这里每亩面积的经济总量在全国数一数二,但你置身其中却看不到什么厂房,因为几乎所有与工业有关的房屋都被掩在绿荫环抱之中,鲜花簇拥之间。目之所及皆是连片的绿化丛林和湖水河流,宽阔整洁的马路——不见尘埃且畅通无堵,两侧百花争艳,赏心悦目。偶见几栋高层建筑,不是体育馆、科技馆,就是美术馆、艺术中心、博物馆。或是儿童游乐园、图书馆、咖啡书吧等,在寸土如金的姑苏城,开辟出这般自由舒适,如诗如画的花园式家园,你还能在世界上找出第二个与之媲美的地方吗?"③

大上海情怀

何建明写得最多的要数上海。这座现代化的东方国际大都市,一个多世纪以来,在中国举足轻重,在世界也是举足轻重。进入新时代,上海以更加开放的姿态,面向世界,不断开拓进取,创造了辉煌的业绩,更加吸引着世界的目光。上海的形象,就是中国的形象,就是中国走向世界的形象。这样一座国际大城市的题材,却在一个相当长时期里,没能得到报告文学的充分描绘和表现,这个题材的优秀作品一直很少。进入新时代,何建明以一部《浦东史诗》宣告了新时代中国报告文学"上海"题材创作的突破,也表明,报告文学必须"啃"下"上海"这个题材的硬骨头,创作"上海"题材的优秀作品,塑造出"上海"的新时代文学形象,报告文学才算尽到了自己的时代责任,报告文学才能够与我们时代相称。自《浦东史诗》以后,何建明显然更加意识到,"上海"题材的极端重要性,也找到打开"上海"题材的一把钥匙。因此,更加主动地围绕着"上海"做文章,接着写下了《革命者》《第一时间》《上海表情》等作品,从多个层面描写展开上海这座城市经济社会的形象。其中,《革命者》写出了上海的共产党人用生命和牺牲铸就了中国共产党的初心与灵魂的伟大城市精神,是当代中国红色题材的经典性作品。而另一部具有经典品格的作品,则是《浦东史诗》的姐妹篇《复兴宣言》。

《浦东史诗》的一个鲜明的特点是写上海的高度。浦东那几座地标性高楼的描写让人印象特别深刻。如"'明珠'先亮"一节写道:"如果今天站在浦西的外滩往浦东看,尤其是晚上,第一个抢眼的景致,仍然是那颗'东方明珠'。""她在浦东的群楼之海中格外高挑、异常光艳、特别美丽,就像一群美女中的'模特',其姿其颜其神态,肯定分外出众。468米的高度,既是20世纪90年代之前上海有史以来的最高建筑,也是浦东最早名列'世界之高'的一大奇景,在世界著名电视塔中一直占有重要地位。"㉞在"'金茂'通体流着金光""'森'的伟大,死得不朽"等节里,重点讲述了当今雄踞陆家嘴的地标性建筑建造的曲折过程。作品更愿意用"高度"来体现浦东建设者们的先进思想和创新精神,突出上海在中国,在亚洲,在世界的影响力。《复兴宣言》则在第一部"江河造梦"就鲜明地表现了上海的宽广丰厚,突出了上海的现代化的城市更新,美化了传统的上海外滩,治理了苏州河,而且沿着黄浦江,开发了一个更加美丽的新外滩,表现了上海现代城市更新的大手笔,大格局,大境界。作品全方位细腻地讲述了上海现代更新从顶层设计到具体方案的安排,从城市精神的展现到具体理念的实践,从更新大方向到具体细节的落实,无不体现出"人民城市人民建,人民城市为人民"的新时代城市更新的精神,无不为了展示大上海的中国之美、东方之美和世界之美。特别值得一提的是北外滩的开发和苏州河两岸的改造。这两个地方,一个是传统的码头区,已有百多年历史,为上海的开埠以及外滩的发展繁荣做出了历史性的贡献;一个是上海的老工业区,曾为新中国的上海工业产业,为改革开放中国制造业大国奠定了厚实的基础,是上海工人阶级的诞生地,也是上海先进思想的诞生地。然而,由于历史的各种原因,这些地方如今都老旧了,破败了,落后了,衰萎了,甚至沦为快速发展的特大城市的一个沉重的包袱,也成了一块难啃的硬骨头。然而,上海的几代决策者们知难而上,把上海工人阶级的精神转化为新上海发展的内生动力,坚决啃下这块硬骨头。今天,这些地方已经成为上海新的经济增长点,上海现代城市更新的亮点，上海现代化的高光样板。"尽管前进道路上依然有坎坷与艰险，行走在中国特色社会主义道路上的上海一定将民族伟大复兴的旗帜高高举起，并成为全中国全世界最瞩目的地方。"㉟可见，何建明写黄浦江两岸之美，写上海城市更新之美，看上去写风光美景，其实具有现代先进思想和现代化实践的内涵。也许，这就是报告文学作家心目中要书写的"城市传"，而从发展的先进思想去书写城市，应该就是报告文学的"城市传"的独到之处。坦率地说，不是报告文学作家，写不出这种"独到"。

第五节　情节之美

《生命第一》的独家情节

何建明的报告文学作品里，有许多精彩的故事情节，构成何建明报告文学大美叙述的有机组成部分。报告文学《生命第一》描写了许许多多人民解放军、武警部队官兵从地震废墟中抢救受灾老百姓的故事，十分感人。其中有一个故事一般的作家并没有太注意，也很少写到，而何建明却抓住了这个独家的情节，展开描写：在都江堰风景区，有条观光索道，地震时突然停电，缆车停止运行，有12名台湾游客和两名导游分别关在几个吊厢里，被悬挂在半空中，等待救援。游客年龄都超过60岁，最大的已经73岁。长时间等不到救援人员，受困者们又饿又累，加上余震不断，钢索随时都可能晃断。每个吊厢的人都极度恐惧，四处呼救，声嘶力竭，整个山谷都响着呼救声。然而，这个时候天空又下起大雨，周围一片漆黑，受困者开始出现精神变态情况，个别人精神出现崩溃，吊厢里的人开始互相不信任。个别人看求生无望，精神错乱，反而有轻生倾向，情况非常危急。突然，一道灯光射了过来，原来是武警消防队赶到了。由于索道电力系统被全部切断和破坏，加上吊厢悬在几十米高的空中，消防队员几次营救都没有成功。雨越下越大，吊厢在风中不断摇晃，余震随时都有可能再次出现，危险一点一点加大，所有的被困者都几乎绝望了。消防队员更是着急，不断向受困者喊话，鼓励大家要有信心，一定会得到营救。一直等到天亮，大家群策群力，想了各种方法，最后让一名战士利用一台修理滑车，慢慢接近吊厢，救下了第一个游客，接着救下第二名，第三名。可惜还是有一名游客精神错乱了，等不到消防队员滑到他的吊厢，自己打开吊厢门，纵身跳下，落到密林里，不幸身亡。整个过程变化莫测，跌宕起伏，丝丝入扣，十分揪人。这个故事在整个抗震救灾中只是一个小小的插曲，但救的全是台湾同胞，加深两岸一家的亲情，社会效果特别好，意义也不一般。

《爆炸现场》的叙事节奏

《爆炸现场》的故事情节同样扣人心弦。作品一开头就真实报告了"天津港大爆炸"的威力，相当于超过17万颗手榴弹同时爆炸的力度，并且引发了几千辆汽车和几千个集装箱的爆炸。何建明的任何一部作品，开头都非常讲究，能够一下子把人的阅读兴趣提起来。《爆炸现场》也是这样，先从读者最关心的爆炸威力与惨烈入手，再一步步展开故事情节。进入叙述主体内容后，我们会很快发现，这部报告文学并非故事调查，也不重在追究事故责任，而是写那些处在爆炸现场的人们——消防队员们。写他们的灭火，写他们的牺牲，写他们的精神。一开始，得到报告的是，滨海新区瑞海公司的危险化学品集装箱发生爆炸，引发火情。虽然此时爆炸威力并不大，却也不是一般的火情，因此，天津消防总队高度重视，立刻向离滨海新区最近的四个消防中队发出命令。四个中队的消防队员带着大批消防设备赶赴现场，投入了灭火的战斗，而此时，真正的大爆炸发生了,现场的四个中队的消防队员瞬时被卷入巨大的火海之中,惨烈的牺牲就这样发生了。作品通过采访幸存者,写到了一位叫钢子的消防战士牺牲的过程:"爆炸前我看见杨钢正在倒车。后来就突然爆炸了。我被冲出了好远,身上着了火。回头再看我们的车子时,已经面目全非,边铁皮都着了火,烤得红红的。"㊱"钢子"就是正在车辆上的消防战士杨钢,没来得及逃离大火。他是这场大爆炸最早确认的牺牲者。令人动容的是,这一夜,有一百多名消防队员献出了他们年轻的生命。

烈士们的牺牲在一瞬间,英雄品格却有漫长的成长经历。作品描写的就是这些英雄们在和平生活中的故事。他们都是普通的干部战士,和我们所有的人一样,过着油盐酱醋,普普通通的生活,和我们所有人一样,有着欢乐,有着烦恼,有着幸福,也有着痛苦。但是,他们有自己的责任担当,有自己的意志品质,这又和一般普通人不一样。在紧要关头,他们才能毫不犹豫,挺身而出,敢于牺牲,战胜困难。读这样的作品,悲壮之美油然而生。

《国家》的神来之笔

《国家》的许多感人的故事情节,也是作家独家采访得到的。一场史无前例的国家行动,碰到的困难也是前所未有,一定会产生许许多多可歌可泣的故事。其中有一段情节出人意料,特别感人。

"利突边境,上演万人方队"一节描写的是国内派到利突边境指挥撤侨的工作组组长费明星怎样在一夜之间把几千名中国工程人员组织过境的故事。他到达利突边境时,才发现,有几百名中国公司的人员,护照不是被当地歹徒抢了,就是离开得太匆忙把护照搞丢了,只能找利比亚边境的最高当局想办法。对方提出了极为苛刻的条件,必须中国政府发放的临时文件上贴上每一个中国过境者的头像,才能允许过关。这就把费明星难倒了,边境地区哪里能拍照而且还要洗出来贴在文件上。好在利比亚边境能提供数码照相机,可出照片得到很远的小镇,第二天才能取。所有的人只能在边境过夜,度过寒冷的一个晚上,等到天亮,总算解决了问题,所有中国人都按利比亚要求,拿到了文件。此时,费明星接到大使馆的通知,将会有几千名中国人向这个方向集结,必须保证他们安全过关。等大队人马到达,他按照事先设计好的方案,每400人组成一个方队,把中国公司的领导们放到各个方阵当领队,在总指挥费明星安排下,有序过关。

然而,意外的事情还是发生了。有几十个中国公司人员没有护照,过不了关。费明星这次找经办的海关人员,表明自己的中国外交官和撤侨领导人身份,提出在特殊情况下,请利比亚方面放行。利比亚官员表示理解,也愿意配合,但他们提出,怎样证明这些人是中国人?情急之下,费明星脱口说,他们都会唱中国国歌。只要他们会唱中国国歌,就是中国人。利比亚官员采纳了中国外交官的意见,于是,中国人排好了队,唱着《义勇军进行曲》,昂首阔步经过了利突边境,看见突尼斯境内接应的中国人员手里举着的国旗。此时,每一个中国人热泪盈眶,深感祖国的伟大,深感强大的国家与每一个海内外中国人生命关系,深感一个得到全世界尊重的强大国家,会带给每一个中国人最大的安全感。这个细节捕捉到,像一道亮光划过长空,照亮了整部作品的主题。

这一笔,可谓《国家》叙事的神来之笔。

《我心飞扬——"华虹520精神"纪事》的温情插曲

作品讲述了一个由华虹集团科学家陈寿面率领的团队在比利时的鲁汶向 IMEC 公司学习的故事,算是作品叙事的一个插曲。何建明的作品,各种插曲比比皆是,就像毛细血管一样,使"国家叙述"充满了生活的活力。

比利时的 IMEC 公司是世界芯片设计的顶级公司。它看好中国市场，同意与华虹集团合作。合同签完后，才发现，华虹集团很难找到几个能够同 IMEC 工艺设计师一起参与研发的中国芯片专业设计人员。只有陈寿面在 IMEC 工作过，对芯片设计较为专业。陈寿面是国际半导体行业谁都想抢要的大专家。他来华虹工作的条件是年薪要比董事长高一倍。华虹毫不犹豫就满足了他开的条件。现在华虹又花高昂的学费，让他带队去 IMEC 公司学习芯片设计工艺。然而，这些中国的"理工男"们到比利时鲁汶一个星期，都不知道怎样接触老师，着急得不行。

领队陈寿面把大家招集到酒吧，把自己的经验传授给大家。第一件事先学会当地的语言荷兰语；第二是把身上所有的"零花钱"拿出来，请人喝啤酒。大家一下子开了窍，按老师的指点，各显神通。其中一位"理工男"很快和当地的一个女研究生交了朋友。两人除了谈恋爱，什么都谈，很快成为好朋友。他们一有空就去泡酒吧，一边喝啤酒，一边和周围人交谈，学生活用语，学当地人的俗语，交当地人朋友。鲁汶整个城市实际上就是一所大学，来酒吧的不是学者教授，就是研究人员，大家在一起交流很深入，学会了语言，就能融入这个群体，"这里的喝酒聊天其实充满着学术火花的撞击"。

很快大家过了语言关，又过了交际关，融进了 IMEC 团队，才发现，所谓的学习，就是让你学会合作。老师们只在最关键的时候，最难的地方指点你，提醒你，其余的，全靠你自己。中国的"理工男"们都是"学霸"，一点就通，一学就会。所有的人都满载而归。

《石榴花开》的边陲风情

《石榴花开》以各民族人民和睦相处，守护边疆为主题线索，讲述了一个个生动的故事，写出了边疆自然之美，写出了社会人情之美，写出了各族人民像石榴籽一样紧紧拥抱一起，开创新生活之美。

塔城不算大，也不算富，老百姓收入不算高，摆脱贫困的斗争还艰巨。但这座城市对边疆稳定，国家安全来说，却非常重要。历史上曾经受过严峻的考验，在今天"百年未有之大变局"中，位势也变得非常特殊。生活在这里的各族人民，不仅要艰苦地创造自己美好的生活，而且还要参与承担起稳定边疆，保卫边疆，维护国家安全的重任。特别的地理，特别的现实，特别的风土，特别的文化产生了特别的故事。

　　在塔城，多民族人民生活在一起，互相关心，互相帮扶，和睦融洽，不分彼此。如果不是工作需要说明的话，很少有人谈论你是哪个民族，我是哪个民族。不管他们属于哪个民族，向内地来的客人介绍，都会先说自己就是塔城族，"塔城的塔族"，虽为当地百姓对自己的俗称，却真实反映出当地民族团结的文化共识，以塔城为荣的生存状态和精神状态。作家何建明捕捉到这样的生活细节，一只摇篮邻里轮流用，谁家孩子用完了，别家的孩子接着用，就这样，先后养育过27个不同民族的孩子。一个农家小院升国旗，维吾尔族、哈萨克族、蒙古族、回族、达斡尔族、汉族的群众拥挤在一起，唱着国歌。不同民族的人组成同一个家庭的情况非常普遍。许许多多的细节构成了鲜为人知的"塔城现象"。如哈萨克姑娘韩莲。韩兵一家四代，八十三口人，就是由汉族、哈萨克族、维吾尔族、回族、蒙古族、俄罗斯族、塔塔尔族等七个民族组成的大家庭。爷爷是汉族，奶奶是哈萨克族，从那个时候起，老韩家的儿女们选择配偶，不分民族，只讲爱情。家庭发展越来越兴旺，日子过得越来越幸福。作家讲完这个故事，不禁感慨道："新疆能够在新中国成立之后的几十年间一直稳定，民族之间保持凝聚团结且在任何时候都无法将之动摇、分裂的原因，就是有千千万万的'老韩家'，支撑和编织着一张民族大团结，爱国又爱党的社会基础网。"

　　《石榴花开》进而描写塔城人民的质朴情感。他们爱自然，爱家乡,爱生活,爱和平,而摆在这些爱的第一位的是对祖国的大爱。作家何建明在作品里写到一个采访感受,那就是边疆人民群众的边境意识、国家意识表达得特别鲜明,特别强烈,特别突显边疆人民的个性。祖国在他们心中至高无上,国家意识已经融入他们思想精神中,性格血脉中,构筑了他们的基本价值观、人生观、道德观,融在他们生活的方方面面,点点滴滴。第四章"国旗者说"里,75岁的维吾尔族老汉、共产党员沙勒克江在2009年乌鲁木齐"7·5"严重暴力事件后,看到敌对势力如此猖狂,公然妄图分裂国家。他心里非常着急,一心想为国家做点什么。经过思考,他决定每天在家的小院子里升国旗,让周边的老乡们都来参加,培育每个公民的国家意识,增强热爱祖国,反对分裂的社会凝聚力。为这事,他开了好几次会议,得到全家支持。把这个想法和有关部门说,更是得到支持。10月1日那一天,他在自己的小院子举行了第一次升旗仪式,村里各族群众都来了。条件比较简陋,但升旗仪式庄严肃穆。从那天起,每当太阳升起的时候,五星红旗也从他的小院里升起,国歌也响起。十几年了,每天都这样,从不间断。第十五章"那对夫妻,那片疆土"里,边防护边员魏德友夫妇的事迹感人至深。20世纪60年代,退伍军人魏德友带着妻子和一批复员军人来到塔城萨尔布拉克草原的一片边境"无人区",开垦这片土地,居住下来,开始了屯边戍边的生活。他们在这里建哨所,一守就是58年。当年守边生活物资给养全靠自己屯垦放牧。魏德友凭着自己年轻体力好,总算把日子过下来,把哨所、执勤点建起来,经历了边境冲突的紧张日子,更多的时候,是暴雪的日子,风雨的日子,孤独寂寞的平凡日子,这一守就是58年。祖国安宁了,祖国强大了,魏德友变成了白发苍苍的老人,妻子背都驼了,越发矮小了。他们把青春年华都奉献给祖国的边疆。他们心中永远只有一个坚强而朴素的信念:爱国守边。正是国家意志,国家的使命,支撑着他奉献一生。如今,他成为"感动中国"的人物,接受了习近平总书记为他授予的"七一勋章"。

塔城人的爱心与善心非常单纯,非常执着,非常无私。第六章"老兵,你让我流泪"一节写曾经是边防部队一名战士的张秋良,转业回乡后,带着新婚的妻子,重新回到边疆,在戈壁滩上民族村子里安家生活,为的是照顾七位牺牲在这里的战友,为的是一个庄严的承诺。日子过得很艰难,但每到国家的节假日,他都会和妻子穿越戈壁滩,来到烈士墓前拜祭,放几根香烟,几杯酒,烧点纸,拔拔草,说说话。四十年来风里来,雨里去,从不间断。改革开放后,他承包了村上二百亩荒坡地,带着全家开荒种植,把粮食变成钱,然后出门寻找战友的家庭地址和亲人。如今,烈士们的亲人都找到了,这座坟茔也成了一座英雄的丰碑。一生守护英雄的张秋良事迹到处传扬。新疆边陲小城的生活,构成作品独特的风情魅力。

《行香之情》的"飘香的文字"

"飘香的文字"这个说法出自何建明的长篇报告文学《茅台——光荣与梦想》的一篇创作谈。作家介绍自己因为不会喝酒,所以一直不敢写茅台。直到他找到了一种飘香的文字,才敢放开写。他认为必须用一种能够飘出美酒香味的文字,才能描写出我们民族第一品牌茅台酒的美,才能传递出"琼浆玉液"醉人的芬芳。"这时的我,看到了制酒人的汗水与弥漫在车间里的蒸汽融在一起,然后相互渗入,相互配味,而最后飘洒到我面前的是一种异样和独特的酣香"。[37] 这是一种劳动的味道,何建明认为,把这味道写出感觉来,文字也就飘出香味来。这部报告文学作品继续表达着作家对文字优美艺术追求的明确意识。

何建明的散文更是表现出"飘香文字"的理念。何建明把大部分精力都用在报告文学的创作上,却也有一些散文随笔和诗歌的创作。散文随笔写作不算多,集中在《行香之情》这部散文集里。相较于何建明"国家叙述"的报告文学创作,其散文创作更多地流露着个人的情绪情感情怀,文字也倾向感性优美,其间有不少作品就像一股淡淡的花香飘在字里行间,真可谓"飘香的文字"。

《"疫"中小夜曲》写隔离在上海大宾馆里的作家,寂寞中发现一群饥饿野猫。平日里,它们并不愁吃。可在这个特殊的"抗疫"日子里,它们突然失去了食品的来源。十几天里,肯定有同伴饿死了,能扛过来的也一定饿得不行了。这个时候的作家,每天都省下自己的口粮,与小猫们分享。有时食品不够,就去向服务员多要。人家很不明白,有糖尿病的作家为什么还敢吃那么多东西。几天的喂养,产生了一种危难之中相依为命的情感。何建明很少写这种小情小调,可这篇作品无意中成了一篇散文精品,一篇飘着人性芬芳的美文。

《雨花台的那片丁香》写革命年代一个叫丁香的女革命者的故事。我们在长篇报告文学《雨花台》读过这节英雄诗篇,而单独拿出来和散文放在一起,似乎更有散文特有的诗意和情调。情调有些哀婉且飘来淡淡的香气,如月夜丁香一般。《永远的"铁姑娘"》《母亲有泪光》《老宅过新年》等的主人公都是母亲,一个平凡的乡村女性,一个坚忍的女性,一个充满爱的女性。她从一个"还不错"的家庭里,嫁给一个何姓农民,在那个时代,成了一个"铁姑娘",支撑起这个家。一生可能平淡无奇,身上却有着中国乡村女性生活的力量。作品飘过来的是乡愁浓浓的香气。《山海间那只美丽的飞鸟》诗意赞美了一位扶贫办的女干部。她长年在福建和宁夏之间飞行,为的是建好福建对口帮扶宁夏的通道,把福建人民的情谊带给脱贫攻坚一线艰苦斗争的宁夏人民,被称为"闽宁友好使者"。她后来得了重病,脑子糊涂了,忘记了人生好多大事,却永远记得宁夏的那一件件事。这是当代一个共产党人身上特有的精神芬芳。

第六节　政论之美

政论在报告文学创作中运用得相当普遍，是报告文学重要的艺术手段。好的政论不仅为主题的表达起到画龙点睛作用，而且反映出一部报告文学作品的思想成熟程度和思想品格。一个作家思想的成熟与否，作品格局大与小，品质高与低，总是会从政论体现出来。因此，报告文学的政论考验着一个作家的历史观、价值观、道德观、政治思想、社会思想、艺术思想和思维能力。只有那些对一个国家一个民族的发展，对世界进步大方向有着深刻认识的作家，才能写出好的报告文学的政论。政论是一个成熟的作家掌握报告文学这一文体的特有方式，某种意义上说，似可与小说中的闲笔媲美。

强调主题的政论

何建明新时代报告文学的政论理性思考了新时代，新生活。在描写了余村人民开创的绿色生活之后，何建明写道："我们应当感谢大自然，感谢'绿水青山就是金山银山'的指引，感谢人民。正是这些再造了中国又一个'天堂'。这个'天堂'就是人民与自然、健康、幸福、美丽、富有及自由相融合的家园。"㊳ 面对德清这个美丽乡村的高光样本，何建明议论道："'德清样本'是概念：解放思想，勇于改革的先锋，创造和创新的标杆，社会治理和人民幸福的范例。'德清样本'是行动：你把心倾注在一个区域的社会发展的方向与现实上，你把情挥洒在一片热土的建设和谋划上，你把汗水浇灌在为人民大众谋福祉的第一件事情上。'德清样本'其实更是对未来和现实注入新行为、新思维、新方式、新效果的全新生活方式和管理模式，它是未来的我们和我们的未来。"㊴ 关于"闽宁"协作，何建明感慨道："这'山'与'海'的经典携手，其中皆因一样至高无上的东西存在于它们中间，那就是情怀，或者说那就是祖国与人民、领袖与人民、人民与人民之间的情怀。""呵,这就是我们想看到的情怀!伟大时代造就的情怀!没有比这样的情怀更鼓舞和激励人的潜能和力量了!没有比这样的情怀更可以创造出人间奇迹的了!"⁴⁰

红色历史的政论

在革命历史题材作品创作中,何建明的政论带着深深的敬意:"一个具有崇高精神境界的人,必定胸襟坦荡,理想远大,从不追求个人名利,鄙视物质享受,从不被任何东西诱惑,将伟大之爱献给普天下大众,把热情与激情挥洒在有意义的工作和事业上。所有真正的共产党员就是属于这样的人。"⁴¹"一个国家和一个民族的发展与崛起,有的人是用一生的努力与奋斗在为此做贡献,而有的人可能就是用了很短的几年、几个月甚至几天为之贡献。然而后者往往是用短暂的生命在为一个国家和一个民族的生存和发展,或者说为了其他多数人的幸福与安宁,毫不犹豫地献出自己宝贵的东西——生命。他们就是躺在纪念碑基底下的英烈。"⁴²"当我脑海中涌现出上海这座城市的每一条车水马龙的街道与风驰电掣的高速通道,及滚滚东流的黄浦江和潮起潮落的苏州河时,便会发出无限的感慨:假如没有他们,没有他们昨天的奋斗与牺牲,假如没有他们,没有他们昨天的挣扎与起义,假如没有他们,没有他们昨天的爱与恨,今天的上海,今天的中国会是什么样呢?我们大家又会是什么样呢?"⁴³

哲理思考的政论

还有许多政论具有哲理性、思辨性:"在航海世纪,谁的船开得远,谁就能享受财富与自由,使欲望得到满足。航空时代不再一样,它使人类之间的隔阂、距离都发生了变化,便没有了中心。为什么拥有平台与翅膀——机场与飞行器,谁就将是世界与命运的主宰者,谁就将是真正的王者。""人们没有航海世纪,但必不错失航空时代"。㊹《大桥》是一部讲新时代中国工程创造奇迹的作品,作家的政论颇有批判意识:"或许大学教授太多了,或许企业家、大款成了大家仰慕的对象,所以工程师不再成为青年追求的理想职业了。这其实很可悲,中国尽管富裕了不少,但与发达国家相比,我们缺的恰恰就是最优秀的工程师,缺的就是那些能够肩负重任,超越自己的智慧和能力,去创造一个又一个奇迹的工程师。"㊺ 在《山神》里,作家的政论则激情飞扬:"他是大山的儿子,他是大山的神,他本人就是一座巍峨的大山!他的出现,大山就不会抖动,而他的身躯,我们甚至觉得就是大山的一部分,与山岩不可分。"㊻ 在《我心飞扬——"华虹520精神"纪事》里,作家的话语更具现实的冲击力:"不用回避,敌对势力对华虹更是'另眼看待'。虎视眈眈,一直要'鸡蛋里挑骨头'。实际上,在国际半导体领域,也无多少秘密可言,越中端和低端的企业与厂家,越像一个'透明体'。正向超大型和更高方向迈进的华虹,毫无疑问是西方世界更为关注的'中国企业'。也正是这一点,华虹人更清楚和明白自己肩上所承担的'国之大者'的责任与使命。"㊼ 政论之美发挥得淋漓尽致。

何建明的心态有时也会受到现实的干扰,也会有一些波动。如在采访创作《爆炸现场》的时候,他就因为有神秘力量的干扰而愤慨。他在《上海表情》一书里讲道:"可恨可气的是像我这样的作家,竟然在当初写这部具有特别重要意义的现场实录作品——《爆炸现场》前后,一直受到莫名其妙的非难。"㊽《上海表情》也反映出作家内心的起伏难平,也许,作家在上海受困于新冠疫情,有些心情还一时无法排遣。事实上,作家写《第一时间》《上海表情》时,还不是抗疫斗争最艰难的时候,越往后越艰难。中国人民筑起了自己的血肉长城,抗击着几乎无法抗击的病毒,表现出真正的伟大的人民的抗疫精神。而作家同上海人民经历了艰难的岁月,创作完成一部新的上海史诗性的大思想大格局的作品——《复兴宣言》:"'中国梦'在上海成为这个城市的一场波澜壮阔，高歌猛进的动人凯歌与光辉诗篇。它与神州大地上发生的每一个奋斗史诗一样精彩纷呈，一样激动人心，也因此成为中华民族历史进程中最令人骄傲和扬眉吐气的新发展时代。"㊾

注释：

① 何建明：《我的天堂》第3页（新世界出版社2018版）

② 同上，第29页

③ 何建明：《那山，那水》第41页（红旗出版社2017年版）

④ 同上，第77页

⑤ 同上，第248页

⑥ 同上，前言

⑦ 蔡仪：《蔡仪美学文选》第11页（河南文艺出版社2006年版）

⑧ 何建明：《诗在远方》第52页（宁夏人民出版社、福建人民出版社2021年版）

⑨ 同上，第61页

⑩ 同上，第171页

⑪ 同上，第225页

⑫ 何建明：《德清清地流》第23页（浙江摄影出版社2020年版）

⑬ 同上，第108页

⑭ 何建明：《行香之情》第301页（四川人民出版社2021年

⑮ 何建明：《德清清地流》第98页（浙江摄影出版社2020年版）

⑯ 同上，第101页

⑰ 同上，第113页

⑱ 何建明：《流的金　流的情》第246页（四川人民出版社2021年版）

⑲ 同上，第260页

⑳ 何建明:《那山,那水》第 217 页(红旗出版社 2017 年版)

㉑ 何建明:《德清清地流》第 41 页(浙江摄影出版社 2020 年版)

㉒ 何建明:《流的金　流的情》(四川人民出版社 2021 年版)

㉓ 同上,第 180 页

㉔ 何建明:《江边中国》第 62 页(新世界出版社 2018 年版)

㉕ 同上,第 479 页

㉖ 何建明:《浦东史诗》第 3 页(上海文艺出版社 2018 年版)

㉗ 何建明:《复兴宣言》第 53 页(上海人民出版社 2023 年版)

㉘ 何建明:《上海表情》第 177 页(作家出版社 2020 年版)

㉙ 何建明:《我的天堂》第 27 页(新世界出版社 2018 年版)

㉚ 同上,第 29 页

㉛ 何建明:《行香之情》第 127 页(四川人民出版社 2021 年版)

㉜ 何建明:《我的天堂》第 508 页(新世界出版社 2018 年版)

㉝ 何建明:《万鸟归巢》第 236 页(江苏凤凰文艺出版社 2022 年版)

㉞ 何建明:《浦东史诗》第 126 页(上海文艺出版社 2018 年版)

㉟ 何建明:《复兴宣言》第 345 页(上海人民出版社 2023 年版)

㊱ 何建明:《爆炸现场》第 29 页(新世界出版社 2018 年版)

㊲ 何建明:《茅台——光荣与梦想》第 26 页(作家出版社 2023 年版)

㊳ 何建明:《那山,那水》第 246 页(红旗出版社 2017 年版)

㊴ 何建明:《德清清地流》第 75 页(浙江摄影出版社 2020 年版)

㊵ 何建明:《诗在远方》第 378 页(宁夏人民出版社、福建人民出版社 2021 年版)

㊶ 何建明:《忠诚与背叛——告诉你一个真实的红岩》第 317 页(新世界出版社 2012 年版)

㊷ 何建明:《雨花台》第 584 页(南京出版社 2021 年版)

㊸ 何建明:《革命者》第 277 页(上海文艺出版社 2020 年版)

㊹ 何建明:《流的金　流的情》第 14 页(四川人民出版社 2021 年版)

㊽　何建明：《大桥》第 41 页（漓江出版社 2017 年版）

㊻　何建明：《山神》第 9 页（漓江出版社 2020 年版）

㊼　何建明：《我心飞扬》第 370 页（上海文艺出版社 2023 年版）

㊽　何建明：《上海表情》第 141 页（作家出版社 2020 年版）

㊾　何建明：《复兴宣言》第 18 页（上海人民出版社 2023 年版）

第七章
理论思想

何建明的创作引领着新时期的中国报告文学向前推进，何建明的文学思考也在推动着中国报告文学思想的进步与发展。在创作大量报告文学作品的同时，他也十分关心报告文学理论评论的建设，花了大量心血，写下了很多报告文学的理论评论文章，接受许多讨论报告文学问题的访谈，以自己的思想智慧，为报告文学理论不断注入了来自一线作家思考的资源。我们知道，报告文学的理论评论建设一直处于薄弱状态，与报告文学越来越强劲的创作势头很不相称。这块短板不补上，势必给中国报告文学发展带来不良后果。事实上，中国报告文学正是在不断地承受势单力薄的理论评论不够给力所造成的不良后果的过程中，才更加深刻认识到理论评论的重要性。何建明作为新时代报告文学的领军者，显然比任何人都感到问题的严重性，也因此，比任何人都着急于致力报告文学的理论评论的发展与建设。

何建明出版了两部理论著述：《何建明报告文学论》《何建明新时代报告文学论》。这两部理论专著较集中收录了何建明新时代以来，思考和论述中国报告文学繁荣发展规律、新时代报告文学创作规律的理论文章，创作谈、访谈以及讨论其他报告文学作家作品评论文章，另外还收录一部分评论家对他新时代重要创作的评论文章，是很有现实问题意识，很有前瞻思想含量，很有创新意识的报告文学理论评论集。

何建明的理论思考以及在这个基础上形成的报告文学理论思想，和他新时代的报告文学创作同样丰富，同样重要，值得我们报告文学的理论评论工作者好好地进行思想挖掘和学术研究。任何理论都是来自现实需要，也服务于现实的需要。我们这个时代，创新意识越来越鲜明，越来越有力，必然要求思想理论也带着创新的气象。我们更愿意从这个层面上去讨论何建明的报告文学思想，特别愿意读到从创作第一线的创新实践传递给我们理论建设的创新意识与思考。

第一节　保卫报告文学

"非虚构"能否取代报告文学？

我们这个时代，就是问题层出不穷的时代，与其说是不断发展，不如说不断破解。中国特色社会主义就是在不断破解问题的历史进程中得以发展，得以找到中国正确的发展之路。

有意思的是，与经济社会发展进程相比，文学的进展反而看不出那么多尖锐的问题，那么多复杂的问题，那么深刻的问题。这样的判断可能得不到多少人的认同。多数人会认为，我们的文学问题那么多，怎能说不尖锐，不复杂，不深刻？实际情况是，中国文学由于长期处于不争论状态，把所有尖锐的、复杂的、深刻的问题都束之高阁，直到无法再搁置，直到出现文化上或文学意识形态的风险。这个时候，我们才会认识到问题的尖锐复杂深刻。如文学上的历史虚无主义问题，一直搁了好多年，现在才知道，当年如此放任，埋下了意识形态安全的多么深的潜在隐患。

整个 21 世纪前二十年，文学界就没有什么像样的思想碰撞和思想斗争，仿佛整个文学界一片祥和安静稳定，不存在任何值得争鸣的问题。唯一可以称得上文学思想交锋的就是所谓的"非虚构"与报告文学之间的争议。"非虚构"是西方 20 世纪 60 年代的一种与"新新闻主义"相关的写作思潮，总体思想是为拯救想象力日益衰退、低迷无力的虚构作品，"新新闻主义"的写作主张小说创作可以运用真实的材料如新闻背景、历史文献、专业文件、现场记录、个人口述等材料，也就是"非虚构"，以寻求更广阔的写作空间，降低虚构作品的"虚构"压力，在看上去不像"虚构"的写作中，打开一条虚构作品的出路。从这个层面看，所谓的"非虚构"理念首先是一种小说理论或小说理论的延伸观念，其次才有可能向纪实文学靠拢，似乎有点"虚构"在向纪实转化的意味。这种创作思想进入中国文学思想后，曾引起了理论评论家的注意。如报告文学理论评论家王晖先生、周政保先生就曾探讨梳理这种"非虚构"与报告文学之间的关系。"非虚构"理念之于报告文学，不能说没有启发作用，其实并无太要紧的关系。

如果我们再深一步解读的话，不难得知，所谓的"非虚构"更多指的是"非文学"，并不一定就是纪实，更多讲的是材料运用，而非写作方式的变更。西方多年形成的传统文学观念倾向认同在小说思想范围内，"虚构"等同"文学"，就像中国现在通常把小说等同于文学一样。如果离开了虚构，就不是文学，就是"非文学"。这当然不是正确的理论，却一直作为文学思想的约定俗成的主流理念，影响着我们。在这种约定俗成的情况下，我们可以说，"虚构"与"非虚构"的关系，似可定义为"文学"与"非文学"的关系。

小说把自己的"文学"写作，延伸到"非文学"的写作领域，把"个人化"的写作向"非个人化"倾斜。坦率地说，这只是小说也就是虚构类作品自身摆脱困境的运动变化，与纪实文学特别是报告文学自身的发展变化规律并无必然的关系,甚至可能毫无关系。

直到2010年,情况发生了一些变化。以发表虚构作品为主的《人民文学》在这个年度的第2期,看上去不经意地为几部他们认为"不同于报告文学"的纪实类作品下了个"非虚构"的定义,试图在"小说"和"报告文学"之间寻找一种可以称之为"非虚构"的文体。也许,这就是一个刊物编辑的思路,并无过多过深的文学思考,也无文学思想上的标新立异。然而,小说评论家们欣喜若狂,如获至宝,解读出用非虚构替代报告文学的意味,也解读出文学思想碰撞的意味,由此大做文章,一时"非虚构"成了一个理论的热点,大有文学思想创新突破之势。大致从这个时候开始,中国报告文学与"非虚构"才被人为地捏在一起,发生了成为"非虚构"打击目标的关系。本来,也是为虚构作品如小说寻求更好反映现实的出路,但落点却在宣布中国报告文学"死亡"上面。有理论评论家在分析"非虚构"理念成因时曾认为:中国的非虚构"主要来自文学界的三重不满。当代文学中1950—1970年代的现实主义写作实际包含着某种失真,这是一重不满;1980年代的先锋小说在主观上呈现出一种对现实的排斥态度,一定程度上切断了文学与社会现实的联系,这又是一重不满;1990年代以来的报告文学成为一种对时代的记录,而不再是1980年代意义上的反思文学,这从文学角度上讲也是令人不满的"。① 现在看来,这个理论判断非常准确,一下子指出了"不满"现象背后,有点拿报告文学撒气的意思——报告文学成了虚构文学的出气筒。

小说评论家们无论出于什么动机什么思路去评价小说,都是分内之事,可他们对报告文学的创作实际和规律并不深入掌握,就敢草率地下结论。就算后来的报告文学不"反思"是事实,也不至于使用"死亡"的"窒息"疗法这一猛招。事实上,中国报告文学后来"不反思",不跟着小说走,恰恰是报告文学写作更接地气,更追求真实，是报告文学思想的进步。只是小说评论家们不认为是一种进步，潜在地认为，脱离了小说，就是脱离了"文学"。总想用"文学"拯救报告文学，总想用"非虚构"去取代报告文学。殊不知，他们越来越突出地把打击目标对准报告文学，在不断地宣告报告文学的"死亡"，"非虚构"时代到来的时候，实际上是在把这场实力并不对等的文学写作上的争议，推向文学意识形态的思想之争的风口浪尖。

坦率地说，这场文学的创作思想之争以报告文学的完败和以"非虚构"的完胜告终。今天的文学评论，特别是小说评论已经明确报告文学写作与"非虚构"写作的区别，并有意识地试图中止"报告文学"这个概念，而且成功地实现了小说思想理论的延伸，以"非虚构"这个概念区别报告文学。在小说评论那里，报告文学这个概念真的"消亡"了，只有"非虚构"这个概念。小说评论家热情地评论所谓的"非虚构"作品，而对蓬勃生长的报告文学作品几乎完全视而不见。在这种主流的文学理念推动下，整个社会文化也在实际上用"非虚构"取代了报告文学概念。势单力薄的报告文学评论不得不放低姿态，妥协于理论评论的概念调整变化，在自己的评论思想中引进"非虚构"，以缓解"非虚构"给报告文学带来的巨大冲击力和破坏力。例如，中国报告文学最重要的理论评论家丁晓原、王晖等人都曾尝试着使用"非虚构"的概念评论何建明等报告文学作家的创作和作品。

顺便说一下，"非虚构"狠狠打击了报告文学，却成就了现在方兴未艾的"创意写作"。这种写作更致力于提高高校写作教育的水平和品质，是很好的写作训练，可能是"非虚构"对社会文化特别是大学教育文化的贡献。因此，现在谈论"非虚构"主要来自三个方面：一是小说评论家们支持的骨子里虚构，但看上去像纪实的文学创作；二是社会文化的"创意写作"的中心概念和关键词；三是报告文学评论家们有点被动疲软的选择。

何建明所认识的"非虚构"

何建明显然看到其间的文学意识形态争议的深刻含义，不能接受报告文学概念和理论评论处于如此的劣势。作为一个多年坚持报告文学写作的作家和报告文学的领导者，他的理论思想冲动也在这场"非虚构"的碰撞中激发出来，投身参与了这场理论争论。尽管无法扭转报告文学概念的颓势，却也表明了报告文学创作的态度，发出了报告文学创作的明确声音，显示了保卫报告文学的坚定意志。在整个"非虚构"冲击中，只有何建明一个报告文学作家始终与为数不多的报告文学理论评论家坚定地站一起，并守望着报告文学理论评论的阵地。

何建明对"非虚构"有着相当的研究。他和一般的理论家只把"非虚构"归结于20世纪60年代的"新新闻主义"小说的兴起不一样，而把"非虚构"的理念的起源推到了法国自然主义作家左拉那里，认为这个"非虚构"的理念从左拉的创作思想里就已经萌生出来了。他在《小说化的纪实不是方向》一文说："它开始流行于19世纪后半叶的法国，后来遍及欧美进而影响远东的文学流派和文学运动，即我们常说的'自然主义'写作，代表者便是左拉。""许多人不清楚'非虚构'这个概念，这其实是左拉的自然主义的'写实文学'的延伸，它特指相对于那些纯虚构的小说而提出的非虚构小说文体创作理论概念。左拉所说的'非虚构'概念实则是现实主义小说的创作方向，而与我们所说的报告文学或纪实文学的非虚构性有新旧本质的区别。"[②] 何建明虽然不专门做文学理论研究，但他那种文学理论思维常常有着独特的理论亮点。他对左拉创作思想的梳理并发现其与今天的"非虚构"写作理念的关系，一下子打开了一个理论的思路，说明了"非虚构"与小说创作、小说理论、小说思想史之间一脉相承的关系，是小说现实主义向自然主义以及现代主义、后现代主义推进的一个思想成果。

19世纪以来的自然科学的进步以及实证主义哲学，不断给了正处于困顿时期的现实主义小说有益的提示，那就是用科学的观点、实证的观点、自然的观点，去重新认识把握现实主义。如左拉在长篇小说《萌芽》创作中，深入矿山与工人们在一起，发现了人的"生理性"之于批判现实主义"人性"的价值，主张更加真实地看重这种人的本能，消解理性的批判，使小说更具真实性、现实性，小说的人物更加符合真实的人性。在全世界产生巨大影响的弗洛伊德的精神分析学与左拉的人性观有异曲同工之妙。弗洛伊德医生通过大量的临床经验把"人性"细分为超我、自我、潜意识（本我）三个部分，一下子解构了传统"人性论"的理性以及神性，让人看到了更加真实更加准确更有科学意义的人性。尽管后来的理论家们并不认为精神分析学是一门严格意义上的科学，但它的人性观却启发了左拉的"自然主义"。现在的理论评论家们倾向认为，是左拉的"自然主义"撬动了西方文学现代主义。如果我们不称左拉为现代主义小说鼻祖的话，也应该称他为现代主义小说运动的先驱。经过这么多年的小说现代派的实验与探索，小说看上去令人眼花缭乱，却仍然还在寻求出路，后来的所谓"新新闻主义"其实也是现代或后现代主义小说实验探索的接续，是文学现代派运动的尾声和晚钟。从这个层面上说，"非虚构"也是现代小说或后现代小说的一个组成部分，有自己的发展规律，与后来兴起的报告文学一直并无太多交集，只是不知为何，这种"非虚构"到了中国文学，突然间就变成了指向报告文学的一把利器。

在《他改变了很多人的文学基因》一文中，何建明进而指出："有人说今天的报告文学面临死亡和边缘化，也有人说，它将被非虚构写作所代替。我这里明确地告诉大家，在中国，只要继续沿着社会主义特色的道路前行，报告文学不仅不可能边缘化和死亡，相反，它比任何一种文体更有生命力、更放射光芒，更有市场和读者，更被主流意识认可。"③ 态度鲜明，掷地有声。这么多年"非虚构"冲击波，早已打散了许许多多同情报告文学的理论评论家们的自信和思想，使"非虚构"理念完全一边倒。这个时候，何建明敢于站出来，公然宣称，在中国特色社会主义时代，中国的报告文学不会"死亡"，而且，报告文学这个概念也不可能被"非虚构"所替代。报告文学将在新的时代更有生命力，更有时代光彩。这种言论，确实给颓势的报告文学理论评论打了一针强心剂，感受到来自创作第一线的思想自信和文化自信。这个判断，至少包含着两点思考。其一，看到了这种文体写作之争的文学意识形态性质。报告文学是在中国革命时代和社会主义时代生成的一种文学，身上带着时代的、革命的、社会主义的文化基因，如果这种文学在我们这个时代"死亡"或边缘化，那只能表明，这个时代可能不再需要报告文学了。反观后来活跃的中国"非虚构"创作，有意与报告文学拉开思想距离，甚至拉开艺术表现上的距离，都表明"非虚构"写作，可能会形成创作上的势头，却表明其创作思想包含着许许多多的复杂多样的文学意识形态，其间不乏非社会主义文学的意识形态。如果我们的纪实文学都由这样的"非虚构"作品替代，中国文学的半壁江山就等于退出了社会主义文学，或者社会主义意识形态将不再是主流思想，只是众多文学思想势均力敌之一种。因此，如果要倡导中国文学的社会主义性质，保证社会主义文学的主流地位，报告文学就不可或缺。这个观点，并不是所有保卫和同情中国报告文学的理论评论家明确意识到，只有作为作家的何建明态度明确，立场坚定。其二，对中国报告文学发展很清醒，有自信。何建明作为一个在政治上非常成熟的报告文学作家，深知中国报告文学所承担的发展中国特色社会主义文学的重任，更知道，中国报告文学在多年实践探索的思想艺术规律不可能被几部评论家们强烈看好的"非虚构"作品就被破解了，破除了，取消了，替代了。现在的"非虚构"只是在概念上模糊了理论评论的认识，取得了一定的覆盖成效，却无法扼制中国报告文学的创作势头，无法阻挡报告文学的前进脚步。新时代的中国报告文学取得了比改革开放以来的任何时期都令人瞩目的成绩，证明了何建明的判断，也突出了他的这些理论思考的远见灼识。

"非虚构"对写实作品的危害

何建明当然注意到，"非虚构"写作给报告文学创作造成的一定不良影响。因此，特别提醒报告文学作家："有些纪实作品写作者，把小说家的'自然主义写实法'和'现实主义写作法'搬到了报告文学或纪实文学创作之中，并将之混为一谈，这是很可怕的事。一些小说家出身的创作者，他们纷纷开始投入纪实类写作，随意或任意地将小说创作的'非虚构'写作法搬到了纪实作品的创作之中，使得内容编得'精彩''动情'，哪知这根本是害人的东西！因为读者认为这些内容都是真实的，其实则被深深地骗了一回。"[④]这里也含有几层的思考：一是提醒报告文学的写作者们注意到报告文学与"非虚构"在创作上的根本区别，不可混淆一起，不可模糊，特别要警惕那些以虚构见长的作者把虚构带入纪实所造成的报告文学、纪实文学的混乱和误区。

二是要注意到小说的写实，在根本上与报告文学纪实文学的写实并不一样。写实小说是一种具有批判力度的现实主义小说，相对于古典主义、浪漫主义而言的一种新的小说精神和写作方法，通过比较准确地模拟现实来实现人性批判、人道的理想。就算后来的"新新闻主义"小说，骨子里仍在虚构的基础上运用一些靠虚构无法得到的非文学的材料，构造的仍然是小说的世界，而非真实的世界。"非虚构"有意打破这个写作上的底线，是对社会读者的一种欺骗，非常不可取。我们应该明确,"非虚构"文本仍然是"小说"文本,并非纪实文本。

三是中国当代"非虚构"写作,根本不知报告文学坚持"真实"的力度和难度。报告文学是一种不允许"虚构"的坚持"真实"的文体。它在一定程度上可以谨慎地动用作家的某些"想象"。特别在历史题材中,这种"想象"就特别重要,而在现实题材中,"想象"的空间会很小,不可动不动就过度运用想象。需要作家进行艰苦的"深入生活",得到真实的材料,得到独家的发现,得到新的思想。从这个意义上说,报告文学是作家努力"跑"出来的,不是写出来,想出来的。也正是在这个意义上说,报告文学作家的"想象"运用需要非常谨慎小心。只有那些长期深入生活,能读懂历史精神和时代精神的报告文学作家,那些长期追求"真实"写作的报告文学作家,深知"想象"的边界,"想象"的节制,才有资格运用报告文学的"想象",才能谨慎地处理好"真实"与"想象"的关系,才能守住报告文学"真实"的底线。这种坚持的艰巨性,在"非虚构"写作那里,几乎一无所知。这些写作者很轻率地就能越过真实的边界,突破"真实"的底线,轻率地就把"想象"发展成"虚构"。在纪实性的作品中,"虚构"其实就是一种编造作假。何建明说,非常害人的写作,就是指这样的"非虚构"。确实,尽管我们承认小说虚构是非常高超的表现写作艺术,深度反映了一个国家一个民族的想象力、创造力和创新能力。因此,长篇小说的写作永远代表着一个时代的虚构难度,也代表着一个时代的想象高度。然而,"虚构"似乎又和人性的一种本能紧密相连——人总是会说谎。所以在纪实文学创作里,这种人性本能如果不有意识地加以控制节制的话,那么就会常常很轻易地表现流露出来,通过一些"想象",不经意就把"虚构"变成看上去很精彩而动情的"编造"。中国当前的"非虚构"代表性作品有意识地放纵了这样的人性本能,而中国的报告文学却最大限度地抑制这种人性的本能。因此,报告文学的写作比"非虚构"写作要求更高,难度更大,也更有艺术上的要求和规范。

何建明在另外一种场合提到"非虚构",却体现了包容支持的态度。当他从"创意写作"的层面上评价"非虚构"写作的时候,承认"非虚构"写作有着"去精英化、去作家神秘化的艺术民主理念",主张"报告文学不仅是专业作家来写,普通民众经过一定的训练,也可以成为作家,加入'时代的记录者'的队伍中;报告文学的作品记录真人真事,记录真实生活,不一定是重大事件,作为民众,也可以写自己的家族史、社区访谈录,可以积极选取反映时代变迁中的微观缩影,生活剪影,从而丰富报告文学创作"。[5] 这里讲的"通过一定训练",指的就是现在大学高校从一般写作课扩展开去的"创意写作"。这种创意式的写作训练似可选择更便当的"非虚构"理念。严格地说,小说家、报告文学作家都不可能从"创意写作"培养出来,文学作家是生活现实培养的,这一点无可置疑。不过,"创意写作"训练则是为成为作家打下坚实的文学表达基础,不失为一种适应面更广,写法更个人化的很重要的"全民"文学写作的有效参与方式。在"创意写作"的前提下,文学虚构或文学写实都没那么严格,有些写作上界限会比较模糊,也可以适当跨越。这个方向上,"非虚构"可以大显身手,大有可为。

第二节　守护文学基本关系

中国将成为世界报告文学中心

读《何建明报告文学论》《何建明新时代报告文学论》能感觉到很充实,很有思想底气。这个底气从哪里来?当然是从新时代国家的发展,民族的振兴,社会进步,文化创新中来,从新时代报告文学紧跟时代,反映时代,讴歌时代形成的气象中来,当然,也从何建明以永不停歇的优秀作品创作中来——不仅反映了何建明个人创作的文化自信,也反映出中国报告文学的文化自信。很显然,这种思想底气与创新自信,总体上要远远超过诗歌、散文和小说这些文体,呈现出走在时代思想前列的气度与风貌。

在接受中国网记者采访时,何建明认为:"文脉与血脉差不多,人有悲欢离合,文脉也有这样的现象,所以我认为,今天是新中国最好的时候,它是什么呢?方向明确,我们写作者的自信、能力强了,然后我们产出的文学作品的血脉力量也比以前强了。"⑥这段文字带着作家的思维和口气,却能看出作家内心的冲动。由此,他认定:"中国文学的水准从来不比西方差,也许美国或者哪个国家有10个诺贝尔文学奖,但并不意味着它的水平就比我们高。"⑦中国现代文学是受西方文学的启蒙开始的,在相当长的时期内,深受西方文学的影响,思想难免会跟着"西方中心主义"走,围绕西方文学的标准思考文学问题,从而产生"中国的月亮不如外国圆",中国文学不如西方文学的思想观念。从中国文学多年挥之不去的"诺贝尔情结"就可以看出,"西方中心论"对中国文学的文化心理影响之深之长。得诺贝尔文学奖并非坏事,倘若拿这个标准来看轻贬低中国文学就可能把好事变成了坏事。在中华民族伟大复兴进入不可逆转的时代,中国正在走向世界,争取到越来越多的话语权的今天,中国文学的文化自信必须相应提高,必须从今天的现实变化来评估和评价中国文学。中国报告文学最先接收到时代的信息,也最先建立起自己应有的文化自信。所以何建明在《应当充分自信地书写中国自己的文本》一文中认识到"中国改革开放的发展,人类历史上没有先例,更没有外国模式可借鉴,完全是自我革新、自我觉醒、自我崛起,引发了自身的超常进步与发展"。⑧得到中国时代发展经验的提示,何建明有了自己的思考:"我们也不用担心当代中国或者说未来我们读不到好作品，出不了经典作品。其实，每个民族在每个时代都在创造着不同的文化精品和经典作品。"⑨何建明的思考与我们党新时代所坚持的制度自信、道路自信、理论自信、文化自信的思想一脉相承，体现了一个作家的政治觉悟和思想水平以及远见。

在这样的思想前提下，何建明能够自信地把中国报告文学放到世界文学格局中去思考，对中国报告文学的发展做出自己的判断，提出了自己的观点："如果用简单的报告文学定义和创作数量来衡量，确实今天的中国应该是世界报告文学写作的'中心国'。""所有这些都说明了中国的报告文学，正在不断影响着社会与时代的进步，它所发挥的作用是其他任何国家的文学都无法比拟的。仅这一点，中国完全可以称得上是世界报告文学的中心。"⑩并且敢于宣称，中国写实体文学必将走向世界。在纽约大学与中美作家对话时，他说："想了解真实的中国，什么文体最直接，最能一目了然？毫无疑问是写实性文体。因此，我认为，中国时下和未来，最能显示文体光芒和魅力的将是写实体文学——因为世界都在期待着你。"⑪这些思考，不仅回应了"非虚构"的冲击波，回应了受"西方中心论"深刻影响的文学观，更为重要的是看到中国纪实文学，实际上是中国报告文学也具备融入世界文学大格局的能力和前景。当前，世界通过文学了解中国主要还是依靠虚构性的作品，特别是小说。其实，虚构性作品向世界介绍中国生活、中国现实以及塑造中国形象，目前还显力不从心，甚至先天不足。

主要原因首先是中国小说还一直拖着模仿西方文学的阴影，很多时候还是沿着西方文学的思路反映现实，如"人性论"的思路，已无创新含量。光靠"西化"的文学思想讲述真实中国故事，无法真正写出中国的真实、中国的精神、中国的形象。

其次，虚构作品当然也能在一定程度上反映中国的真实，但显然是一种曲折的反映，是现实的折射，并不直观。如果依靠这样的材料来认识当今的中国,反而不够真实,还可能会出现误解和歪曲,存在着文化风险。如通过莫言的小说来认识当代中国,可能会产生困难。莫言小说那种现代派特征的批判力度,打击的就是社会落后和丑陋。如果说他的小说是恶意丑化当代中国的真实生活,肯定不负责任,但说他的虚构很难完成"真实"却不无道理。小说有小说反映现实的规律,虚构也有虚构的局限,不可能替代写实的文本。

再次,中国的写实体文本这些年进步超过了小说,有着高质量发展的品质,如果不带意识形态偏见的话,应该看到中国报告文学有能力把一个真实的中国告诉给世界。或者说,只有中国纪实体文学与中国虚构文学真心联手,才能够奏响我们时代的主旋律,形成中国的交响,全面真实地向世界反映中国的真实、中国的现实,塑造好中国的世界形象。如果一轮轮地发动"非虚构"的冲击波,真把中国报告文学击垮了,挤掉了,替代了,那后果就会非常严重。

最后,中国报告文学的诞生与世界报告文学的诞生基本同步,都是世界动荡、变化和革命年代的产物。然而,中国报告文学百多年的发展历史,特别是中国改革开放以后,有相当大的飞跃,把报告文学意义上的世界纪实文学远远甩在后面。由于历史和政治上的原因,世界报告文学进展并不大,只有中国还在不断探索,不断发展。今天,中国报告文学成为中国文学讲述中国故事的一个优势,成为世界文学历经时代考验的一个独特的文体,也是中国对世界文学创新的一个重要贡献。中国的现代小说来自西方成熟的文学文体,百年来进步不大,不可能对世界文学具有创新价值;中国报告文学也来自西方,也是西方一个新诞生的文学文体,在中国得到最充分的实践,积累了几乎只有中国能提供的思想经验和艺术经验,注入了中国时代的文学精神,创新为中国自己的文学文体,之于世界文学当然有创新的价值。何建明正是从这个思想层面上,判断世界报告文学的中心在中国;中国的报告文学必将走向世界。

何建明理论思考的底气

何建明的理论底气也来自对中国文学的基本关系的坚持。毛泽东《讲话》，坚持用马克思主义的唯物史观和反映论的立场观点方法认识文艺，提出了一系列创新性的文艺思想基本观点，揭示了革命文艺的发展特点和基本规律，形成了中国革命文艺的基本关系。这些基本关系也打牢和奠定了新中国文艺、改革开放时代的文艺思想基础，成为中国当代文艺的思想压舱石。如果没有这个思想理论的压舱石，中国社会主义文艺的航船就无法行稳致远，就可能偏离社会主义航向。特别是进入改革开放时代，这个压舱石的重要性才更加体现。实际上，每次文艺基本关系面临着多种思想冲击，出现危机的时候，才在文艺实践中体现出重要性。一个基本的事实是，守住了基本关系，中国文艺就发展繁荣，守不住基本关系的论线，中国文艺就会出现各种风险和危机。中国改革开放的文艺出现的问题，都可以在基本关系中找到原因，理出根源。邓小平、江泽民、胡锦涛、习近平等国家领导人谈文艺，说到底，都是谈文艺的基本关系。可见基本关系的重要，也可见基本关系守望坚持的重要性。

如果说，中国报告文学是基本关系的最大受惠者，那么中国报告文学也应该是基本关系最坚定的守望者、捍卫者、践行者。这一点，何建明头脑清醒，认知到位，思想深刻。从他新时代报告文学的创作进步历程中，就可以清晰地看到，他的创作与文学基本关系紧密联系，而他的文学思考，更是贯穿着基本关系这个思想的基调，更是体现基本关系的灵魂作用。他的《马克思主义哲学对中国报告文学发展的影响》一文，就是他认真学习历史唯物主义和辩证唯物主义的思想理论心得，也是他对中国报告文学基本关系的系统历史梳理，从中看出了一个报告文学作家学习马克思主义的思想，特别是中国化的马克思主义创新理论，使自己对历史与现实的认识把握不断提高，不断深化的理论自觉。他说："报告文学在文本发展和作家创作实践时，必须吸收和运用辩证唯物主义的认识论和方法，并在这种科学理论指导下，实现文本自身的健康发展和作品的社会价值。这是报告文学从一开始就有的与其他文体的不同之处。"⑫何建明通过报告文学历史考察发现，报告文学的诞生与发展基本上与马克思主义的发展同步，都是一个伟大时代的产物。报告文学思想硬核里，通过时代，注入了马克思主义的革命基因。传入中国后，这个基因在中国的民族解放斗争里，化为中国时代文学的基本关系，深刻影响着中国文学思想。因此，报告文学与马克思主义之间的时代血缘关系，注定了这个文体的天然优势。而这个优势，正是时代赋予报告文学的殊荣。

报告文学与时代

文学基本关系，说到底指的是文学与时代，文学与生活，文学与人民的关系。何建明的文学思想，把这些关系建立得十分坚固，牢不可破。特别是中国当文学创作和思想由于市场经济资本力量的多波次冲击，动摇了基本关系的时候，他更是牢牢守住基本关系的底线，不仅使自己坚持了报告文学进步的方向，也引领着中国报告文学坚定地走上新时代。他的这两部理论著述，所涉及的基本关系的思考，都具有这种鲜明的现实针对性。

报告文学与时代。这是何建明梳理中国报告文学历史变革关系的一个基本思考点。他在许多文章和访谈里多次强调了文学与时代的关系，强调报告文学是我们时代的产儿，跟随着时代成长。报告文学因时代的存在而存在；报告文学因时代的价值而产生价值；报告文学在时代的发展进步中自己也得以不断发展进步。归纳起来，我们可以从如下几个方面认识何建明的文学时代观。

一是"我们是时代的钢琴手"。何建明在《我们是时代的钢琴手》一文里,很诗意地把报告文学作家比作时代的"钢琴手",弹奏的是"伟大时代的最强音的部分"。这篇文章并不长,时代观却很鲜明,很形象。讲清楚报告文学与时代的关系,在时代中的位置,在时代中的作用。"为时代和时代人物立传,永远应该是个能够弹奏出时代最强音的钢琴手,而这个钢琴手的十指间滑出的声音,将如高山流水,将如大海浪涛,将如大地锦绣,将如苍穹彩霞,是永远不朽的历史诗篇。"[13] 二是"时代总在激荡着我们"。在何建明《时代总在激荡着我们》这篇文章里,何建明认为"成长在中国,生活在一个日新月异的社会,我们总在经历一个又一个的伟大时代,而这样的时代又总在激励我们挥毫泼墨,去书写最精彩、最感人、最能呈现时代光芒的一幅幅'中国画面'、一篇篇'中国诗卷'。""文学不为这样的时代激昂,不为这样的时代疾书,还能做什么呢?""激情的时代召唤并激励着我们,我们必定要以满腔的激情去回报这个时代"。[14] 三是"文学对时代的担当"。在《文学对时代的担当,作家对进步的推动》这篇文章里,何建明进而讨论了报告文学与时代的互动,强调文学表现时代精神的责任担当。他认为:"以深怀情感,以精湛笔墨,以饱满精神,以公正心态去颂扬和讴歌时代的进步,应该是我们所有作家尤其是新一代中国作家的基本任务,所有参与担当这一任务的作家尤其是年轻的作家应当为此感到光荣,就像千古以来我们的文学穷尽无数赞美之辞去赞美我们的母亲和我们的爱情一样,我们没有理由怀疑参与讴歌赞美这个时代有什么不对或不好的地方!"[15] "我们这个伟大时代和我热爱的人民无时无刻不在创造着如歌的新日,我是歌手,假如我不歌唱,我还有生命吗?"[16]

报告文学与时代的血脉关系意味着报告文学必须与我们这个时代同生死共命运。时代强,它就强;时代衰,它就衰;时代发展它就发展,时代终结它终结。这一点,也是和其他文学不一样之处。"非虚构"冲击波来时,有人断言,报告文学死亡,就显得很无知任性。

宣布报告文学的死期无异于宣布一个时代的死期。如果说，其他文学文体与时代之间还有迂回空间的话，那么，中国的报告文学却没有预留这样的空间。一旦这个迂回空间存在，报告文学这个文体就失去意义，失去存在的价值。因此，当许多文学文体试图与时代保持距离时，报告文学却没有退路。它只有跟着这个时代，跟着中国特色社会主义，才有光明前景。

报告文学与生活

报告文学与生活的关系。按唯物主义反映论的基本原理，文学是社会生活的反映。社会生活是文学唯一的源泉。文学一旦离开了生活，就成了无源之水，无本之木。当然，文学也具有自己的能动性，可以成为时代的先声，可以用先进思想推动社会进步，推动文明的进步。文学用讴歌真善美，鞭挞假恶丑的方式参与社会道德建设，提高社会的思想道德和情感质量，有着特殊的不可替代的作用。然而，生活永远是第一性的，永远是文学存在的前提。如果割裂这个前提讲文学，那就会颠倒了基本关系。这个道理并不深奥，却不得不经常要提醒，因为我们的文学总是会在不知不觉中模糊、调整甚至改变这个关系。如前些年，有理论评论家过度强调文学照亮生活，虽说是突显了文学的意义，却忘记了生活的创造对文学精神的滋养。这说明文学与生活的关系，常常在不经意之中，就会陷入误区。作为一个优秀的报告文学作家，何建明对文学与生活、文学与社会、文学与现实的认识更多是来自文学创作，或者说，这个关系自觉地融入他的创作实践中，并且提炼出自己独特的思想。

何建明在这方面有着实实在在的心得。他不是从概念到概念，从理论到理论，而是常常会结合自己的创作思想，结合自己的生活体验，把生活与文学的关系讲得生动可感，通俗易懂，却不乏理论的认知。在《何建明报告文学论》和《何建明新时代报告文学论》

两部作家理论著述里，何建明对这个问题的独特认识和几个观点值得关注：一是生活给予文学创作的热情。何建明在接受记者采访时说，"当代中国正处在一个特别丰富多彩的时代，它给我们提供了无限的文学资源，这是中国历史上从未有过的奇迹般的过程"。"我们的报告文学写作应该去幸福地占有它，尤其是在那么多好题材面前，不幸福就意味着失去创作的热情和激情"。[17]这时用"幸福"这个词，生动准确地描述了现实激活文学，点亮文学。因为现实生活充满创造的精神和激情，给予了文学创作最好的时机，是文学最幸福的时刻。文学生长在这样一个中国历史上最精彩的时代，也是最能创造奇迹的现实，更是文学大有作为，能出大作品优秀作品的火热生活，文学应该特别有幸福感。二是报告文学必须坚持"真实"，揭示现实的矛盾，写出生活的本质和时代精神。今天的中国社会现实发展与变化，远远超出作家的想象，也是作家无法想象，无法虚构的。文学作品无论想虚构还是想纪实，都必须到火热的现实生活中去，发现、感受和把握生活的"真实"，才可能实现"文学反映现实"的创作。因此，何建明说："生活本身其实远比艺术要精彩。有些东西靠虚构是虚构不出来的。报告文学的艺术魅力就在于它忠实地记录了历史的本来面目。它比其他类型的艺术形式更可信。"[18]三是好的报告文学作品"靠脚走出来"。这话的意思显然是在说，一个作家要获得生活的"真实"，要写出生活的"真实"，必须在"深入生活"上下大功夫。这是作家密切与生活关系的基本功。功夫下到了，作品自然就能写得真实，就能出思想，艺术就精湛。何建明因此深有感触："精彩的作品，都是靠脚走出来的。今天的作家，虽然不存在知识、技巧方面的问题，但对现实生活理解不够。作家一定要和人民群众紧密联系在一起，去深入他们的生活，尤其要了解和深入他们的情感生活。再尽可能地让我们的心和身子都扎下去，落到地上"。[19]四是绝不认同今天有些作家所谓的"深入生活"。在报告文学《茅台——光荣与梦想》里,何建明表明了自己一以贯之的鲜明态度:"我从来不愿像现在的某些自以为很'深入生活'的写作者那样,大门不出,二门不迈,又或者戴着墨镜像公子哥、贵妇人似的去装模作样地采风,冠冕堂皇地体验'生活'。"㉓ 这些话,都有鲜明的现实指向。今天,作家深入生活确实会碰到很多的实际困难,然而,如果以有困难为借口,搞假"深入生活"或者让"深入生活"变了味,那么,文学创作就断了根,就会出现严重危机。如果这种情况,发生在报告文学上,就会直接给报告文学判处死刑。好在中国报告文学一直坚持"深入生活",没有放松;中国报告文学"深入生活"的经验,应该好好总结,好好推广。

报告文学与人民

文学与人民的关系。这是文学基本关系的核心,也是文学的出发点与终结点。唯物史观的原理揭示了一个秘密,那就是历史是人民创造的,人民才是推动历史进步和前进的真正动力。而传统的历史观更倾向"英雄"创造和推动历史,或者英雄与人民共同创造历史。马克思主义推翻了传统的历史观,创造了新的历史观,赋予了"人民"这个概念全新的的意义,开启了人民历史的新的思想时代。毛泽东的《讲话》正是马克思主义历史观在文艺思想方面的体现,对中国文艺思想的正确发展、创新发展意义非常重大。只是这么多年来,我们的文学思想中的唯物史观并没有普及,还似乎与文学思想越离越远,唯物史观在我们的文学思想中的含量越来越稀薄,只有为数不多的作家具备唯物史观的思维能力,多数作家还满足于陷入"人性论"的比较方便的历史观的误区里。进入新时代,在"以人民为中心"的新发展思想和新理念的指引下,中国文学思想出现了好的变化,文学与人民关系的认识得以深化,并化为文学作品的人民精神。

何建明的文论，关于文学与"人民"的关系，思考得最多最深，积累了丰富的认识。他在《文学艺术为什么离不开"人民"二字》一文里，讲述了学习习近平总书记提出的"以人民为中心"的新时代思想，认为一个作家要深刻认识到"人民"在我们民族历史创造中的决定性作用，认识历史进步的发展规律，从本质上把握住历史和现实的"真实"——人民创造历史。他说："人民群众不仅创造了物质财富，还创造了精神财富。"[21] 因此，文学从根本上离不开人民。文学首先要与人民建立起深厚的情感关系，要带着敬畏之心向生活学习，向人民学习，得到人民创造的"精神"财富，认识生活的真实和本质。何建明把这样的认识转化为一个作家心中对人民的深情："这是人类关于'爱'的真理，也是一切健康向上的优秀作品和经典作品共有的规律，任何怀疑和企图摒弃这一点的人，都不可能拥有真理或抵达经典。"[22]

在《写社会主义的江山，就是写人民》一文里，何建明接受记者的采访时，把社会主义的性质与人民的内涵统一起来，相一致起来，把社会主义思想、民族国家意志和人民精神放在一起，构成了一个文学思想的整体，思考了"人民就是江山，江山就是人民"的新时代思想理念，深化了自己创作思想的"人民"这个关键词的认识和理解。他说："文学上的'党心'，其实就是'人民心''时代心'和'时代的文人心'。"[23] 这个认识非常有现实的针对性，因为在一些流行的文学思想里，只有"个人"，没有"人民"。他们从"人性论"出发，把"人民"与我们党与社会主义与国家割裂开来，对立起来。"人民"在这些文学观念里，只是被损害被污辱被同情被施舍的小人物。而社会主义文学思想把人民当作生活的斗争者创造者开拓者，当作生活的主动者强者和英雄来描写来表现来塑造。二者之间有着本质的区别。何建明的立场站在了我们党和社会主义一边，也就是站在人民的一边，掌握了先进思想的"人民"观，也深入领会理解了新时代人民观的时代意义。因此,他在《以国家叙事书写百年辉煌》一文里,与记者对谈中说:"想要成为一名真正的人民作家,第一需要具备的是对祖国和人民的深厚情感,而秉持人民立场,是一个作家文学立场的全部支撑。"㉔ 在许多文章和创作谈里,何建明都特别强调了中国故事的人民主角、人民地位和人民形象。讲好中国故事,首先是讲好人民的故事,写好人民的现实生活,塑造好人民的时代形象。他认为:"讲中国故事第一要解决的,是胸中有大义,心里有人民,肩头有责任。"㉕

他在《文学艺术为什么离不开"人民"二字?》一文里,进而讨论了文学现实主义的发展方向问题,提出了现实主义精神要以人民为中心的思考,提出了建设"具有进步意义"的现实主义精神的文学思路。我们很少看到报告文学讨论小说的"现实主义"问题。报告文学作家们的创作论里,也会提到"现实主义"这个概念,但通常只是反映生活的约定俗成的表达。我们知道,报告文学的思想与小说的现实主义精神并不在一个理论思想轨道。报告文学作家谈到现实主义,更多的是讲文学真实地反映现实,而小说家说的现实主义,更多的是通过写实性的虚构表现文学的人文精神。何建明的理论思考也很少引用"现实主义"这个概念,只有在这篇文章里,专门论述了这个问题。虽然主要讲的是文学反映现实问题,开了个很好的头,还有待于理论的不断提升,却触及了中国当代文学现实主义的"软肋",那就是"现实主义"如何向"以人民为中心"转换的问题。坦率地说,当前的小说以虚构艺术不断在尝试这样的时代转型,可是成功率总是不高,尤其是小说的思想,还没意识到自己的思想危机,还在无望地摸索,而报告文学却目光远大,风生水起,在积极反映现实中,把具有进步意义的人民的现实主义创作弘扬到时代精神层面,推向时代思想的高度。

由此,我们会注意到,报告文学正在重新定义以往不太愿意触碰的文学"现实主义",赋予这个概念更多的人民性和人民精神。这显然意味着,中国的报告文学开始进一步思考建立"人民文学"的概念,不断充实丰富着这个概念的思想内涵,建设一个真正属于人民的文学世界;"人民文学"不再仅仅是文学的理想和愿景,而是从时代生活悄悄向我们的文学思想走来的现实。

第三节 探索报告文学的创作规律

何建明谈自己的创作

何建明的报告文学论述的许多精彩内容,不光存在于他那些带有新鲜观点的理论文章里,不光存在于那些思想闪光的访谈里,也大量存在于作品创作谈和评论新时代其他作家的评论里,读他的创作谈和文学评论,仍然能够感受到来自作家心中的正气、文化的信念和思想力量,非常平易可读。

他在许多场合都谈到《那山,那水》的创作过程,分享了一个作家怎样从现实生活的变化捕捉到一个新的时代开启的信息。在《一个中国新时代已经开启》一文里,他认识到,"绿水青山就是金山银山"这句话听起来像是大白话,却蕴含着中国发展和世界发展面临的共同问题,蕴含着很深刻的时代思想,可以同当年毛泽东主席在革命紧急关头提出"农村包围城市",邓小平肯定安徽小岗村事件一样重要的科学论断与伟大决策联系起来思考,从中理出中国革命的一些规律性的思想线索。这样的爬梳很有新意,也很有作家的思想特色。在《发现新时代的"金山银山"》一文里,何建明谈到自己在接触乡村振兴,生态文明建设的现实生活中,自己思想的进步,认为文学的手法和技巧只是一种能力,认识世界,认识事物水平的提升,才是根本。所以他非常看重这次"深入生活",写出优秀作品的创作经验。在《用革命者精神书写革命者》一文，讲述了自己在深入上海革命史时真正体验到党史的精神、历史的精神、牺牲的精神，认为"后来者"写革命史，不能为了现在的需要而去杜撰，去编造，应当"尊重客观事实和历史基本原貌"，应该有"敬畏情怀"。"党史"题材的创作难度，报告文学作家必须去承受，也必须去破解。在《"大桥"引我再度走出"无人区"》一文里，指出了处理国家重大工程题材时，报告文学作家常常会见物不见人，找不到人，作品就不感人，不成功。何建明在创作《大桥》时，特别注意到这个问题，所以会在如此浩大的国家工程里，寻找人的存在，寻找人的情怀，寻找有血有肉的细节。他在创作谈里讲到自己怎样用文学的方式写人，塑造人物形象，使创作顺利走出"无人区"。实际上，此前的《山神》就是何建明写人物的一部精品。不过，他的《山神》创作谈则更多谈怎样捕捉到黄大发这个可遇不可求的人物，怎样爱上这一个忠诚的共产党人，一个朴实的农民，发现他的"这一个"，发现"这一个"所代表的共产党人的奋斗目标。说明一个作家必须随时随地都要积累"人物"意识，保持"人物"的敏感，如果不是这样，好故事好人物就会擦肩而过。《德清清地流》的创作谈也很有特色，作家从"水德行香，清朗生辉"这样的词句入手，解读了介于苏州和杭州之间的第三天堂德清的山水田园，读出了中国美丽乡村建设和中国式现代化乡村建设的丰厚内涵，发现古老"天堂"的现代魅力。

何建明的文学评论是他的文学思想的另一个侧面。他高度评价优秀的报告文学作家陈启文的长篇报告文学《袁隆平的世界》，称这部作品是"当代民族英雄的史诗叙述"。中国农业科学家袁隆平一生致力杂交水稻的培育，在中国最需要粮食的时候，他的成果，养活了几亿中国人。由于他的贡献，中国人的饭碗牢牢抓在了中国人自己手里。这样的科学家，理所应当属于中国的民族英雄，应该大书特书。在评论作家杨义堂的纪实文学《抗战救护队》时，对作品所体现出来的伟大的抗战精神给予高度评价。这部作品独特的题材选取，构思的用心精当让何建明很看好，认为是当前反映民族解放历史的一部上乘之作。在评论优秀报告文学作家铁流、纪红建的《见证：中国乡村红色群落传奇》时，何建明对这部作品满怀深情地描写感天动地的人民英雄，强调了红色题材作品创作应该更上一个台阶。在评论李发锁的《围困长春》这部描写东北解放战争中一场重要战役作品时，何建明指出是一部"纵论战略与战术同时极具艺术感染力的绝唱之作"，认为这部作品历史材料收集之细，以及解读东北人民解放军决策层的战略战术思想方面，确实超过许多同类题材作品。在评论新作家杨年华的报告文学《国旗阿妈啦》时，何建明高度评价作者写出了藏族人民的祖国情感、国家意识、民族团结精神，认为这部作品从一个平凡的藏族老妈妈对国旗的守护，"塑造了神圣而高贵的精神"。

何建明的作家论

何建明文学思想跟着新时代的节奏，跳动着新时代的心律，积极探索报告文学创作思想艺术的规律，为报告文学创作新鲜的创作思想，也为报告文学的基础理论研究提供了丰富的思想资源，从新时代报告文学创作经验的层面上，充实着中国报告文学作家论、创作论、人物论和文体论。

何建明对怎样成为一个优秀的报告文学作家思考很多，很有见识。他的文论经常谈到报告文学作家素质的培养问题。在《成为当代报告文学大家的必备素质》一文集中篇幅，详细地阐述了自己的观点。他认为，"报告文学作家应该是政治家的延伸物，是思想家的播音者，是社会学家的传声筒。因此，他需要深刻的思想，有大局意识，有判断风云的先行者能力，当然还需要丰富的社会阅历"。[26]

而在另一篇与记者谈当前报告文学存在着"急功近利、跟风模仿、自我写作"的访谈文章里,他提出了报告文学好作家的五个基本要素:"政治家的远见、思想家的敏锐、社会学家的博识和普通人的情怀,最后才是作家的本事。"[27] 在小说里,按虚构艺术的规律,如果能高度概括现实,塑造典型的人物形象,作品是可以弥补作家的某些思想偏向和艺术短板的,可以藏拙的;报告文学按真实艺术的规律,没有留给作家思想偏向和艺术短板的空间。作家如果存在思想和艺术上的问题的话,在创作时立刻捉襟见肘,无法掩饰。由此,更加体现出作家写作本事之外的功夫本领,也就是历史社会的认知与感悟。功夫下得深,作品就写得好。功夫下得少,作品就跟不上。相比之下,写作上的本领的重要性反而要靠后了。按这个逻辑延伸开去,得到的结论是,报告文学写真实,比小说家虚构还要难,当一个报告文学作家,比当一个小说家还要难。写报告文学完全可能比写小说更加吃力不讨好。小说家完全可能在很年轻的时候,就以优秀作品奠定了在文坛的地位,报告文学作家几乎不可能,如果没有做到像何建明说的那样,就写不出真正的好作品,而达到何建明描述的水平,需要尊重人的成长规律,需要尊重人的学习规律,需要尊重人思想走向成熟的规律,一句话,需要时间。所以报告文学作家几乎不可能没有准备而仅靠才华写出优秀作品。因此,何建明把学习排在优秀报告文学作家素质条件的前面,是很深刻的经验之谈。

何建明的创作论

何建明讲到报告文学作家的写作本事,并不完全指的是报告文学作家的才华与悟性,而更多地讲报告文学作家深入生活的能力和本领。他说,好作品是跑出来的,也就是深入生活得到的。何建明就是从这里,进入报告文学的创作论。虽然在作家论中,何建明把作家的写作本事排在最后,但进入创作论,作家深入生活的本事就变得格外重要了。在何建明的创作论思考里，报告文学创作的金科玉律是"六分跑，三分想，一分写"。也就是说，报告文学的写作，从"深入生活"就开始进入了。"深入生活"不光是报告文学写作的前提，而且是报告文学写作的有机部分，也是报告文学作品的血肉，只是读者没有读到，却能在字里行间感受到作家"深入生活"的程度，从而判定作品的真实度和可信度。因此，报告文学比任何一个文体更看重"深入生活"，更需要"深入生活"。一个作家，把"深入生活"的本领掌握了，其他的困难就不在话下。何建明看出了许多作家作品不行，根本原因就是没有生活。题为《缺乏时代写手，是因为太多人过着二手生活》的这篇访谈说得一针见血："现在大部分作家，照我的话，过的是一种贵族式生活。著名作家物质条件都非常好，根本不用到现实生活中去谋生，看看网络，看看电视，过着'二手''三手'生活。生活状态不到位，情感就到不了位，作品也到不了位，出不了大作品。"[28] 强调"深入生活"是中国报告文学创作生命长久根本。

何建明的人物论

人物永远是文学的中心，写人物永远是文学的难题，写好人物、塑造独特的人物形象，永远是作家心中的梦想。何建明报告文学创作特别注重写人物，进入新时代以后，更是在写人物上下大功夫，塑造了吴仁宝、黄大发、林鸣、季克良等一大批报告文学的人物形象，并且把自己的写人物经验，融入他的报告文学论之中。在何建明看来，报告文学写人物，与小说写人物完全不一样。小说人物是虚构的，作家进入写作后，相当自由，可以按小说规律天马行空，任意发挥。而报告文学写的是现实生活中的真实人物，按报告文学的创作的真实性原则，作家想象的空间非常小，或者说，并没有多少想象的空间。报告文学作家必须严格遵守这个原则，尊重报告文学的创作规律，去写人物，去写好人物。从这个角度说，何建明认为报告文学写人物比小说写人物难得多。不过，何建明也认为，报告文学作家有自己的招，有自己的办法。还是按报告文学的写作规矩办：六分跑三分想一分写。功夫花在深入生活，学会熟悉生活的本领，熟悉真实的人物，作家心里就会有人物。他说："我发现许多作品没有写好，就是因为缺乏采访能力，有些人平时很牛，但就是不会采访，别看他们曾经因为种种原因获了这奖那奖的，但是实际上还没有真正过采访关。"㉙过不了采访关，就找不到真实的人物，只好让自己的想象去代替，实际上是编造或部分编造人物。这是报告文学创作的大忌，不仅作品写不好，也败坏了报告文学的声誉。所以，报告文学要求作家必须过这个采访关，才会发现真实的人物。报告文学要提高自己的艺术能力和水平，就得从人物入手。人物不在作家脑中，而在生活中，就看作家有没有本事找得到，写得好。这是报告文学创作的最基本要求，也是报告文学创作的最高准则。何建明对此深有体会。他在《山神》创作谈里说："我特别注重采访中，那些不易被人关注的'零零碎碎'的东西，去挖掘一般人不怎么感兴趣的东西，恰恰这样的地方与这些零碎的东西才是黄金，才是最有价值的素材与故事。"㉚这可以看作是实实在在的采访学，也可以看作是最生动的"人物论"。由此，我们进而可以看出，小说有小说的"人物论"，报告文学有报告文学的"人物论"。何建明的"人物论"很有代表性，也还在发展深化之中。然而，就现有的思考，就可以看出何建明"人物论"的理论潜力。

何建明的文体论

何建明的文体论最有现实指向性的思考，应该数他对文体美学的倡导。他从史论、作家论、创作论等角度，都对报告文学的文体有过真知灼见。他在《中国作家正在创造一种新的文体》一文，与记者交谈时说:"报告文学还是一种正在不断成熟之中的文体,一个开放型的新文学文体,或者说,我们正在创造自己的文体。"㉛ 文体成熟的一个标志性特点显然是有了自己的美学原理和艺术规范,因此,何建明多次提醒报告文学作家要写出报告文学之美,"包含材料之美、故事之美、结构之美、精神之美和表达之美,以及创新之美和视觉之美等美学方面的东西和实践能力"。㉜ 这些论述其实是针对报告文学的短板问题的有感而发。文学界对报告文学的贬低和质疑并非从"非虚构"冲击波开始,多年以来,早有人固执地宣扬"报告文学不是文学"的观点,全面否定报告文学文体的文学价值。有的观点看似公允,认为报告文学脱胎于新闻,是"报告"加"文学",因此要求报告文学要加强"文学性"。这两种观点都不正确。前者恶意,后者好心,都不承认报告文学从它诞生起,就是一个新的与时代紧密关联的文学品种。"报告"与"文学"之间并非偏正结构,而是一个整体的概念,与"小说""诗歌""散文""戏剧"一样,都是同等文化价值的文体概念,都有或者正在形成自己的文学特征,都在或正在形成自己的美学原理和艺术规范。摆正了中国报告文学的位置,方可讨论报告文学发展过程出现的缺点和短板。报告文学确实有一个如何提高艺术性的问题,每一种文学文体都有如何提高艺术性的问题,但到了报告文学这里,怎么就成了加强提高"文学性"呢?没有人质疑小说、散文、诗歌的"文学性",怎么质疑起报告文学的"文学性"?"文学性"与"艺术性"是完全不同的概念,不可如此混淆,如坚持混淆,就别有用心。我们必须在报告文学就是文学的思想前提下,讨论报告文学的艺术性和美学问题,才能抓准问题根本,揭示问题的实质,找到解决问题的方法。

第四节　何建明文学思考的理论创新含量

中国报告文学处在一个创新的新时代，所有的优秀报告文学作家都用自己的作品推动着这个文学时代的形成。何建明新时代报告文学思想的创新反映在创作上，也反映在理论思考上。创作上的创新引发了他的理论思考，而理论思考又化为创作的生动实践。

报告文学叙事理论创新

说到报告文学的理论创新，我们很自然会想到从何建明自己创作中提炼出来的"国家叙述"的理论思考。他在自己的报告文学论里，非常重视这一思考的展开深化和理论创新的含量，非常重视这个创作理念与新时代报告文学创作与思想的关系，非常重视这个由他引入概念后发展成一种新的创作理念，以及写作方法能够打开中国报告文学创作与思想的新局面。因此，他的报告文学论在讨论新时代的文学思想中，不断思考着"国家叙述"的问题。《以国家叙事书写百年辉煌》《何来今天的蔚为壮观》《写社会主义江山，就是写人民》《宏大叙事与中国故事的书写》等访谈性的文章，都把这个概念或这方面的思考当作对谈的重点。

关于何建明创作的"国家叙述"，我们已有专章论述。不过，从报告文学理论建设层面来讨论，也许能够打开更开阔的思想空间，更好地认识报告文学发展进步的规律。首先，这个概念包含着丰富的人民精神。今天的时代，是人民的时代；今天的国家，是人民的国家。"人民就是江山，江山就是人民"说清楚了人民与国家之间的关系。引入报告文学的思想，也能说清楚"国家叙述"与人民的文学之间的关系。前者是报告文学正在实践的创作理念与方法，后者则是新时代报告文学的创作正在不断实现的方向，二者之间虽然理念很相通，但在表述上还存在着距离。随着新时代报告文学的深入展开，人民性成分不断加大，这个距离显然将不断缩小，之间的思想共识价值共识将越来越大。当人民的文学成为"人民文学"之时，也将产生自己的叙事，也就是"人民叙述"。而现在我们所认识的"国家叙述"在它的实践过程中，也一定与"人民叙述"不断融合，高度融合，实际上是一个"叙述"的两个方面，不分彼此。或者说，"国家叙述"将助力"人民叙述"的产生；"国家叙述"将等同于"人民叙述"。这样的文学叙事格局与方向，正是"国家叙述"最根本的思想内涵，也是"国家叙述"向文学纵深发展的基本走向。

其次，"国家叙述"从创作理念到报告文学的理论范畴的思考，表明中国报告文学有了建立自己理论概念的意识，有了自己独立地表达自己创作和思想规律的意愿，这是报告文学特别重要的思想进步。小说一直主导着文学，一直是文学文体的领头羊，因此，小说的思想成为主流的文学思想，小说理论概念也就代替了文学的理论概念，影响并主导着其他文学文体的理论表达。报告文学虽然是纪实文体，其理论概念反而受虚构理论影响最大。直到现在，报告文学还没有自己独立的理论概念，也没有自己的理论思维，不得不把自己的理论思想依附在小说理论上。例如，何建明的报告文学论仍然需要有限度采用小说理论的"现实主义"来表述报告文学反映现实的特性，而其他报告文学评论家基本采用小说评论的语言和思维来评论中国的报告文学，从不怀疑这种评论话语不仅无法正确准确评价中国报告文学，还可能给中国报告文学造成思想信息的损失。所以我们才会不断发现，报告文学的理论建设与新时代的报告文学发展现实相去甚远，还没有自己的理论概念和话语形式来更正确更准确更充分地描述。"国家叙述"的提出，也许可以作为一个理论思想的"突破口"，为中国报告文学理论话语的建构提供了可能性。当然，"国家叙述"的思想意识是到了，内涵很充实了，但要构筑为中国报告文学理论思维的关键词还需要理论上的提炼和打磨，然而这个概念的人民性内涵不断充实，正在朝着"人民叙述"的方向，建构理论的逻辑。一旦形成严密的逻辑关系，那么，以"国家叙述——人民叙述"为基础的报告文学理论建设就为期不远了。

再次，"国家叙述"的挺立表明中国报告文学面向世界的文学格局正在酝酿形成。讲述中国故事，小说有小说的优势，报告文学有报告文学的优势。在传统文化理念的作用下，我们可能更指望虚构艺术能够更多承担起向世界讲述中国故事的责任。从现实状况看，虚构艺术还没有更好地发挥自己优势，甚至在很多情况下放弃了自己的优势，突出了自己的劣势。例如一些评论家认为小说仅仅是把中国落后和不良的一面展示给世界，并不真实。但如何把中国当代真实一面展示给世界，现在越来越多地需要报告文学发挥更大的作用。事实上，报告文学讲述中国故事的作用，虚构艺术还无法替代。小说从个性叙述的层面讲述中国故事，报告文学从国家叙述层面讲述中国故事。小说讲述中国故事是文学，报告文学讲述中国故事同样是文学。一个通过中国文学的虚构艺术，一个通过中国文学的纪实艺术，都是文学的表述表现方式。

最后，"国家叙述"真实反映了报告文学由知识分子文体向人民文体转化的历史与现实的历史自觉、时代自觉。何建明考察了中国报告文学新时代创作实践后，直觉到中国报告文学作家正在创造一种新的文体，也就是新的报告文学，而这文体进步的"新"在何处？还可以进一步展开，还有待深化认识。不过，可以肯定的是，这个文体的新的要素，那就是能够站在"国家"层面上，"人民"层面上，真实地反映时代，反映现实，反映生活，那就是报告文学不断浓厚的人民氛围，不断展现的人民意识，不断强化的人民精神。何建明在《"人民"与"人民性"》一文结合自己学习"以人民为中心"的新时代思想的心得体会，进一步思考了"人民"与"人民性"问题，深知这是"国家叙述"的根本所在，是文体创新的根本所在，本质所在。

报告文学文体理论的创新

报告文学作为一种先进的知识分子批判现实，张扬革命思想的纪实文体，进入中国以后，很快融入中国革命和民族解放斗争，真实而深刻地反映着中国现实，反映着中国文学以人民为主体的时代精神，开启了报告文学中国化的历史进程。这个进程一个潜在的特质，显然就是在报告文学文体结构里，体现出中国人民的精神。或者说，先进的知识分子思想向人民精神的转化。进入改革开放时期以后，当整个社会思想认识到知识分子也是工人阶级一个组成部分的时候，先进的知识分子思想与人民的精神在中国报告文学这个文体实践过程中达成了共识，找到了共鸣，获得共同的文学价值。这个概念从根本上拆除了中国知识分子思想与人民精神之间的所有历史现实的政治思想文化障碍，从而打开了知识分子文学思想走向人民文学思想的通道。中国文学开始思考怎样建立一种属于人民的文学这样一个时代问题。这个问题最适合中国报告文学来思考，而报告文学思考也最为合格。因为中国报告文学在实践和思考中，顺理成章地将自己那种人民性的潜在特质变成了可行的实践。在新时代"以人民为中心"的思想支持下，中国报告文学这种人民性的潜质正在慢慢浮出海面，——人民文学的思想产生人民文体的可能性越来越大，越来越可能成为文学的现实。

新时代的报告文学文体的人民性含量的加大，意味着报告文学的中国化进程的加速，意味着中国报告文学的时代转型进入一个新的历史阶段，新的发展时期，意味着进一步确定知识分子文体向人民文体的转换取得了时代性的成果。我们知道，文学通常被解释为一种知识分子的文体。有些文体的知识分子特性相当突出，如中国的散文。小说本来就是一种人民性的文体，经过漫长的发展，成为文化人的文体，在现代文学的启蒙过程中，强化了知识分子的意识，进入"现实主义"以后，成为知识分子批判现实，追求人性的思想工具。而中国报告文学进入中国以后，却自觉向人民的精神靠拢，也使自己的文体表达向人民的文体靠拢，把文学无论从思想内容到艺术形式都真正还给人民，真正体现出文学来源于人民，最终属于人民的新时代文学精神。

注释：

① 吴义勤：《论坛讨论》(《探索与争鸣》2022年第3期）

② 何建明：《何建明报告文学论》第16页（天地出版社2018年版）

③ 同上，第52页

④ 同上，第17页

⑤ 同上，第66页

⑥ 何建明：《中国文学的水准从来不比西方差》(《何建明新时代报告文学论》第38页，漓江出版社2022年版）

⑦ 同上，第44页

⑧ 何建明：《应当充分自信地书写中国自己的文本》(《文艺报》2019年1月7日）

⑨ 同上

⑩ 何建明：《中国完全可以称得上是世界报告文学的中心》(《何建明新时代报告文学论》第51页）

⑪ 何建明：《中国写实体文学必将走向世界》(《何建明新时代报告文学论》第105页）

⑫ 何建明：《何建明报告文学论》第92页

⑬ 何建明：《我们是时代的钢琴手》(《何建明新时代报告文学论》第81页）

⑭ 何建明：《时代总在激荡着我们》(《何建明报告文学论》第 83 页）

⑮ 何建明：《文学对时代的担当　作家对进步的推动》(《何建明报告文学论》第 29 页）

⑯ 何建明：《何建明新时代报告文学论》第 180 页（漓江出版社 2022 年版）

⑰ 同上，第 171 页

⑱ 何建明：《何建明报告文学论》第 73 页

⑲ 何建明：《何建明新时代报告文学论》第 179 页

⑳ 何建明：《茅台——光荣与梦想》第 7 页（作家出版社 2023 年版）

㉑ 《何建明新时代报告文学论》第 9 页

㉒ 同上，第 9 页

㉓ 同上，第 123 页

㉔ 同上，第 157 页

㉕ 同上，第 115 页

㉖ 同上，第 76 页

㉗ 何建明：《何建明报告文学论》第 237 页

㉘ 何建明：《何建明报告文学论》第 161 页

㉙ 何建明：《何建明新时代报告文学论》第 74 页

㉚ 同上，第 213 页

㉛ 何建明：《何建明新时代报告文学论》第 84 页

㉜ 同上，第 166 页

第八章

民生文学

以何建明为代表的新时代中国报告文学作家的创作实践与思想探索，正在使中国报告文学的理论建设和创新方向越来越明确，线路越来越清晰，为中国报告文学的思想突破创造一个契机，让中国报告文学争取到了一张参与中国文学理论创新的入场券，有资格表述属于自己的时代文学思考并可能发展为一种具有创新品格的文学思想。我们可以归纳为"民生文学"。

"民生文学"这个概念，从何建明关于新时代报告文学论述中提炼出来，并通过何建明的创作实践得以不断深化，与何建明新时代的创作有着无法割离的关系。目前，这个概念更倾向于"文学的民生思想"的表述，与文学理论意义上的"民生文学"这个概念的理论界定和内在逻辑，可能还有些距离，还有赖于报告文学的理论评论家们更深入地认识和研究充实，才能完成对一种创新的文学思想的理论建构，才能使这个概念正确准确地概括出不断演进的新文学思想。我们要做的是，在一定程度上对报告文学创作所提供的理论建设的可能性进行提炼，更多的是关于这个概念内涵的思想资源的积累和开掘，不断扩大文学理论共识，以推动报告文学的理论建设。

可以充分肯定的是，这个概念所包含的创新思想，来自中国报告文学的实践，也来自一个需要创新思想的文学时代。如果没有革命时期报告文学作家的努力，没有新中国时期报告文学作家的努力，没有改革开放时代报告文学作家的努力，没有新时代报告文学作家的努力，甚至可以说，没有何建明个人的努力，那么这个概念就不可能呼之欲出。可以进一步肯定的是，这个概念并不哗众取宠，也不故作高深，却是深深地打上了中国报告文学的烙印，表述着中国报告文学有别于其他文学文体的思想。

一切理论以及思想都源于实践。正因为有强大的实践力量，理论思想的根基才稳固牢靠，才有概括力，也才有向思想纵深探索的可能。时代生活内生动力传递给了中国报告文学创新的内生动力，传递给了报告文学思想创新的内生动力。应该清楚地看到，报告文学自身无论如何创新，根源都在时代的现实的生活当中。在中国这片土地上生长着的中国报告文学，因此更加清楚地知道时代需要报告文学讲什么样的中国故事，表现什么样的时代精神，也更加清楚地知道中国报告文学思想从时代的创新实践中获得自身创新，才是真正文学思想的创新。

第一节 民生文学的历史沿革

百年来的中国大地上不断演绎着的"民生"活剧，推动着中国历史风云和社会变革。现代以来的中国历史，完全可从"民生"的开拓史发展史层面上来表述。任何一个具有先进思想的政党，都必须跟上这个历史的步伐，才能体现出先进性，才能得到人民的支持，也才能生存下去。中国共产党就是在中国民生最困苦的年代，应运而生的先进政党。党的初心围绕着国家强大，民族振兴，人民解放的凝聚、铸就和发展，历经百年严峻考验，初心不变，坚定地领导着中国人民由站起来，到富起来、强起来，使中国的"民生"向着中国式现代化奋进。中国的"民生文学"正是沿着这条发展民生的线路前行，留下了自己不同时期的清晰脚印。

红色文学与民生文学意识

20 世纪初，马克思主义和社会主义思想的传播，中国共产党的诞生，给中国文学注入了现代意义的"民生"进步意识。通过反帝反封建、无产阶级革命、强国梦、人的解放等时代革命性的主题，传递着中国传统文学向现代文学转型的信息，渗透着最初的"民生"意味。与中国先进思想、进步的革命的文学有着天然血脉关系的中国报告文学，从一开始就接收到时代文学传递出来的思想信息，把握住新文学里跳动着的时代脉搏，自觉站到了受压迫者一边，体现出创作思想的人民性，从而使自己的文学思想注入了民生的含量。报告文学理论评论家黄菲莪对中国报告文学史颇有研究，她指出："报告文学自近代发生就承担着为被压迫者发声、为民族命运呐喊的文学使命，以批判和反抗的姿态成为一种战斗性文体。报告文学的战斗性与这一时期'左联'承担的反帝反封建的历史使命有着精神上的契合，以'大众化'的方式书写'革命化'的主题，作为无产阶级运动的重要文学武器，成为一种具有无产阶级属性的文体。"[①]直到现在，几乎还没有哪一部报告文学史论从"民生"层面上去讨论中国报告文学的发生与发展。但是，如果我们看到这些描述已经抓住了一些具有时代属性的关键词，那么就可以认定，这样的描述已经具有"民生"的意义，或者说找到了最初的"民生"表述方向感。也许，我们可以期待，不久的将来，会有报告文学史论家们发现"民生"这个概念对中国报告文学史的重要价值。

中国文学的理论思想需要明确自己的人民情怀、人民立场、人民思想和人民精神，是在毛泽东同志发表《讲话》以后。在此之前，中国进步的文学并非没有人民意识，但总体上仍然没有建立起文学的"人民"概念，更多地保持着为"人生"的人文主义思想格局。《讲话》则第一次明明白白提出文学为人民服务的文学思想，人民群众应该作为文学作品主角的创作理念。毛主席说："为什么人的问题，是一个根本的问题，原则的问题？""无论高级的或初级的，我们的文学艺术都是为人民大众的，首先是为工农兵的，为工农兵而创作，为工农兵所利用"。② 在那个历史时期，这些思想观点多数人还可能很陌生，还很难理解，可能也很不容易接受，但党领导的革命文学则已经充分认识到《讲话》的精神的创新价值，以及对中国文学未来发展的历史转折性意义。革命文学精神与人民群众的精神融为一体，共同探索创造真正属于中国人民自己的文学：人民文学。

应当承认，尽管中国报告文学可能最先感受到一个"人民文学"的时代正在迎面而来，也肯定是新的文学思想最大的拥戴者，最早享受到新的文学思想的惠泽，但是，作为当时还是非主流的报告文学，还不可能独享这份理论的大餐，甚至还没有触动自己本应敏感的理论神经，只能用自己更加努力的创作去践行新的文学思想。一大批作家走到前线、农村，创作了一大批突出人民精神人民情怀的作品，展开了新的时代的文学风貌。而中国报告文学则是延续着自己一向追求"大众化"的传统，在广大非知识分子作家参与中，最大程度发挥了文体的人民性。《报告文学史论》一书特别评价了"一日"体报告文学现象，特别是当时的《中国一日》《冀中一日》等"一日"写作，认为这一延续多年的写作热潮，"构成民族史诗的一部分，这不仅是报告文学的价值，也是文学之于国家和民族的意义"。③ 确实，"一日"的写作是中国纪实文学特有的现象，和中华民族的抗争与解放斗争有着深刻的关系。

评论家们对这种群体性很强人民参与性很强的写作在高度肯定的同时，仍然谨慎地有所保留，认为这种写作的重要性在于推动社会进步，具有革命的意义，文学价值并不高。确实，对小说、散文而言，文学价值可能不高，但对纪实性创作，特别是对报告文学而言，重要性怎么评估都不为过，尤其是"文学价值"应该得到更多的肯定，可以看作是中国报告文学走向"民生"的历史性洗礼。参与"一日"写作的人，除了作家、文艺工作者之外，更多是前线的指战员，乡村的农民和普通知识分子，工厂以及作坊的工人，学校的老师和学生。他们也许没有很高的现代文学造诣，却有能力真实质朴地记录自己的生活，讲述自己的故事，表达自己的思想感情。这其实不光带来文学的社会增值，也产生着中国报告文学需要的文学价值，或者说，就是报告文学的价值。这显然可以看作是中国报告文学自觉向人民文学转型的探索与实践。所有的"一日"参与者们也许还不知道，他们的这一次写作的冲动，率先为多年以后，中国报告文学的"民生文学"思想奠定了最初的合法性。

新中国文学与民生文学内涵

《讲话》作为一篇划时代的文学思想文献，终结了一个现代文学的主流时代，开启了中国的当代文学的历史进程。而新中国文学正是沿着《讲话》的精神展开，并以为人民服务，为社会主义服务为方向，形成了"工业题材""农村题材""军事题材"的规划格局，呈现出走向人民文学的文学思想和文学意识形态。题材划分的政治思想内涵和导向，一般情况下，很少被提及，只有当理论评论家们后来试图任意调整时，才更加明确地意识到并突显出来。

研究新中国的文学，无法回避这种题材的划分给中国当代文学带来的发展与创新。首先是"农村题材"和"军事题材"创作的不断发力，队伍的不断强大，优秀作品的不断问世，推动着中国当代文学进入第一个高峰期。在中国共产党领导下，中国人民经过多年浴血奋战，赢得了世界反法西斯战争的胜利，也结束了国民党反动统治，建立了人民当家做主的国家。开创这个波澜壮阔的战争历史的主要力量，从中国实际情况看，是中国的农民。中国农村为革命战争胜利提供了广阔战场，中国农民为战争胜利做出了最大牺牲。中国农民为自己的解放而战，也为中华民族的解放而战。凝聚在时代文学主题上，就体现出文学的英雄主义和人民精神。与此同时，新中国文学从这样的历史中获得了取之不尽的丰厚创作资源，奠定建构了新中国文学思想的基本关系，打开文学创新的局面，取得相当辉煌的成就。今天，"农村题材"已经让位给"新乡土小说"，"军事文学"已经让位给"军旅文学"。我们的文学仍然在享受着新中国文学的成果，却任性地修改新中国文学概念的内涵。

相对于"农村题材"和"军事题材"的成就，"工业题材"还显得滞后弱小，优势还不突出。并非文学不努力，而是新中国开始由农业大国向工业迈进，国家的工业建设刚刚起步，还无力向文学提供能像"农村题材"和"军事题材"那样丰厚的资源。另一个可以理解的原因则是，新中国文学的作家认识中国农民问题、中国革命问题更加深刻到位，生活积累更加丰富，处理这类题材更加得心应手，也就暴露出了"工业题材"创作的短板。直到进入改革开放的时代，这个短板并没有最后补齐，"工业题材"创作还是中国当代文学的弱项。今天，中国已成世界制造业大国，表明"工业题材"已经具备了突破创新的能力，而文学创作反而退缩了，与一次历史性的文学创新擦肩而过。

应该承认，新中国的文学光荣更多属于小说。现代文学，小说为主流。新中国文学，小说仍然是主流，只是流向不同。前者流向知识分子的文学，后者流向人民的文学。新中国文学最大的成功，就是把现代文学的非主流转变为主流，把中国现代文学的"人民文学"的可能性变为中国当代文学的实践。

在文学历史的转折时期，中国报告文学如鱼得水，跟着"人民文学"的大势，把自己适时地定位在"轻骑兵"的位置上，及时而敏锐地感受着记录着生活的变化、时代的热情、人民的进步，发挥着纪实的文学作用。虽然没有创造出像小说、诗歌那样的辉煌，文体也还有待进一步成熟，但它的代表性作品如《谁是最可爱的人》《为了六十一个阶级弟兄》《县委书记的榜样——焦裕禄》等社会影响力则一时超过小说，彰显了中国报告文学不可小视的文学潜力。用"轻骑兵"这个概念描述新中国报告文学的状态，形象而准确。不仅描述了创作现状，也描述了理论现状。中国报告文学还无法像小说、诗歌、散文那样具备建立自己文体的思想，却也在"人民文学"总体思想上汲取了充分的营养，分享了时代文学思想，深化着对"民生"问题的思考。当然，这个时期的报告文学也跟着小说思想走，曾产生过"干预生活"的冲动，不过，对充当"轻骑兵"角色的报告文学来说，还承担不了这个任务，充其量只能尝试和适当地探索。

新时期的问题报告文学

中国报告文学终于等到了并抓住了自己的一个发展的好时期。《哥德巴赫猜想》《扬眉剑出鞘》等作品的问世，如炸响的春雷，宣告了一个报告文学新的创作时代的到来。有意思的是，至少这两部中国报告文学新时期的代表性作品，看起来与当时小说创作的"伤痕文学""反思文学"并不一样。同样都是改革开放，思想解放的产物，但二者似乎并不在一个轨道上。前者把着新中国文学的时期的"人民"的根脉，而后者则更多地愿意与中国现代文学的理念重新接轨，以至有学者呼吁要"重写文学史"。小说是回归了"人"，却可能稀释了"人民"，有了形而上的主题，有了批判现实的高度，却并不真正接"民生"地气。

尽管有了自己的时代标志性作品，但思想引领的还是小说的思想。报告文学因为习惯了"轻骑兵"的地位，只能跟着小说的指挥棒走。即使这样,新时期的报告文学仍然取得了突破,争取到了可喜的成绩。那就是报告文学当代史不可跨过的"社会问题报告文学"。小说反思看到了"人性"问题,报告文学反思看到了社会问题。笔者因问题报告文学一直拖着小说反思的阴影,对其思想价值持有一些保留意见,持谨慎评价的态度。但事实上,问题报告文学代表着新时期中国报告文学的一个高度。关于这一点,理论评论家黄菲蒻从"史论"层面给予中肯评价:"社会问题报告文学以直面我国社会生活的重大问题,揭露社会发展中出现的新矛盾、剖析传统文化与当代生活的新症结为使命,风格冷峻,锋芒直指社会和历史本质真相,是新时期报告文学史中著述最多、影响最大、风格特色最为鲜明,也颇具争议的流派之一。"④

问题报告文学可以看作是中国报告文学认识中国"民生"问题的一个新阶段。改革开放,中止了"阶级斗争"的思维模式,却无法中止生存斗争的真实存在。国家的生存,民族的生存,人民的生存到了最危险的时刻,被逼着实行改革开放。由此,"民生"问题浮出了水面,以往那些纷繁复杂的政治问题、社会问题、历史问题统统可以归结为"民生"问题。许许多多"民生"问题汇集在一起,构成了改革开放早期复杂的现实矛盾。中国报告文学跟着时代走,自然要直面那么多的无法回避的问题,也就形成"问题"写作的潮流。我们批评"问题报告文学",并非指责它直面矛盾,触动问题,而是批评它没有建立起问题导向,没有看到问题的"民生"的本质。但不管怎么说,"问题报告文学"的出现,使中国报告文学终于推进到"民生文学"的大门口。

第二节　报告文学就是民生文学

民生文学的时代内涵

党的十八大以来，新时代中国特色社会主义思想，强调以"人民为中心"的发展理念，引领整个社会形成明确共识：发展依靠人民，为了人民。改革成果全体人民共享。人民群众对美好生活的向往，就是我们的奋斗目标。唯物史观坚持人民创造历史的观点，坚持人民群众是历史前进根本动力的思想。然而，不同的历史阶段，现实社会的人民观也会出现差异。特别是市场经济探索建立的时期，各种思潮相互激荡，各种思想发生碰撞，人民观的差异有时会很明显，时不时会出现消解、淡化、轻视、脱离人民精神的现象，有时甚至站到人民的对立面，给社会带来意识形态的矛盾与风险。因此，新时代的人民观的强调和坚持，有着鲜明的现实的针对性。发展实践证明，只有坚持"以人民为中心"的思想，才能消除差异，化解意识形态风险，破解时代的难题。

新时代"以人民为中心"的发展思想启发和帮助越来越多的人认识到，中国革命史完全可以和中国的现当代"民生"发展史放在一起思考。中国革命无论怎样辉煌灿烂，也无论怎样艰难曲折，最后都会落在一个最基本的层面上——"民生"。中国问题再尖锐，再复杂，再困难，说到底最根本就是"民生"问题。"民生"问题解决了，所有的问题也就迎刃而解了。中国人民的生存，中国国家的强盛，中华民族复兴的思想，正是浓缩在"民生"这个概念上；"人民"是一个先进政党的执政的底气，是一个国家发展的底气，更是我们这个时代"民生"的底气。新时代的"民生"概念的提出，不仅概括了中国人民创造美好生活的伟大实践，而且概括了中华民族为人类文明进步所做出的重要贡献，更是概括了当代的国家精神。

新时代的人民观，赋予了报告文学时代思想之核，也赋予了正在形成的"民生文学"思想之核。也就是说，"民生文学"的主体就是人民，是正在创造新生活的人民。"民生文学"的内涵，将围绕着这个主体展开夯实。从这里，我们可以进一步认识和展开"民生文学"的深刻内涵。

"民生文学"将以中国民生发展为问题导向，集中报告文学的优势，坚持以历史同行，积极反映新时代人民的进步、国家的发展，以民族的振兴为己任，抓住时代的主题，表现人民的奋斗精神、生活精神、文化精神。"民生文学"将重点直面"民生"的现实矛盾冲突，站在"民生"的层面，超越一般的"人性"纠结，揭示经济社会发展中人民的生存问题和精神问题，力求更加敏感地把握时代跳动的脉搏，更加深刻认识变化的现实生活，并积极从现实矛盾冲突中揭示出创造生活的力量。"民生文学"将尊重艺术规律，努力塑造现实生活人物形象，特别是时代英雄、模范人物和代表着社会正能量的新人形象，维护引导社会建立正确的道德伦理和价值取向，激发人们昂扬向上的进步精神和创新精神。"民生文学"将不断巩固和创新"人民文学"的思想，致力于创新建立以纪实为基础的，以人民精神为主导的新报告文学文体。报告文学可称为"民生文学"，新的文体可称为"人民文体"。

中国报告文学新时代的创作任务，就是写好"民生"；而新时代报告文学理论建设的重要任务，就是把时代的"民生"思想融进文学思想的血脉里，创造性转化为一种具有新时代精神特质的新的创作思想、文体思想和文学思想。进入新时代以后，中国报告文学不仅创作走在时代前列，思想进步也走在时代的前列。"民生"这个概念看上去很朴素，并不新奇耀眼，却包含着我们时代最先进最有创新力的文学思想。得"民生"之魂，方得文学之底气，方得文学创新之魂。有了"民生"，中国报告文学思想就突破了自己的理论圈子,汇入了中国当代文学的思想主流,助力时代文学思想的进步,或者说,参与引领文学思想的进步。

何建明的民生文学观

中国报告文学敢于提出"民生文学"的思考,是中国文学朝着"人民"方向发展的大趋势所致,是新时代中国报告文学正承担生力军主力军任务格局所致,实际上,是以何建明为代表的报告文学作家文化自觉与自信所致。如果没有他们热情饱满不遗余力地反映现实,反映民生,把民生主题不断提升为文学的时代精神来表达,就不可能有打着报告文学鲜明印记的文学思想突破创新。

新时代报告文学创作最具实力,最有成就的何建明,一面向社会奉献优秀作品,一面也努力思考中国报告文学思想如何更深刻体现人民观点,如何更真切地表达"民生"。他作品的两大主题,就是对民生文学内涵最生动也是最准确到位的解读。一是现代化发展的主题;二是绿色发展的主题。实际上,这可以理解为民生文学的理论根基。因此,何建明完全可以称为"民生文学"的奠基者、开创者,他的民生文学观点尽管还是朴素的,却包含着可以建构中国报告文学理论体系关键词的能力。

"现代化发展"的主题贯穿于何建明的新时代创作。中国改革开放早期,发展是硬道理,物质财富的社会创造和积累是硬道理。那个时候讲发展,更多的是侧重经济发展。经济必须先上去,老百姓必须先吃饱饭,历史的机遇必须抓,社会矛盾较集中地体现在经济改革和发展方向。整个社会转向以经济发展为中心,一切为经济发展让路,甚至意识形态也必要地放弃"姓资姓社"的无谓争论,来保证一个带有市场经济特征的新经济社会的快速到来。这个时期的何建明报告文学创作,虽然思考了这种快速的跨越式的发展带来的社会的道德文化的意识形态的失衡,但还是主要按照社会发展阶段的要求，突出了经济发展，现代化的主题。

进入新时代，社会开始让思想家们长期忧患的发展道德伦理问题浮出水面，对几十年的发展提出了更深的发问：我们的发展为了谁？什么样的发展才能让人民有获得感、幸福感、安全感？我们到底要实现什么样的现代化？我们会不会走西方那样的现代化道路？如果那样，现代化的意义和价值在哪里？这个问题非常尖锐，非常深刻，非常现实，无法回避，整个社会都在回答。中国报告文学也在回答。何建明用自己的创作如《浦东史诗》《复兴宣言》《我心飞扬——"华虹520精神"纪事》等作品回应了时代的思考，向社会发出了中国报告文学自己的声音：必须走中国式现代化道路，中国人必须建设中国人民自己的现代化，必须有自己的发展模式，而不能按西方规定的模式，走西方的现代化之路。

在时代思想大冲撞的背景下，何建明自觉地把笔伸向与中国式现代化相连接的农业农村现代化问题，触及了"三农"问题的根本。只有农业农村现代化，中国才能实现现代化。没有农业农村现代化，也就没有中国式现代化。何建明长期深入生活，对"三农"非常熟悉，深知"三农"发展长期滞后，症结在哪里。他的创作，就一直在探索思考中国农村发展的主题，并在进入新时代后，通过对脱贫攻坚的描写，对乡村振兴的描写，让自己的思想，跟上时代思想，把自己的写作凝聚在表现中国农业农村现代化方向上。如《德清清地流》就剖析了中国农业现代化进程的一个乡村样板，展开了农村现代化的光明前景。而《流的金 流的情》则通过区域经济发展，看到中国农民在自己土地上创造经济腾飞奇迹的巨大内生动力：让广大农民自觉在自己的家乡，自己的土地上耕耘，农业农村现代化才有坚实的基础，"三农"问题才得以根本性破解。何建明显然在强调自己思考的观点，即中国农村农业现代化，根本在一个"农"字，必须守住"农"，守住中国人的饭碗，现代化才有价值意义。如果失掉"农",现代化价值意义也就失掉了。中国传统农业好好地养育了中华民族几千年,怎么到了走向现代化的今天,就成了老大难的"三农"问题,端好中国人的饭碗怎么就成了问题?何建明这些作品走在前面的探索,对"民生文学"的建构,是非常宝贵的思想资源。

"绿色发展"同样触及了时代深刻的矛盾冲突。由"以阶级斗争为纲"向"以经济建设为中心"转型,是个伟大的社会进步。但如果以经济建设来替代社会其他方面的建设,那么,社会各方面就会亮起红灯,就会产生各种社会问题,到一定时候,就会酝酿成现实生活新的矛盾冲突,严重阻碍社会继续进步。有些矛盾并不以冲突的形态表现出来,但有些矛盾冲突性就非常鲜明尖锐。如经济发展带来的人的生存环境破坏恶化,就是一个非常直观、日益尖锐的,无法回避的问题,也是新时代要面对的严峻的发展问题。实际上,新时代不是人们敲锣打鼓迎来的,而是整个社会发展正在经受生态问题及其现实问题深刻困扰时,时代做出的艰难选择。"以人民为中心"的发展思想,就是为破解改革发展中的各种矛盾而产生的思想,是从中国社会发展矛盾冲突碰撞出来的新时代思想。我们从"政治建设、经济建设、社会建设、生态文明建设、文化建设"的五位一体的总体布局里,就可以看出"以经济建设为中心"的思想在不断丰富与发展。

何建明把住了这个时代跳动着的脉搏,呼之欲出地创作了《那山,那水》,开辟了他报告文学发展主题创作的新阶段,开启了中国报告文学绿色发展主题新篇章。同时,也影响了当代中国文学的创作思想。近年来,中国文学思想提出的"生态文学""自然文学"显然自觉不自觉地吸收了中国报告文学绿色发展的创作思想,而报告文学的绿色发展的时代思想高地,正是何建明率先占领的。

分析何建明绿色发展的创作思想,会产生如下几个方面的思考:其一,发展不能以破坏生态为代价,发展必须以保护生态环境为前提。几十年来，中国积累了丰富的发展经验，也有沉痛的教训，深刻认识到，发展为了人民，发展成果最终属于人民，如果把人民生活的环境污染了，破坏了，让人民付出生态安全的代价，那么这样的发展只是少数人需要的发展，并不是人民需要的发展，不是为人民谋福祉的发展。我们宁可放弃这样的发展，也不能选择祸害人民、祸害民族的发展。其二，绿色发展仍然要坚持发展的思想，坚持保护建设人民生活的发展，为子孙后代留下"天蓝、地绿、水清"的生产生活环境。然而，发展与保护看上去是一对矛盾，我们必须用时代的智慧破解这对矛盾，化解紧张的关系，使其和谐友好，共建新时代发展的新理念。著名的深入人心的"两山理论"就是我们这个时代好的绿色发展的理念：在保护中求发展，在发展中求保护。其三，绿色发展不能简单理解为一种经济发展的模式，而是社会全面发展的时代要求。事实证明，经济发展有时可以是社会发展的龙头，但不是社会进步的全部。只一味发展经济，而把社会其他发展远远落在后面，龙头与龙身分割开了，风险也就出现了，红灯也就亮了。这样的模式，不仅破坏了环境生态，也破坏了社会生态、政治生态、道德生态、文化生态，是一种得不偿失的短视行为，也是发展的歧路，非常不可取。因此，新时代的绿色发展理念，也应该包括人的全面发展，人的社会全面发展。其四，人类只有一个地球，只有一个我们赖以生存的环境，自然界所有的一切都和人类安全息息相关。保护地球就是保护我们自己，保护人类共同的命运。人类必须坚定地建立起"人与自然和谐共生"的共同价值，进而建立起"人与自然""人与社会""人与人"的共同价值，创造一个更加美丽美好的世界。中国的生态文明思想和绿色发展的理念，来自人类文明的智慧，来自中国发展的经验，也将给当今深受环境生态破坏所困扰的世界提供有价值的可行的中国方案，为建立人类命运共同体提供中国的发展思想。其五，中国当代文学的自然生态的思想，虽然吸收了报告文学的一些思考，但总体看来，还是受到西方文学的生态思想影响更多更深一些。西方现代化进程比发展中国家更早碰到环境生态问题，但他们的解决方案主要是向经济滞后的发展中国家输出污染产业，转嫁生态危机。一些发展中国家为了自身经济，不得不屈辱地接受西方人强行安排的现状。西方发达国家的环境生态问题解决了，而发展中国家的生态却遭灾了。可见，西方发达国家的生态安全是建立在发展中国家的生态危机之上的，因此，其生态思想也必然带着这样的思维方式。发展中国家的生态保护理念如果过度地跟着西方转，就会把自己转进思想文化的误区里。中国是具有先进思想的发展中国家，在自己的经济社会发展中走出了一条中国特色的道路，建立了自己生态文明的思想和体制，保证了国家的生态安全。

从何建明的作品读出的这些探索与思考，很清楚地梳理出社会先进思想如何转为"民生文学"思想的过程，也看到"民生文学"思想如何融入社会矛盾冲突，融入先进思想的过程。尽管"民生文学"还需要报告文学作家和报告文学评论家共同来建构，但有一点可以肯定，"民生文学"思想有人民精神的底蕴，有先进思想的灌注，正在文学土壤中破土而出，生根发芽，必定长成一棵新时代的文学大树。

民生文学与改革文学

"民生文学"作为新时代开创的报告文学新的表现形态，与改革开放早期的"改革文学"有着密切的关系。"改革文学"作为一种新的文学精神，融入了文学创作的各个文体，渗透在小说、诗歌、散文和报告文学的创作里，统称为"改革文学"。这种时代的文学精神的萌芽也许不长在小说创作这片土壤里，却在小说创作中得到最积极的响应，产生最强烈的共鸣，打开最有社会反响的文学局面。可以说，"改革文学"的精神，在小说创作中体现得最充分，取得的成果也最大。

不过,"改革文学"的进展后果有些让人意外。中国改革从未停下脚步,一直向着深水区进发,不断打开社会一扇扇改革之门。这也意味着,改革将撞击社会原有的利益关系,打断旧的经济和相关的链条,触及社会最敏感、最深刻的矛盾,在一些情况下,会引发剧烈的冲突。特别在市场经济改革进程中,深刻调整改变着社会的价值取向、伦理道德、思想观念、文化精神以及相应的社会关系。如此大的变化,社会矛盾冲突的剧烈程度可想而知,考验着国家民族和人民。人们慢慢从这些矛盾冲突中掌握了改革规律。这些矛盾冲突与规律,本应成为"改革文学"深化的丰富重要的思想逻辑,在社会矛盾冲突中发现新的动力,深化改革主题,创新改革文学。可惜的是,中国的"改革文学"反而停滞不前了,甚至后退,并与火热的改革生活渐行渐远,最后,不可思议就消失了。今天,我们谈小说,已经很少谈到"改革文学",而且,很少用"改革文学"这个概念描述眼下的文学作品。

分析原因,可以有很多看法。笔者以为,有几点可以提供参考。一是"改革文学"对中国改革的现实深度广度没有建立足够的认识,对改革的规律有所探索,却没有真正掌握。所以面对严峻的现实,无所适从,无力思考,无法建立起反映表现的信心。唯一的选择只有回避,向内心转进,向生活的边缘伸展,走到了脱离生活的创作路上去了。二是以往"改革文学"的表达模式失效了,进行不下去了。"改革文学"通常的模式基本上属于救世主模式。在人们走投无路的时候,改革者站出来,个人英雄般地就把局面改变了,于是人们过上了好日子,改革完成了。很快读者发现,这样的救星,这样的救世主,只存在于作家的想象里,在现实生活中并不存在。改革英雄并不真实,反而有粉饰现实的虚假之嫌。面对如此复杂的改革难题,人们从虚构为主的"改革文学"里得不到解答。三是小说思想界自己产生一些与时代精神偏离的文学思想，如受西方现代派文学的诱惑，把实验探索当时尚，推行小说的"三无"（无主题、无情节、无人物），加上借着现实主义回归，"人性论"大行其道，堵塞了"改革文学"的通道。这样，"改革文学"消亡的命运就不可避免了。

小说的困惑困难时期，报告文学却发展得如火如荼。报告文学顺理成章地接过"改革文学"的接力棒，从中汲取了"改革"的精神，获得了思想的力量，把"改革文学"的思想用纪实的方式持续下去。正是改革的思想以及经济社会发展的思想，令中国报告文学抓住了历史机遇，开始由文学"轻骑兵"向文学的主力部队扩建。或者说，更像一支现代的特种部队，承担着一种全新的作战方式。作为小说的"改革文学"消失了，"改革"的精神则在报告文学创作里满血复活。

"改革文学"英雄人物形象塑造模式的变化特别值得一提。虚构文学一度倾向非英雄化，热衷表现小人物。这一变化更体现现实主义人文精神的创作原则，直接就宣告了"改革文学"的英雄的死亡。虚构文学消解了崇高，必然消解了英雄。英雄变成了小人物，没有了"英雄气"，改革文学便进行不下去，解散就成了大概率的事情。今天，中国改革仍然在不断深化，不断出现新问题，而"改革文学"已经离我们远去，那种塑造英雄的模式，也不再流行。有幸的是，英雄气在中国报告文学创作中还在赓续，英雄人物还在中国报告文学里坚定地存在着。作为反映真实生活的文体，中国报告文学不会无视中国第一线生活不断涌现的英雄人物。他们不是虚构文学中的英雄，而是创造新生活的英雄。写好真实的英雄人物、模范人物、先进人物，正好是这个文体必然的思想艺术追求。他们是来自世俗的普通人，却克服了世俗庸常的理念，超越了普通人，创造出引领生活向着更美好方向进发的精神。这就是英雄气概，这就是报告文学的英雄。当然，如何写好真实的时代英雄人物，一直就是中国报告文学需要不断探索实践的课题。

报告文学挺在生活的第一线,意味着必须直面改革进入深水区所产生的种种现实矛盾和社会问题,需要去表现的题材特别多,有不少思考本属于小说,有些题材应该小说是长项,却也都由报告文学来完成。报告文学的问题特别多,思考特别多,由此产生出问题报告文学。无论我们今天如何评价问题报告文学,都应该承认,中国的报告文学比其他文学文体都要厚道实诚,经受的考验严峻性也远远超过其他文学文体。正因此,中国报告文学才探索出反映现实的好路子,才获得提出"民生文学"的资格,掌握了主动权,建立起自己新的文学思想话语的合法性。仅这一点,我们就应该对中国报告文学怀有深深的敬意。

民生文学与生态文学

如果说,"改革文学"给中国报告文学的成长提供了足够的思想养分的话,那么可以说,报告文学则直接把自己多年积累的思想资源开放给方兴未艾的"生态文学"。如今中国文学界关于生态文学的讨论非常热闹,高论迭出。可是一旦检视创作,就不难发现,直到目前为止,还是报告文学的作品数量最多,质量最好,最能引发社会关注,最能体现生态文明的精神。

早在问题报告文学最强盛的时期,不少作家就发现了经济高速发展,产生了环境破坏的问题,产生了重点关注环境求助和保护的代表性作家。如徐刚、何建明、哲夫等人的作品。后来者更多,如李青松、陈启文等。何建明早期就有一部反映我国矿产资源被破坏的报告文学作品《共和国告急》。这部作品认为环境遭污染破坏的同时,人性也遭破坏。进入新时代以后,何建明一部《那山,那水》奠定了中国报告文学在"生态文学"方面的主导地位。这部作品把环保与具体的民生放在同等重要位置上,用"民生"引领环保,看到经济社会正在破解经济发展与生态保护之间的矛盾，打开了环保题材写作的新空间，直接催生了中国生态文学的产生。

评论家们的话题更多的还是停留在生态文学与自然文学关系的范围内。生态文学的确脱胎于西方传统的自然文学。事实上，人与自然的古老天然关系，必定使自然文学成为人类最早的文学形态。因此，自然文学源远流长，也不仅限于西方文学。世界上任何一个国家，任何一个民族，只要有自己的文学，就会有与自然关系的主题，就会有自然文学。可以说自然文学是人类与自然和谐共生的理想文化成果。

生态文学则源于人类自身傲慢，以为可以主宰自然等意识形态的危机。人类由于自身经济社会发展，特别是现代资本主义工业化高速发展，开始向自然无限制索取，以满足人类永远不能满足的欲望，带来自然的破坏，危害自然，也危害人类，造成人与自然失衡恶化。在人类无可奈何之时，重新修复调整与自然矛盾冲突关系之时，才产生了所谓的生态文学。西方资本主义发展的严重生态危机典型性，使西方生态文学更加引人注目。我们从《瓦尔登湖》到《寂静的春天》，就多少看到自然文学到生态文学变化的线索。前者更接近自然文学，后者则是典型的生态文学。

西方生态文学看上去在思考全人类命运，实质以推销西方式的生态理念为前提，暗含着不少西方中心论的偏见。我们的文学理论家们也通常会因此误读西方生态理念，以为这是破解难题的好药方。其实每一个国家，每一个民族都会在自己的生存斗争中发展出自己的生态文学，思考自己的生态问题，寻求自己的方案。只有每个民族都积极贡献智慧，实行多样文化的组合，建立共同体，才能找到人类命运的出路。中国的生态文学不能变成西方生态文学的一个变种。这样的观点，越来越可能发展为我们认识生态文学的共识。

中国的"民生"问题引领着"生态"问题。发展是硬道理，保护也是硬道理。新时代生态文明的思想，从中国生态实际出发，提出了一系列保护生态，发展经济社会的硬道理，一方面严正地护卫着中国的"绿水青山"，一方面良性发挥"绿水青山"的效能，给人民带来福祉，走出一条生态发展的中国式现代化道路。由此，产生了中国的"民生文学"的生态观。报告文学作家、生态文学主要倡导者李青松认为："将生态意识和自然伦理精神深深嵌入民族文化，把生态文明的种子播入读者内心，是生态文学的使命和责任。"⑤

中国的民生文学思想应该主导着生态文学的思想。生态文学只有成为民生文学的一个有机部分，才有真正的意义，才有发展的前景。西方生态文学思想固然重要，但并非唯一正确的文学思想。每一个国家民族都会有自己的生态问题，也都会有自己的生态文学。如果中国建立了与中国民生相适应的生态文学，那么就会清楚认识到西方生态文学的局限与缺陷，也就更加认识到中国生态文学的世界意义。

第三节　民生文学与共同富裕的时代课题

何建明创作的发展主题的一个重要维度，就是"共同富裕"发展的思考。这方面，确实需要何建明今后的创作应该更深入地展开，确实需要中国报告文学向生活纵深开拓继续探索。当我们时代把"共同富裕"这几个大字写上发展的旗帜上的时候，就意味着，中国式发展走上了一条很不平坦的道路。而"民生文学"的提出，表明中国报告文学与时代共同前进，准备继续接受现实斗争的考验。

新时代的"赶考"

"共同富裕"这个概念源于邓小平理论的一个重要思想："一部分地区、一部分人可以先富起来，带动和帮助其他地区、其他人，逐步达到共同富裕。"⑥ 原先思考的重心在于"一部分人先富起来"，符合中国经济发展的实际，也深得人心，做得非常成功。进入新时代，"共同富裕"思想逐渐升华为更为符合时代精神的发展主题，成为我们党开启下一个百年新征程的奋斗目标。这是一个伟大时代的课题，也是一个伟大时代的难题。改革开放以来，面对"共同富裕"这个难题，实干家们一直在破解，理论家们一直在深入探讨，尽管实践和理论上都取得了瞩目的成果，但仍然是一个时代的难题。越深入探讨，才更加知道难度，才发现我们以往可能低估了这个时代课题的难度。也许我们需要付出下一个百年，甚至更多的百年时间的努力，以全力以赴"赶考"的精神意志，来破解这个时代的难题。

经济学家厉以宁先生的观点共识度较大，也在经历着实践的检验。他从收入分配层面认为，有三种力量也正在破解时代难题，缩小收入差距，最后达到共同富裕，即市场机制的力量、政府的力量、道德的力量。他非常看重道德的力量："它是超出市场机制与政府调节力量的又一种可以影响收入分配的力量。如果说市场机制的力量主要对收入的初次分配产生作用，政府的力量既对收入的初次的分配产生作用（如'事前调节'），又对收入的再分配产生作用（如'事后调节'），那么，道德力量则对收入初次分配和再分配的结果产生作用，即影响已经成为个人可支配收入的使用方向，包括个人间的收入转移、个人某种自愿的缴纳和捐献等。"⑦ 分配制度是共同富裕的基础，没有分配制度的公平正义，共同富裕就成一句空话。厉以宁先生做了很好的阐释，也代表着当前政治经济学经济理论界的最高水平。不过，如果把"共同富裕"作为全球化的问题来看的话，那么，厉先生的三种力量的思考与当代世界的认识水平相适应。实际上，这三种力量在全世界致力于阻抗两极分化，缩小贫富差距的国家都普遍发力，都在不同程度不同侧重实践，但是，当今世界两极分化减速了吗？贫富差距缩小了吗？共同富裕向前推进了吗？公平正义实现了吗？答案可想而知，结果肯定不令人满意。这可能表明，光三种力量还不够。特别是厉先生很看好的道德力量，目前恰恰最为贫弱，最无力，最难指望。

经济学家贾若祥的观点可能更全面。他认为："共同富裕是全面共富。共同富裕不仅仅是指'钱包鼓起来'，而且是使人民群众物质生活和精神生活都富裕，是多维度的富裕，是人的发展和社会进步，是物质文明、政治文明、精神文明、社会文明、生态文明的全面提升。"⑧这个观点内容比较丰富，说明了共同富裕不单指经济指标，而且要求整个社会从政治制度的设计到经济体制的建立以及社会道德价值观，都与共同富裕相匹配，相适应。也许，我们现在离这个要求还非常远。需要寻找到新的实践性力量，例如建设更好的制度，更完善的制度，更体现公平正义的制度，以支持共同富裕的实现。中国不仅需要自己实现，而且需要自己的经验与世界分享，为全球不平等问题的解决提供中国可行的方案和中国智慧。

因此，今天理论家们所描述所论证的"共同富裕"图景和本质，完全有可能被实践证明只是今天的人们所能达到的思想认识水平，并不能完全描述和论证百年过程中的"共同富裕"的发展。就目前社会思想以及人性状况看，"先富起来"与"共同富裕"之间存在着的深刻矛盾与冲突还很难调和。因为在整个世界还是少数人强有力掌握大部分社会财富的现实条件下，在中国目前"贫富"差距还在加大，还在探索一种更好的制度改变现状的现实条件下，"共同富裕"更像是一幅伟大动人的艺术品，而不是真实的生活场景。但这幅伟大动人的艺术品的存在，本身就在提醒现实：一切皆有可能。

民生文学要具备勇于开拓探索的本领

中国报告文学紧跟时代的脚步，必然也跟着"共同富裕"发展在新时代的展开，化为中国报告文学新时代创作的时代主题，也化为自己反映时代的文学思想。因此，中国报告文学也必须接过这个时代的大难题，也必须认识到其间的难度。与中国报告文学以往反映和表现的主题相比，"共同富裕"是最难的一个时代课题，也是一个需要艰难思想爬坡的主题。但不管怎样，文学要面对的，永远是时代现实的矛盾冲突，思想的碰撞。报告文学更是这样，不可能选择后退，实际上也没有退路。生活矛盾冲突越尖锐越剧烈的地方，常常是最能产生伟大的文学思想，伟大的文学作品的地方。中国报告文学的进步，就在这些地方。

对中国报告文学而言，厉先生的观点可能不算最有说服力，却最有启发性。特别是他讲到的第三种力量，道德的力量，虽然在支持共同富裕方面力量最为薄弱，却正是中国文学的主攻方向，中国报告文学的主阵地。在厉先生的眼中，道德的力量更多指的是财富占有者的道德，他们自动把自己的财富捐献给社会，帮助落后的地区，帮助穷人。这种道德想象是天真的。当然，在一个良性社会里，会有越来越多的富人捐献自己的财富，但是，慈善的力量到底非常有限，人性的力量到底有限。

可以从更为广阔的更大的格局思考道德的力量。道德的力量应该更多指向更为广大的贫穷者或相对贫穷者。他们必须建立起共同富裕的意识理念，建立起与共同富裕制度相适应的价值取向和道德伦理，才能产生真正的道德力量。传统私有文化根深蒂固，不可能光靠建立一种公有制就能铲除，彻底改变。建立了社会主义公有制，不等于完成了公有制文化的实现。实际上，人们的基本思维方式还受私有财富的传统文化所控制。所以，让一部分人先富起来，非常深入人心，满足了人性对私有财富的想象与预期。走向共同富裕理念也非常深入人心，然而，付诸实践，需要破除或节制并消解人性道德中的私有欲望。在建立起全社会的共同富裕道德伦理之前，还很难给人们带来预期。人们普遍向往共同富裕，但现实却指导人们如何创造财富，成为富人。一旦成为富人，共同富裕就成了一种人性的难题，人性的考验。总是先富的伦理起作用，共富伦理处于劣势。先富的伦理似乎更天然，共富的伦理则需要克服人性弱点。因此，只有全社会建立起共同富裕的伦理，共同富裕才会有实现的这一天。不用特别渲染，就知道这条路要走通，有多么艰难。

这种人文色彩很重的分析当然不能完全正确认识共同富裕的本质，却也能成为民生文学的突破方向，冲击思想的困境，抵达新的思想彼岸，建构出一个与共同富裕体制相应的文化道德思想体系。整个社会的人文学科都在努力，以报告文学为龙头的民生文学将助力整个社会，或者说整个社会向着共同富裕方向的努力将充实着民生文学产生新的思想，把传统的历史观、现实观、人生观、价值观调整到共同富裕的方向，一步一步为走向共同富裕打下坚实的文化根基。

民生文学的愿景

应该记住并重视何建明的一个判断。他认为，中国正在成为世界报告文学写作的中心。从世界文学的发展状况看，经过百多年的实践，尽管广义的纪实文学蓬勃发展，影响正在超过虚构作品，而狭义的纪实文学——报告文学则在衰萎。唯独中国报告文学一片繁荣，风景独好，成为全球报告文学的重镇，报告文学的中心向中国转移有其选择性、合理性、必然性。中国报告文学的百年奋斗，挑战着世界传统的文学观念：文学是作家个人的事情。在报告文学理念里，文学不光是作家个人的，也是民族国家的，更是人民的事情。报告文学致力使文学向人民融入，建立真正的人民文学，具有思想的先进性，文体的现代性，还带着中国文学的示范性。

因此，"民生文学"的酝酿与提出，可能不亚于一场文学思想的重大调整与变革，甚至可以称之为一次文学思想的革命。每当时代发展到一定的历史阶段,社会思想也会跟着时代发生革命性的调整变化,文学思想亦然。虽然中国经过了四十多年的改革开放,破解了许许多多看起来无解的困难,整个社会思想发生了深刻的变化,变革出了许许多多新的理念、新的观念、新的思想。然而,纵观中国当代文学,从思想的层面看,总体看来并没有多大的变化,至少没有发生革命性根本性总体性的变化。或者说,我们的文学思想总体上还停留在虚构文学的"现实主义"思想结构、思维方式以及艺术方法,还和百年前的中国文学一个样,寻找西方当代的文学思想的继续启蒙。当年的启蒙是一场文学的革命,具有思想创新的意义;现在的启蒙,则应该防止对西方思想的习惯性依赖。真正的思想创新,应该在我们自己这片土地上发生。"民生文学"打破了中国当代文学思想传统的和长期无法突破的思想格局和思维模式,使那些来自我们这片土地的文学实践,有资格参与到中国当代文学的思想进步的历史进程中,使中国自己的文学思想成为思想的主流,发扬光大。相对于"现实主义",我们权且可以把"民生文学"称为"民生主义"。

  有意思的也值得荣耀的是,"民生文学"产生于中国报告文学的新时代实践。中国文学与时代关系,属报告文学最直接、最深入、最和谐。因此,一种新的文学思想产生,由报告文学发动,呼之欲出,也非常自然。中国报告文学力量还不能说强大,理论建设也很薄弱,却有能力给中国当代文学贡献出具有创新价值的思想,有能力把中国纪实文学推向世界。中国当代文学思想的进步,第一次由中国报告文学来主导,意义不可小视。这荣耀应该归功于中国报告文学作家们的努力,应该归功于时代对中国报告文学努力的回报。中国报告文学能,中国报告文学思想行。

注释：

① 黄菲莂：《报告文学史论》第 50 页（河北教育出版社 2021 年版）

② 毛泽东：《在延安文艺座谈会上的讲话》（《毛泽东选集》第三卷第 857 页、第 863 页，人民出版社 2009 年版）

③ 黄菲莂：《报告文学史论》第 101 页

④ 同上，第 113 页

⑤ 李青松：《生态文学绿意盎然》（《人民日报》2020 年 4 月 3 日）

⑥ 邓小平：《社会主义和市场经济不存在根本矛盾》（《邓小平文选》第三卷第 149 页，人民出版社 2009 年版）

⑦ 厉以宁：《论共同富裕的经济发展道路》（《共同富裕——科学内涵与实现路径》第 45 页，中信出版集团有限公司 2022 年版）

⑧ 贾若祥：《围绕"两高三均衡"推进共同富裕》（《共同富裕——科学内涵与实现路径》第 69 页，中信出版集团有限公司 2022 年版）

结　语

笔者从"代表作品""时代主题""人民精神""人物塑造""国家叙述""大美乡愁""理论思想""民生文学"等方面，对何建明新时代报告文学创作进行梳理，其中"关于'民生文学'"一节，主要讨论笔者从作家创作实践与理论探索中提炼出一种报告文学的新思想，就"民生文学"这个概念提出的可能性可行性进行初步探讨，算是开了个头。严格地说，所有的论述还不算是规范的作家创作论，最多就是在阅读基础上，整理出来的笔记，有些理论评论的样子，其实许多报告文学的理论问题还有待于展开。

笔者有一个基本的观点：研究一个作家，首要的是必须好好地读作家的作品，尽可能细读作品，尽可能读深读透。我们可以不熟悉作家，但不能不熟悉作家的作品。阅读是第一位的。如果说，笔者的这些文字还有什么特点的话，那么就是重在对作家作品的阅读。因此，想突出的是"读"。一个作家的所有有价值的信息，都在作品中，就看我们有没有本事看出来、读出来以及评说出来。

其次，笔者试图寻找到一种更能把握中国报告文学规律的评论方式，而不希望这样的评论过多受制于评论家个人的学术思想体系。今天的文学评论，特别是小说评论，流行的多为"学院派"的模式，评论家习惯从自己的知识结构和学术体系去套作家的作品，形成评论的评价尺度，以衡量作品的价值。而"学院派"的评论，多数很西化很西式，是否能正确准确把握中国文学的本质，笔者经常会怀疑。虽然尊重"学院派"的存在的合理性，不过，在做评论的时候，特别在做报告文学评论的时候，却常常会自我提醒，防止进入"学院派"设置的评论误区。报告文学是一个高度中国化的文体，需要探索建立新的评论话语。也许，建立新的话语还有待时日，而眼下，不那么"学院派"则可能是阅读认识把握评论报告文学作家作品最靠谱的方式。一句话，要坚持从社会看文学的观点。中国的文学评论如果不站在社会立场上，就不能生存，就不存在。

再次，笔者以为，评论应该尊重作家，尊重作品，不可过于"自我"。评论说到底就是把作家作品与社会读者连接起来的桥梁，要的是这种桥梁沟通明确意识，而不是自我表现意识。当然，评论一定要有判断，要有见识，要有思想，在相当情况下，也可以体现出评论家的个性风格，但笔者主张评论思想紧扣作品创作和作家实践本身，作适当阐释，并不赞同那种评论可以天马行空，任意发挥的观点。如今，自我表现的评论太多了，所以真正的以作品为中心的评论反而非常稀缺。

再再次，抓住重点，突出主题。新时代也是何建明报告文学创作的旺盛期、喷发期、突破期。这十多来年，他光长篇报告文学就超过30部。不但数量多，而且思想丰富，品质优良。笔者虽然强调细读作品，却也主张评论起来不必事无巨细，面面俱到，把考察的重点定位在何建明的创作与时代生活的关系，时代主题的关系，与时代精神的关系为宜，看看能否抓住何建明作品的思想之魂。

最后，笔者注意到，何建明作品之于新时代有着不可低估的重要性，但评论研究甚少，专著则更少。实际上，其他报告文学作家的作品也都不是评论界关注的热点，甚至还被漠视被冷落。这种评论氛围与情况不正常。相信随着报告文学在新时代的繁荣发展，像何建明这样的领军人物，这样的文学大家，将吸引更多的优秀评论家、学者从思想艺术层面来关注、评论和研究。在这里，笔者只是抛出一块砖。

附件一

关于"民生文学"的对话

采访人：张　陵
受访人：何建明

张：新时代中国报告文学进入了一个新的繁荣发展时期，取得了令人瞩目的成就。我个人认为，中国的报告文学已从人们习惯称之为轻骑兵成长为一支文学的生力军，很多时候起到了文学主力军的作用。这只是个比喻，很想听听你的评价。

何：确实，报告文学这一新型文体进入中国正好一百年。近四十年间，中国的报告文学在现实生活中特别是在讲好"中国故事"、传扬中国精神方面，它已经远远超出了文体本身的作用，成为中国执政者的宣传工具之一，比如中宣部的"五个一工程奖"中，每次报告文学和由报告文学改编的其他文艺作品都要占三分之一左右，这是任何其他文体不可能比拟的殊荣。而且报告文学现在一年出版的数字也是超乎寻常的，长篇作品有两三千本，中短篇作品达五千多篇，这样的量是空前的，所以今天的报告文学它已经不仅仅是"轻骑兵"了，而是"特种兵"了。自然更是文学的生力军，甚至是主力军。这个评价并不过分。我自己的体会可能更强烈和实际。经常参加中央一些会议时，不少领导同志总会问一问"最近你又在写什么重大题材报告文学呀？"等等问题。即使在很边远的山村，百姓也知道"报告文学"，学校的小学生也懂得报告文学或参与书写报告文学了。这种情况三四十年前是不可能的事，然而如今都呈现出来了。这个现象恐怕也只有中国才有，所以我们值得高兴。

张：我注意到进入新时代以后，你的创作的内容和主题更加自觉向"民生"方向凝聚，从而带领中国报告文学把握时代跳动的脉搏，占据时代思想的高地。关于新时代中国报告文学与"民生"的关系，你一定思考了很多，很想听你谈谈。

何：习近平总书记有一句话，叫作"生活就是人民"。他还有一句话，叫作："江山就是人民，人民就是江山。"如果把这两句话合为一句文学创作中的语言来说，我理解为：一切生活就是人民或者民众的事，那么你所说的"民生"概念就是生活的本身或基本内容。我们的文学创作说白了也是这个范畴，即写生活、写人、写人民、写民众生活。简言"民生"。这是一个概念，文学的广义是"民生"。另一个就是文学的内容，它无法离开"生活"，既然我们说生活重要，那么等于是在说"民生"之重要，或者说写"民生"就是写"生活"。有的时候，一些提法不一样，但实质是一样的。比如毛泽东主席强调文艺要为人民服务，习近平总书记要求的是"以人民为中心"的创作方向，这跟我们现在讲的文学更自觉地去关注或者着重点在"民生"问题上是一致的。"民生"这个概念提出来，是让我们创作的时候不要把"为人民"和"人民"及"生活"的概念搞得那么空洞，它应当是实实在在的东西，即人民的生活与生存问题。人民的生活与生存问题，不是简单的有没有饭吃和能不能穿上好衣服，而是还有更多的精神层面的生活与感情方面的东西。后者在现代化社会里比前者的物质层面更广泛地影响人的进步与发展，因而也更重要、更丰富多彩。

你是知道的,我的创作四十多年里,在新时代之前的很长时间里,一直对"国家叙事"很上心,它的特点是体现在题材上的国家性——大题材、思想上的国家意识——大局观和艺术上的国家标准——高端化。这个创作也是我最早提出并一直在实践且形成风格和创作趋势,"国家叙事"现在已经被许多年轻的报告文学作家在模仿和学习。不过我自己越来越觉得"国家叙事"现在已经被一些作家弄成概念化、格式化和新闻化,一写什么题材都用上"国家××""大国××""中国××"等等,似乎不加"国家"、不放"大国"就不是大题材似的,这种生硬的、概念化的模仿式的创作令人乏味,缺乏新意。我在二三十年前经常用的一些书名,如《国家行动》《大国精神》《高考报告》等等,至今仍被他人用来用去,连电影电视都在用这种名字,实在无奈又滑稽。

其实,"国家叙事"书名这样的概念象征,更多的是要有大局意识、视野的高度和叙事的广度及前瞻性,它不是简单地加个"国家"就国家了,加个"大"字就一定大了。

"民生"并非一个新词,但放在文学创作上强调和突出出来,讲求的是报告文学更趋向于生活本身和人民的日常生活、本色现象,比如像我写的《山神》主人公黄大发,一个普通的山村支部书记,可以说是十四亿人的一分子而已,但写出来后,黄大发成了我们的时代楷模、功勋人物,"黄大发精神"成为一种榜样力量,这种民生的意义就远远超出了我们写民生的一般意义,它具有时代的进步和时代的精神的提倡,把民生的本质道德化、高贵化、具体化和具有可学性。《山神》的成功,让我们从普通人的角度去看待一个人自己的时代价值性和人生意义的崇高性,起到的作用是积极和昂扬的。而且这样的"民生"

并非高不可攀，是人人都有可能的事。普通人的生活也就有了意义和希望。近三年，我一直生活在上海和北京，而这三年，北京和上海分别经历了几次大疫情，尤其是上海的疫情是建城以来从未有过的。那个时候的上海市民的生活与命运及感情是极少可以重复的，许多人是不可能经历的，而我恰恰一直在上海、一直在大疫情的暴风眼中，看到和感受了一个普通上海市民的生与死的考验。那个时候每个上海人的表情复杂、悲忧、单色却又有多彩，所以我写了《上海表情》这本非常个性化的"疫情书"，受到读者和市场的很多好评，甚至被翻译到日本与俄罗斯等国。

我想这种"民生"创作是对报告文学文体的丰富性和发展具有重要意义。我喜欢这种创作，写作动力也在于此。这样的民生创作意义，另一个特点是它的"以小见大""滴水见太阳"的意义。并且能够让广大读者转向于同样的起点去认识生活、认识自我。文学的功能在这个时候就是最大化了。这是我所追求的。

张："民生"就是老百姓过的日子，看似是老百姓的吃喝拉撒，却是我们时代最大的政治，你会怎样去解读？"民生"的核心就是人民，就是以人民为中心，你能否更多地展开叙述？

何：关于"民生"和"人民"之间的关系，我已经在上面讲到。它们之间实际上没有太大的差别性，只是"人民"的概念更具学术化、政治化和国家意义，而"民生"就是更生活化、具体化及文学化。百姓的生活看似平常，但实际上决定着一个国家、一个民族和一个时代的发展与进步的全部意义。用现在大家说的话是：只要大家都好，这个国家就好。这个国家好了，一个民族就会更繁荣、更团结、更和美。人民生活不好，国家和政体不可能强盛。同样，一个国家和政体想强大，就得把人民和人民的生活搞好了，这才是最重要的。旧中国时代，中国共产党之所以仅用了28年时间，就实现了建立新政权的目标，就是紧紧抓住了"让人民翻身做主"这一根本；改革开放之所以成功，就是抓住了"让人民过上好日子"这个根本；实现民族复兴的伟大目标，就是把人民的"梦想"化作"中国梦"这个根本。这些都是"人民"问题的具体化、生活化和现实化，是"民生"的本质。因此，我认为，你能把百姓的日常生活写好了，写出水平和精神化了，你的"人民性"和"以人民为中心"的目标也就实现了。它其实是统一体，只是理论化和生活化的不同认识角度而已。

张：你新时代创作的"民生"主题，主要通过反映经济社会的发展来实现的。写发展，就是写"民生"。发展的目的源于"民生"，也落在"民生"。我注意到这个时期，你写"发展"有三个特点：第一个是现代化的发展，第二个是"绿色发展"，第三个是"共同富裕"的发展。我认为都触及时代的难题，你是怎样认识的？这些时代的深刻难题考验着中国"民生"的发展，你怎么看？

何：邓小平有句经典的话，叫作"发展才是硬道理"。中国要从落后、贫穷国家摆脱出来，唯有走发展道路，朝现代化的方向发展，这既是本国民众的自身生存需要，也是作为一个大国的生存需要。中国能有今天，就是改革开放获得了全方位的大发展，所以邓小平的功劳盖世的理由也在于此。我们今天谈论文学，或者说文学能够再繁荣，靠的也是这个大发展让我们民族、国家、人民有了尊严。文学在其中也获得了尊严。报告文学自然也不能忘却了这一时代和国家的主流，这是一个有良心的作家的基本价值观。如果这一点都认识不到，那他连做人的基本道德都是不够格的。报告文学作家不能达到这一点，其实是缺乏最起码的良心与水准的。近期看到有那么一两个人总在提报告文学的"知识分子写作"，他的意思是别人写的都不是"知识分子写作",唯有他在"忧国忧民"。非常幼稚和可笑。其一,是不是"知识分子写作",并非按你写歌颂还是批判来确定的,因为在一个伟大的时代你不能正视时代的主体与主流的东西,难道你就是"知识分子"了?其二,配合国家和社会的发展主题或时代的主流趋势写作,其本身难道不是"知识分子"应该有的行为?其三,能为广大读者广泛接受的作品,却不应该是"知识分子"所为?中国谚语中有个"井底之蛙"的故事,其实就是讽刺这样的自以为是的"知识分子"的。我在中国作协领导岗位上有十几年时间,记得曾经在2010年前后有人在小说界也提出过所谓的要恢复"知识分子"写作,当时马上有一大批的作家便站出来说话了,说:"我们难道不是知识分子吗?你连北上广都没有待过,你就是知识分子了?"话虽然说得刻薄一点,但道理就是如此。所谓的在报告文学写作上要倡导"知识分子写作"的观点,其实是想掩盖他没有格局和宽广视野的弱项,更不用说写作与文体本身在驾驭大题材上的能力了。写国家和时代的现代化发展史时,是需要真正意义上的大知识分子的境界与视野及能力的。这恰恰是衡量一个作家是真知识分子还是假知识分子,大知识分子还是小知识分子的分水岭。

"民生"中的"绿色生态"为什么被放在"民生"中的突出位置?这是因为一个国家和社会在发展的初级阶段一般都要牺牲自然甚至是危害人民生活与生存为代价的。我的老家在苏州。全国发展最快的地方,现代化程度最高的地区,但我的父老乡亲们为此也付出了巨大的代价。不说其他的,就说说本家族的情况:我的父亲和叔叔,加堂伯、堂叔,他们四人是何家我之上一辈的四个男人,其中三个只活到七十多岁,只有一个活到八十一岁,全部是患癌去世的,我父亲去世最早,终年七十二周岁。这是在我身边发生的事。什么原因?就是我们老家那里这几十年发展太快,先是靠乡镇企业,后靠中外合资,再到雨后春笋般的家族企业……如此几十年下来,小时候我们能够游泳的江河湖泊成为污染源、庄稼地用农药的烈度一年比一年严重,如此年复一年,土地污染了,水污染了,空气也染污了,最后百姓的生命也被各种毒素侵袭了!父辈们用生命的代价,让我清楚和痛楚地意识到关注"民生"中的绿色生态问题的重要性。所以 2017 年我接受去采访和了解习近平总书记在安吉余村发表的"绿水青山就是金山银山"的理论思想时,被深深地触动了情感的神经,写下了《那山,那水》一书。这本书不仅是第一次把习近平总书记的"两山理论"的发生与形成过程作了全面的叙述,应该说也是新时代生态文学的"开篇之作"——张陵兄你也是这样评价的。这些年来,可以说在习近平总书记的"两山理论"思想影响下,中国的生态文学才得以迅速形成与发展。写"民生"不写生态与绿色发展,至少他没有抓住一个发展中国家的一个划时代意义的趋势,因而那样的"民生"视野是低端与老套的。中国是个发展中国家,尤其是一个人口众多的发展中国家,不注意抓"绿色生态"革命,其"民生"问题就无从谈起。而且中国绿色生态问题,也是一个影响世界民生问题的大事。现在美国一直拉着我们中国搞气候和环境合作,道理也在于此。因此我近十年中,写绿色题材或在写其他题材时也十分注重写绿色生态的内容,比如《诗在远方》,看起来写的是脱贫攻坚战,但里面展现的绿色生态内容占据了相当比例。

"共同富裕"是民生问题的根本和发展中国家的头等大事。中国共产党领导下的"民生"问题与其他国家不太一样,因为我们是社会主义国家,中国共产党领导的社会主义国家,强调的就是走共同富裕道路,而且我们的共同富裕概念不仅仅是人与人的个体之间的共同富裕，还是民族与民族、地区与地区之间的共同富裕，它是社会主义制度与共产主义理念的核心，中国共产党伟大和社会主义中国的强大也在于这个根本上。书写这样一个国家的"民生"，意义和高度就完全不同于一般的平视与俯视的水平了，它是有高度、宽度、温度的书写，因此才可以写出社会主义中国的本质来。

张："民生"深刻引领了中国报告文学的创作方向，也一定深刻影响了中国当代文学思想，提高中国文学的思想品质。你认为对中国当代文学思想而言，有哪些突出的影响？通过你的创作，是不是可以说，一个以"民生"为核心的文学现象正在形成，你是不是正在把这种文学现象，称之为"民生文学"？

何：我不能确定我的关注"民生"问题的写作是不是一种"文学现象"，更不能确定我的一些作品是不是就是"民生文学"。还是想起了习近平的一句很经典的话：生活就是人民。那么人民也就是生活了。文学主要是写人和人类的"生活"的。在今天的发展历史阶段里，我们在书写人民概念过程中把写"民生"突出出来、重点瞄准，其实还是一个"为人民写作"的话题，只是把一个泛概念更具体化、生活化、文学化而已。我希望大家不要把"以人民为中心的写作方向"概念化、空洞化了，而是实实在在地落到创作的精准化和生动实践化。尤其是通过"民生"写作，让报告文学不再陷入假大空的泛题材写作。我的愿望就是：从现在起，中国的报告文学应当把"国家叙事"与"民生叙事"当作两个拳头一起并举，因为这两个概念都是我"发明"和首先使用的，希望它对所有创作者有些用处。这涉及我近一段时间非常担忧的一些人的"主题出版"别再往假大空方向走的重要时刻。

张："民生文学"是在新时代报告文学创作实践中应运而生，首先是一种纪实文学的创新思想，具有鲜明的时代性、革命性和实践性，是中国报告文学对中国文学思想的突出贡献，你作为这个"民生文学"的践行者，怎样理解"民生文学"的创新性和思想创新意义？

何：如果说"民生文学"是存在的话，那么它本身就是一种创新，因为它从泛"为人民写作"的概念中，转化为更具体地为人民写作；从"国家叙事"，转化为对具体的人的叙事，这更符合文学的本身，尤其是对报告文学创作，其意义肯定是开创性的和划时代的。因为一百年来，不论世界报告文学还是中国报告文学，都是在写"事件"和人群的命运，现在要转化到写具体的人和人具体的生活层面，这是报告文学创作进入成熟化和人性化的历史性转折，其意义是报告文学真正从"报告"归位到"文学"的轨道上。如果能做到这一点，它就是"历史性"的贡献了。

张："民生文学"的内涵应该就是人民的精神。你的创作思想中"人民与人民性"的头脑非常清醒，态度非常鲜明，立场非常坚定，认识非常深刻，能否进一步谈"民生文学"思想与"人民精神"的关系，与"时代精神"的关系？

何：这一问题在前面已经谈到过。简单地说，我认为"民生文学"是对"人民文学"的具体化、文学化和客观化，更符合文学的人性化。"人民"是大概念，"民生"是"人民"生活形式的个体化、生动化与更文学化。"民生文学"的延伸的社会功能就是"时代精神"的体现和推动力。只有"民生"精神的光芒四射并有活力时，"时代精神"才能放射光芒。

张："共同富裕"是百年新征程的一个新的"赶考"，道路漫长而且艰难。你认为"民生文学"怎样坚持"共同富裕"的主题？

何："共同富裕"是共产主义学说理论与无产阶级的终极奋斗目标，

其过程漫长而艰巨。把"民生文学"搞好了，写透了，就是对"共同富裕"奋斗目标一个不可或缺的贡献，因为"民生"好了，"共同富裕"才不会是一句空话。

张：我在读你的作品时，思考你作品的"人民精神"时，产生了一点心得：报告文学进入中国以后，是否也有个"中国化进程"，而使文体由先进知识分子文体向人民的文体变化，而今天所说的"民生文学"，是不是也是中国报告文学中国化进程的一个新时代现象？是不是中国报告文学文体传递着中国报告文学文体变化的新信息？

何：我们的报告文学鼻祖——基希先生在创立的报告文学最初的文体形式和内容时，就瞄准了"事件"与"人群"，并没有太多地瞄准人的个体性和人的生活性，中国的报告文学先辈们倒是注意"人"的个性化和生活化，比如夏衍的《包身工》和徐迟的《哥德巴赫猜想》，就已经比较注意具体的"人"的生活和人的命运。我们现在更进一步地把报告文学中提出一个"民生文学"概念，自然对报告文学创作来说是一大进步，同时里面也涉及太多的"新信息"。这个转向既是方向性的，也是态度性的，更是文本意义上的"文学性"的重大转变。

张：你曾经谈到具有进步意义的"现实主义"，那么你提出和构想的"民生文学"是否具有"进步意义"？作为一种纪实性文体，报告文学与虚构文学的现实主义有哪些区别？会不会对传统的文学观念形成思想的挑战？还是说，是新时代的中国报告文学"民生文学"创新了小说的现实主义？"民生文学"所体现出来的文学精神，是否可以相应地称之为文学"民生主义"？

何：这是肯定的。"民生文学"的进步意义，首先来自中国这样的国家和社会形态的转化，让我们必须重视我们写作的对象。其次是文体本身要突破老框框、旧模式，就必须解决貌似"现实主义"和"自然主义"的报告文学写作中存在越来越严重的假大空和盲目服从式的"主题先行"写作,回归到文学本体上来。再者,社会对我们这一文体的期待已经到了一个"形势所迫"的阶段。因为许多报告文学作者的作品,根本没有几个人看,即使获得一些大奖的作品其实也只有在宣传部门的"推广"下才有些读者;多数作品今年发了或评上了奖,明年就再也没有人知道了……这就不是什么好文学甚至根本就不是文学,充其量只能算是宣传品,因此必须在创作方向和方法上做出根本性的改变。"民生文学"的提出或实践就是为了改变这种窘境。

　　我想民生文学与小说创作上的现实主义既有相同之处,也并非完全一样,因为传统的现实主义并不代表报告文学的"民生"概念。

　　我不认为"民生文学"是文学的"民生主义"。"民生文学"只是我们在实践报告文学创作到一定时期中呈现的一种文学创作倾向,它的归结点我依然认为它应是报告文学创作叙事中的一种倾向和形式,它同"国家叙事"是左右手,它们并举起来,才是最强大和完整的报告文学创作方法。

张：能否谈谈"民生文学"中的生态文明思想。现在"自然文学""生态文学"很活跃,很多受西方发达国家的生态思想的影响,其实与新时代中国报告文学的"生态文明"中的"人与自然""人与社会""人与人"的关系的思想有些区别,你认为应该注意哪些问题?

何："民生文学"中的物质生态问题,我倒认为还是好处理的,无非我们的关注度和倾向度。发达国家一直以来有"绿色和平主义",文学界有纯自然主义写作者。我觉得中国当下最需要解决的是政治话语中的"生态"问题,即不能人云亦云、领导怎么说你跟着去写什么,或者专门去写生态命题"作文"。"民生文学"应当更多地在作家心目中要有生活意识、民众意识、民心意识,我们所要倡导的是自觉的民生意识,即去关注普通的、大众的和多数人的生活与生存状态的叙事。最近我写了一本新疆民族团结问题的书,其实新疆民族团结问题已经是世界关注的大事,也十分敏感。我在采访和调研中发现,其实新疆的民族团结问题就是老百姓的点点滴滴的具体生活,如果不是因为以前有那么一些新疆人民在生活的点点滴滴上失意、失误、失败,那么新疆民族就没有问题。所以后来我采撷到的进步的新疆民族团结问题上表现好的人和事,都是些"家长里短"的事,而就是这些似乎我们司空见惯的"家长里短"做得好了,新疆的民族团结便出现了新气象,就是这些普通人的"家长里短"的故事,让我常常泪流满面。所以我说,"民生文学"的书写,它的优长之处,就是对普通人的关注与关照。这以前的报告文学创作缺少这种来自社会细胞的解剖与描述,而小说作品在这方面则是强项。

报告文学创作者如果把笔力转向"民生"时,就会克服我们以往创作上的题材单一与枯萎,将迎来前所未有的大丰富、大精彩。

张:你对"民生文学"还有什么样的思考?

何:我认为,对写作者来说,自然与社会生活的任何对象都是可以成为书写的对象,而任何书写的形式与方法其实总是服从于文学想创造的预期目标。为了这一目标,我们可以用"左手",也可以用"右手",就像我说的,我既可用"国家叙事",也可以用"民生文学"来实现目的。因此我认为,就报告文学创作而言,无论你是在写那些事关国家和世界命运的大题材,还是写渺小的普通人的生存与生活,能够成为好作品的过程,一定是需要生活化即"民生化"的书写。人的生活与生存状态加心理生态，必然是我们作品最根本和最值得去叙述的，因为它是文学的根本和最出彩之处。我清晰地记得写利比亚大撤侨事件的《国家》一书，充分展现了我特有的"国家叙事"手法，并如张陵先生你曾把这部作品作为我"国家叙事"的标志性作品。确实如此，这部《国家》之书的国家叙事绝对是比较突出和优秀的。但同样，即使这样的"国家叙事"标杆性作品里，我依然特别地关注了普通人、普通外交官，他们在这过程中的种种表现与心思，这难道不是作品的"民生"性和"民生文学"的精彩之作？所以说，根据不同对象和内容的故事，用不同的形式与手法去完成好一部优秀的作品才是根本。就像我们要写好"国家叙事"，就必须有家国情怀一样，你想写好"民生文学"，你得有普通人的情怀，要始终把自己作为一名普通人所思所想，才真正可能让"民生文学"成为自己创作的自觉意识和自觉行为。正可谓：心所至，行必达。

附件二

报告文学评论的发展特点与优势

张 陵

一个不争的事实是：新时代的中国报告文学正在成为文学反映现实的中坚力量。我们从报告文学积极参与中国"摆脱贫困"的斗争和"乡村振兴"建设中，就能看到报告文学的主力军作用。事实上，中国报告文学在表现党和国家"五大建设"主题方面，都努力走到了中国文学的前面，比任何一个文学文体都更多地经受现实斗争的检验，也取得了比任何文学文体更为突出的成绩。新时期报告文学的发展进步，带动了报告文学评论的发展与进步。不得不承认，在中国文学思想一直以"虚构"的理论为主导的格局中，报告文学评论一直势单力薄，非常弱小。当然，今天这种格局并没有多大改变，只是在中国报告文学强势发展的进程中，这种思想格局变得可以质疑了，可以寻求突破了。这种理论上的松动，就足以打开报告文学评论的空间，找到自己与报告文学创作共同创造一个繁荣发展局面并且使自己得以发展壮大的优势。

坚持社会读者立场的文学评论

相当长一段时间以来，文学创作对文学评论很不满意，多有批评。不是认为评论落后于创作，就是认为评论没有起到带动创作的作用。实际上，社会更为尖锐的批评认为文学评论存在偏离文学正确方向的导向风险，存在过度"西化"的思想风险，存在沦为市场附庸的价值风险，存在恶意混淆真善美的道德风险。评论界也不断在反思，不断在开出各种类似"我的批评观"这样的药方。不过，我们迄今仍然没有看到文学评论风险的规避与破解。我们知道了风险，却一直让风险存在。

把创作与评论比作车之两轮、鸟之两翼是一个很好的比喻。如果加上把社会读者比作长远的道路和广阔的天空，那就更为完整。创作通过作品与社会读者发生影响，评论通过解读作品与社会发生读者影响；而社会读者则在接受文学作品的同时，也在推动文学创作的进步与发展。说到底，文学是由社会读者推动的，不是文学评论推动的。文学评论的作用和力量是通过社会读者才能得以实现。在这里，社会读者是创作与评论发生真正关系的主体和关键词，特别是文学评论的根本，也构成了文学评论的基本关系。道理也许不算深刻，但现实状况是，离开了读者，也就动摇、脱离、错位了文学评论的基本关系，评论的各种风险预警的红灯立刻就会亮起来。

看得出，中国的文学评论长期无视这样的风险预警。我们看到那么多讨论文学评论的文章，却很少读到讨论文学评论基本关系的观点。人们更多从文学圈内讨论评论与作品、评论与作家、评论与传统、评论与思想，却偏偏把社会读者排除在外，没有意识到社会读者才是文学的基本面，才是必然的。离开社会读者这个必然的关系，去找文学评论的问题与症结，永远无法触及问题的本质，只能抓到一些看起来很到位实际上并非必然性的问题。很显然，我们在无视整个文学评论在远离读者，远离社会的情况下自我运行的事实，也在用各种不能对症的"药方"逃避或稀释问题的实质。

有一个例外，那就是报告文学的评论。中国报告文学在改革开放时代和新时代的繁荣发展，为报告文学评论的发展创造了良好的环境基础和生态条件。报告文学挺立在时代的风口浪尖上，直面现实矛盾冲突，反映现实的民生，反映社会破解各种发展和民生的难题，反映人民创造美好生活的时代精神，本身就是为社会读者服务的，就是一种有读者的文学。在今天的文学创作里，只有报告文学社会读者意识最鲜明，最强烈，最接地气。由此，也带出了报告文学评论的良好风气，使之在文学的基本关系上，有了社会读者的立场、观点和思想，形成了报告文学发展的思想特点与价值优势。

我们肯定会注意到报告文学评论的鲜明的问题导向。报告文学评论不主张拘泥于文学本身去评论作品，而是文学之外，从社会矛盾冲突中提炼出带有普遍性的社会问题，形成自己的问题导向意识，以此来评判作品，也就是说，把作品放到现实社会的生态环境中去解读，去分析，去定位。不从文学到文学，而是从文学到社会的入径，引导读者注意到作品的主题思想、精神内涵和品位格局，看到作品对社会问题如何认识把握，如何表达反映。这样的评论，直击社会问题而去，正是读者最为关心的社会历史问题。例如王宏甲的报告文学《塘约道路》，思考了中国改革开放以来的"三农"问题，提出了中国农民要真正走"共同富裕"道路，必须在新时代先进思想的指引下，"重新组织起来"。这个思想，被报告文学评论展开，引发了社会读者的强烈共鸣，形成了社会走共同富裕道路的深刻共识。作品好，评论也起到了好作用。再如何建明的《那山，那水》敏锐捕捉到经济快速发展的环境生态的严峻问题，表达出一个作家深深的忧患。由此，以一个乡村的变化，深刻表现了"绿水青山就是金山银山"的时代主题，正确而准确反映了经济社会发展中的生态文明建设的长远意义。这些思想，得到报告文学评论的很好展开，推动了社会读者的新认识。今天，保护生态环境已经成了社会发展理念的基本共识和最为重要的关切。

我们肯定注意到报告文学评论强烈的人民精神。报告文学评论支持作家深入现实生活,在向生活学习,向人民学习中,发现社会历史发展的本质规律,寻找到社会历史的基本动力,发现人民群众的历史创造精神,从而创作出反映人民群众时代风貌和斗争精神的优秀作品,得到人民群众的认可与喜爱,由此表现出报告文学评论的责任担当和人民精神。实际上,当代文学评论要真正表现出人民的精神,并不是一件容易的事情。在当代社会,"人民"这个概念已经变得丰富而复杂。文学评论只有坚持文学的基本关系,才能以正确的历史观时代观真正认识和把握"人民"概念的发展内涵,才能真正发掘作品的人民精神。我们看到了许多文学评论正在远离人民精神,值得庆幸的是,报告文学评论则更加贴近人民的精神。例如同样面对"三农"问题,多数评论特别是小说评论看到的是中国农村的空心化,社会道德伦丧,人性扭曲危机,而报告文学评论则更多看到破解困局创造生活的社会力量和人民精神。

我们肯定注意到报告文学评论的责任担当和道德意识。报告文学评论支持文学作品弘扬社会正义、正气和正能量,讴歌真善美,鞭挞假恶丑。在市场经济高度发达的现实社会里,报告文学更看重作品对时代英雄、民族脊梁和社会楷模的书写和形象的塑造,以此来支持倡导社会建立一种足以抵抗和破解"资本"无序扩张力量的先进的社会主义道德观、价值观和文化观。塑造我们时代的英雄形象不仅是报告文学的基本任务,也是报告文学评论影响社会读者的根本方向。由此,报告文学评论也能与报告文学创作一起,站到时代精神的高地上。

关于报告文学评论的特点,我们还可以从更多方面去展开,不过,仅从上述这几个方面看,就足以拉开报告文学评论与其他文学评论的距离。如果更细心的话,就能发现,这个距离正在加大。

不受"学院派"干扰的文学评论

文学评论家有系统教育背景，学历高是好事，现在的评论家来自学院居多，文学理论系统功底扎实学术性强，是很好的事情。不过，"学院派"评论不是好事。今天，中国文学评论，"学院派"已是主流，形成一个评论圈，产生了许多问题，更不是好事。我们注意到在反思文学评论现状的时候，有批评"学院派"的声音，不过相当微弱。

早期的"学院派"评论一眼就可以辨认出来。借着思想解放的势头，最先接触到西方"现代派""后现代派"文学的学者评论家希望用这种批评观念理念来支持"文革"后文学的创新突破，在文学创作中寻找这样的文学因子，并以偏概全地强调这种文学观念理念的创新价值和意义，以激发作家的创作热情。这种评论很快就尝到了甜头，也形成了一种时尚评论的势头，后果就是，评论家们直接把文学作品套入这样的文学理论模式里进行支解与评判。符合这种理论模式的就大加赞赏，不符合这种理论模式的就摒弃否定。后期的"学院派"已不那么极端，但显然把理论模式的选择扩大到西方的哲学、历史学、社会学、政治学和文化学。如在对"新自由主义""新历史主义""普世价值论""文明与野蛮冲突论"的研究中不知不觉变为文学评论的思想。作为学术研究无可厚非，但用学术取代文学评论，必然潜伏着许多风险，包括意识形态上的风险。

从文学评论的基本关系层面看"学院派"，可以认定，这首先是一种脱离社会生活，脱离读者的文学评论，是对文学评论的基本关系的根本性颠覆。我们知道，文学创作出现倾向性问题，出现思想意识困难，都可以在基本关系上找到原因。或者说，文学基本关系动摇了，消解了，扭曲了，最终反映在文学创作上。同理，文学评论也一样。基本关系出问题，就是读者关系出问题。其次，可以认定这是一种"表现自我"的文学评论。文学评论必须尊重作品，尊重作家，更需要以社会读者为中心，把作品放在社会生活历史与现实中去考察，评判作品的意义与价值，在作品与社会读者之间架起沟通的桥梁。而不是以学术的名头，任意支解作品，满足"自我"的需要，借作品表现"自我"。评论家当然需要有自己的思想、自己的观点，但都是站在社会站在读者立场上的思想和观点，而不是评论家完全的个人喜好和学术能力的展示。"表现自我"的文学不是好文学，"表现自我"的评论更不是好评论。再次，如果深入思考，就可以发现，这是一种思想层次较低的文学评论。看上去都是深奥的概念、晦涩的词语和莫名其妙的论述，其实是掩盖评论思想的贫弱与虚空。离开了社会，离开了读者，文学评论只能在低端层面运行。不幸的是，我们的文学评论的格局，就处于这样的状况。

"学院派"评论影响不了社会读者，却直接影响到文学创作，特别是小说创作。很多作家正以"学院派"的文学"标准"来创作。他们的作品不是给社会读者读的，而是写给评论家看的。那些被"学院派"重点关注指导的作家，只有少数人意识到这可能是文学的陷阱而最终逃离，多数人不得不把自己的才华浪费在写评论家满意的作品上。这种受评论家掌控的作品如今比比皆是。这哪里是文学评论，更象是一种文学"霸凌"。

有意思的是，"学院派"的评论，几乎无法左右报告文学的评论。"学院派"评论甚嚣尘上的年代，覆盖了整个虚构文学的评论，甚至向纪实文学大量渗透，唯有报告文学成了一个顽固的"死角"。为了消灭这个"死角"，便干脆"官宣"：报告文学不是文学。直接把报告文学排除在文学之外。这样一来，报告文学的评论也不是文学评论了。这个定义不光给报告文学评论带来了困难，也给报告文学创作带来了困难。事实上，报告文学评论还不得不与试图以"非虚构"名义取代报告文学的现代虚构文学理念进行思想斗争，以捍卫报告文学的合法性。现在看来，取消报告文学和取代报告文学的思路一脉相承。二者联手对报告文学创作及评论实行了夹击。然而，就是在这样的文化条件下，报告文学评论走出了自己一条与众不同的评论之路。

报告文学评论之所以不受"学院派"评论的左右，与其说是因为报告文学评论的自觉，不如说是因为报告文学这个文体思想的先进性支撑。这种先进性至少体现在如下两个方面：一是文学的唯物史观。用马克思主义的历史观点来看待文学，尽管不是报告文学评论的专利，却让报告文学获得始终坚持"人民群众创造历史"，"人民是文学的主角"观点的优势，能够透过历史的迷雾，看到历史前进的方向和动力。今天文学思想如此复杂，要坚持唯物史观并不是一件容易的事情，在相当多的时候，很可能需要一种敏锐思想的勇气，需要一种深邃理论洞察，也需要在流行观点冲击下的坚持真理的韧性。报告文学评论正好具备了这样的文化品质。二是文学的反映论。文学因社会存在而存在，因社会价值而体现自己的价值。文学必须通过对现实生活的反映才能体现自己的价值，才会体现出影响社会改造社会的功能。因而，文学评论应该站在文学之外认识文学作品，用社会价值来评判文学的价值，用社会的审美来把握文学的审美。如果说，文学反映现实的观点不很"自我"，不很"人性"的话，那么，对报告文学评论思想而言，恰恰是一个"硬核"。

虽然，报告文学这个文体也来自域外，其思想的进步性不断融入真实反映中国社会变革的历史进程中，在揭示社会的矛盾冲突，表现人民群众伟大斗争精神中不断实现"中国化"，形成了一个与中国现实血脉相连的时代文体。这种思想的先进性给了报告文学评论充足而强大的思想支撑。这么多年来，报告文学评论尽管队伍还很弱小，理论建设还有待加强，实践过程中也出现过这样那样的问题，但始终坚定站在社会一边，站在读者一边，助力报告文学创作的发展,共同开辟出新时代文学的良好局面。

支持报告文学创新的文学评论

进入新时代,两大题材为中国报告文学赢得了时代的荣光,也由此产生了一个文学反映现实的"报告文学时间"。一个是"脱贫攻坚"题材;一个是"生态文明"题材。无须特别注意,任何人都能够注意到,这两个中国"民生"的硬骨头,正是新时代中国报告文学反映现实的重中之重。绝大多数的报告文学作家都动员起来,集中到这两个一线"攻坚"方向,深入生活,创作了一大批优秀作品。数量、质量和力度都远远超过其他文学文体。在中国当代文学史上,报告文学从来没有像现在那样,占有如此广大和重要的文学创作份额;从来没有像现在那样把其他文学文体的创作远远落在后头。因此,称之为"报告文学时间"一点也不过分。

报告文学评论注意到报告文学在反映"脱贫攻坚"现实的创新意识。中国改革开放几十年,固然取得了令世界瞩目的成就。中国成为世界第二大经济体,也成为世界制造业大国,并向世界制造业强国迈进。与此同时,时代矛盾,现实冲突也在日益突显。特别是"三农"问题,尤其突出深刻。事实上,中国人民"摆脱贫困"的斗争随着中国走向世界,越来越迫切,越来越严峻。这是关系到中国共产党人向全体人民庄严承诺的大问题,也是关系到全体中国人民能否共享改革成果的大问题,是关系到中国改革开放方向正确与否的大问题,更是关系到中国人民"站起来,富起来,强起来"的民族伟大复兴的大问题。这些现实问题凝聚成一个时代主题,可以用两个字来表述,那就是"民生"。中国报告文学正是带着"民生"问题导向,以"民生"为思想之魂,全面参与到"摆脱贫困"的攻坚战,用优秀作品,深刻反映中国人民创造自己美好幸福生活伟大历史进程,全面反映"乡村振兴",走共同富裕道路的现实斗争。

报告文学评论注意到报告文学反映"生态文明"现实的创新意识。一个不得不正视的严重问题是,在中国经济建设的加速期,社会问题的集中突现也包括以自然环境生态的破坏,来换取经济建设的超常规发展,而资本无序扩张使这个经济建设的矛盾冲突不断激化。当时人们受西方转嫁生态危机发展模式的影响,普遍认为,经济发展、社会财富的积累必然要以生态破坏作为代价,似乎没有其他办法可以选择。事实上,整个国家早已认识到生态破坏的严重后果,但经济发展的紧迫性以及不断需要"弯道超车",使生态问题越发严重起来。只有在进入新时代,"民生"作为时代发展的最大主题,最大政治的时候,整个社会才把生态环境问题,与以人民为中心,人民至上的新发展思想理念联系起来,与一个国家可持续的发展方向联系起来,与一个民族前途命运联系起来,深刻认识到,经济发展并非必然地带来环境破坏。如果以此为代价换取现代化的话,那么,这种现代化就是非人的现代化,就是不可持续的现代化,就是给人民带来灾难的现代化,与中国改革开放的方向背道而驰。作为一个负责任的大国,中国必须探索一条保护环境绿色生态,与环境和谐共生的现代化发展道路,不仅使自己的人民有获得感幸福感安全感,而且要为世界经济发展提供可行的中国智慧和中国方案。"绿水青山就是金山银山"通俗易懂的"两山"理论里,就浓缩地表达了中国的"生态文明"的发展思想,也表达了中国发展"民生"的方向。报告文学正是在这个时代的创新思想指引下,比其他文体更敏感也更早抓住"生态文明"这个主题,创作了大批优秀和重要的作品,站在当代文学反映现实的风口浪尖上。

报告文学评论显然注意到,经过国家发展"风口浪尖"考验的报告文学,成为文学反映现实的优等生,自身的文学思想也有能力推向大的进步和创新。特别是"民生"思想正在有效改变报告文学的思想格局和思想品质。也就是说，报告文学能够把自己的思想融入国家发展的新思想新格局，提炼出独有文学思想。中国报告文学思想是在中华民族解放时代奠定的，而今天，中华民族伟大复兴时代，同样能催生报告文学的新的思想。"民生"就是我们时代思想的"硬核"，也是报告文学新思想之魂。

如果说，中国当代文学思想理念一直以虚构文学的思想理念为主导的话，那么，报告文学在自己反映现实的实践中，渐渐认识到了虚构文学思想理念对纪实文学的过度影响，实际上限制了纪实文学特别是报告文学的思路构局，终于显露出虚构文学思想理念的力不从心和局限性。因此，报告文学需要寻找改变虚构文学思想一统天下格局的出路，需要理论观念的创新，才能更正确更准确地把握时代精神，反映鲜活生动的现实。我们应该高兴地看到，一种以中国"民生"为魂的思想理念正在冲击着中国当代文学思想，推动中国文学思想创新的思想意识。而这种创新的最早的受益者，就是一直挺在现实生活第一线的中国报告文学。这是时代对报告文学忠诚厚道的回报。

如果一定要给报告文学思想突破定义的话，那么，为了与虚构文学中的"现实主义"区别开，我们可以称之为文学的"民生主义"，或者叫"民生主义文学"。没有错，在"民生"思想框架下，已经结出了第一个可以命名的具体成果，那就是正在兴起的"生态文学"。"生态文学"这个概念的提出，标志着中国报告文学终于有能力向中国当代文学提供创新的思想，终于有资格参与引领中国当代文学的进步，终于有了自己的理论话语。以往，中国报告文学并没有像现在那样，承担着中国文学反映现实的主要任务，所以无法提出文学理论主张，就算提出，也没有人重视。

"生态文学"当然不是报告文学的理论专属。事实上，可能不是一个新概念。西方文学里也流行多年，中国当代文学也不陌生。不过，中国报告文学在这个概念里注入了中国生态文明建设的内容，使之成为概括中国"民生"文学一个重要方面的理论思想。其一，中国的"生态文学"具有中国"民生"的深刻内涵，与西方流行的"生态保护"贵族品质完全不一样。其二，中国的"生态文学"反映了人与自然那种友好和谐的共生关系，进而延伸到人类共同理想和共同命运，是中国生态文明建设独特经验的思想提炼。其三，中国"生态文学"与中国传统的"世外桃源"完全不同。前者讲的是人民创造生活的福祉，后者则是文人逃避现实的寄托。前者积极入世，后者则消极出世。不得不承认，这些具有先进思想内涵的生态文学理念，直到现在，只有报告文学在深入思考。

几个与报告文学评论相关的概念

"报告文学时间"也是报告文学理论评论建设一个好时机。报告文学理论建设长期相对滞后，使报告文学在当代文学格局中的合法权益、话语形态、文体价值一直不断被人怀疑、否定和挑战。直到现在，我们仍然能够听到"报告文学不是文学"，"报告文学要加强文学性"，"报告文学报告多文学少"的言论，甚至连"报告文学"也存在着被"非虚构"替代的巨大风险。还很少有报告文学评论家意识到，在所有否定报告文学的观点中，"替代"风险是最能拿住报告文学命门的。说实话，报告文学是一个时代的产物，如果能被替代，那就说明，一个时代结束了。如果一个时代被终结了，报告文学也就没有存在的必要了。

因此，报告文学评论在为报告文学鼓与呼的同时，也必须推进自身的理论建设。这当然是一个相当漫长而且相当艰巨的工作。不过，在具体评论实践中，对几个与基本关系相关的文学思想问题，应该保持理论上的清醒。

其一,"主旋律报告文学"不是正确准确的说法。"主旋律"这个概念是借用音乐的。在音乐作品中,主旋律被强调,但第二主题第三主题也同样不可忽视。也就是说,主旋律与非主旋律都是作品组成部分,不可分割的一部分。这个概念引入其他文艺形式,是因为一个时期里,包括文学在内的文艺作品创作中的时代精神、社会内容正在稀薄,有远离现实、"自我表现"的危险。所以倡导作品的主旋律,并处理好与多样化的关系,使作品成为反映现实的优秀作品。任何作品要向高品质提升,一定会在"主旋律"上下功夫。这种"创作论"上的具体可行的方法,被提升到文学理论概念来表述,以为存在着一种专属"主旋律"的文学,就可能进入思想理论的误区了。如果说,一种文学被定义为"主旋律文学",那么"非主旋律文学"也应该被定义,文艺思想就会出现逻辑上的混乱。不仅那些讴歌时代讴歌人民的作品得不到真正的肯定,而那些思想艺术还有缺点、质量品质还有待提高的作品就会被"上纲上线",被推到"讴歌"的对立面。同理,也不存在一种"主旋律报告文学"。如果存在,那我们会问,"非主旋律报告文学"在哪里?如果过度使用"主旋律报告文学"这个概念,很可能是"报告文学不是文学"思想的一种延伸或变调。

其二,反映现实不等于现实主义。在口语表述上,反映现实常常被等同于现实主义。其实,二者之间有联系,却不能画等号。"反映现实"讲的是文学反映论的基本观点、基本关系、基本规律,主张文学是社会生活的产物,主张文学的价值必须是来自现实生活的价值。而"现实主义"则更多的是虚构文学的一种思想、一种方法、一种流派。虚构文学反映生活现实,可以是现实主义的,也可以是古典主义的,可以是浪漫主义的,甚至是现代主义的。只不过"现实主义"的思想精神以及表现方法,为中国当代小说艺术表现的主流。而在报告文学评论看来,小说的"现实主义"在描述报告文学与现实关系方面，存在着相当大的困难。报告文学是建立在中国"民生"现实的文学，而"现实主义"却是一种"人性"的小说理论。就是这种带有相当浓厚的启蒙性质的文学思想，现在也很难正确准确地描述当代小说对现实的反映和表现，更不用说用于对报告文学评论了。所以，报告文学评论明确支持讲"反映现实"，而用到"现实主义"的字眼则持谨慎保留的态度。

其三，"深入生活"应该成为报告文学评论思想的关键词。"深入生活"一直是文学创作思想上的核心概念，也是新中国成立以来和改革开放以来，中国特色社会主义文学理论的核心概念。对中国特色社会主义文学理论而言，离开了"深入生活"这个核心概念，其理论灵魂就被抽掉一半，思想构架就会坍塌。应该被提到这样的高度来认识：否定了"深入生活"就否定了社会主义文学。不过，坦率地说，作家的"深入生活"，进入当代，实现的难度反而越来越大。作家下不去，作品就上不去。为了改变这种状况，文艺管理部门提出"贴近生活"的想法。这只是文学创作操作层面的措施，并不能代替"深入生活"的思想理论意义。"贴近生活"再可行，也没有"深入生活"那种理论的价值。在大多数文体都在为"深入生活"困惑时，只有报告文学没有这种下不去的苦恼。道理很简单，因为报告文学创作规律就离不开"深入生活"。实际上，报告文学的创作从作家"深入生活"时已经前置，已经开始。所谓"六分跑，三分想，一分写"的创作经验，就讲明了这个道理。报告文学与"深入生活"有一种天然的血脉关系。一个报告文学作家，对"深入生活"感到为难，他的创作实际上已经进行不下去了，不存在了。如果说，虚构文学中还可能存活不必"深入生活"的小说，那么，根本不存在不"深入生活"的报告文学。报告文学评论抓住这个规律，很可能就打开了理论建设创新的突破口。

附件三

何建明新时代报告文学创作出版年表
（2011—2023年）

2011年

《忠诚与背叛——告诉你一个真实的红岩》重庆出版社 2011 年 6 月

2012年

《国家》作家出版社 2012 年 1 月

《天歌——走近中国火箭的摇篮》作家出版社 2012 年 3 月
（与人合作）

《三牛风波》作家出版社 2012 年 6 月

2013年

《江边中国》江苏教育出版社 2013 年 7 月

2014年

《南京大屠杀全纪实》江苏教育出版社 2014 年 12 月

2015年

《拉贝先生》作家出版社 2015 年 1 月

2016 年

《爆炸现场》人民文学出版社 2016 年 6 月

2017 年

《那山，那水》红旗出版社 2017 年 9 月

《死亡征战——中国援助非洲抗击埃博拉纪实》外文出版社 2017 年 10 月

2018 年

《惊天动地的两弹元勋》四川科技出版社 2018 年 1 月

《时代大决战》人民出版社 2018 年 2 月

《山神》四川天地出版社 2018 年 7 月

《浦东史诗》上海文艺出版社 2018 年 11 月

《何建明报告文学论》天地出版社 2018 年 6 月

《我的国家史》山东文艺出版社 2018 年 10 月

2019 年

《大桥》漓江出版社 2019 年 5 月

《石油城——大庆 60 年纪事》人民出版社 2019 年 10 月

2020 年

《第一时间：写在春天里的上海报告》上海文艺出版社 2020 年版

《上海表情》作家出版社 2020 年 8 月

《革命者》上海文艺出版社 2020 年 6 月

《德清清地流》浙江摄影出版社 2020 年 12 月

2021 年

《诗在远方》宁夏人民出版社、福建人民出版社 2021 年 3 月

《雨花台》南京出版社 2021 年 4 月

《少年英烈袁咨桐》贵州大学出版社 2021 年 5 月

《中国珍珠王》作家出版社 2021 年 6 月

《行香之情》四川人民出版社 2021 年 9 月

《流的金　流的情》四川人民出版社 2021 年 11 月

2022 年

《万鸟归巢》江苏凤凰文艺出版社 2022 年 5 月

《何建明新时代报告文学论》漓江出版社 2022 年 7 月

2023 年

《茅台——光荣与梦想》作家出版社 2023 年 1 月

《复兴宣言》(《中国作家》2023 年第一期)

《我心飞扬——"华虹 520 精神"纪事》上海文艺出版社 2023 年 5 月

《石榴花开——新疆民族团结纪事》辽宁人民出版社、新疆人民出版社 2023 年 7 月

后　记

在文艺报当编辑最初一些年，读小说多，读报告文学少；和小说家交流多，和报告文学作家交流少。偶尔写点评论，也多为小说评论。有个评论家多次建议我读报告文学。这个评论家就是李炳银。他那时还在中国作家协会创研部工作，对文学创作很熟悉，尤其对报告文学最熟悉。当时的全国文学评论家里，没有人比他更关注报告文学，更热情评论报告文学了。多年以后，他被称为中国报告文学评论的"第一小提琴"，并获得了中国报告文学的"终身成就奖"。我们经常一起参加许多文学活动，一有单独交流的机会，就会讨论张胜友的作品、陈祖芬的作品、张锲的作品，后来就把话题扩展到黄传会、王宏甲、李鸣生、何建明、徐剑、赵瑜、杨黎光、陈启文、蒋巍、李春雷等一批活跃起来的作家那里。读到好的作品，他也会向我推荐。一般都是他多说我多听，回去再补读一些作品。慢慢就听出一些门道，慢慢调整了一些原有的文学观念，找到从时代现实、经济社会去看文学的视角，建立起从文学之外评论文学作品的理念。

调到作家出版社工作之后，受何建明的领导。他这时已经担任中国作家协会的党组成员、副主席、书记处书记，还兼着中国作家出版集团管委会主任。此时的何建明，也已从优秀的报告文学作家成长为中国报告文学的领军人物，作品的社会影响越来越大。我们讨论报告文学的机会就更多了，话题就更广了，也就更深了。还是他多说我多听。我明显感到他的一些焦虑和忧患——报告文学创作弱势，评论更弱势。我以为，他是看到小说创作红红火火，替报告文学着急。记得有一次开会，谈到文学态势，我曾向中宣部文艺局的一位同志建议更重视报告文学的发展。他很坦率地说，报告文学好好的不用抓，我们要抓长篇小说。在出版社读了几年的长篇小说书稿，很同意文艺局同志的判断，其实小说创作才更令人焦虑和担忧。相比之下，中国报告文学好作品不断，进入了历史上一个最好的时期。

2022年年底，接到广东省作协创研部主任西篱女士的电话，告知省作协实施报告文学作家研究项目，要形成一个专题系列。经过讨论，决定让我承担何建明研究的专题。正好这段时间，比较集中读了不少何建明的作品，有一些心得。要完成这个课题，虽然感到有些力不从心，但还是听从了安排。我知道，背后是朋友张培忠的好意与信任。他担任广东省作协党组书记以后，加强了报告文学的创作，也加强了报告文学的研究。他站得高，看得远。广东一些重要城市和香港、澳门正在形成大湾区经济，也在构建大湾区文学，助力中国文学的新思想、新构局、新发展。报告文学大有可为。

应该感谢作家出版社。当年我从做文艺纸媒转到搞文艺出版，许多业务还不熟悉，出版社的同事们仁厚包容，无私指点，至今仍铭记于心。感谢本书的责编田小爽。我们曾经一道服务作家、评论家，服务中国文学。多年以后，她成为优秀的编辑，而我则荣幸地成为向她求助的作者。还要感谢上海何建明研究院的马娜女士和范龚申先生。马娜女士是一位报告文学作家，也是报告文学评论家。她的理论观点对我很有启发性。他们俩辛苦地为我收集许多相关材料，帮我解决了不少技术上的困难。没有他们的相助，这部书稿恐怕很难如期完成。

图书在版编目（CIP）数据

唱响新时代之歌 / 张陵著 . -- 北京：作家出版社，2024.6
ISBN 978-7-5212-2780-2

Ⅰ.①唱… Ⅱ.①张… Ⅲ.①纪实文学评论 - 中国 - 当代 - 文集 Ⅳ.①I207.5-53

中国国家版本馆CIP数据核字（2024）第075553号

唱响新时代之歌

作　　者：张　陵
责任编辑：田小爽
装帧设计：意匠文化·丁奔亮
出版发行：作家出版社有限公司
社　　址：北京农展馆南里10号　　邮　　编：100125
电话传真：86-10-65067186（发行中心及邮购部）
　　　　　86-10-65004079（总编室）
E-mail:zuojia@zuojia.net.cn
http://www.zuojiachubanshe.com
印　　刷：三河市紫恒印装有限公司
成品尺寸：152×230
字　　数：259千
印　　张：21
版　　次：2024年6月第1版
印　　次：2024年6月第1次印刷
ISBN 978-7-5212-2780-2
定　　价：68.00元

作家版图书，版权所有，侵权必究。
作家版图书，印装错误可随时退换。